Sultana
del Lago
EDITORES

Diego Dueñas
(Caracas, Venezuela. 1981).

Es un estratega comunicacional en el área de marketing políti-co. Obtuvo en 2004 su grado universitario en Administración de Empresas en la Universidad Central de Venezuela, destacan-do entre los mejores estudiantes que obtuvieron título ese año. Desde entonces no ha parado su formación académica en el área de mercadeo, comunicación política y gestión pública, obteniendo varios títulos de postgrado entre maestría y diplo-mados por prestigiosas instituciones universitarias de Venezuela y Latinoamérica. Ha formado parte de comandos de campa-ña electoral para comisiones presidenciales y regionales en di-ferentes países del continente.

Su primer gran hobby fue el paintball, practicando activamen-te en la modalidad recball, un deporte muy competitivo, que desarrolló en él sus dotes de liderazgo donde acuñó la frase "Semper fi" (siempre fieles) como su grito de guerra. Después de 5 años jugando y habiendo alcanzado grandes triunfos la-tinoamericanos, sufrió una lesión en su rodilla derecha en 2008 que lo alejó de las canchas, pero lo acercó a una nueva pa-sión que mantiene hasta el sol de hoy: el póker.

Su pasión por esta disciplina mental es reconocida entre la co-munidad de jugadores profesionales en la región tanto por sus logros como por su dedicación y entrega al estudio. Ha obte-nido grandes premios además de cientos de mesas finales de torneos junto a figuras destacadas del póker latinoamericano. Actualmente vive en Quito Ecuador junto a su familia, donde nació la idea de crear una historia para que el lector apren-diese a jugar póker junto a su protagonista: UNDER THE GUN. Una ofrenda de Diego Dueñas hacia este deporte mental que tanto ama.

UNDER THE GUN

¿ESTÁS LISTO PARA EL JUEGO?

Diego Dueñas

Diego Dueñas
Sultana del Lago Editores

Maracaibo, 2020.
PRIMERA EDICIÓN

HECHO EL DEPÓSITO DE LEY

ISBN: 9798690535872
Depósito Legal: ZU2020000188

Redacción:
Luis Perozo Cervantes

Diseño de la portada:
Walle Patricia S. Lachica

Diagramación y maquetación:
Sultana del Lago Editores

www.sultanadellago.com
+584246723597

Diego Dueñas
+593 96 907 7637
diego.duenas361@gmail.com

UNDER THE GUN

¿ESTÁS LISTO PARA EL JUEGO?

Diego Dueñas

"La Vida es lo suficientemente larga
como para que seas realmente bueno en una sola
cosa. Así que ten cuidado en que eres bueno"

Rust Cohle

AGRADECIMIENTOS

Sin duda, haber creado esta historia, este primer thriller, ficción de póker, para Latinoamérica, ha sido uno de los más grandes retos en los que me he involucrado personal y profesionalmente. Decir esto, créanme, que es fuerte cuando viene de un profesional cuyo rol es involucrarse en campañas electorales en Latinoamérica lo cual es realmente complicado.

Desde hace unos ocho años me preguntaba sobre porque existen tan pocas películas y tan pocas historias sobre un deporte mental tan apasionante como el póker, salvo The Rounders, Maverick, The Molly Game, Apuesta Máxima y dos películas más que no valen ni la pena mencionar, lo único que encontraba era documentales como The Kid Poker de Daniel Negreaunu y fuera de ello puros tutoriales audiovisuales y de textos que solo explicaban elementos del juego desde lo teórico y conceptual. Ese sin sabor desapareció un poco cuando conseguí un contenido espectacular producido por Winamax llamado "En la Mente de Un Pro" cuyo éxito me demostró que la gran comunidad de jugadores de póker están abiertos y expectantes en recibir contenido de calidad que le permita no solo entretenerse, sino también aprender, debatir y aplicar.

Como un amante del séptimo arte y de la lectura en todos los sentidos, me propuse crear una historia, decidí crear un mundo, un entorno de póker, basado entre lo real y la ficción, para así poder entretener, pero además poder presentar el póker desde la base, es decir, buscar que a través de una historia el lector aprenda a jugar póker junto con su protagonista para así poder guiar de alguna manera a jugadores que se estén iniciando en el juego.

La ambición del objetivo fue mutando y con ello quisimos también poder entretener a jugadores recreacionales, regulares y/o profesionales, con una historia muy bien construida que le permitiese acudir "al sujeto que recuerda"; queríamos llevarlos a rememorar sobre cuando fue su primer torneo en vivo, cuáles fueron sus emociones, cuáles fueron sus mayores retos en una mesa, y así poder darles una historia que busque atraparlos, además de darle la oportunidad de debatir y cuestionar las decisiones que toman los protagonistas en las mesas.

La idea estaba clara y con ella comencé a escribir, pero me di cuenta que hacer un libro no es nada fácil y hacerlo solo rompería con los principios que toda la vida he tenido como profesional: la efectividad en el producto pero con la eficiencia del tiempo. Me di cuenta que solo, tardaría por lo menos tres años y no podía dejar pasar tanto tiempo en ello, por lo que me propuse buscar ayuda y apoyo. A las primeras personas que invité a formar parte de este proyecto me tildaron de loco y ambicioso, otros ni me pararon.

Comencé a pensar que tenían razón, que esto era una locura, hasta que apareció un loco igual que yo que sí creyó en el proyecto, que le gustó no solo la idea sino los objetivos planteados y se puso en marcha junto conmigo, su nombre es Luis Perozo Cervantes, escritor y poeta venezolano quien desde Maracaibo comenzó a trabajar a distancia conmigo, estando yo en Quito, Ecuador.

El trabajo en binomio era claro, "Diego haz la historia que yo le daré la narrativa correcta para que sea libro" y así arrancó la creación de esta aventura. Pero en el camino volvimos a toparnos con ciertas dificultades: Diego Dueñas es un buen profesional y estratega de campañas corporativas y electorales, que conoció el juego desde muy temprana edad pero que realmente comenzó un camino formal desde hace 10 años, se ha dado a conocer como un jugador apasionado y estudioso tanto en Venezuela como en Ecuador, pero aún no es totalmente reconocido a nivel internacional. De ser esto así, ¿cómo podría un jugador creer que puede sacar algo bueno e interesante al leer el libro si no viene avalado por alguien con mayor reconocimiento y con mayores logros a nivel internacional con respecto al póker?

Volvimos a la búsqueda de alguien que validara no solo que la historia fuese buena, sino que los usos de conceptos, estrategias, movimientos y jugadas fueran las correctas. Buscamos el aval de la mejor academia de Póker de origen venezolano, y mi primera opción fue Jesús Bertoli fundador de la escuela POKER TOP PRO, de quien había tenido la oportunidad de ser alumno en el 2018, con el nacimiento de esa institución. Acudí a él presentándole el proyecto, y sin titubear se subió al tren junto a nosotros, decidiendo no solo revisar punto a punto los elementos de póker en la historia, sino también darnos un feedback muy poderoso sobre la narrativa.

La pandemia nos permitió a todos acelerar el tren y luego de casi un año logramos tener listo este libro, esta historia que no es más que un tributo de nuestra parte a la gran pasión que nos une, a este estilo de vida que nos identifica y que llevamos con nosotros siempre con orgullo. Este primer Thriller de ficción basado en el póker, creado en Latinoamérica, busca llenar tanto los vacíos de entretenimiento que tiene nuestro juego mental como también ofrecerles a los jugadores la oportunidad de regalar este libro en su entorno para que entiendan y se enamoren del póker al igual que nosotros.

Detrás de UNDER THE GUN no hay editoriales grandes ni monopolistas del libro, solo un grupo de personas que sencillamente querían contar una historia sobre un juego mental que es su pasión y que los demás entendieran el porqué de ello. Con todo esto expresado no queda más que pedirles que disfruten al máximo de este libro que es creado para ustedes e informarles que si tenemos éxito, ya está lista la historia para un segundo UNDER THE GUN, el cual tengan por seguro haremos con la misma pasión que hicimos este primer gran capitulo.

Diego Dueñas

CERTIFICACION DE POKER TOP PRO

La escuela de póker POKER TOP PRO, (www.pokerto-ppro.com) fundada en el año 2018 por los hermanos Jesús Bertoli y Tullio Bertoli (Jugadores profesionales de póker, especialistas en NL Holdem *Cash* Game y de Torneos con grandes logros a nivel internacional) con alumnos en distintas latitudes del globo, validan y certifican que todos los usos de conceptos, estrategias y manos expresadas en el libro UNDER THE GUN de Diego Dueñas son perfectamente utilizables en la vida real, garantizando que quien lo lea podrá tener una noción básica e interesante del juego en sí para su respectiva práctica.

Desde la Escuela damos nuestro sello de certificación del libro y también felicitamos a Diego Dueñas (alumno también de la escuela) por buscar con esta increíble historia explicar la base y la esencia del juego, haciendo un tributo donde busca no solo que el lector aprenda a jugar el póker junto con el protagonista sino también que jugadores profesionales y de mucha trayectoria disfruten de una historia llena de adrenalina y emociones que les harán recordar de su primer torneo en vivo y sus más terribles badbeats, como también debatir sobre las decisiones tomadas en ciertos momentos de la historia.

Solo nos queda recomendar que disfruten de esta historia de ficción de póker tal y como nosotros desde la Escuela lo hicimos.

ATTE.

Jesús Bertoli y Tulio Bertoli.

DIRECTORES DE LA ESCUELA POKER TOP PRO

(www.pokertoppro.com)

POKER GEEK
Y SU APOYO AL LIBRO UTG

Póker Geek es una marca creada por el jugador Justi Crespo en diciembre del 2018 en Cuenca Ecuador. Su objetivo era el de apoyar el póker mediante la promoción de eventos en vivo y online para así darle fuerza a su expansión en el territorio Ecuatoriano. Referente al póker en vivo crearon grandes y distintos torneos destacándose El Cuenca 30K Garantizado, donde lograron repartir un poco más de cincuenta mil dólares gracias a una mezcla de satélites y eliminatorias llevados a la par en distintas ciudades tanto en vivo como en digital, algo nunca visto en la región; también han apoyado la participación de muchos jugadores, con el auspicio de Poker Geek, en distintos torneos en LATAM obteniendo grandes e importantes resultados. En cuanto al póker online se integraron a la Unión Latinoamericana de póker logrando obtener una representación de la marca en los países más importantes de la región.

La relación entre Justi Crespo y Diego Dueñas se da por la amistad existente tanto en la mesa como en la vida. El autor al exponerle al creador de Poker Geek sobre el libro, UNDER THE GUN, atrapo su atención de inmediato dado que vio el libro como algo distinto, nuevo e importante para seguir con la misión de la marca de expandir el conocimiento del juego en la región y con ello sumar nuevos adeptos, llegando por ende a una alianza muy importante entre las partes.

Es por este motivo que Poker Geek presenta esta versión del libro con su auspicio, porque cree en el autor, porque cree en el proyecto, porque cree en el libro y sus objetivos demarcados de enseñar a través de una historia pero además de entretener y mostrar en detalle la vida de un jugador de póker enmarcado en una historia de ficción.

Desde Poker Geek te invitamos a leer el libro y apasionarte con su historia y felicitamos a su autor Diego Dueñas por tan espectacular aporte a nuestro deporte mental y estilo de vida.

¿Estás Listo para el Juego?

DEDICATORIA

A Mamá: gracias por tu lucha infinita hacia tu hijo, gracias por nunca rendirte ante la adversidad, eres mi heroína más grande y la Kathy del libro está inspirada netamente en ti, eres grande, eres la mejor. Te quiero con todo mi corazón.

A Papá: mi mejor amigo, mi compañero de aventuras y locuras, gracias por enseñarme desde niño el póker, gracias por siempre retarme de manera constructiva y acompañarme en ello, desarrollaste en mí el espíritu de la competitividad sana, no solo en las mesas, sino también en la vida. Te quiero viejo.

A Deli: gracias por tu amor incondicional, por tu apoyo, tu paciencia, tus consejos y opiniones, eres mi todo, mi compañerita eterna de vida. Te amo con el alma.

A Miranda y a Dieguito: este libro es para ustedes, una herencia que les deja su papá con todo el amor de este mundo, espero que la vida me de muchos años más para que aprendan junto conmigo de este apasionante juego.

A Luis Perozo Cervantes: mi hermano Luis, gracias por confiar, gracias por esta lucha que libraste conmigo con la historia, gracias por la entrega y la paciencia, sin duda el mejor profesional y ser humano. Mi gran Semper fi, sin ti UTG no hubiese nacido.

A Waleska W.: por su entrega, creatividad y pasión en el desarrollo de la línea grafía de Under the Gun y sus redes sociales.

A Jesús Bertoli: el coach, el amigo, el hermano, gracias por apoyarnos y evitarnos las locuras que íbamos hacer, fuiste el cirujano que puso los órganos correctamente en este cuerpo. Muy orgulloso de haber contado con tu apoyo y tu certificación para el libro. El mejor en la mesa, el más humilde, el ejemplo de lo que debe ser todo gran jugador de póker. Semper fi.

A Luis Ballaben: mi compadre y hermano, quien me invitó a las primeras mesas en vivo llevándome a otro nivel en cuanto al juego, presentándome un mundo desconocido, pero que juntos batallamos y disfrutamos al máximo, sin ti hermano nunca hubiésemos llegado hasta aquí. Semper fi.

A Antonio Ballaben: quien siempre estuvo en las buenas y en las malas, mi primer lector cero, el que nunca se cansa de luchar por su familia y por los suyos, un ejemplo de padre y de hermano en todos los sentidos. Semper fi.

A Diego Pico y a Justin Crespo: Los hermanos Ecuatorianos que me regalo la vida, gracias siempre por el apoyo a ambos en esta aventura y espero que tanto SHARK TV como POKER GEEK lleguen al peldaño que merecen en este mundo del póker.

A los hermanos de las ligas WPTA y RPL en Caracas Venezuela, los mejores siempre, gracias por tan espectaculares e increíbles experiencias y recuerdos del juego y de la vida. Semper fi.

A los hermanos del póker ecuatoriano que abrieron sus puertas ante la llegada de un venezolano que solo quería jugar, tratándome como un hermano más. Semper fi para todos y cada uno de ustedes.

UNO.- ¿ESTÁS LISTO PARA EL JUEGO?

¿Lo había logrado? ¿Todo había terminado? ¿O esto era tan solo el inicio de una historia que solo había marcado su primer capítulo? Las reflexiones sobre mi travesía de los últimos años estaban ahí acumuladas en mi mente queriendo salir mientras me encontraba sentado en mi camioneta. Era un domingo del mes de diciembre del año 2011, un día lleno de luz con un sol radiante que todo lo iluminaba sin dejar ningún espacio para las sombras; el reloj marcaba las 11 de la mañana.

Pude verme al espejo del retrovisor y encontré un rostro agotado, demacrado por la falta de sueño y marcado por el cauce seco de lágrimas que habían cursado por mis mejillas hacia el vacío ¿lágrimas de alegría? Había sido una semana de locura en la cual batallé con todas mis fuerzas, pero aún faltaba conocer una verdad para cerrar por completo el ciclo de tormenta.

Duré cinco minutos mirando la guantera de mi camioneta, ahí dentro se encontraba una carta cuyo contenido me daba temor y ansiedad abrir, pero había llegado el momento de hacerlo. Esa carta no era una papel cualquiera, venía de parte de mi primer amor, de una mujer que pensé imposible tener y cuyo amor no sé si realmente tuvo correspondencia, pero el destino me había llevado alcanzarla, de la misma forma que otras cosas importantes de mi vida, todo gracias a las enseñanzas y aprendizajes de un juego mental, a una pasión que se convirtió en mi estilo de vida, con que viví momentos increíbles y espectaculares, pero también turbios y violentos; sin duda, las palabras escritas en esa carta, tenían una verdad que ansiaba leer.

Abrí la guantera con un leve temblor en mis manos, saqué el sobre como pude, mi cuerpo se llenó nuevamente de adrenalina y emociones de todo tipo; con el sobre en mis manos, ocultando una verdad, me dispuse a recapitular como había llegado hasta ahí, en ese momento supe que debía contarte mi historia, para que cuando tú la supieras, tú, quien está leyendo estas palabras ahora, te preguntaras si habrías hecho lo mismo que yo, o por el contrario hubieses plasmado tu camino de manera distinta. Te voy a contar una historia acerca de un juego mental y cómo logró transformarme en todos los sentidos: es una historia sobre el póker, pero también sobre la vida y el amor.

El póker en muchos sentidos, es como la vida del ser humano. Quienes juegan al póker viven intensamente, se sumergen en un mundo infinito de emociones ya que saben que toda partida tiene un inicio y un final; que una parte de todo lo que sucederá sobre la mesa pertenece a la suerte, o varianza, como nos gusta a los jugadores llamarle; y otra parte, la más importante, depende de ti.

Parece que lo que sucede en el póker y en la vida obedece a la mano que recibiste al nacer, pero ese azar particular representa solo un quinto, un tercio o la mitad de todo el asunto; el resto lo consigues con tu propio esfuerzo a través de tu actitud y las aptitudes que adquieras, producto de la experiencia y la preparación que obtengas con el devenir del tiempo. Depende de nosotros saber leer el entorno, aprovechar las circunstancias, apostar cuando es preciso, pero también aprender cuando pasar y por supuesto cuando retirarse. Un ganador vive su vida como tal, se enfrenta a las dificultades e intenta sacar el mejor provecho a cada mano que recibe.

En el póker Hold'em Texas, jugamos con las mejores cinco cartas, que se te van entregando de a poco, dos cartas son tuyas y otras cinco las compartes con el mundo entero, con quienes conoces y te rodean, como también con personas que jamás has visto, con gente anónima que también juega la misma partida de la vida que tú, pero hay que tener cuidado, porque entre esas personas también juegas las cartas del destino con otros seres muy importantes, con tus enemigos, con los antagonistas de tu vida, y es que como en toda buena historia, ésta que te cuento tiene uno.

Una mano de póker está compuesta por cinco cartas, naipes, del total de la baraja. Ahora que estoy contándote mi historia puedo decirte cual sería el contenido simbólico de la mano de póker con la cual lo aposte todo.

La primera carta: la Invitación al Torneo Alpha Pro Venezuela donde lucharía por ganar los 250.000 dólares del primer lugar y así salvar a los míos.

La segunda carta: mi mejor amigo, mi hermano de vida, El Yin Yang del Póker.

La tercera carta: mi familia, compuesta por mi padre, mi madre y mi hermano.

La cuarta carta: mi enemigo natural, quien siempre me puso en jaque desde que entro en mi vida.

Y la quinta carta: Las que forman una escalera real de corazón, con las que aprendí amar gracias a su difícil conquista y a su verdad, esa mujer que se robó mi corazón.

Me dispuse a jugar con esas cinco cartas contra el destino, me dispuse a jugar en las cuatro *calles* o fragmentos de la partida con mis cartas, mostrando así una fotografía dividida por el pre*flop*, el *flop*, el *turn* y el *river*, pero desde la posición más complicada y de mayor desventaja, tanto en la mesa como en la vida, desde la posición del Under The Gun, desde el UTG. Y es que si bien todo me había llevado a jugar desde ahí, tenía que buscar la manera de salir airoso, dar lo mejor de mí en la mesa para ganar pero también en la vida para quitar de la mira de la pistola a los seres que amaba.

No te prometo una historia de finales felices, pero si una historia de lucha, de entrega, de enseñanzas sobre la importancia de nunca rendirse y siempre perseguir tus sueños, todo envuelto en nuestra pasión que es el póker, ¿te sientes realmente preparado para iniciar esta historia? ¿Realmente Estas Listo para el Juego? De ser así comencemos.

DOS.- MAVERICK

Me llamo Diego López, pero todos me dicen Junior, porque mi padre se llamaba igual. ¿Diego López? ¿Cuántos habrá con mi nombre en Venezuela? Mi apellido es bastante común y mi nombre también. Habría preferido llamarme Alejandro, Pedro, Joaquín, Ramón, pero al llamarme justo como mi padre, algo adentro me indicaba que podría ser igual a él. Ahora entiendo que no fue un mal hombre, pero a esa edad, lo veía con resquemores, sentía que no me amaba, o en el peor de los casos, que no le importaba más que sus problemas, esos que nunca sabía en qué consistían, esos asuntos que lo tenían siempre distante, *callado*, lejos de mi madre y de mi hermano Daniel, que entonces tenía cuatro años, y al cual, recientemente, le habían diagnosticado una especie de autismo, del que llaman Asperger.

El trastorno de mi hermano menor, consumía todo el tiempo y la atención de mi madre, Kathy Cárdenas, quien trabajaba como agente inmobiliaria, una de las pocas cosas que podía hacer para mantenernos y de cierta manera decidir su propio horario para cumplir con sus obligaciones con mi hermano. Yo estaba estudiando en ese momento cuarto año en el Liceo San Agustín, sería el mes de enero del 2008, vivíamos en El Paraíso[1], uno de

1 La Parroquia El Paraíso es una de las 22 parroquias del Municipio Libertador del Distrito Capital de Venezuela y una de las 32 parroquias de Caracas. Está ubicada al noroeste del centro histórico del Municipio Libertador. Limita al norte con las parroquias Santa Teresa, San Juan y Sucre; al sur con las parro-

los barrios más antiguos de Caracas, que data del siglo XIX, y como todo en Venezuela, lo viejo es desdeñado. Vivíamos casi en el centro de la ciudad, los servicios públicos, la seguridad personal y el nivel socioeconómico de quienes vivían en la urbanización cuando yo era chamo, parecían ser los peores. Éramos clase media en la cuarta república[2], después que llegó Chávez al poder, todos podíamos ser considerados pobres, aunque yo nunca noté la diferencia.

En ese entonces era un chico algo inocente, ayudaba a mi madre constantemente con mi hermano llevándolo al colegio especial donde podían atender su condición, colaboraba en mantener la casa en orden, hacia mis deberes sin necesidad que me obligaran en ello. No quería ser una carga para ella, ni algo de qué preocuparse. Mis padres no eran ancianos, más bien eran maduros, mi papá había cumplido cuarenta años, y mi mamá cuarenta y dos, aunque sinceramente aparentaba más.

Desde que entré al liceo me apasioné por las matemáticas. Eran una especie de juego, me entretenía mucho resolver ecuaciones de primer y segundo grado. Veía a los sistemas de ecuaciones como si fueran crucigramas. El máximo común múltiplo y mínimo común divisor me los sabía de memoria. Los quebrados en fracciones de segundo. Multiplicaba por dos cifras con facilidad, con tres cifras era

quias Santa Rosalía y La Vega; al este con la Parroquia Santa Rosalía; y al oeste limita con la Parroquia Antímano.
2 Nombre que se le da al periodo anterior a enero de 1999, cuando llegó el chavismo al poder.

un reto mayor, pero lo intentaba. Vivía pensando en números, haciendo reglas de tres, sacando porcentajes, y ayudando a los demás con aquello para lo que tenía talento.

Un profesor lo notó, decía que era una especie de superdotado, con un IQ muy alto, por encima del promedio de lo que él consideraba como normal, pero nunca le presté atención a eso; aun así, el profesor estuvo dispuesto a llenar mi cuaderno de nuevos acertijos matemáticos. Al principio fueron fáciles, pero con el devenir de los años, se ponían más complicados, pasaba días enteros pensando en ellos. Yo no era un cerebrito, era un chico normal: las matemáticas se me daban con naturalidad y gozaba de ello, pero tenía problemas con otras materias, por ejemplo, historia y *castellano*, materias donde se me pedía que analizara ideas que me parecían distantes a mí, cuya relación conmigo no comprendía, y que sin duda, iba a necesitar en el futuro, aunque en ese momento no lo entendía.

Mi destino habría sido diferente si en esas clases de historia hubiese captado a tiempo lo que significan las clases sociales, los altos y bajos de la política venezolana, el modo en que funcionan los regímenes dictatoriales, el alto costo que debemos pagar por tener esperanzas o los duros golpes que te da la vida para devolverte a tu lugar en la escala social cuando intentas crecer.

Aunque era un genio de las matemáticas, también bajaba a jugar béisbol, a correr con mis amigos detrás de un balón de futbol; iba a la plaza a mirar a las muchachas, hablar con ellas. Siempre tuve simpatía para las chicas, y podía pasar horas hablando con la más guapa. Claro, todo esto lo hacíamos temprano, antes de que los malandros[3] de la Cota 905[4], bajaran después de las seis de la tarde y se apoderaran de las *calles* marcando una especie de toque de queda para todos.

La verdad llevaba una vida normal, no me pasaba por la mente nada de lo que llamamos la realidad, pero creo que ese concepto está mal entendido: lo que sucede en los periódicos, en la televisión, en el mundo de las grandes oficinas y en las casas donde viven los poderosos no es precisamente la realidad. ¡Claro que sucede en realidad! Pero la vida del hombre común es diferente, esa clase media-baja de Venezuela, que no era lo suficientemente rica para soñar con viajar a Roma en vacaciones, estudiar en el extranjero, o comprarse un apartamento nuevo y más amplio; pero tampoco éramos tan pobres como para vivir detrás de un político suplicándole alimento.

La Venezuela en que vivimos ese 2008 era un país hermoso destruido por las batallas políticas y sociales que repercutían en la economía y por supuesto en el bolsillo, sobretodo de la clase media. Vivíamos sumergidos en una burbuja de dólares preferenciales

---

3 En Venezuela, Colombia y México, malandra o malandro es sinónimo de delincuente violento de origen popular. El malandro es una persona que desde niño presenta síntomas de antisocialidad.
4 Cota 905 (alternativa y más formalmente Avenida Guzmán Blanco) es el nombre que recibe una carretera que se localiza en las Parroquias La Vega, El Paraíso y Santa Rosalía en el Municipio Libertador al oeste del Distrito Metropolitano de Caracas.

que poco a poco estaban socavando con el aparato productivo nacional. Prácticamente habían tres monedas, los dólares preferenciales dados por el gobierno solo para aquellos que cumplieran con los requisitos formales o que tuviesen amigos en las altas cúpulas del estado, los dólares del mercado negro a los que podían acceder los venezolanos comunes pero pagando una tasa mucho mayor a la oficial y un Bolívar sometido constantemente a la inflación y con ello poco a poco menos importante para los venezolanos a pesar de ser la moneda oficial del país. Los más acomodados, aprovechaban las últimas dádivas del CADIVI[5] para viajeros[6], los otros pasaban sus tarjetas de crédito y compraban en Amazon cosas que no necesitaban, todos estaban demasiado ocupados pensando en cómo mejorar pequeñas cosas en su entorno, sin darse cuenta que el país se iba convirtiendo en una brecha enorme e irreparable, en una herida gangrenosa que mataría nuestras esperanzas de tener un futuro mejor.

En mi casa la política pasaba desapercibida. Mi madre a veces decía algo sobre la crisis, cuando hablaba sobre su trabajo, o platicaba que alguien

---

5 La Comisión Nacional de Administración de Divisas CADIVI (febrero 2003 - enero 2014) fue un organismo venezolano, encargado de administrar las divisas a los ciudadanos (compra y venta de dólares y euros) bajo ciertas condiciones y limitaciones controlando el libre acceso a la moneda extranjera, durante su existencia, se rigió bajo la Ley de Ilícitos Cambiarios decretado en octubre de 2005 (derogada en agosto de 2018).
6 A partir del 2007 hubo unas modificaciones, cualquier persona que poseyera tarjeta de crédito, podía viajar y disponer de US $5 000 dólares al cambio oficial (cupo viajero) y además realizar compras electrónicas nacionales por US $ 3 000 dólares. A partir de 2008 el país sufre la reconversión de la moneda, oficialmente se eliminan tres ceros, el último día de diciembre de 2008 según Gaceta oficial 39 089 se da una nueva modificación, se dan dos tipos de cambio uno se mantiene a 2.15 para importaciones, estudiantes en el exterior y compras de medicinas; el otro es a 4.30 para viajeros y se reduce estas cuotas a US $ 2 500 dólares para viajes (cupo viajero) y compras electrónicas US $400.

había puesto en venta tal y cual inmueble, porque estaban rematando todo ya que se iban, o porque cierto funcionario del gobierno los estaba presionando. Pero para mí esas palabras no tenían sentido. Ya que lo mío, un poco antes de cumplir los diecisiete años, y empezar a jugar póker, era una mente casi en blanco, concentrada en sacar buenas notas y cumplir mi sueño de ser aceptado en la Universidad Central de Venezuela.

Mi padre era diferente, en los últimos años casi no hablaba conmigo, y no parecía llevarse bien con mi madre últimamente. Su situación laboral era compleja, por no decir, esporádica. Lo recuerdo en más ocasiones desempleado, que con un horario. Casi siempre estaba descansando de las largas noches de "salida con los amigos" y si no, descansaba de haber hecho alguna labor fuerte en "chambas" que conseguía. En ciertas oportunidades cortaba árboles o cargaba escombros, y muchas veces le tocaba trabajar de caletero. Fue vigilante, suplente de algún "valet parking", pintor de casas y oficinas, en fin, lo que fuera, lo que se consiguiera era bueno, pero en ningún caso duraba más de tres meses.

La primera vez que supe algo sobre el póker, mi padre estaba viviendo uno de esos largos periodos sin oficio. Yo llegué del liceo después del mediodía, mi madre estaba en el trabajo, partiéndose el lomo por nosotros; mientras mi padre estaba encerrado en el cuarto principal y Daniel tomaban la siesta; supongo que el primero descansando porque había pasado toda la noche con sus amigos, y mi hermano acostumbraba descansar a esa hora, después de venir de sus clases especiales.

Cuando mi padre llegaba de madrugada, siempre a golpe de cinco de la mañana, antes de que saliera el sol por completo, había problemas en casa. Mi madre muchas veces se negaba a dejarlo pasar. Amenazaba con llamar a la policía, o pedirles a los vecinos que lo echaran. Se alzaban la voz, uno poniendo excusas y pidiendo perdón; y la otra diciendo "así no se puede Diego, no más". Yo me despertaba sigiloso y contemplaba tras las esquinas de las paredes todo el espectáculo.

Mi padre, bajaba el tono de la voz, pedía perdón, y finalmente mi madre condescendía a abrirle la puerta y dejarlo pasar. A esa altura Daniel y yo estábamos en la sala del apartamento viéndolo entrar, con su cara de arrepentimiento y vergüenza. Al menos dos o tres veces a la semana sucedía eso a lo largo de muchos años; pero cuando tenía dieciséis empecé a notar algo que antes había pasado desapercibido. Una madrugada de esas, pude ver que mi padre dejaba un sobre de manila encima de la mesa.

Me propuse averiguar que contenía el sobre que mi padre tiraba sobre la mesa cuando llegaba de noche, y con agilidad juvenil, me deslicé hasta mi objetivo mientras ellos aún discutían en la habitación. Estaba lleno de dinero, lleno de Bolívares, desde ese momento era importante para mí saber si al llegar mi papá traía consigo el sobre. Algunas veces llegaba sin paquete. Digamos que de cada diez veces que llegaba de madrugada, una lo traía. 1:10 era la probabilidad de que trajera consigo dinero.

Les digo esto, porque la tarde en que conocí el póker, mi papá descansaba de una madrugada en que no había traído el sobre lleno de dinero; y supongo que por eso estaba de mal humor. Entré rápido como siempre, solo que esta vez, no presté suficiente atención y al voltearme por algún motivo, derribé un adorno nuevo que había sobre la mesa. El estruendo sonó en toda la casa. Mi padre quien estaba en su cuarto aparentemente estaba durmiendo y se despertó sumamente molesto. "¡Coño Junior! ¿Qué hiciste, vale? Llegas jodiendo, chamo. No estoy de humor para esta vaina. Estoy cansado. Deja el escándalo", se escuchó desde el cuarto.

Mi padre siguió sin parar durante un rato, pero no lo vi salir de la habitación. Me puse de inmediato a recoger los vidrios, mientras él iba disminuyendo el tono de su regaño monologado. Finalmente se quedó *callado*. Una vez todo estuvo recogido, fui al refrigerador y calenté el almuerzo que mi mamá hacía antes de ir al trabajo. Cuando estuve preparado para comer, me acerqué al televisor, con miedo de que los técnicos que andaban por la cuadra, ya nos hubiesen cortado la televisión por cable, porque teníamos varios meses sin pagar. De ser así, tendría que comer viendo Venezolana de Televisión o algún canal nacional que lo único que hacían era hablar de política o temas que realmente no me importaban en ese momento.

Pero si había servicio de cable, y el televisor se encendió justo en las letras de inicio de una película que cambiaría mi vida, según lo entiendo ahora. Tenía mucho volumen el aparato y sin poder evitarlo, volví a molestar al viejo. Le bajé volumen pero era muy tarde, ya los ruidos de los caballos que montaba Mel Gibson y sus compañeros lo habían despertado. Era una vieja película ambientada en el Oeste de los Estados Unidos, donde Gibson interpreta a Brett Maverick, un pistolero pícaro, que se compone con Jodie Foster quien hace de Annabelle Bransford, y otro actor, que no recuerdo como se llama, que hace de un viejo sheriff apellidado Cooper.

Mi padre salió de la habitación y me preguntó: "¿Qué ves?", con cierto desenfado. "Una película de Mel Gibson sobre vaqueros", dije ignorando por completo el tema del film. "Esa es Maverick, apártate, vamos a verla", me levanté del sofá, para que se sentara, mientras yo me ponía junto a él, pero en el piso. Al rato, se despertó Daniel y también se nos unió, aunque minutos después volvió a quedarse dormido. "Junior, presta atención, te va a gustar esta película. Es vieja, pero más vieja era la serie", me dijo. No se equivocaba mi padre, la serie era de finales de los cincuenta, aunque en Venezuela la transmitieron en los setenta. El juego de cartas era la vida de estos personajes, que hacían todo para poder participar y ganar, no solo hacía falta tener suerte, sino astucia y agilidad para superar los obstáculos que la trama le imponía al protagonista; había que tener habilidades especiales para conseguir la mano ganadora en cada juego de póker.

La película me atrapó de inmediato: en la primera escena Brett Maverick entra a un bar del viejo Oeste, con toda su decoración y características; además plantado con elegancia, y también con un poco de arrogancia, esa mezcla que debe tener todo jugador de póker del Oeste, siempre dispuesto a tirar un *bluf* o aportarlo todo por una buena mano. Entonces, se sienta en una mesa junto con cinco jugadores, trajeados impecablemente, entre ellos destaca una rubia despampanante; también habían dos vaqueros que parecían saber jugar; los demás, no importaban mucho en la escena: el *dealer* comenzó a repartir las cartas, dando inicio al juego.

Era la primera vez que veía jugar póker en mi vida, creo que además era la primera vez que escuchaba la palabra póker, al menos la primera vez que tengo consciencia de haberla escuchado. El *dealer*, también conocido como crupier, o en español repartidor, fue la primera imagen que me formé de un profesional del póker. Él lanzaba las cartas como si al soltarlas sobre la mesa estuviera repartiendo el destino.

Quienes las reciben saben que es mucho más que suerte, se les está entregando un destino anunciado, una carta-misiva que tiene escrita las alegrías y desenfrenos de los próximos minutos, y en el caso de algunos, de unos pocos elegidos, también esa misiva estaría expresando el provenir de su vida completa. Pero ese día yo apenas estaba por descubrirlo.

No tenía ni idea de lo que estaban jugando, pero

no quise interrumpir a mi papá, que se había emocionado con la película, y ya había dejado atrás el malhumor. De vez en cuando acariciaba mi cabeza, o volteaba a pasarle la mano por la espalda a Daniel. Siento que en ese momento comenzó nuevamente la relación entre nosotros, claro, no podía saberlo con exactitud en ese instante, pero ahora sé que nuestra conexión familiar tendría un antes y un después del póker.

Todo fue diferente a partir de los sucesos que desencadenaría esa mágica tarde frente al televisor, mientras Brett Maverick saltaba por la ventana de un barco de vapor, para superar una traba que había puesto en la puerta de su camarote, otro competidor de la mesa final del torneo, y así lograr que Maverick fuera descalificado, por no regresar a la hora pautada para retomar el juego; o la escena donde se juega la última mano del torneo, cuyo premio era de 500.000 dólares, y que ha sido el objetivo de los protagonistas desde el principio de la película.

La escena final no puedo olvidarla, cuando solo quedaban tres jugadores sobre la mesa. Un comodoro interpretado por James Coburn, con un póker de ochos, que fue destapando uno a uno, mostrando la suerte de haber coincidido cuatro veces con el mismo número. Es una de las manos más difíciles y valiosas, luego lo sabría, pero en ese momento, solo podía entenderlo por la sonrisa de satisfacción del comodoro al fumar su largo puro mientras la gente alrededor aplaudía.

El antagonista principal, llamado Ángel, interpretado por Alfred Molina, le reclama a Maverick quien no había destapado la última carta que el *dealer* le puso sobre la mesa; pero aun así, muestra su mano para retar al protagonista. Tiene una sorprendente escalera de color, con impetuosos corazones rojos en ascenso. Una mano que supera por poco al comodoro, que es difícil de obtener y que seguro le daría la victoria a cualquiera.

Todas las fichas estaban sobre la mesa, Mel Gibson destapa poco a poco un 10♠, una J♠, una Q♠ y una K♠, ante la mirada atónita de todos los presentes. Le falta ver una carta, que nadie sabe cuál es. Posa su mano sobre el naipe, que está bocabajo, pero antes de tocarlo, un temblor delata la intensidad del momento. Los ojos de Maverick se cierran mientras arrastra la carta hacia él. Entonces la mira y descansa el cuerpo. Todos queremos saber qué carta es, pero el brillante director de la película hace que el actor lance la carta abierta sobre el montón de fichas. Es un A♠.

En ese momento mi padre dice: "Wow, una escalera real". Entonces no pude aguantar más, y lo interrumpí: "Viejo, disculpa, pero ¿tú sabes jugar póker?". Con una mirada suspicaz, que me hizo vibrar de alegría, sonrió levemente y me dijo: "Bueno, hijo, sé jugar, pero ese, el póker cerrado, de 5 cartas, no el nuevo que a veces pasan por televisión; ese no lo conozco mucho. ¿Quieres que te enseñe a jugar el póker de Maverick?". Mi respuesta no se hizo esperar, por supuesto que quería, mucho más después de ver toda esa acción alrededor de las cartas, la vida de aventuras que llevaba Maverick, ganando una fortuna, ayudado por la suerte y el ingenio.

"Creo que tengo unas cartas en el closet", acto seguido mi padre se levantó a buscarlas. Ya antes habíamos aprendido con él otros juegos. A mis doce años me enseñó a jugar ajedrez, y de verdad nos entretuvimos mucho con las piezas. Al principio me ganaba con la misma jugada, "mate al pastor", pero pronto conseguí hacerle frente a sus trucos y teníamos tardes interesantes, mientras mi hermanito menor era solo un bebé y requería toda atención de mi mamá. Pero eso se interrumpió porque mi padre consiguió trabajo, comenzando un cambio muy radical hacía nosotros y nunca más volví a jugar con él.

Llegó con las cartas, que estaban escondidas en un calcetín. Limpió la mesa del comedor. Yo me senté y miré con atención sus manos que mezclaban con habilidad las cartas plásticas. Sabía que eran cuatro motivos, palos o pintas, dos rojos y dos negros, pero entre sus manos parecía existir un arcoíris, ciertamente había un universo de posibilidades para mí. No sabía que ese día aprendería lo que hasta hoy ha sido mi mayor pasión.

TRES.- LA BASE DE TODO

¿Cuántas veces se mezclaron las cincuenta y dos cartas de la baraja de mi padre antes de detenerse a enseñarme a jugar póker? ¿Qué otros juegos, menos apasionantes, más frugales habrán visto esas cartas, antes de estar dispuestas a enseñarme lo que ha sido mi principal fuente de alegrías?

Imagina eso, la mayoría de los juegos de póker usan una baraja de cincuenta y dos cartas al igual que en Texas Hold'em. En otro tipo de juegos de póker, hay un joker, una especie de comodín, que puede ser usado por la carta que necesites para completar una mano. En el mundo hay muchos estilos de juego, pero se han estandarizado tres, gracias a los torneos y los casinos.

El *7 Card Stud*, uno de los más complicados, donde la memoria y paciencia son habilidades fundamentales; el Omaha donde juegas con las mejores cinco cartas pero recibiendo cuatro primero contigo y el Texas Hold'em, que es la modalidad que yo juego, y que se juega en casi todos los casinos y clubes del mundo, incluyendo la Serie Mundial. Durante esta historia hablaré de este estilo de juego, así que debes prestar atención a sus normas, reglas y detalles desde el principio y no perderte en el camino.

Pero no nos distraigamos, el Texas Hold'em es lo nuestro. Lo primero que me enseñó mi padre fue que el mazo está constituido por cincuenta y dos cartas de las cuales hay cuatro pintas (diamante ♦, corazones ♥, tréboles ♣ y picas ♠) y cada una de ellas tiene trece cartas que van desde el 2 hasta el 10 y luego las letras desde la J, la Q, la K y el As, que puede ser la carta más alta o la más baja antes del 2, todo se mueve en la configuración de esas cartas y sus respectivas pintas. Mi papa incluso me hizo un cuadro en una hoja que fue el primer escrito informal de estudio referente al juego.

Al entender como estaba compuesto el mazo pasamos a los tipos de "manos" existentes en el póker para poder ganar, y es algo que me gustaría explicar con detalle para ti comenzando con la explicación de las manos más fuertes o de mayor valor.

Imaginemos: entre cientos de jugadores vamos a concentrarnos en un gordo de bigotes y chaqueta gris que está sentado en una mesa al final de salón, pegado a la pared. Este gordo tiene dos horas jugando, toma de un vaso de whisky, ya descolorido por el hielo que se fue derritiendo. En su mesa, los otros jugadores decidieron retirarse menos uno. Quedan solo dos jugadores activos en la mano que se está jugando, es lo que llamamos un mano a mano, o *heads up,* el otro jugador es un flaco narizón, que en las orejas se le ve que es rico de cuna. Sobre la mesa 10♥, 2♦, 8♥, Q♥, 2♣, porque ya se han mostrado todas las *calle*s y se han hecho todas las apuestas. La última apuesta fue del gordo, había hecho *All-in*: lo había apostado todo.

En el póker las manos se forman con las mejores cinco cartas entre siete. Dos que solo conoces tú, que se reparten al principio del juego, y cinco que van mostrándose en diferentes momentos del juego, pero de eso te hablaré más adelante. Ahora lo importante es que sepas que el gordo tiene en su mano dos cartas que le garantizan que nadie podrá ganarle jamás. J♥, 9♥, le fueron entregadas al comenzar el juego. No se retiró porque sintió que algo bueno podía pasar porque recibió dos cartas del mismo palo o la misma pinta. Con las que tenía entre sus dedos y tres de las que estaban sobre la mesa, el gordo tenía una de las más alta de todas las "manos" jugables, una escalera de color: Q♥, J♥, 10♥, 9♥, 8♥ solo superada por la escalera real formada por desde el 10 hasta el ace de la misma pinta.

A diferencia del *Cash* o juego por dinero, en los torneos se enfrentan jugadores que, por el precio de la entrada o *Buy-In*, reciben la misma cantidad de fichas. La dinámica es evidente, se juegan la cantidad necesaria de manos, hasta que solo queda un jugador con fichas. En los casinos se acostumbra jugar torneos económicos, medios o de alto costo cuyo *Buy-In*; pueden ir desde lo gratuito, como los *freerolls*, o desde un dólar en adelante; se inscriben la cantidad de jugadores que el espacio alcance para recibir, hay lugares donde caben hasta quinientos jugadores, y en los juegos en internet pueden inscribirse miles. Se recibe una fracción del *pool* o bolsa, según el lugar que se haya obtenido hasta el final del torneo, normalmente cobran entre el veinte y el quince por ciento de los jugadores inscritos pero cada organizador establece sus propias normas y reglas.

La mano más alta del juego, es la escalera de color como ya te mencione. La escalera real, es una escalera de color, en su más alto valor, terminando en el As. Esa fue la mano que jugó Maverick. A cualquier mano invencible en una jugada se le conoce como las *nuts*. Después de la escalera de color, la mejor mano sobre una mesa es el *Póker* o *quads*, es decir, cuando alguien logra tener las cuatro cartas de la baraja de un mismo valor.

Ahora imaginemos a una señora que fuma Lucky Striker en el centro de una mesa con otros ocho jugadores. Ha apostado a todo lo que se le atraviesa, apenas va en la quinta mano del torneo, pero logra armar un *póker* de dos: 2♥, 2♣, 2♠, 2♦. Recibió un par de dos cuando el *dealer* repartía las cartas. Hizo *Call* a todas las apuestas que hicieron, es decir, las igualó; tal como venía haciendo en las manos anteriores, sin haber ganado ninguna. Ya en el *Turn,* es decir, la ronda de apuestas que se celebra después que se muestra la cuarta carta comunitaria, ella sabía lo que tenía, por eso hizo *raise,* es decir, subió la apuesta, aunque no mucho, para que los dos jugadores que la seguían no hicieran *fold,* como se le dice a la acción de retirarse.

En el *river,* la última *calle* de apuestas, jugó *All-in.* Había cinco jugadores activos, dos hicieron *fold,* dos pagaron el *All-in* de ella. Tenían buenas manos, pero

ninguna mejor que un póker. Subestimaron a la señora, quien para celebrar encendió un nuevo cigarrillo
mientras acomodaba sus fichas recién duplicadas.

Las manos, siempre deben estar compuestas por las
mejores cinco cartas, las dos tuyas y tres de las cinco
cartas presentes en el *Board*, o una tuya y cuatro
de *Board*, o quizá las cinco que están sobre la mesa
sean la mejor combinación que existe para todos los
jugadores. De menor a mayor son: la **carta más alta**,
cuando ningún jugador ha logrado hacer combinaciones; la **pareja**, que se forma con dos cartas de un
mismo valor y tres cartas no relacionadas, el orden
de las parejas de menor a mayor son desde el par 2
hasta el par 10 y luego par J, par Q, par K y par de
Ases como la pareja *premium*.

La mano con más valor que le sigue a una *pareja*
es una **Doble Pareja**, que está conformada por dos
cartas de igual valor con otras dos cartas del mismo valor y una quinta carta no relacionada. El valor
más alto determinará siempre qué mano de *doble
pareja* es superior. Imaginen otra mesa donde dos
de los participantes se enfrentaron en *heads up* con
manos que tenían doble pareja, ambos juegan hasta el *river*, entonces están obligados a destapar sus
cartas para saber quién tiene la mejor mano. Uno es
un moreno alto, que no da muestras de emociones
mientras juega; el otro un chino, que apenas habla
español, es muy nervioso con sus manos.

En la mesa el *dealer* había mostrado J♠, 8♦, 8♠, A♥, 2♣.
En mano del chino había una J♥ y 6♥. Y entre los de-

dos del jugador moreno A♦ y 5♣. Al combinarlas con cada cual quedó con estas manos: el chino J♠, J♥, 8♦, 8♥, A♥; el negro A♥, A♦, 8♥, 8♦, J♠. Ganó el moreno, porque a pesar de tener ambos dobles parejas, este tenía una pareja de Ases. La *doble pareja* se puede formar de muchas maneras, ya sea que estén las dos en el *Board* o que tú tengas entre tus manos una carta que te sirva para completar una *doble pareja*, o tengas una carta de cada valor y el *Board* abra las necesarias para tener dos parejas.

La siguiente mano en la escala de valores es el **trio**. La palabra lo dice, es una mano compuesta por tres cartas del mismo valor y dos que no tienen ninguna relación. Este sería un trio de nueves: en tu mano tienes 9♦ 6♠ y en el *Board* consigues: 9♠, 9♣, 2♦, 5♦, 3♣. También se habla de la existencia de un *Set* cuando en tu mano tiene dos cartas del mismo valor y en el *Board* se descubre una tercera, obteniendo así un trío a partir de un set de cartas. Por ejemplo en tu mano 9♠, 9♣ y en el *Board*: 2♦, 9♦, 3♣, 10♣, A♥. Esa pareja de cartas en tu mano más la carta de igual valor en la mesa se le llama *Set* y se utilizaba para denominar al par de cartas que llegan a ti en el resto de las combinaciones de aquí a delante.

Después del trio, la mano con más valor, es la **Escalera**. Son cinco cartas consecutivas, no del mismo palo o motivo. Imagina un juego donde te toca ganarle a otro jugador que, al igual que tú, tenga una escalera: sobre la mesa estarían 7♣,8♦,9♣,3♠,2♥. Entre tus dedos 10♥, J♥. Y el otro hombre, que puede ser el gordo de bigotes que imaginamos antes, tendría

5♣,6♦. El gordo volvería a jugar todas las fichas que le quedaban, pero esta vez tú tendrás la escalera más alta y te llevarás sus fichas.

Imagina una mano ganadora: tienes un A♣, K♣, son del mismo palo y cartas altas, sin duda esa ronda vas a jugar y vas a apostar. Sobre la mesa, en el *flop*, es decir, en las primeras tres cartas colectivas, el *dealer* ha soltado 3♣, 2♣, 7♣. Tienes las *nuts* en potencia, (recuerda, la mejor mano posible) así que, ¡apuesta! Esa mano se llama **Color** y corresponde a cinco cartas de cualquier valor pero que pertenecen al mismo palo o motivo. Igual que en otras manos, si hubiese otro jugador con una mano de color, ganaría aquel que tuviera las cartas más altas.

Después del Color, la mano de mayor valor se denomina **Full**, porque está compuesta por tres cartas de un mismo valor y una pareja de otro valor. Los ingleses lo llaman *Full house* y su valor está determinado por el grupo de tres cartas, no por la pareja. Una mano como 8♣,8♠,8♦,9♠,9♦ se llama "full de ochos y nueves". A la cabeza de la tabla de valores están las más raras que ya expliqué: el **Póker, Escalera de Color y Escalera Real.**

Cuando juegas Texas Hold'em cada movimiento importa y tiene su nombre. ¿Es como bailar? Algo así, tiene sus posiciones y sus ritmos. También tiene esa magia del baile que nos hace susceptibles de enamorarnos o que nos emociona de tal manera que dejamos en evidencia todo. Lo principal que debemos tener en cuenta a la hora de jugar póker es que su objetivo es ganar dinero o ganar fichas. Muchas veces quien haga las mejores apuestas, junto con el acierto para invertir en las manos adecuadas, será el mejor jugador de la mesa; todavía a eso hay que agregar una serie de movimientos que conocerás más adelante, pero paciencia.

En el Texas Hold'em se apuesta en diferentes momentos, pero siempre hay un par de apuestas obligatorias. En los torneos hay una ficha o *botón*, que se pasa de jugador en jugador, en el sentido de las agujas del reloj, una vez termina de jugarse cada mano. El *botón* indica la posición del *crupier, dealer* o repartidor, y de este modo, nos dice quiénes deben hacer las primeras apuestas, llamadas *ciega* o *blind*.

En el Texas Hold'em hay una primera apuesta que es ciega, es decir, que se paga antes de que se repartan las cartas, de este modo el *bote*, siempre contará con algo de dinero. Estas apuestas ciegas son pre-acordadas y en los torneos cada cierta cantidad de manos jugadas o de tiempo, se aumentan; así, aunque los jugadores decidan no apostar, una vez hayan visto sus cartas, alguna vez tendrán que hacerlo a ciegas y poco a poco irán mermando sus fichas. Esto garantiza que los torneos no sean eternos. En las mesas *cash* se mantienen el mismo valor de ciegas sin aumentar.

Apostar es como usar las palabras, las apuestas son un discurso, cada uno sabrá cómo hacerlo. Los mejores oradores en el póker son aquellos que con sus apuestas hablan más que con la boca. Hay otros, cuyas apuestas parecen balbuceos o conversaciones incoherentes. Esos son los malos jugadores, que demuestran que no saben hablar bien el lenguaje del póker.

En el Texas Hold'em hay una ciega pequeña y otra grande. El jugador que está a mano izquierda del botón del *dealer* debe apostar la ciega pequeña o *small*, y quien le sigue está obligado a jugar una ciega grande o *big*, que usualmente es el doble de la pequeña. En los torneos se comienza con cifras muy bajas, y cada cierta cantidad de tiempo, de manera preestablecida, van aumentando por niveles. Por ejemplo, en la primera ronda o primer nivel podrían jugarse una ciega pequeña de 5 fichas, y el siguiente en jugar deberá poner sobre la mesa 10 fichas.

De allí en adelante comienzan las apuestas. Cada jugador tiene tres líneas de acción básica o movimientos a decidir que son: botar sus cartas o hacer *fold*; pasar o hacer *check;* o apostar mediante la acción denominada el *open raise* que abreviaremos siempre como OR; que describe la primera apuesta realizada después de las *blinds*.

Cada jugador ha recibido dos cartas, en un momento de la mano que llamamos *pre-flop*. Estas apuestas se hacen en base a ese primer vestigio de lo que será el juego. Si recibes dos cartas con las que crees no poder desarrollar combinaciones o alcanzar las manos ganadoras, lo más sabio sería no tirar tu dinero en la mesa en esa primera apuesta. Pero si algo te dice que sí, que en esas dos cartas de la mano, ya tienes potencialmente ganado el bote, entonces subes la apuesta, para obligar a quienes quieren jugar, aumentar el monto total que seguro ganarás, ésta es la base pero el asunto se complica más adelante.

Pero el primer momento real del juego, y en el que muchos jugadores inexpertos pierden sin haberse dado cuenta, es en el *flop*: así llamamos al momento en que el *dealer* ha puesto sobre la mesa las tres primeras cartas colectivas. Casi todas las manos ganadoras tienen su afianzamiento en el *flop*. Una vez que se han puesto las cartas, se hace una ronda de apuestas: ya todos saben lo que tienen, si podrán hacer o no manos complejas como un *color*, o podrán pensar en desarrollar una *escalera*. Cada vez que alguien hace un *Full* es porque desde el *flop* lo tuvo como una posibilidad. ¿Vale o no la pena apostar cuando ya puedes hacer combinaciones con cinco cartas?

La siguiente carta que lanza el *dealer* es el *turn*, tras la cual hay una nueva ronda de apuestas. Y la última carta, el *river*, que también es seguida por una ronda de apuestas. Si después de hacer todas las apuestas, aún quedan jugadores activos sobre la mesa, es decir, jugadores que apostaron o pasaron, sin retirarse, entonces llega el momento del *showdown*, en el cual los jugadores muestran sus manos para ser leídas por todos: solo así sabemos quién tiene la mejor mano y por ende llevarse todo el bote.

Hay muchas reglas en un juego de Texas Hold'em,

pero si conoces estas que acabo de explicar, ya puedes empezar a jugar o por lo menos entenderás la historia que ya comencé a relatarte.

CUATRO.- SUPER / SYSTEM

Aquella tarde, después de ver Maverick, mi papá fue al closet y trajo una baraja de naipes de plástico y en la otra mano un puñado de caraotas. "Te enseñaré a jugar el póker de Maverick. Hay otro, el que pasan en televisión, que no lo sé jugar; es el que juegan en los casinos. Este que yo juego, es de los viejos, el que se jugaba en las *calles* cuando yo era muchacho" me dijo mi papá como si fuera un texano gringo que recién se bajaba del caballo. Prosiguió diciendo: "Bueno Junior la vaina es así, los dos ponemos una caraota en el centro, esa será nuestra primera apuesta para poder jugar. Luego te voy a repartir cinco cartas a ti y cinco cartas a mí. Entre esas cartas debes buscar, armar, conseguir, no sé cómo decirlo, observar, sí, observar si tienes los siguientes juegos que van por orden de menor a mayor".

Estaba muy emocionado mientras mi papá me explicaba lo que era una *carta alta,* una *Pareja,* una *Doble pareja,* un *Trio,* una *Escalera,* el *Color,* el *Full,* el Póker, la *Escalera de Color.* "Lo que hizo Maverick se llama *Escalera Real*, es decir, una *escalera de color* pero con las cartas más altas de la baraja, es la mano más difícil de hacer", me dijo para hacerme despertar de la ilusión en que estaba embebido. "Entonces gana el jugador que tenga la mejor mano. Cuando te dé las cinco cartas, apuestas las caraotas que quieras. El otro jugador debe igualar o retirarse. También puedes hacer *check* o pasar, y así esperar a ver qué hace el otro jugador. Luego de esa ronda de apuesta, botas las cartas que no te sirvan y te doy cartas nuevas. Lo mismo haré yo. En ese momento abrimos una nueva ronda de apuestas, finalmente mostramos las cartas para saber quién tiene el mejor juego, ¿fino?"

Solo pude decir: "fino papá", porque moría de ganas de empezar a jugar. No sé por qué razón, pero el póker se me hizo fácil de entender, lo jugaba como si tuviera años de experiencia, tenía el *flow* de los grandes en mis venas. Mi papá estaba feliz, su cara cambió de inmediato, recordé enseguida los días en que armábamos rompecabezas, cuando jugábamos ajedrez, cuando éramos felices los tres y mi papá besaba a mi mamá a cada rato. No sabía cuánto extrañaba esa sensación de felicidad, que nunca sabemos en qué momento se pierde, pero que al reencontrarla nos hace sentir completos una vez más.

Como a veces se me olvidaba la jerarquía de las manos, mi papá las escribió en una hoja. Esa chuleta, esa ayuda, aún me acompaña doblada en mi cartera, es como un amuleto para no olvidar que fue mi viejo quien me regaló el póker para que triunfara en la vida. Pero ese día no tuvo compasión conmigo, arrasó con todas mis caraotas, dejando dentro de mí un gusanito que fue comiéndome y llenándome de un deseo fogoso de querer ganar, de jugar mejor cada vez, unas ganas infinitas por descubrir los secretos necesarios para evitar que se llevara mis diez caraotas.

Mi papá estaba en una de sus largas temporadas de desempleo. En la mañana ayudaba a mi mamá hacer los quehaceres, llevaba a mi hermanito a las clases especiales, quizá dedicaba tiempos a buscar, sin frutos, un trabajo que le permitiera llevar algo a la casa, aunque sea una bolsa de pan. A veces lavaba carros, de los que estacionaban frente a los edificios, otras veces lo vi trabajando *turnos* de pocas horas en Kioscos de la zona, pero siempre que volvía de clases lo conseguía en casa y de inmediato le insistía para jugar. Me pedía primero que hiciera la tarea, o que ayudara un poco con la casa, cosas sencillas, antes que llegara Kathy. Al terminar de lavar los platos, o de recoger la ropa sucia de los cuartos, nos sentábamos a jugar en la mesa del comedor.

Era apasionante jugar contra mi papá, más cuando comencé a ganarle. Apenas había pasado unos días y ya podía confrontarlo con algunas manos, y defenderme de sus *faroles*, o jugadas en falso; o hacerle frente a sus manos de menor valor. Pasamos la primera semana jugando con caraotas, y por mucho que me esforzara, siempre terminaba llevándose todos mis granos.

El póker se había convertido en algo que nos comenzó a unir de nuevo. Era un puente afectivo, que me dejaba ver lo mejor de mi padre: sus risas, sus chistes, su manera de ver los problemas de una forma diferente. Por primera vez en muchos años, me sentía en completa confianza con el viejo, podía considerarlo mi amigo, y no solo mi papá, a quien le debía respeto y obediencia ciega.

Mientras jugábamos le contaba mi día en el liceo y de las chicas que conocía, de una que otra que me llamaba la atención, y mi papá me daba consejos que me ayudaban a ver la realidad como nunca antes. Gracias a esas tardes de póker me contó cómo pensaba él cuando tenía mi edad, como eran las muchachas de su liceo: resulta que mi papá se parecía mucho a mí cuando tenía mi edad, casi que por su mente pasaban las mismas cosas que por la mía.

Pasaron varios meses donde jugábamos al póker diariamente, casi todas las tardes, solo nos saltábamos algunos fines de semana que mi mamá podía librarse del trabajo, aunque casi siempre la tenía ocupada su profesión. El día que cumplí 17 años, específicamente el 17 de mayo del 2008, la mañana inició con una pequeña torta y un cumpleaños feliz con mi mamá, mi papá y mi hermano. Tras picar la torta y el beso de despedida de Kathy para irse corriendo a su trabajo, mi papa me sorprendió diciéndome "cuando llegues del liceo te daré una sorpresa". Pase todo el día en clases pensando de qué se trataba. Al llegar con la ansiedad a mil el viejo me sorprendió con un libro de póker, "feliz cumpleaños mi muchacho".

Confesó que quería comprarlo desde que comenzó a verme tan animado con el asunto y fue ahorrando y ahorrando con cada trabajo informal que hacía para darme esa grata sorpresa en mí cumpleaños. Me comento que no podía dejar de pensar en que teníamos que estudiar, porque él quería que yo estudiara siempre lo que me gustara, pero que nunca dejara de estudiar. ¿Cómo olvidar ese gran libro? Era robusto, de muchas páginas, estaba envuelto en plástico, olía a nuevo, y tenía una etiqueta de la librería donde lo compró. Mi papá había gastado bastante adquiriéndolo, ya que los libros de póker son bastante costosos.

El libro se llamaba SUPER / SYSTEM. Había sido escrito por Doyle Brunson, quien salía en la contraportada con un sombrero de vaquero y una cara de pocos amigos, la misma cara que te dice "voy a ganar este torneo". No podía saber que Brunson era un jugador legendario, el más notable de los jugadores nortea-mericanos, con más de cincuenta años de carrera como jugador profesional de póker. Había escrito ese libro en el 2002, después de haber ganado dos veces la Serie Mundial de Póker, y haber participa-do más de cinco veces en la misma. Era como un rockstar del póker, o un profeta, y junto a mi papá estábamos a punto de empezar a leer ese texto que era considerado una biblia del juego.

Tenía muchísimas páginas, hablaba de múltiples va-riantes del póker en todo el mundo, pero una pe-queña parte del libro estaba dedicada a la que es la preferida mía y la más popular: el Texas Hold'em. Esto abrió mis ojos a un mundo que hasta entonces no tenía alcance: existían ligas de jugadores profe-sionales que viajaban por el mundo jugando póker, como quien vive en Guatire y debe ir a diario a Ca-racas o los Teques a trabajar. Para esa gente jugar póker era una profesión. Leyendo sus páginas le pre-gunté a mi papá, cómo podía yo convertirme en un jugador profesional, ¿qué debía estudiar?

"Me haces una pregunta difícil Junior. En Venezuela no hay ligas profesionales de póker, pero si te preparas bien, algún día podrías jugar en el extranjero; para el póker no hay edad, no es como en los deportes físicos, aquí puedes ir estudiando y creciendo en el juego y luego, cuando tengas la oportunidad, hacer tu sueño realidad", dijo mi padre, aunque inmediatamente, cambió su rostro, pensó un poco y me agregó: "¿y por qué no estudias estadística en la Universidad Central? Tú eres bueno con los números y allí seguro aprenderás algo que te ayude a ser mejor en el póker".

Esta conversación fue reveladora y me sirvió de combustible para continuar leyendo el libro. Estábamos convencidos que debíamos aprendernos todas las reglas del Texas Hold'em, ya que los grandes torneos se jugaban en esa modalidad. Leíamos cinco páginas y jugábamos un "mano a mano". Fueron días muy especiales: llegaba del liceo, saludaba a mi hermano, lo jalaba conmigo a la habitación de mi padre, quien podía estar durmiendo o viendo la televisión; siempre buscando alguna manera de matar el ocio, la incomodidad de no tener trabajo, de estar encerrado en casa esperando que mi mamá trajera el pan diario. Entonces, yo lo hacía salir del letargo y los llevaba a la sala, para poder jugar Texas Hold'em toda la tarde.

Llevábamos una libreta de anotaciones. Decidí convertir mi cuaderno de educación artística, una materia que no me importaba en lo más mínimo, en mi cuaderno de apuntes sobre póker. Todos los días apuntaba las cosas más importantes que decía el libro y esto me servía para repasarlo cuando llegaba mi mamá, que no podía saber lo que estábamos haciendo o para leerlo en los ratos libres en el liceo, ese cuaderno se convirtió en mi guía, en mi biblia del póker y durante esta historia profundizaremos esos temas de estrategias, tácticas y otras cosas importantes del juego.

Pensaba en el póker casi todo el día. Y las dos o tres horas que lo jugaba, me sentía en el cielo. La felicidad se obtiene con cosas sencillas, cuando recuerdo ese tiempo, me convenzo que el dinero y la posición social no son lo fundamental para conseguir que los seres humanos seamos felices. El póker me enseñó qué es el amor, y la pasión con que hacemos las cosas, lo que nos trae felicidad, y poco importa que estemos desempleados, que no tengamos lujos o que comamos lo justo, cuando tenemos a nuestros seres queridos junto a nosotros viviendo apasionadamente.

Todo parece color de rosa hasta aquí, pero como te dije antes, el póker también enseña que no siempre podemos ganar. Que a veces, aunque parezca que la suerte nos sonríe, estamos a punto de descubrir que el destino tiene una mano mejor y nos derrota.

CINCO.- MAX "ALPHA" RODRIGUEZ

¿Cuántos hombres han muerto en medio de una partida de póker? Cientos de años de historia de la humanidad se han visto acompañados por los naipes, y cientos de miles de noches, a seres como tú y yo, nos ha encontrado el amanecer a la lumbre de una fogata o bajo el candil de una vela, jugando al póker.

Aquel torneo en que me jugué la vida era el de Max "Alpha" Rodríguez, un potentado empresario venezolano que amaba el póker, y tenía casinos clandestinos en casi todo el país. En el 2010 el gobierno de Hugo Chávez prohibió definitivamente los casinos en Venezuela, era una medida absurda, porque los casinos funcionan como cualquier negocio de entretenimiento, la gente va a allí a divertirse, a ser parte de la emoción de las probabilidades. Si bien es cierto que la casa nunca pierde, también lo es que estadísticamente es imposible ganar la mayoría de las veces. ¿Por qué cerrar los casinos? Muy sencillo, era la manera de eliminar todas las concesiones de juego que estaban en manos de personas que no eran afectas al gobierno.

El juego en el país continuó de igual manera, o quizá en mayor cantidad, solo que ahora el negocio solo estaba en manos de empresarios que se vestían de rojo, y no pagaban impuestos al estado, sino a los corruptos: a los generales, capitanes, diputados, alcaldes, etc. Cada uno tenía un ramillete de amigos que invertían en las apuestas y finalmente terminaban engrasando una maquinaria corrupta.

La revolución disolvió la institucionalidad del estado, pero esto no fue automáticamente; Venezuela tardó doscientos años en constituirse como nación, en fomentar e inculcar valores ciudadanos; si hubiesen querido disolver el país en 1999, no habrían podido hacerlo, debían ir poco a poco socavando la moral de las instituciones, convirtiéndolas en cascarones vacíos, quitándole competencias de regulación, para que imperara el estado de caos que a los criminales de la burocracia le interesaba mantener.

El asunto de los casinos es sólo una pequeña muestra de todos los sectores de la institucionalidad que fueron vulnerados y transformados en crimen organizado poco a poco, desde que el chavismo llegó al poder. Así que, muy a pesar de no existir legalmente los casinos, cada gran ciudad del país tenía Pent-Houses o casas lujosas llenas de máquinas traganíqueles, o sótanos gigantescos, alfombrados y decorados con imitaciones de Luis XVI, donde encontrabas doscientas o trecientas mesas para jugar bingo, es decir, casi dos mil aforos, donde las señoras de alta sociedad, las divorciadas de los millonarios, las viudas y las amantes tontas de los nuevos gerentes de PDVSA, iban en manadas a anotar sobre cartones serializados los números que lograban visualizar en gigantescas pantallas LED que adornaban el fondo del establecimiento.

Del mismo modo, los juegos más elegantes del casino conseguían en salas lujosas su espacio: la ruleta, los dados, el blackjack y el póker en el país pertenecían a Max "Alpha" Rodríguez, mucho antes de cerrarse definitivamente los casinos. Max era heredero de una flota de barcos pesqueros que diariamente producían millones en el Caribe venezolano trayendo a tierra toneladas de atunes, sardinas y jureles, mientras sus hermanos tenían el negocio de procesar y enlatar los pescados. Su vida estaba resuelta desde que nació, así que no tenía por qué preocuparse de más, sino de ser feliz. Vivía en Margarita[7], la perla del Caribe, pero tenía propiedades en todo el país.

Cuando Chávez se lanzó a la presidencia en 1997 su familia fue una de las muchas que le dieron la espalda al sistema democrático, que ciertamente estaba un poco gastado y cuya rosca de corrupción no permitía que ingresaran nuevos intereses, para financiar al Teniente Coronel que cinco años antes había liderado un alzamiento militar que le costó la vida a cientos de venezolanos y puso a circular por las *calles* el descontento popular con la democracia bipartidista.

Ya sus padres habían apoyado a la Causa R[8], cuando nació la candidatura de Andrés Velásquez, un

---

7 La isla de Margarita o isla Margarita, llamada «La Perla del Caribe», está ubicada al sureste del mar Caribe, noreste venezolano, al norte de la península de Araya del estado Sucre. Junto con las islas de Coche y Cubagua, constituye el único estado insular de Venezuela, denominado Nueva Esparta. La isla tuvo significancia importante en la historia de La Independencia de Venezuela
8 La Causa Radical (usualmente abreviado como La Causa Я o LCR) es un partido político venezolano de izquierda fundado por Alfredo Maneiro quien propugnaba lo que él llamaba una «democracia radical», que consistía en una profundización de la democracia con la participación popular y contraria al socialismo autoritario y a la democracia liberal.

líder sindical de los complejos siderúrgicos del suroriente del país, pero le tocó a Max, a sus veintiocho años, darle la mano y un maletín lleno de dólares al líder del Movimiento V República[9], para que hiciera temblar a los adecos[10] y copeyanos[11] en las elecciones de 1998.

Por eso cuando Max "Alpha" Rodríguez le dijo a Chávez que quería encargarse de los juegos de azar ilegales en Venezuela, el tirano le dio carta blanca para que hiciera todo lo que quisiera. Lo primero fue hacerse con dos pisos de un importante hotel cinco estrellas en la Isla de Margarita, y poner allí su centro de operaciones. Alemanes, suecos, noruegos y demás turistas interesados en el sabor del Caribe y en jugar todas las disciplinas del azar, y algunas manos de póker, con sus dólares frescos y limpios, se volvieron sus clientes.

Luego fundó el Club Alpha en Caracas, en una gran casa del Este de la ciudad, para la élite caraqueña. Allí se movía el dinero de manera bestial: teniendo como protagonista una mesa de póker que podía comenzar con *blinds* de cinco mil dólares para todo

9 El Movimiento V República o MVR (se lee Movimiento Quinta República), fue un partido político de izquierda de Venezuela fundado por Hugo Chávez el 21 de octubre de 1997. Fue el partido más votado del país desde 1998 hasta el 2007, año en que fue disuelto para integrarse al Partido Socialista Unido de Venezuela (PSUV)

10 Nombre que reciben los seguidores del Partido Acción Democrática, partido político venezolano fundado el 13 de septiembre de 1941 como un partido de izquierda, encabezó las rebeliones militares de 1945, y junto con COPEI —en un principio con URD— fue uno de los tres partidos firmantes del Pacto de Punto Fijo en 1958, un acuerdo de gobernabilidad democrática entre los partidos políticos pocos meses después del derrocamiento del dictador Marcos Pérez Jiménez

11 Nombre que reciben los miembros del Partido COPEI, acrónimo de Comité de Organización Política Electoral Independiente, conocido también por su eslogan Partido Socialcristiano o Partido Verde por el color de sus identificativos.

aquel que tuviese los recursos para sentarse pero donde predominaban contratistas petroleros corruptos o inversionistas chinos alejados del rigor de Pekín.

En 2011, cuando fui al torneo, ya Max "Alpha Rodríguez" tenía salas de juego de póker en Puerto La Cruz, Valencia, Maracaibo y Punto Fijo, además de Caracas y Margarita que eran sus preferidas. Estaba constantemente pujando con el gobierno para que le permitiera la entrada de cruceros, pero jamás lo logró. A los corruptos que gobernaban no le interesaba nada que promoviera el turismo ni le hiciera bien al país, solo querían su parte de la tajada en una larga lista de negocios ilegales. Así funcionaba mejor su enriquecimiento personal, sin tener que darle explicaciones a nadie ni invertir en el desarrollo de nada.

Max se apasionó por el póker, era su hobby y su joya de la corona ante todos los juegos que promovía, incluso participó en grandes torneos internacionales, como el LAPT[12], y llegó a jugar dos series mundiales en las Vegas. Con la pasión que sentía por el póker, quiso crear un torneo especial en Venezuela: un *highroller* que fuese anual. Su intención era crear un clásico en forma de torneo donde se pudieran reunir no solo a los mejores jugadores del país sino también a los amigos de la élite, aquellos que pudiesen costear el alto *Buy-In* de la entrada.

Su primer torneo lo efectuó en noviembre del 2010, con un éxito rotundo, llegando a repartir en premios

12 El Latin American Poker Tour fue un importante tour de póker en América Latina, realizado de 2008 a 2016. El LAPT fue patrocinado por PokerStars, al igual que sus homólogos, el European Poker Tour, el Asia Pacific Poker Tour y el North American Poker Tour.

trescientos mil dólares y donde ganó un jugador llamado Roberto Mejía, quien dará mucho que hablar en esta historia. Yo en ese momento no entendía completamente cómo funcionaban las mafias y el poder corrupto del chavismo cuando asistí a la segunda edición de ese torneo, que ofrecía un garantizado de quinientos mil dólares, que usaría para salvar mi vida y la de mis seres queridos.

Mi existencia era arrastrada a la deriva por las aguas de un río, como los grandes casinos que iban dentro de barcos de vapor remontando el Misisipi: o a la buena de Dios como las caravanas de hombres duros que atravesaban la geografía de los Estados Unidos para conquistar el Oeste, y sembrar para siempre al póker en el alma del mundo, ya que fueron esos pueblecitos del Oeste norteamericano los que convirtieron al póker en lo que es: un juego mental increíble pero que si no lo controlas correctamente te puede costar más que solo dinero.

Sin duda fue en Estado Unidos y en el siglo XX cuando se estandarizó el juego como lo conocemos, pero la semilla del origen del póker, tiene muchas teorías diferentes. Las que parecen tener mayor relevancia son dos: una es la que propugna que nació en China en el año 969 d.C., derivado de un juego de cartas que se jugaba de la misma forma que el dominó. ¿Pueden imaginar a los chinos haciendo una cara de póker? Sin duda los chinos son buenos en eso.

Otra teoría sitúa el nacimiento del póker en la Persia del siglo XVII, en un antiguo juego de cartas denominado As Nas, que estaba formado por veinticinco cartas de las que se repartían cinco por cada jugador. Los competidores árabes siempre han sido duros; además esa cultura es legendaria por su sabiduría matemática, sin duda que tiene lógica que este juego mental, que implica concentración, astucia y disciplina numérica, tuviera sus orígenes entre hombres que pasaban sus noches frías en compañía de camellos y un extenso desierto.

A partir de esas teorías, la pista se dispersa un poco aunque parece claro que el póker llegó a Europa a través del Medio Oriente, en los mismos barcos que venían cargados de especias y sedas. En Italia se han encontrado las barajas más antiguas y seguramente desde ese país se extendió por España, Francia y Alemania, como lo hizo en su momento el pensamiento renacentista. Algunos datos nos llevan al juego de *Il Frusso*, que se jugaba en Italia en el siglo XV y que luego derivó en el XVI en el juego de *La Primera*. En el Renacimiento, este juego se desarrolló en España con el nombre de *Primero*, llamándose *Poque* en Francia y *Poche* en Alemania. ¿Ves? Ya de allí sabes de donde proviene el nombre que usamos hoy.

El origen de los palos o pintas de la baraja de póker tampoco es muy concreto. Algunos encuentran su nacimiento en la baraja alemana, aunque las teorías más extendidas nos dicen que evolucionaron desde la baraja española, donde las espadas serían picas, los bastos tréboles, las copas corazones y los oros diamantes. Pero la evolución de las cartas de póker desde los naipes del tarot francés también es otra de las teorías, en este caso la mutación habría sido de las monedas, copas, espadas y varitas mágicas hacia los diamantes, corazones, picas y tréboles.

Sin importar el origen de los palos o pintas de la baraja, lo que está bastante claro es que, todas esas mezclas dieron origen a la baraja inglesa, que si se extendió por el mundo, y llegó a nuestros días a través del póker, el más importante de los juegos de cartas de la actualidad. Se dice que debido a que en el siglo XVII Inglaterra se vio envuelta en guerras cruentas contra Francia y España, por los caprichos de algún rey y la mala suerte de otros, el país de los británicos estuvo al borde de la ruina, y se prohibió toda importación extranjera, incluida los naipes; esto obligó a los ingleses a hacer su propia baraja, y con ello, les dio la libertad de crear y adaptar juegos a sus nuevas formas. ¿Qué más podían hacer los londinenses en la capital de un imperio rico pero húmedo? En las noches lluviosas no hay nada mejor que jugar póker.

La expansión por Estados Unidos de esta baraja y sus juegos se desarrolló en el siglo XIX en las grandes travesías por el río Misisipi, en donde el póker era casi el único entretenimiento durante el viaje. Aquel póker sureño estaba compuesto por veinte cartas y cuatro jugadores, los cuales apostaban sobre quién tenía la mano más alta. El póker aumentó su popularidad en Estados Unidos a raíz de la Guerra Civil, los confederados contra los de la unión, los esclavistas contra los abolicionistas; durante ese periodo, sin una razón aparente, aumentaron las cartas a 52 y, apareció la figura del comodín, o Joker, y las diferentes formas de jugar al póker como el *Straight*, el *Stud* de siete cartas y el *Draw*.

Antes de que el Texas Hold'em ocupara su puesto como variante de póker más famosa, la variante más popular fue la llamada *Five Card Draw*, también conocida como el juego de cinco cartas por descarte, que es con el que la mayoría las personas del siglo XX comenzaron a jugar al póker. Es el estilo de juego que vi en la película Maverick y que mi papá me enseñó antes de empezar a estudiar el Texas Hold'em. *Five Card Draw* tiene una forma de juego muy sencilla: cada jugador recibe 5 cartas y desecha las que no le gustan para recibir otras; sin ver las cartas de sus contrincantes; solo confiando en su mano debe realizar su apuesta.

Después de la Segunda Guerra Mundial los casinos de Las Vegas comenzaron a desarrollarse y el póker se presentó como un juego de lo más atractivo para ganar dinero. Los casinos regularizados toman un porcentaje del bote en cada mano de póker; realmente es una pequeña cantidad, que el ganador de la mano no echa menos, de 0.5 a 5%, depende de las leyes de cada país o estado, pero imagina, ese cómputo por mil manos jugadas diariamente, con un promedio de diez mil por mesa. Es un negocio millonario.

Al finalizar la Segunda Guerra Mundial, durante la segunda mitad de los 40 años, la variante más popular fue el *Stud Póker Caribeño*, que es un juego del póker en donde se juega mano a mano con la banca. Pero el Texas Hold'em, la variante que nació a principios de siglo XX en el estado de Texas en la ciudad de Robstown y llegó a Dallas en 1925, fue extendida gracias al atino del magnate de los casinos Benny Binion, que decidió ir a Las Vegas después de la Segunda Guerra Mundial para hacerse rico y lo consiguió.

Benny Binion inventó en los años setenta las World's Series of Póker, el conjunto de torneos de póker en vivo más prestigioso donde se juega el Texas Hold'em. Este torneo fue el principal causante de que esta variante se extendiera como la pólvora y adquiriera su fama actual a lo largo y ancho de todo el mundo y, ahora, gracias también, a la labor de las salas de póker online, donde el Hold'em es la variante principal.

Benny Binion nació en 1904, y vino al mundo a hacer dinero, aunque eso le costó estar tras las rejas alguna vez. Lo llamaban el *cowboy* porque una vez había matado a un negro en medio de un juego de cartas. Este lo había ofendido, y amagó con sacar su revólver, pero Binion desenfundó más rápido, y además de ganarle la mano de póker, también le cobró la vida. Ese sería el primero de muchos que murieron por su gatillo en su lucha por convertirse en el jefe de las apuestas del estado de Texas. Luego extendió sus tentáculos hasta Las Vegas, donde si realizó una contribución honorifica a la historia del póker: popularizó el Texas Hold'em.

El viejo Benny no se imaginó jamás que ese torneo de seis personas que organizó en 1970, se convertiría en la competencia mundial de póker más importante. En 1973, bromeaba diciendo que algún día quizá cincuenta personas competirían en la Serie Mundial de Póker. En 2006, ya bajo tierra Binion, se inscribieron ocho mil setecientas setenta y tres personas en el torneo que él inició.

Pero volviendo a Venezuela, en diciembre del 2011, cuando participé en el Torneo de Max "Alpha" Rodríguez, si eran cincuenta personas las que jugarían, pero no era un torneo al cual poder inscribirse: la única manera de participar era a través de una invitación directa de Max "Alpha". El *Buy-In* era de diez mil dólares, una cifra que no tenía y si bien la había construido en algún momento junto a mi *backroll*, ciertos eventos que te contaré más adelante me habían llevado a la imposibilidad de cubrir ese monto. El monto de dinero a repartir, era escandaloso: quinientos mil dólares, ¡medio millón!, a repartirse entre los cinco mejores jugadores.

La proporción era de 50% para el primer lugar, 25% para el segundo, 10% para el tercero, y 7,5% para el cuarto y quinto respectivamente, solo cobrarían el 10% de los jugadores inscritos, y quienes jugaban, en su mayoría eran amateurs o novatos con dinero, amigos de la élite a quienes había que darle la oportunidad, pero en un bajo pero importante porcentaje habían grandes profesionales del juego quienes en su mayoría jugaban en las mesas de Max y de otros clubs famosos del país, eran también conocidos por haber jugado en grandes torneos en Europa o las Vegas, y que deseaban a toda costa llevarse a su casa el título de campeón del torneo de Max.

Además, para todos ellos los diez mil dólares de la entrada eran una inversión digna de un esparcimiento de esa calidad. Podían jugárselos con tranquilidad, como ir a un restaurant a gastar eso en caviar, champaña y whisky para todos, o irse un fin de semana a Los Roques con una chica nueva. Eso los liberaba de presión, tenían la mente fresca para concentrarse en el juego, estudiar a los contrincantes, y llevarse el brazalete de campeón. Yo, en cambio, no podía dejar de pensar en lo que me pasaría. A mi espalda, estaba el matón de Vito Panzuto, personaje importante de esta historia de quien te contaré más adelante que además me había conseguido y financiado la entrada.

El Matón número uno de Don Vito me sonreía cada vez que lo veía, casi que me deseaba suerte, pero yo sabía que sus doscientos diez centímetros de altura y sus brazos macizos no estaban allí para hacerme porras sino para recordarme que si no entraba entre los cinco jugadores que cobrarían esa noche, era seguro que no volvería a ver la luz del día.

SEIS.- MI PAPÁ, EL PÓKER Y UNAS CARAOTAS

La Caracas de mi adolescencia estaba mareada por la política, pero siempre pasé desapercibido de ella. En el 2008, Chávez estaba perdiendo su popularidad. Ese mismo año perdería el referéndum donde intentaba reelegirse indefinidamente y meter la palabra socialismo en la constitución. A mí me daba igual, desde hacía mucho la política, era como un gran silencio para mí, aunque ahora me doy cuenta que tras ese silencio, había un escándalo, miles de personas jugando con trampas las cartas que le daba la vida. Pero a nosotros los clase media, los casi pobres, los que no teníamos dinero para hacer viajes y canjear los cupos de dólares del gobierno, no nos afectaba ese "escándalo mudo" que mantenía Chávez en el televisor a diario.

Los días y los meses pasaban y me hacía un hombre. Había comenzado a estudiar quinto año de bachillerato, en Venezuela, el año escolar comienza en octubre y termina en junio. Ese fue un año decisivo para mí. Todo en mi vida había alcanzado un equilibro maravilloso que se levantaba con el ángulo fundamental del póker. Todo lo veía como un universo de variables, que se presentaban ante mí, para que yo decidiera cual era la mejor apuesta a cada instante.

El libro de póker SUPER / SYSTEM de Doyle Brunson, nos había unido más a mi padre y a mí. Me gustaba que tanto mi papá como yo estuviésemos aprendiendo algo juntos. El ir y venir de sus páginas iba tejiendo entre ambos una relación sólida, que parecía que podía durar toda la vida. Yo de repente imaginaba al viejo enseñando a mis hijos a jugar póker, y yo a mis nietos. ¡Era una locura! Mi sueño de la familia ideal se había construido entorno al juego, no podía pensar en un futuro sin que los naipes surcaran el aire en la superficie de la mesa y nos dieran la oportunidad de llevarnos el bote. ¿Cómo había gente que aún no jugaba póker? ¿Por qué no se enseñaba en los colegios?

A mi padre y a mí nos apasionaba de igual manera el póker. Ese libro se convirtió en un vínculo y el Texas Hold'em, un puente afectivo, que antes era casi inexistente entre ambos. Eso que es tan poco venezolano, pero que sale en tantas películas gringas: el padre abrazando a su hijo y diciéndole *te amo*. Claro que nunca sucedió entre nosotros. Mi papá era muy seco con sus palabras, era un varón al estilo antiguo, no andaba con sensiblerías, pero cada vez que le ganaba una mano me tocaba el hombro, o me daba palmaditas en la mano, y yo sentía que allí mismo me decía: *estoy orgulloso de ti y te amo.*

El póker se convirtió en algo tan "chévere", que mi papá ya casi ni salía. Se hacía cargo sin resquemores de los cuidados de la casa, había reparado todas las fallas pendientes que tenía el departamento: los grifos malos, las losas rotas, la secadora vieja que había hecho cortocircuito. Todo en la casa empezaba a funcionar. No salía, salvo para ayudar a mi mamá en hacer mercado, que siempre fue una responsabilidad de Kathy, ya que papá estaba ausente de todo. El señor Diego López, mi padre, había cambiado, el contacto conmigo, lo había convertido en otro, o me había mostrado una cara de él que yo había olvidado o nunca había conocido.

Ya no se lanzaba esas famosas desaparecidas con "sus amigos" como decía Kathy, más bien se quedaba en la casa conmigo leyendo más sobre el póker y estudiando ese libro, página a página y letra a letra, jugada por jugada y experiencia por experiencia; pero era algo que solo podíamos saber nosotros.

Para Kathy estaba prohibida la verdad. Por eso mi mamá sintió que algo raro estaba pasando: el hecho de que mi papá se quedara más en casa lo hizo mejorar de alguna manera ante los ojos de ella. Se paraba temprano, la ayudaba con nosotros, alistándonos para el colegio, y antes de irse al trabajo, lo veía tomar el periódico y un bolígrafo para resaltar entre los anuncios clasificados las ofertas de empleo del día.

Ella no decía nada, pero en su rostro se notaba una inquietud, como si intuyera que en su casa estaba pasando algo que no sabía, y que por esa razón desconocida, las cosas funcionaban bien, a pesar de ese "no sé qué" oculto. Además, ella escuchaba, todos las mañanas, que antes de salir para el liceo él me deseaba suerte y me decía "te espero en la tarde para tú sabes qué". Mi mamá nos miraba con cierta sospecha pero todo quedaba ahí.

A pesar que había mejorado mucho leyendo el libro, siempre me costaba vencer a mi papá, porque si es cierto que yo aprendía y repasaba los apuntes sobre póker, el viejo no se quedaba atrás, también estudiaba y mejoraba al mismo ritmo que yo lo hacía, solo que él tenía sus mañas de "perro viejo" como decía. Solo al pasar las semanas comencé a entender que no era cuestión de suerte sino de estrategia. Así mismo, al avanzar en la lectura nos dimos cuenta que era muy difícil explotar todo lo que aprendíamos juntos del libro, porque solo éramos dos y normalmente una buena partida se daba de seis a diez jugadores.

Sin duda, poner en práctica todas las enseñanzas del libro con un grupo más grande de jugadores, habría podido acelerar el proceso de aprendizaje. Pero éramos obstinados, y seguíamos leyéndolo e intentando, muy a pesar de conocernos bien, y no poder caer con facilidad en faroles o cualquier chanza básica que explicara el libro. Nos divertíamos mucho hasta la hora en que llegaba mí madre, cuando debíamos esconder todo.

A Kathy no le gustaban los juegos de apuestas: ¡los detestaba! Mi papá lo sabía y desde el principio nos advirtió a mi hermano y a mí, que deberíamos ser parte de una sociedad secreta de póker, nadie podía saber que nuestras tardes estaban alumbradas por imaginarias fichas multicolores, por cartas de plástico y carcajadas de alegría.

Habían pasado unos cinco meses desde mi cumpleaños y que mi viejo llevó el libro para la casa en forma de regalo, pero esa tarde de juego me atreví a hacerle una propuesta a mi papá. Desde hacía días quería apostarle más que las caraotas, para ponerle emoción al juego, entonces antes de comenzar espeté: "Papá, ¿qué tal si apostamos algo que queramos? Algo más que las caraotas para el que gane este mano a mano de hoy".

Me miró interesado. Entonces continué: "Si tú ganas esta mano, te hago esta noche un súper *pepito* especial de esos que tanto te gustan. De los que antes te hacia la vieja". Eran unos panes especiales, que llevaban carne picada, verduras, papas salteadas, y todas las salsas, pero mi mamá tenía mucho tiempo que no lo preparaba porque constantemente estaba peleando con mi papá. Me miró seriamente. Luego empezó a sonreír hasta que respondió: "Coño, está bueno, va pago. Y si tú ganas, soy yo quien preparará el *pepito*?". "No papá, si gano me tienes que responder lo que quiera preguntarte", le dije con decisión. "Coño, hijo" pensó poco para decir: "bueno, sabes que me gustan las apuestas, así que sí, vamos a darle *play*, juguemos".

Aunque fue entre risas, el ambiente se puso tenso rápidamente. El mano a mano que íbamos a comenzar consistía en que ambos teníamos veinte caraotas. A quien le tocara repartir, tendría que comenzar poniendo dos caraotas (*Big Blinds*) y a quien le tocase recibir ponía una (*small blinds*). Antes de comenzar, y una vez barajadas las cartas, mi papá se paró un momento y fue al equipo de sonido, un radio viejo que tenía más años que yo que estaba junto al televisor. La verdad es que muy pocas veces sonaba, ya que no tenía antena, y los pocos discos que había en la casa eran de la música que a él le gustaba. Yo no era asiduo a escuchar nada salvo algunas canciones de los noventa que llegue a escuchar en mí crecer.

El escenario estaba listo. El viejo puso su disco favorito, un clásico de The Doors. Los naipes esperaban sobre la mesa, las caraotas temblaban porque sabían de su importante papel en los siguientes minutos. A mi hermano Daniel lo habíamos sentado como público pero se concentraba más en las caraotas, que en la batalla que estaba a punto de suceder.

Mi papá volvió, con una cara de satisfacción que jamás olvidaré. Estaba preparado para jugar póker y ganar algo, había adrenalina en su sangre, sabía que estábamos apostando algo, aunque fuera pequeño, pero que estábamos dispuestos a entregar lo que era si perdíamos o a recibir lo que deseábamos si se ganaba. Y lo mejor es que yo mismo compartía esa energía, esa savia de jugador de póker estaba en mí y en él, nos sentíamos conectados.

Comenzamos a jugar. Cada uno estaba cuidando sus caraotas como si valieran una fortuna. Cuando alguno de los dos teníamos el small *blind*, igualábamos y el de la *Big Blind*, *chequeaba*, es decir, pasaba. Todo era en función de ver el *flop*, cuando alguno de los dos conectábamos hacíamos un *bet al flop*, es decir, aumentábamos la apuesta pero automáticamente el otro se retiraba y así se extinguía la jugada. Casi en ninguna mano lográbamos ver el *turn* porque en el *flop* moría todo. Ninguno de los dos estaba dispuesto a perder más caraotas que las necesarias en cada mano. Estábamos como entrampados, pero luego de varias manos perdí el miedo, y comencé a jugarle póker a mi papá.

Comencé en hacer OR en el pre*flop* y al abrirse el *flop*, a pesar de no haber conectado nada, le hacia *cbet* de manera constante, acumulando unas cinco caraotas más que él. Pero todos mis movimientos no fueron a punta de *bluf*, finalmente llegó la mano decisiva de esa tarde, la que me entregaría el poder de preguntar lo que quisiera.

Mi papá estaba en el *small blind* y con un *stack* de caraotas atrás de quince, para ser exactos sobrepasándolo yo en 5. El viejo solo completaba o hacia *check* pero en ese mano a mano no había subido durante ya las casi dos horas que llevábamos batallando, cuando decidió hacerlo, cuando decidió hacer un OR a cuatro caraotas sospeche que tendría una excelente mano consigo. Veo mis cartas y descubro que tengo 10♦ y 9♦. Por algún motivo ver cartas conectadas y pintadas, sobretodo de diamantes, me hacía querer jugar siempre todo lo que tenía conmigo, pero tras mi sospecha decido solo pagar su OR haciendo *call*.

El *Flop* abre con un 7♠, un 8♥ y un 3♥. Mi papá decide enviarme cinco caraotas haciendo cbet. Veo que le quedan atrás seis caraotas y ante el *Board* que me abre punta a punta escalera decido empujarlas todas mirándolo a la cara y diciéndole "All in". Mi papá me mira como diciendo: "te agarré" y dice PAGO.

Muestro mi *suite conectors* y él muestra un increíble par Ases. "Wow" dije sin querer. Quedaban dos cartas por abrir, faltaba el *turn* y el *river*, solo los 6 o las J me permitirían ganarle a mi padre o en el mejor de los milagros que se abran dos diez, dos nueves, o uno de cada uno en las dos fases o *calles* que faltaban.

Soy bueno con los números, rápidamente supe que serían diez cartas las que me permitirían ganar la mano. Eso me da algo de tranquilidad que mi viejo no entendía bien. No sabía porque yo estaba tan sereno ante su impresionante par de Ases. Pasaron unos segundos para estabilizar emociones, me dispuse a sacar la siguiente carta de la baraja.

El *turn* abre un As. Mi papá estalla en alegría, se para a festejar bailando al ritmo de *Ligth my fire*, la canción de The Doors que estaba sonando en ese momento. Yo contengo el golpe, me mantengo serio, como todo un profesional y le digo: "Eyyy no cantes victoria aún tengo chance. Me queda el *river*".

El festejo de mi viejo se convirtió en cierta preocupación divertida, era cierto, faltaba una carta por jugar. ¿Pero cómo podría tener una mejor mano que la suya? Él estaba allí, viendo las dos manos abiertas sobre la mesa, y la suya era casi insuperable. En ese momento Daniel dejó las caraotas y por milagro prestó atención a la mesa, al duelo de tensión y sufrimiento que estaba sucediendo encima de ella.

Como estaba repartiendo yo, quemé una carta, y en cámara lenta abrí la última. Para mi alegría abrió una magnifica J♦, dándome la jugada y por ende el triunfo tan anhelado de esa tarde. Mi viejo saltó de la sorpresa gritando lleno de emoción "noooo puede ser" y estalló en carcajadas. Así terminó ese poderoso *mano a mano*. Me dijo: "Coño, hijo, te felicito jugaste súper bien, pero estás claro que fue un súper polvo, tuviste mucha suerte".

Me reí en su rostro y dije con arrogancia: "Papá tenía todas las J y los 6 que me daban la máxima, rogando que no se doblara nada, que me hicieras un *full*". Me miró con cara de quien calcula una raíz cuadrada. Luego se sonrió y me dijo: "Me gustó hijo, me ganaste como un *pro*. Ahora si soy todo oídos, puedes preguntarme lo que quieras, siempre y cuando no sea muy *pasada* la pregunta. No me vayas a salir con una grosería".

Esa pregunta estaba en mí desde hacía muchos años, pero no había encontrado la oportunidad de hacerla, antes porque tenía miedo a que se molestara conmigo, y en los últimos días, porque no quería arruinar el ambiente de paz y amistad que había conseguido tener con mi papá. Aun así debía hacerla, quería saciar mi curiosidad, y ahora él estaba obligado a responderla, además, el hecho de haber tenido que ganar una apuesta para realizarla, lo preparaba psicológicamente para saber que no sería fácil responderla. "Viejo, disculpa que me meta en tu vida pero, ¿para dónde vas en las noches que te pierdes por tanto tiempo?"

No tardó en mostrarse complacido con la pregunta y sin dudarlo me respondió: "Coño, hijo, sabía que me ibas a lanzar esa". Tuvo una risa nerviosa, se repuso rápidamente: "pero como soy hombre de palabra debo contestarte". Se aclaró un poco la garganta: "Desde niño siempre me gustó el juego, incluso gracias a tu abuelo aprendí a jugar dominó y me fascinaba ver cómo esos viejos jugaban, pero apostando". Hizo énfasis en la palabra apostando: "entendí desde chamo que en la apuesta está la adrenalina, es el truco para disfrutar más los juegos y de todo, casi todo, en la vida".

Me impresionó su respuesta, se mostraba tan sincero, y al mismo tiempo tan calmado, como si hubiese esperado años para decir eso. Siguió: "Hubo un momento cuando yo tenía como catorce años en que tu abuelo me regaló cien bolívares, que era bastante plata. Tenía en mente lo que quería pero, cuando salí de la casa, para comprarme una gorra de los grandiosos Leones del Caracas, me conseguí con tu padrino Eliseo, ¿te acuerdas de él? Y le comenté lo que iba hacer con esa plata, pero Eliseo me dijo que si quería multiplicar esos 100 por más y así comprábamos una gorra para él y además la camisa para mí. ¿Te imaginas esa oferta? Le dije que claro, pero ¿cómo hacíamos eso?"

Esa misma pregunta me la hice al escucharlo hablar. Siguió: "Eliseo me dijo que fuéramos a jugar caballos a un Centro Hípico. Recuerda que Eliseo es cuatro años mayor que yo, así que lo acompañé y apostamos a una yegua que no perdía nunca. Bueno, cuando entré a ese lugar me atrapó completamente: la energía del sitio, el rostro de gozo de la mayoría de los hombres, los televisores gigantes, el sonido, la bulla de las bo*tellas*, y la gente aupando a su caballo para que ganara, todo era eléctrico en ese sitio".

Mientras hablaba, los ojos de mi papá se iluminaban, parecía estar entrando nuevamente en aquel centro hípico por primera vez, y poder aún sentir los aromas y escuchar los gritos de los presentes. Siguió: "La carrera fue impresionante y nunca olvidaré que ganamos de sobra, esos cien *bolos* los multiplicamos en más. Como seiscientos sacamos esa tarde. Con eso compramos una gorra para mí, una para tu padrino, una camisa de los Leones y lo que nos sobró lo dividimos para seguir jugando".

Mi papá se mostraba emocionando. Su cara me decía: ¿entiendes por qué lo hice? Yo sentí algo extraño. El siguió diciéndome: "Así fue como me enganché con el juego y cada vez que agarraba una plata me ponía a jugar. He pasado toda mi vida en eso. Ahora después de viejo me voy a un casino clandestino, es de unos catires, de unos europeos creo que rusos, y ahí dreno la necesidad de jugar, ese impulso que me invita a apostar. Cuando gano, siempre traigo una plática, para ayudar con la casa".

Ya no era una historia color de rosa, se notaba que mi papá no se sentía cómodo con esa parte de su vida. Entonces le pregunté: "¿Y mi vieja sabe?". "Claro que sabe, chamo, lo único es que no le gusta, pero cuando llego con plata me deja tranquilo". De inmediato dije: "Pero ¿por qué no te pones un horario, o te organizas un poco más en ello? Para que no te pierdas tanto tiempo y así no alterar tanto a la vieja". Me dijo con sinceridad: "Coño, Junior, es que a veces lo pierdo todo y no me puedo parar hasta recuperar. Es arrecho, porque siento que no siempre tengo el control".

"Por eso es que no siempre dejas el sobre en la mesa", dije para mí mismo, pero en voz alta. Su respuesta fue sencilla: "Es que en el juego no siempre se gana". Me quedé *callado* un minuto reflexionando sobre sus palabras. Muchas cosas pasaron por mi mente, ahora entendía cosas que quizá eran evidentes, pero jamás había imaginado. "Viejo, disculpa, pero no crees que todo tiene un límite. ¿No es más importante la tranquilidad con mi vieja y la familia que el juego?". Era una pregunta ingenua. Mi papá se acercó más a mí y dijo con la voz entrecortada: "Sí hijo, tienes razón, pero es que... es que tengo... una adicción... con el juego".

Me sorprendió la palabra adicción. En mi mente estaba siempre relacionada con las drogas, con los borrachos que bebían todos los días, con personas infelices. Necesitaba más respuestas, tenía que saber que pasaba. "¿Cómo así, papá? ¿No puedes parar de jugar?". Entonces dijo: "No chamo, cuando juego, juego a ganar o hasta que resista, hasta quedarme sin plata".

Era terrible escuchar a mi padre confesar algo tan fuerte. Nunca imaginé que alguien pudiera pasar por eso, no contenerse de algo que le hacía tanto mal, que lo convertía en una persona infeliz, pero descubrir que mi padre, a quien me había unido tanto emocionalmente en los últimos meses, estuviera pasando por eso, y yo sin percatarme, me hacía sentir fatal. Quería ayudarlo. "Pero viejo, si es una adicción debe haber un tratamiento, o una cura para ello. No es nada sano lo que estás haciendo, tienes que buscar ayuda".

Mi papá reaccionó diciendo: "Lo sé hijo, es muy feo lo que vivo. Por eso nunca quisiera verte así como estoy. El juego es para divertirse, no para vivir de ello y menos vivir por ello. Yo perdí el control pero desde que conseguí este libro en la Librería me enamoró el póker, al igual que a ti. Por eso, me he quedado más tranquilo con los juegos de azar. Ves que casi ya ni salgo. Me gusta el póker porque entramos con un *stack* que tiene un valor, pero si perdemos hasta ahí llegamos, por otra parte no es el azar contra quien jugamos, sino que jugamos contra un adversario igual que uno, definitivamente el póker es un juego mental no de azar, además que me hace compartir contigo y con Daniel".

Para mí eso no era suficiente. Era como sufrir una enfermedad, debía consultar con un doctor, por más que ahora mismo se sintiera bien. "Papá, ¿Has buscado alguna vez ayuda? ¿Has buscado con Kathy ver si algo se puede hacer?". "Junior, la relación de tu mamá y yo, como ya te habrás dado cuenta no es muy buena que digamos, la condición de Daniel nos afectó mucho a los dos y la crisis del país, el tema del desempleo y por supuesto el tema del juego, lo ha deteriorado todo entre nosotros". Hablaba con total sinceridad, como si fuera un hombre de su edad, un amigo de toda la vida a quien tiene tiempo sin ver y debe desahogarse con él: "Tanto así que ya ni recuerdo la última vez que estuve con tu mamá o que le di un beso. Pero no es culpa de ella, aunque es súper fastidiosa y muy fuerte en muchas cosas, pero ella es una mujer magnifica en todos los sentidos y la verdad no sé qué fuese de nosotros sin ella".

Sin duda tenía razón, ahora podía verlo mejor, mi mamá tenía toda esa información, conocía todo lo que ahora yo estaba descubriendo y jamás lo había dicho, cargaba con todo ese peso y aun así estaba luchando por todos. Mi papá siguió diciendo:

"No me he terminado de ir de la casa porque no tengo a donde ir. El dinero que pueda costar cualquier habitación puede servir mejor para la casa, que tantos gastos tiene, por eso tu vieja y yo hemos decidido ser compañeros de alguna manera". Allí se detuvo, cogió aire, se recostó en la silla, y continuó, con tono más serio y reflexivo: "Pero Junior reitero que realmente quién no ha hecho las cosas bien he sido yo y lo que ella es hoy en día, es producto de mis fallas como hombre en todos los sentidos. Una vez tu mamá me dijo que buscáramos ayuda, tenías como unos seis años, fue producto de que en una apuesta perdí el *Swift* de la casa. ¡Cómo quería tu mamá ese carro! Lo habíamos comprado entre los dos pero en una apuesta de caballos lo perdí".

Quedé atónito, apenas recordaba ese carro. La verdad es jamás me había preguntado lo que había sido de ese vehículo. Siempre fui despistado, pero todos estos detalles me hicieron darme cuenta de que en mi casa pasaban cosas importantes de las cual yo no tenía el menor conocimiento. Mi papá continuó: "Tu mamá me quería matar y me propuso buscar ayuda, pero acá en este país no hay nada serio, y los pocos psicólogos que tienen credenciales para tratar el tema son muy costosos y fue imposible. Luego con el continuar del tiempo tu mamá y yo nos fuimos separando, convirtiéndonos en lo que ves día a día. Siempre me va a pelear las salidas porque sabe que son para jugar. Pero no es por celos, porque ella está segura que soy incapaz de ver ni para la esquina a ninguna mujer, a pesar de nuestra distancia. Si llego con el sobre sé que se alivia, porque representa una ayuda con los gastos, mientras estoy desempleado sin servir prácticamente para nada. Ella nos quiere mucho".

En ese momento y por primera vez en mi vida vi que salía una lágrima del ojo derecho del viejo, el cual de una manera bastante rápida no permitió que siguiera su camino natural y la interrumpió con un ligero golpe. La escena también me conmovió pero yo si no pude interrumpir un par de lágrimas que escaparon de mí. "Viejo ¿y si buscamos ayuda nosotros?"

"Si, hijo, busquemos ayuda cuando gustes". Solo me salió decirle: "Te quiero viejo". "Y yo te quiero a ti hijo, y también a este locoooo del Daniel, que no hace más que robarnos nuestras caraotas para el póker" dijo abrazando primero a mi hermano pero luego abalanzándose sobre mí para abrazarme fuertemente.

Fue el momento más emotivo de mi juventud. Sin darnos cuenta el tiempo había pasado, ya eran las 7:15 de la noche, no habíamos preparado de cenar, en la ciudad había caído la noche. Nos despertó del ensueño el grito de Kathy. Nos sorprendió a todos con las manos en la masa. Ella había llegado un poco más tarde de lo habitual, con unas bolsas amarradas en la manos y con su cara de cansancio al máximo. "¿Qué están haciendo?", nos interrogó muy malhumorada. A mi mamá no le gustaba que nos enseñara cosas de apuestas, ahora entendía por qué. Esa parece que fue la gota que derramó el vaso, entonces increpó a mi papá: "Coño pana, ¿no trabajas, no haces nada y ahora me estás metiendo a los muchachos en el vicio de tu ludopatía?"

El intentó defenderse: "Kathy, ¡por Dios! Estoy compartiendo con los chamos, además el póker no es un juego de apuestas, como piensas, es más bien como…", pero ella lo detuvo alzando la voz más que él: "No quiero escuchar más. ¡Quiero que te vayas y no regreses hasta que consigas un trabajo! Tienes que ayudarme con el peso del hogar. No es posible que todo lo tengo que hacer yo, mientras tú estás echado acá en la casa sin hacer nada".

Sin decir una palabra más el viejo entró en el cuarto, se vistió y salió, pero antes de irse se volteó a mirarnos a Daniel y a mí. Su gesto trasmitía vergüenza o pena hacía nosotros. En ese momento quise detenerlo, abrazarlo y defenderlo ante mi mamá, pero la ira de mi vieja me dio temor; cualquiera fuera mi reacción podría transformarse en un desafío hacia Kathy, y la verdad es que muy en el fondo entendía el sentir de mi mamá.

De alguna manera tenía razón ante sus demandas. Mi papá se fue, tras de él, Kathy cerró la puerta con fuerza. No sabía qué hacer, así que guardé silencio y ayudé a Kathy con el mercado que había dejado tirado en el suelo al llegar. Mientras, seguía escuchándola drenar su rabia e impotencia frente a lo que sucedía. Ella había perdido la paciencia hacía mi papá desde hacía mucho, yo apenas empezaba a entender el problema. Estábamos mirando el mismo punto desde esquinas opuestas.

Luego ayudé a Daniel a bañarse. Cenamos en silencio, traumados, tristes porque mi papá volvía a estar fuera de la casa, pero esta vez no por culpa de su adicción al juego, sino por una injusticia en donde fui partícipe, por no defender a mi papá. Nos acostamos teniendo la esperanza de verlo en su llegar matutino con el sobre de dinero y que toda esa discusión y mal entendido quedara en el pasado.

SIETE.- DON VITO PANZUTO

No hay método definitivo para ser un gran jugador de póker, cada uno de los grandes jugadores que conozco han recorrido un camino diferente para llegar a la cima de la montaña de fichas. Algunos, como yo, venimos de una familia pobre o clase media, y conocimos el póker en la juventud, cuando el juego tuvo la oportunidad de formar nuestro carácter. Hay gente que llega al póker por otros medios o juegos, dando tumbos en casinos, o buscando probar suerte en el mundo de las apuestas; y cuando consiguen el póker, se dan cuenta que hay una parte del azar que pueden controlar con astucia, estrategia e inteligencia. No sucede lo mismo con los dados, que tienen una variación estadística definida y es muy poco o imposible lo que puedes hacer para cambiarla.

Es el póker un arte de exactitudes matemáticas, donde no puedes dejar que las pasiones te arroben. He conocido muchos jugadores que se dejan trastornar por la presión y cuando se sientan a jugar, ya han perdido todo, aun antes de tocar el primer naipe sin importar las cartas, que como sabemos son insensibles. En el póker todo depende fundamentalmente del jugador, cada uno inventando su manera de conseguir el equilibro.

Algunos andan con sus amuletos colgando del cuello. Parecen curas con su santo rosario o con figuras que colocan sobre las cartas, tanto para protegerlas, como para llamar a la suerte, mientras otros prefieren relajarse tomándose unos cuantos whiskies de más. Hasta he conocido algunos que prefieren encender un cigarrillo de marihuana, conectarse con su yo interior y luego sentarse en las frenéticas mesas de *cash* con la ventaja de tener sus sentidos adormecidos y la mente aguda.

En el Texas Hold'em existen variedades *No-Limit* y *Limit*, sencillamente porque son mesas en las cuales se imponen límites máximos de apuestas y otras en las que no. Regularmente se imponen límites en las partidas amistosas, para evitar disputas o sobrepasarse con los gastos. También en algunos casinos, existen mesas con límites muy altos, que para la mayoría no sería ninguna limitación porque en una mano regular jamás apostarían esas cantidades, pero es una forma eficiente de evitarse problemas como empresa. ¿Cómo actuaría un cliente que pierde sobre una mesa de póker miles dólares en una mano? Pues dependiendo del casino, prefieren no averiguarlo.

Impuestos los límites de apuestas, o la ausencia de tales límites, que es lo habitual, entramos en las modalidades de cobro. Cómo ya te había dicho, existen los torneos, y también lo que llamamos mesas *cash*, donde cada ficha vale lo que representa. Apuestas con dinero contante y sonante, y quien regenta la mesa lleva un control de lo que cada jugador ha ingresado en fichas en esa ronda de juego. Es decir, el organizador recibe el dinero, por ejemplo, ciento cincuenta dólares de cada jugador, este le entrega a cada uno fichas equivalentes para que las apuestas en la mesa sean más eficientes. Si algún jugador se queda sin fichas, puede pararse de la mesa y comprar más fichas. ¡Eso siempre le interesa al que va ganando! Más fichas, más dinero, más motivos para seguir jugando.

En las grandes salas de juego de Venezuela este sistema es más complicado. Por ejemplo en las mesas de don Vito Panzuto cada jugador puede entrar con mil o dos mil dólares, o incluso con cincuenta mil dólares en su especial semanal *highstake* de *blinds* 10/20, e ir aumentando a medida que va perdiendo su dinero por malas decisiones.

En una noche común, el dueño de una flota de camiones de remolque que mueven cereales de Puerto Cabello a Valencia, puede llegar a la lujosa terraza del edificio de Vito en Las Mercedes[13], una de las zonas más exclusivas de Caracas. En la planta baja, don Vito tiene dos restaurantes lujosos, quizá nuestro jugador tomó la cena con su despampanante mujer, y luego de unas copas de vino decide probar suerte. Llama al mesonero, pregunta por Vito, le dicen que está en la terraza. Llaman para preguntar si hay posibilidades de que nuestro empresario suba. Acto seguido, lo escoltan hasta el ascensor.

En el noveno piso se abre el casino clandestino. Hermosas mesas de ruleta con fina madera italiana, una

---

13 Las Mercedes es una urbanización mayoritariamente comercial y empresarial situada en el municipio Baruta en el este de Caracas en el Estado Miranda. Es famosa localmente por sus discotecas y bares, pero también posee numerosos almacenes de ropa y otros productos, varios Centros Comerciales, diversas galerías de arte, algunos de los restaurantes más costosos y exclusivos de la ciudad y hoteles de 5 estrellas como; por ejemplo: el famoso Hotel Tamanaco Intercontinental.

gran mesa de dados que antes estuviera en el casino del Hotel Tamanaco. Al fondo diez maquinas traganíqueles y una hermosa barra iluminada. El caballero conoce el camino, así que se dirige a las escaleras, y sube a terraza cubierta, donde hay seis hermosas mesas de póker, dirigidas por *dealers* elegantemente vestidos. Es el propio don Vito quien lo recibe. ¿Con cuántos dólares vas a comenzar esta noche?

En términos prácticos sería la pregunta que haría don Vito, pero prefiere preguntar por su familia, por los amigos en común y por los negocios. El empresario por si solo le dice que quisiera quince mil dólares en fichas para comenzar en una mesa de *blinds* 2/5. Sin duda, mañana esa transferencia bancaria estará realizada, don Vito tiene los números de sus secretarias y sabe, que si le envía dos o tres copas de más de un *Cabernet Sauvignon* que tiene reservado para su amigos, podría anotar quince mil más en la cuenta. A fin y al cabo, es un gusto jugar, probar suerte, y no se hace todos los días.

Así descubrimos a uno de los protagonistas del mundo del negocio del póker, los dueños de clubs quienes tienen casinos clandestinos para cubrir las apuestas de los grandes potentados. Estos hombres hacen mucho dinero con el póker cobrando comisiones por cada mano llamado también *rake*. Como es casi imposible que alguien tenga esos montos de dinero consigo se dan créditos con la promesa de pagar los mismos en las próximas horas o días y si alguien se atrasa en el pago convenido, cobran intereses que están dentro del rango de la usura. El financiamiento o cobro puede ser llevado a cabo por el dueño del club pero también por banqueros o financistas, que en algunos casos son los mismos o son distintos, en el caso de Don Vito lleva consigo la doble figura pero en otros clubs puedes conseguir al dueño y al banquero en figuras distintas. En las manos de estos despiadados caen los ludópatas de la alta sociedad, claro que este es un modelo que se repite en todos los estratos de la sociedad. En los casinos clandestinos del 23 enero, hay quienes financian a los jugadores en sus apuestas grandes, y si no pagan, les aplican la ley del gatillo.

Don Vito Panzuto es el rey de las mesas *cash* de una parte de Caracas dividiendo su clientela en parte con el Gran Max Alpha. Su casino es frecuentado por gerentes, empresarios, inversionistas extranjeros, y una ralea política muy variada, entre diputados, alcaldes y gobernadores, con sus respectivos testaferros. Todos tienen cuentas abiertas en su empresa, que es una de las más estables del ramo de las apuestas ilegales en el país. Desde finales de los años setenta está instalado en Las Mercedes, viendo ir y venir a todas las clases políticas y económicas del país. Escuchando entre sus mesas de envite pactos inconfesables que llenaron los bolsillos de muchas familias y dejaron ir del país capitales millonarios.

Su negocio comenzó en el gobierno de Jaime Lusinchi, y evidentemente contaba con una patente de corso de la *Camorra* italiana que estaba abonando terrenos en el país. Pero don Vito fue astuto y pronto hizo los movimientos necesarios para que su próspero negocio no dependiera de los designios de los napolitanos, sino de los círculos de poder venezolanos; pero siempre, debiéndole respeto a los señores de la mafia de su país. En los ochenta desfilaban generales criollos y oficiales de la Escuela de las Américas sobre sus alfombras. Los otros pisos de su edificio tenían lujosas habitaciones y contaban un variado menú de prostitutas de todo el mundo. Vito solo ofrecía lo mejor.

En los noventa se vio reñido el negocio, sobre todo después de la destitución del presidente Carlos Andrés Pérez por malversación de fondos. Desde 1993 hasta entrados los años dos mil parecía que el negocio y el país iban mal. Todo trocó con el control de cambio y el ascenso de la llamada "Boli burguesía": bolivariana y chavista, ansiosa por vivir todos los placeres que la pobreza y la marginalidad de su estilo de vida anterior les había vedado. Querían ser ricos y vivir como ricos, tenían mucha sed de cosas lujosas. Como un buen mafioso nunca deja de serlo, don Vito movió los hilos en Italia para conseguir que los nuevos reyes de Venezuela le dejaran continuar con el negocio y se volvieran clientes de sus esmeradas atenciones. Allí podías gozar de lo mejor de la cuarta república, con todo el dinero de la quinta.

Hay un término del póker para hablar de las cartas que recibimos al principio: *hole cards*, literalmente traduce cartas ocultas; ese es el principal atractivo del póker, el poder recibir una información privilegiada, un fragmento de la realidad que está dirigido exclusivamente a ti y tú lo utilizas para ganar dinero. Don Vito en la historia de mi vida es uno de mis *hole cards*.

Cuando entré a la mansión donde se jugaría el gran torneo de Max "Alpha" Rodríguez me esperaba en la entrada Héctor, uno de los matones de don Vito. Era un tipo descomunal, medía más de dos metros de altura, era tan grande que parecía estar gordo, pero realmente era puro músculo. Estaba allí para cobrar la deuda que yo tenía con su jefe, en eso, don Vito era un digno representante de la mafia italiana: si no tenías dinero debías pagar con tu vida. Como te había comentado anteriormente Don Vito hizo que entrará al torneo de Max, pero no lo hizo porque éramos buenos amigos, lo hizo por una deuda que contraje con el y te contaré más adelante en esta historia.

¿Te imaginas la presión que sentía? En ese momento hubiera deseado ser uno de esos jugadores que fuman marihuana para dejar a un lado las preocupaciones y concentrarse en el juego. Menos mal que en el póker no hay exámenes antidoping antes de jugar. En las mesas de póker hay de todo, desde los cocainómanos que usan las cartas para esnifar, hasta las chicas cuya emoción por el juego se convierte en excitación sexual y terminan en furiosos revolcones en los baños. En una mesa *cash* o en un torneo de póker puede pasar cualquier cosa.

Ese día, al entrar al torneo, me sentí como James Bond y quizás me digas que es mentira, pero cuando has vivido como yo, jugando póker de lunes a domingo, estudiando y practicando para ser el mejor; y de pronto, el juego deja ser algo habitual, ordinario, común, para convertirse en una situación tensa, en un ambiente tan denso que puede cortarse; cuando pasas de la tranquilidad de una rutina de juego, a vivir una situación que puede costarte el pellejo, entonces sí, todo parece ser parte de una película, solo esperas ser tú el protagonista y no morir antes que termine el filme. Tranquilo ya entenderás todo poco a poco, lo importante es que ya sabes quien es Don Vito Panzuto.

OCHO.- UN ADIÓS SIN PRONUNCIAR

La noche anterior mi mamá nos había descubierto jugando póker, yo guardaba la esperanza de que el viejo volviera a las cuatro de las mañana con sus ruegos de siempre y un sobre lleno de dinero, símbolo de que había ganado esa noche, de que la suerte lo había acompañado, de que había hecho una buena apuesta, con inteligencia y estrategia, para recompensar a mi mamá y a todos nosotros. Pero no fue así, no llegó esa noche.

Me desperté a las seis de la mañana, con sigilo revisé la casa. No estaba en su cuarto, ni acostado en el mueble de la sala. Abrí la puerta para percatarme si había decidido dormir en el pasillo para no molestar a mi mamá pero no estaba. El viejo no había venido a dormir. Mi mamá ya estaba despierta haciendo el desayuno para Daniel y para mí, con una actitud neutra, descansada, como si nada hubiese sucedido. Pensé que, con todo lo que dijo la noche anterior, había desahogado muchas cosas que tenía contenidas.

Me vestí y arreglé, siempre pensando en el viejo. Salí para el liceo, mirando con atención a todos lados, revisando las esquinas, husmeando en las entradas de las tascas y peñas hípicas del trayecto al liceo, que estaban todas cerradas a esa hora. Yo no tenía idea donde quedaba el casino clandestino de los "amigos rusos" que había mencionado mi papá, pero si hubiese sabido, seguro esa mañana me habría saltado las clases para ir a buscarlo.

Cuando salí de la casa me despedí de Daniel con un abrazo. Yo entraba al liceo a las siete de la mañana, y Daniel a las nueve debía estar en un colegio especial, donde lo atendían como merecía, había pocos alumnos, las maestras eran especialistas, le daban las comidas. Daniel permanecía allí hasta las tres de la tarde. Mi vieja lo llevaba y yo lo buscaba. A veces era mi papá quien pasaba por él, pero ese día, como no pudimos ponernos de acuerdo, mi mamá me dio la responsabilidad de pasar por él.

Pasé toda la mañana pensando en mi papá. No pude concentrarme ese día en las clases ni en nada. El profesor de matemáticas me llamó la atención porque estaba distraído, y él sabía que esa era mi clase favorita. Tenía un mal presentimiento. El recreo fue un suplicio, todos estaban en sus cosas de adolescentes, pero yo el día anterior había despertado a un mundo de problemas.

De repente mi familia era más compleja que antes: mis padres no se amaban igual, mi viejo tenía una adicción y necesitaba ayuda, además, estaba mi hermano, con su condición especial que hacía que todo fuera más difícil pero sin quererlo, porque era inocente, no tenía culpa de nada. Sentía que el mundo era injusto conmigo, y con la gente que yo amaba.

No podía dejar de pensar en mi papá y en la manera en como salió esa noche de la casa. Él no quería irse ese día a jugar, no necesitaba salir a saciar su vicio, estaba con nosotros calmado y curándose de su problema, y de repente fue arrancado de esa paz, y expuesto a la intemperie por la ira de mi mamá, que aunque tuviera razón, no permitió que se defendiera. Además, si bien el viejo llegaba a veces dos días después, yo estaba muy preocupado porque esa noche salió sin dinero, sin planes, sin amigos, y no había vuelto. Yo sabía que debía volver temprano para garantizar que todo estuviera bien, pero no fue así, no regresó.

Salí del liceo a las dos y media de la tarde. Hice un recorrido diferente, para observar los tugurios donde suponía yo que podría estar mi padre, desamparado, así como lo sentía en ese momento. A las tres de la tarde pasé por Daniel a su colegio especial. Le pregunté si había visto llegar a papá después que me fui en la mañana, si llegó luego de yo haber salido al liceo, pero Daniel solo me respondió que no. En su mundo no había espacio para esas preocupaciones, era feliz, y debía seguir siéndolo.

Llegamos al departamento y tampoco estaba allí, no había vuelto aún. Entonces hice algo que no había hecho antes: decidí llamarlo a su teléfono, para saber cómo estaba, dónde había pasado la noche y a qué hora volvería. Pero cada vez que llamaba caía la contestadora automática de su celular. El teléfono estaba apagado. Le dejé varios mensajes, pidiéndole que me dijera dónde estaba, diciéndole que estaba preocupado y que quería que volviera, porque ya era la hora de jugar al póker y leer el libro, que no podía hacerlo sin él.

Entonces llamé a mi mamá. Le pregunté si sabía algo de mi papá. Ella estaba en su oficina de bienes raíces, quizá en una junta, al principio no me escuchó bien, pero notó mi preocupación en la voz. Le repetí la pregunta, y ella me respondió con otra interrogante: "¿No ha llegado aún? Es raro". También noté en su voz un tono de preocupación, aunque intentó disfrazarla diciéndome donde había puesto el almuerzo y otras cosas del hogar. Pasé toda la tarde angustiado, no pude leer ni una línea del libro de póker porque no hacía más que pensar en mi papá.

A las siete en punto de la noche llegó mi vieja del trabajo. Yo estaba en vilo. Ella me preguntó si sabía algo de Diego, mi padre, y yo le dije no, que estaba esperándolo aún. Se notó realmente preocupada y empezó a hacer llamadas. Ya no ocultaba su inquietud. Ninguna llamada dio una respuesta afirmativa. Mi papá estaba perdido, nadie sabía de él. ¿Dónde se pudo haber metido? Si ninguno de sus compinches de juego lo había visto. Mi respiración ya estaba agitada. Daniel se sentía afectado por el clima de tensión, cuando, cerca de las ocho y media de la noche sonó el teléfono fijo de la casa y mi mamá fue a contestarlo.

Tiene que ser él, fue lo primero que pensé cuando mi mamá alzó el teléfono. Yo la miraba mientras ella escuchaba, y pude ver como su rostro se fue llenando de pánico, sus ojos reflejaban ante mí lo peor, un temblor lagrimoso estaba instalado en sus pómulos mientras apenas encontraba la sincronía necesaria para colgar el teléfono. Todo sucedió en fracciones de segundo. Una vez colgó teléfono, ante mi rostro impávido, giró sobre sí y tomó su bolso que estaba en la mesa de la sala, volteó a verme y no atinó a responder ninguna de mis preguntas, que como una metralleta lanzaba, parecía que no escuchaba ninguna de mis palabras, solo supo decirme: "cuida a Daniel, ya vengo", mientras salía de la casa.

Yo quedé en shock. En mi mente solo se repetía una pregunta: "¿coño que está pasando?". De repente mi vida había entrado en mar turbulento y parecía que estaba en el centro de la tormenta. Relámpagos, olas gigantescas, el cielo completamente oscuro y mi embarcación, mi familia, mi seguridad emocional, estaban a punto de naufragar sin saber por qué ni cómo, y mucho menos cuándo.

Todo se estaba volviendo muy bizarro en ese momento. Le hice de cenar a Daniel, pero yo no pude probar ni un bocado. A las nueve pasadas, acosté a Daniel y me quedé viendo televisión en la sala. Aunque era lo que menos hacía, pensaba más en todo lo que estaba pasando y en lo difícil que era para mí entenderlo de golpe. Me quedé dormido en algún momento con el televisor encendido. Después de la una de la madrugada sentí que abrían la puerta y desperté, era Kathy que llegaba.

Ella estaba llorando, y en su rostro se notaba que había llorado mucho más antes de llegar. La vi entrar, sentarse en el comedor, estaba llorando, pero no perdía pisada de mí. Yo me acerqué, un poco molesto ya por tanto silencio, y le hice una sola pregunta: "¿Dónde está el viejo?". Ella dijo: "Papi, no sé cómo explicarte esto", tomó aire, y luego dejó caer la noticia como un cañonazo que derribó la fortaleza mi alma: "pero en la madrugada de ayer tu papá tomó un taxi para venir a la casa, y al parecer lo trataron de asaltar, puso resistencia, y lo mataron".

"Lo mataron, lo mataron, lo mataron" esa palabra retumbó en mi cabeza seguida de un pitido insistente y agudo, mis oídos se llenaron de sangre y ya no podía pensar en nada sino en esas palabras. "Lo mataron, lo mataron, lo mataron". Quedé en shock, ahí parado, no sé cuánto tiempo, quizá fueron solo segundos, pero para mí fue un instante eterno. Se detuvo mi respiración, y pude sentir una lágrima fría y gruesa que salía de mi ojo derecho, atravesaba mi cara, quemándola, tatuándola con el dolor, mientras recordaba a mi viejo salir, la noche anterior, con la tristeza en el rostro. Allí donde yo estaba parado, podía verlo irse por última vez, arrepentido y triste por todas las cosas que Kathy le había dicho, huyendo con vergüenza, con pena, con dolor, mientras que yo estaba allí, *callado*, también lleno de miedo. Yo pude haberlo defendido, haber dicho que no quería que se fuera. Haberlo salvado.

Mi mamá seguía hablando pero yo no prestaba atención, estaba en una nebulosa de emociones, sólo escuchaba fragmentos. "La policía lo encontró herido en la autopista", mi papá no debió haber salido esa noche, "lo llevaron al clínico del universitario", él no estaba haciendo nada malo, solo quería enseñarme a jugar póker y compartir con nosotros, "hasta que al final no aguantó más"... en ese momento reaccioné lleno de ira.

Con violencia agarré a mi mamá por los brazos. Yo estaba bañado en lágrimas, la respiración entrecortada, mis fosas nasales congestionadas, tomé aire con dificultad y le grité: "Es tu culpa. Todo esto es tú culpa. Siempre llevando todo al máximo. Siempre con tus peos, con tu mierda". Kathy quedó perpleja ante mi reacción. Intentaba abrazarme pero yo no lo permitía y entre lágrimas me decía: "no papi esto no es culpa de nadie", pero yo estaba cegado por el dolor, no podía creer lo que estaba sucediendo.

En ese momento necesitaba salir de ahí, necesitaba escapar de alguna manera del dolor, respirar, conseguir una espacio donde ella no estuviera, donde no sintiera la presencia de mi papá con su mirada de lástima, tenía que huir de allí. Entonces salí corriendo por las escaleras, fui veloz, salí del edificio, necesitaba expulsar todo el miedo, la ira, el rencor, drenar mi impotencia y el odio que sentía hacia el mundo, entonces corrí, corrí todo lo que puede hasta que mis piernas y mis pulmones no pudieron más; solo sentía el viento frio en el rostro mojado por las lágrimas, sentía mi corazón latir aceleradamente buscando respuestas a las preguntas que no tienen, mis músculos dándolo todo por alejarse para siempre de lo inevitable, corrí tan rápido y tan desprovisto de cualquier cuidado, iba descalzo pero no sentía los pies, atravesaba las *calles* y avenidas como poseído por un espíritu que enceguecía mis ojos; la ciudad en su oscuridad me adoptó como una sombra fugaz que dejaba atrás la luz y se adentraba en las fauces del dolor.

Corrí hasta que mi cuerpo sencillamente se desplomó en el piso, no podía levantarme, el dolor físico y el dolor del alma eran demasiado para mí. "¡Dios por qué esto estaba pasando! ¿Justo en este momento? Si habíamos dado con el problema y ya le íbamos a encontrar solución. ¿Por qué esto ahora? ¿Por qué te ensañas contra mí, Dios?" era lo que pensaba tirado en el suelo, sin luz en los ojos, ahogado por la carrera hacía el vacío que había emprendido.

Estaba lleno de rabia, odiaba al mundo, sobre todo a Kathy, la veía como la culpable de la salida de mi viejo esa noche. Pasado un largo rato, decidí incorpórame como pude, me senté en la acera de la avenida en la que estaba. El cielo de Caracas estaba completamente nublado, era imposible ver una estrella, mucho menos podría conseguir respuestas a mis preguntas mirando hacia arriba. No tenía idea de dónde estaba. Me había perdido en todos los sentidos. La noticia del asesinato de mi padre me desorientó. Quedé fuera de mí no sé cuánto tiempo. Pasé casi toda la madrugada ahí sentado, hasta que vi un carro acercarse haciendo cambio de luces. Reconocí el vehículo, era del vecino del 9B, Fernando, un portugués mayor, amigo ocasional de la casa. Abordo estaban Kathy y mi hermano.

Mi mamá salió del carro corriendo hacia mí, ella era un mar de lágrimas. Se lanzó sobre mí para atraparme con sus abrazos. Lo único que decía era: "hijo perdón, perdón". Al principio era ella quien me abrazaba y seguía repitiendo esas palabras, me pedía perdón. Yo no tenía ánimos, ni espíritu, ni fuerza para responderle, ni con palabras ni con abrazos. Entonces la vi a los ojos: estaba quebrada por dentro. La muerte de mi padre la había destrozado. Ella lo amaba a pesar de todo y también lo había perdido para siempre. Ambos teníamos el corazón hecho pedazos por la tragedia, y yo no estaba solo en mi dolor, lo compartía con ella. Nuestra familia había perdido al hombre que tanto queríamos, a pesar de sus problemas, pero que nos había demostrado que también nos amaba.

Respondí a su abrazo, me puse a llorar mucho más que antes. Lloramos en esa acera de Caracas hasta que salió el sol y empezaron a circular personas alrededor nuestro. Debíamos ser fuertes ahora y apoyarnos. Nos había tocado perder el juego, pero el viejo sabía que debíamos seguir intentándolo, que la vida como el póker es 100% estrategia y 50% suerte. Que la vida nos echa cartas malas para probar nuestra actitud, y si le echamos la culpa a las cartas cada vez que perdemos, nunca seremos capaces de aprender nada del póker, ni de la vida.

NUEVE.- PRIMERAS MANOS

Cuando comienzas a estudiar póker sabes que conocer la dinámica elemental de las cartas no es suficiente. Muchos piensan que el póker es un juego de engaños, que consiste en fingir que tenemos la mejor mano. Muchos jugadores, sobre todos los que pierden cada vez que juegan, piensan que simplemente haciendo *bluf* y confiando en la suerte, pueden ganar. Pero no es así, quién estudia el póker puede estar lleno de certezas, puede conocer a profundidad las proporciones estadísticas de cada mano, de manera suficiente para descifrar las opciones de la varianza, y así poder apostar con confianza, y cobrar con la sobriedad del trabajo bien hecho.

Lo primero que te quiero mostrar es como reconocer una mano "jugable", es decir, aquella mano que tiene la posibilidad de resultar victoriosa cuando recibes las *hole card*. Es matemáticamente imposible saber cuáles son las cartas que tienen los contrincantes, pero podemos predecirlas, sospecharlas y con ello acercarse a descifrarlas. En las primeras de cambio, en el *pre-flop*, casi no podemos saber nada de nadie. Solo poseemos la partícula de información que nos entrega el repartidor. Por eso es muy importante, para jugar bien un *pre-flop*, conocer cuales combinaciones de *hole card* podremos usar con nuestras cartas. Si conocemos bien nuestro *chance* podremos decidir qué tipo de movimiento y que tipo de apuesta realizar antes de ver el *flop*.

Lo primero que aprendimos mi padre y yo, que por supuesto anoté en ese cuaderno de educación artística, fue qué cartas podía utilizar y cuáles debía desechar casi inmediatamente. En las primeras de cambio, para aprender realmente a jugar, me ceñí a la estrategia de jugar un buen *pre-flop*. Luego, fui tomando confianza con otros métodos, pero en un mano a mano, que era la realidad diaria del juego con mi papá, debía saber qué posibilidades tenían las dos primeras cartas.

Así entendí que existen dos grupos básicos de primeras manos, y de esa manera intentaré explicártelo. Están las manos que conforman un par, es decir, que al recibir las *hole card* tenemos la suerte de haber obtenido un par de cartas del mismo valor; y el otro grupo, por descarte, que es el grupo de cartas donde no recibimos par, pero están llenas de oportunidades para los jugadores que saben reconocerlas.

El par de Ases es la mejor mano que puedes recibir en un *pre-flop* y está en el grupo de las que conforman un par. Así, desde allí podremos evaluar la calidad de nuestras manos que conforman pares, siendo un par de Ases la mejor mano, y un par de 2, la peor, del grupo de manos que conforman pares. Así que un *Pocket* (también se le llama así a las *hole card*, es decir, al par de cartas ocultas que recibes en el *pre-flop*) de A-A, o K-K, y hasta Q-Q, son las mejores primeras manos que podrías recibir, y a las cuales en casi el 100% de los de los casos deberías apostarle para ver el *flop*. Las llamaremos pares superiores.

Luego J-J; 10-10: 9-9; y 8-8 las consideraremos pares intermedios, que siguen siendo fuertes, pero seguro podrían ser vulnerables cuando se revele el *flop*, o alguien en la ronda de apuestas *pre-flop*, podría tener uno de los pares superiores y nosotros no saberlo. Del 7-7 al 2-2 los llamaremos pares bajos; sin duda ofrecen un *pre-flop* decente pero en una confrontación final o *showdown* no tienen tantas probabilidades de resultar ganadoras. Cuando recibes un *Set* de pares bajos, debes ligar que el resto de las cartas comunitarias te ofrezcan la posibilidad de hacer un full o hasta un póker, para poder alcanzar la *nuts*.

En el otro grupo de cartas, recibimos manos muy poderosas, como un A-K, que podría considerarse la de mayor valor del grupo de *cartas no pares*. La peor mano que se puede recibir en un *pre-flop* es 7-2 de diferente palo, es así porque tiene la probabilidad más baja de conformar la formación de una mano de valor. Pero juzgar la fuerza de una mano del grupo de *cartas no pares* no es tan sencillo como evaluar a las pares, que se apoyan en la tabla de jerarquías. Por eso reconoceremos tres factores para identificar la fuerza de una mano que integre este grupo: 1) ¿Cuál es el valor de la carta alta? 2) Si son del mismo palo o pintas las cartas 3) Si entre las cartas hay un *Suite Conector*.

Voy a explicártelo: Si recibes dos cartas de diferente valor, es importante que evalúes el valor individual de cada una de ellas. Ya que no es lo mismo recibir, un A-K que un 4-2. Tener cartas de alto valor en esa primera mano te dará ventajas, A-Q, A-J, o A-10 junto a A-K son las mejores combinaciones. Si las *cartas no pares* que recibes son altas, tienes más posibilidades de hacer un *Top Pair* cuando se descubra el *flop*. Un *Top Pair* es el nombre que recibe el par más alto posible en una ronda de juego: si el *flop* descubre Q, 10 y 7, quien tenga entre su *hole card* una Q será el dueño del *Top Pair* de esa jugada.

Además, aquí entra un concepto que siempre debemos tener en cuenta al jugar con las cartas comunitarias: el *Kicker,* que es una carta que no tiene conexión con la mano que disputa la victoria, pero se utiliza para determinar cuál mano es de mayor valor, recuerda que en el póker las manos están constituidas por cinco cartas. Así que si logras obtener un *Top Pair* de Q, como en el ejemplo del *flop* de arriba, podrías encontrar que otro jugador de la misma mesa también lo tenga. Solo otra carta puede definir quién tiene la mejor mano; entonces se llevará el bote quien tenga el *kicker* más alto. Así que si tienes solo una carta alta en el *pocket* podrías estar en desventaja frente a los otros jugadores.

Si tus cartas son del mismo palo o pinta, aumentan tus posibilidades de conseguir hacer un *color* en la mano que jugas; te estoy hablando de un 6% de probabilidades de recibir entre las cinco cartas comunitarias las otras tres que necesitas para tener una de las mejores manos del juego: *el color*. En cambio con una mano de diferentes palos tendrías que contar con que salieran cuatro cartas en entre el *flop* y el *turn* que coincidieran con una de las tuyas, es decir, solo tendrías 1.3% de posibilidades de lograrlo. En ese sentido, que las cartas que recibes sean del mismo palo no hace ningún milagro si tu *pocket* es de bajo valor, pero si suma una posibilidad interesante si tienes al menos una carta alta entre tus *hole card*.

Sin duda hasta aquí, te he mostrado muchas posibilidades, pero no hemos empezado a hablar de los *suite conectors*, esa suerte de dopamina para la intuición de los jugadores. Un *suite conectors* es el nombre que reciben las cartas conectadas, es decir, 10-9 o 8-7 hasta 10-8; es decir, cartas que conectadas en secuencia o con *un valor* de diferencia, pudieran servirnos para desarrollar proyectos de *escaleras*; y se hace mucho más interesante cuando son del mismo palo. Mientras más distante sea la conexión entre las cartas menos será la probabilidad de formar una escalera en el juego. Los más usuales *suite conectors* que vemos prosperar hasta el *flop* son *pockets* como J-10 o 5-4 porque tienen un alto potencial.

Si sumas estos tres factores de evaluación podrás decir cuáles son las características de las peores manos: las que están compuestas con cartas de valores muy bajos, que están desconectadas y que son de diferentes pintas. Es decir, si recibes cartas con estas características, los mejor es abandonar el juego, porque podrías perder muchas fichas si continúas con una mano que no tiene posibilidades.

Cuando comencé a jugar con personas diferentes a mi papá, fue una ventaja conocer esta forma de evaluar el *pre-flop*, pero también me cuidaba de cometer otros errores de principiantes de los cuales te voy a advertir. Hacer *limp,* que se traduce cojear, o *limpear*, es un error habitual de quienes van comenzando en el póker, es uno de los primeros movimientos que debes observar en tus contrincantes. Identificar quién hace *limp* constantemente, te ayudará a enfocarte en aumentar las apuestas *pre-flop* cuando sientas que puedes ganar la mano. Pero no te he dicho nada aún: el *limp* consiste en pagar para ver el *flop*. Impone ante la lógica de las cartas recibidas, el deseo de probar suerte, la esperanza; que en la mayoría de los casos solo lleva a la bancarrota. Debes confiar en tus conocimientos y en la estrategia que te has propuesto más que la varianza de las cartas.

El jugador que hace *limp* tiene la esperanza que al ver más manos, tenga la posibilidad de ganar más fichas. Así que cuando es su *turno* de apostar, decide pagar el equivalente al *Big Blind*, aunque no esté seguro de poder hacer una buena mano con sus *hole card*. Este tipo de jugadores regularmente decide retirarse si alguien aumenta la apuesta en el *pre-flop* o en el *flop*; pero no siempre es así, a veces continúan hasta el final, pagan las apuestas de los demás, es decir, hacen *call* y reciben el nombre de *Calling Station*, que es el jugador que todo profesional quiere tener sentado en una mesa para desbancarlo. Presta atención a lo que te voy a decir, y evitarás perder tu dinero en la mesa de póker.

Un buen jugador debe mostrar convicción. Si muestras dudas, serás la primera presa que quieran devorar los lobos de la mesa. Recuerda que el póker tiene mucho de confrontación mental, y mientras logras descubrir cómo piensan los jugadores más duros de la mesa, estos se dedican a atacar a los jugadores que han mostrado debilidad; así avanza el juego, hay ganancias y puedes seguir observando cómo se comportan los demás. ¿Quieres ser la primera oveja en ser devorada? Si la respuesta es no, entonces amárrate los pantalones y muéstrales a quienes juegan contigo que eres un lobo también y que deben cuidarse de ti.

En cuanto al lenguaje de las apuestas puedes manejar este principio cuando empieces a jugar póker: apuesta o retírate. *Raise or fold*. Podemos llamarlo de muchas formas, pero si muestras un ápice de dudas en el juego, podrás abrirle un flanco de debilidad a tus oponentes para que te ataquen. Si vas a apostar intenta que sea para ganar. No apuestes para ver las cartas de *flop*, ni para abultarle el bote a otro. Debes cuidar tus fichas. Si tienes una mano fuerte en el *pre-flop*, la aptitud correcta es subir la apuesta y lo contrario, si tienes una mano débil, no dudes y retírate.

La mejor manera de no parecer dudoso en una mano es precisamente no tener dudas. Así que si no confías plenamente en tu mano, o aún no conoces el estilo de juego de tus contrincantes, es decir, si tienes dudas de tu mano frente a la ellos, lo mejor es que no apuestes y te retires. En el póker debes estar seguro, y jugar con convicción, si dejas que un resquicio de duda se filtre en tu rostro darás pie a quien está expectante para subir su apuesta y hacerte dudar más.

El otro consejo rápido que puedo darte, es que tus apuestas sean en *Open Raise* (OR: la primera apuesta después de las ciegas) y que lo hagas de manera contundente, que subas tres veces el valor de la ciega grande como *size estandart*. De esta manera eliminarás a las manos más débiles que podrían resultar fuertes cuando se muestre el *flop* y las otras dos cartas que aparecerán en el *turn* y en él *river*. Lo peor que puedes hacer es *cojear,* porque te irá mal. Imagina que el póker es una carrera de obstáculos cuyo objetivo es llegar primero a saber quién tiene la mejor mano ¿Qué pasará si vas cojeando en esa carrera? Hacer *limp* en el póker es la manera más sencilla de siempre perder tu dinero. Debemos actuar con convicción y ser atrevidos en el juego para obtener la victoria.

Apostado a manos buenas, estando seguro del resultado y subiendo como se debe, deberías tener todas las posibilidades de ganar; porque tendrás menos oponentes, irás al *flop* con una idea clara de lo que quieres y podrás evaluar a tus contrincantes a sabiendas de lo que estás buscando: siempre obtendrás más información si la buscas. La información es la mejor herramienta de un jugador de póker para ganar. Tú debes tener siempre en mente, que cada jugada que veas te ofrezca un dato de tu contrincante. Más adelante potenciaremos esta teoría con su complemento perfecto, las posiciones en la mesa y el rango de manos a jugar según las mismas.

No era lo mismo jugar con el viejo, a quien conocía en sus mañas, que jugar con gente nueva. Fue difícil para mí en las primeras de cambio, pero de la teoría a la práctica logré dar un paso rápido y definitivo.

DIEZ.- ZYNGA PÓKER

Después de la muerte de mi padre las cosas cambiaron. Ahora estábamos solos con Kathy y ella había demostrado ser más frágil de lo que pensaba. La muerte de mi viejo, me había permitido entender la complejidad de las relaciones humanas. Debía apoyarla en todo, no podía dejarla sola con tanta carga; muchas veces sentí que su ánimo desfallecía, que lloraba en las mañanas. Era una mujer sola con hijos menores de edad en una sociedad convulsa como la venezolana.

Daniel necesitaba mucha atención y mi mamá era una mujer relativamente joven, pero con mucho cansancio acumulado, había trabajo desde niña y seguramente tendría que trabajar hasta muy anciana, porque tener un niño con la condición de mi hermano, era un trabajo de por vida. Después de enterrar al viejo, me prometí que debía asumir el papel que me había tocado: ser el hombre de la casa.

Nunca dejé de pensar en que ella tenía la culpa de lo había pasado. Para mí, ella lo había abandonado en su adicción, no había tenido la paciencia suficiente para ayudarlo, aun así me entregué fielmente en ayudarla, porque sabía que no perdonarla sería mi pecado, no el de ella. Si por culpa de sus actos me hubiese convertido en un mal hijo, no habría sido su responsabilidad, sino la mía.

Cada uno acepta las cartas que les reparte la vida debes prepararte para tomar la mejor decisión. Eso te lo enseña el póker. Si eres de los piensan que es culpa de la mala suerte, o del *dealer*, que pierdas las manos en las que apuestas, nunca serás capaz de darte cuenta en que te equivocaste tú, y mucho menos podrás superarte en tu estilo de juego y menos en la vida.

Había pasado un año y yo sabía que la situación había cambiado definitivamente, porque las cosas una vez que han mutado, que se han logrado transformar en lo que estaban destinadas a ser, no hay manera de que vuelvan a su estado primigenio. Yo había cambiado, y cada día me daba cuenta de ello. Terminé el último año de estudios en el bachillerato en Junio del 2009 ya con 18 años de edad.

En clases no fui el mismo, la tristeza por el asesinato de mi papá cambió la manera en que me comportaba. Los profesores lo entendieron bien y siempre me brindaron su apoyo. Mi realidad familiar hizo que tuviera que madurar mucho antes que mis compañeros de generación. En Venezuela las notas para acceder a la universidad, solo se cuentan del primero al cuarto año, por eso mi promedio y mis posibilidades de entrar a la Central no se vieron afectadas por ese mal año en los estudios.

Los muchachos de mi clase estaban emocionados con los preparativos del acto de grado, mientras tanto yo vivía ocupado con mi nuevo día a día. Conseguí un trabajo por las tardes, en una video-tienda que quedaba a unas pocas cuadras de la casa en un centro comercial de minitiendas; para poder ayudar a mi mamá con los gastos, porque ahora sí solo trabajaba ella, y nos habían quedado muchas deudas después del funeral de mi papá.

Morirse en Venezuela es; todos nos morimos, claro está, pero pareciera que fuera un derecho exclusivo de los ricos. Mi mamá tuvo que pedir mucho dinero prestado y empeñar unas cosas para resolverlo todo. Ver eso, me motivó a empezar a trabajar apenas el viejo se nos fue.

Mi día comenzaba muy temprano: me despertaba a las cinco y media de la mañana, ayudaba a mi mamá a preparar el desayuno o a bañar a Daniel, salía de casa antes de las siete para no llegar tarde al liceo. Me ocupaba de todos los quehaceres de la escuela allá mismo, durante la hora de receso, o si faltaba algún profesor, me iba a la biblioteca a preparar los apuntes y estudiar para los exámenes. Así, al salir del liceo a las dos y media, me apuraba a llegar al trabajo.

Debía estar en la tienda desde las tres de la tarde hasta las nueve de la noche. A las nueve y media ya estaba en la casa, cenaba, terminaba cualquier tarea pendiente para el día siguiente y me acostaba a dormir. Mi mamá había conseguido a una vecina que la ayudaba buscando a Daniel en el colegio y lo cuidaba hasta que ella llegaba, por un pago realmente bajo.

En el trabajo no me esforzaba mucho. Debía llevar las cuentas, atender a los clientes, reportar las fallas en la existencia. Era el único empleado y la tienda era realmente pequeña, quizá de tres metros cuadrados. Había un televisor grande y un equipo de reproducción de películas; todas eran "quemaditos", como llamaban a las películas piratas. La gente quería comprar siempre lo que estaba en la cartelera de los cines, así que era lo que más se vendía; eso y los clásicos del cine para niños.

Mi vida tenía ese ritmo monótono que me ayudó a sanar la herida que dejó la muerte de mi papá. El año escolar terminaba en junio, yo había llenado las solicitudes para ingresar en la Universidad Central de Venezuela, la más antigua y mejor del país. Tenía buenas calificaciones, pero escogí como primera opción una carrera que no tenía mucha demanda de estudiantes, primero para estar seguro que entraría y luego, porque mi viejo me había recomendado estudiarla: quería ser licenciado en estadística.

¿No suena a que un profesional estadístico salvará al mundo, verdad? Realmente nunca había conocido a nadie que tuviera ese título universitario. Eso me hacía sentir diferente entre mis compañeros quienes querían estudiar lo mismo de siempre: derecho, administración, contaduría, ingeniería civil, arquitectura, etc. Yo era un paría: el chamo de los números y las probabilidades.

Aun así había dejado relegada mi pasión. Tras la muerte de mi viejo, no había vuelto a jugar póker con nadie. A la mañana siguiente de su muerte, tomé todo lo del póker y lo escondí bajo la cama. Tan solo ver el libro o el cuaderno con los apuntes me recordaba la serie de acontecimientos que llevaron a mi padre a tomar ese taxi, a ser herido mortalmente y a dejarnos solos. Yo sabía que el póker no tenía la culpa, más bien había sido la llave que abrió nuestra relación nuevamente y nos permitió brevemente ver la luz al final del túnel. Pero tenía una herida reciente y cualquier cosa era capaz de lastimarme de alguna manera.

Pero después del año de la muerte del viejo, sucedió algo que me permitiría reencontrarme con el póker, y reafirmaría mi pasión por las probabilidades, los números, el conteo de cartas, el deseo de ser el mejor. Llegué del trabajo como siempre, pasadas las nueve de la noche. Ese día mi mamá estaba particularmente cansada y ya había bañado y acostado a Daniel. Yo había hecho todas mis tareas en el liceo, estábamos a unas dos semanas de terminar las clases por lo que eran algo rápidas y sencillas de hacer, así que tuve tiempo de sentarme en la vieja computadora a ver mi Facebook, que tenía casi dos meses que no revisaba. Tampoco tenía muchos amigos, pero siempre se veía algo interesante, alguna foto divertida o podía hablar con mis primos a quienes no veía desde hacía mucho.

Al *loguearme*, conseguí una notificación de Mario, un compañero de clase, invitándome a jugar uno de esos jueguitos de Facebook que apenas iban saliendo. Debo confesar que esas notificaciones eran realmente fastidiosas; que si la granjita, o que resuelve tal crimen, o que alguien dejó una pista en tal sitio. Congestionaban todas las bandejas de notificaciones y finalmente nadie les prestaba atención, pero yo no estaba familiarizado con eso, así que la vi y por pura curiosidad linkee.

Era un juego llamado Zynga Póker. ¿Podías creerlo? El póker había aparecido otra vez ante mis ojos, pero esta vez podía hacerlo con un seudónimo, sin que mi mamá se diera cuenta, además a la hora que yo quisiera y con personas que no representaban nada para mí, con quienes no tenía vínculos afectivos: podía jugar solo para divertirme.

Empecé una mesa *cash ficticia*, con no sé con cuántas fichas de *playmoney*. Allí en esa misma mesa virtual, estaba el avatar del amigo que me había invitado. Chateamos y se alegró porque yo también sabía jugar al póker. Me sorprendí también que él lo jugara, pero decidí no decirle nada. Empezamos con una mano y muy pronto me puse a la cabeza de la mesa; era fácil, la gente apostaba sin son ni ton, iban *all-in* con cualquier cosa, tomaban riesgos innecesarios y no valoraban sus oportunidades reales.

Mi amigo se desconectó antes de las once de la noche, pero yo seguí jugando, recordando, viendo combinaciones que me harían seguir engordando esa cartera virtual que se llenaba con cierta facilidad gracias a la impericia de quienes jugaban al póker a esa hora.

Pasé toda la noche jugando Zynga Póker. Me sorprendió el sonido del despertador de mi mamá, eran las cinco de la mañana y yo no había dormido nada, el tiempo paso volando sin darme cuenta. Simulé que me había parado más temprano y que estaba alistándome para el liceo, pero tenía en mi cuerpo la electricidad de la victoria, la agilidad que produce saberse bueno en algo. Puedes ponerlo así: jugar al póker es como montar en bicicleta, si dejas de hacerlo mucho tiempo, solo hace falta que vuelvas unos minutos para recuperar tus habilidades. Fui a mi cuarto, y rescaté del olvido mi tomo de SUPER / SYSTEM con el cuaderno de anotaciones. Algo en mí sabía que el póker había vuelto a mi vida y que debía seguir estudiando para ser el mejor.

A mi rutina diaria le agregué las noches de estudio y juego. De lunes a viernes iba al liceo, trabajaba y jugaba póker a través de Facebook. Todo tenía su espacio y ninguna de mis actividades se veía solapada o afectada por la otra. Así que en un par de meses terminé de leer el libro completo y de hacer todas mis anotaciones, con ello muy pronto ya estaba ganando torneos virtuales en Zynga Póker, escalando en el ranking de jugadores que la página ofrecía. Entre todos mis amigos yo era el mejor, pero subía rápidamente en la tabla de jugadores en Venezuela, y ya aparecía entre los cien mejores del mundo. En su mejor momento, Zynga Póker pudo tener 19 millones de usuarios, eso quiere decir que estaba jugando bien.

Busqué a Mario y le pregunté si se animaba a jugar los fines de semana en la plaza. En el centro comercial donde trabajaba había visto un equipo de fichas y naipes de plástico a buen precio, en una de esas tiendas que venden desde cosméticos hasta bolsas de regalo. Armamos un buen grupo, y nos citamos cada sábado en la plaza a jugar póker de a cien bolívares. Así conocí a muchos chamos que le interesaba el juego, a otros que querían aprender y algunos que ya sabían pero no tenía con quien compartir. De ese espectacular grupo que armamos pasamos de jugar de la plaza a las casas de alguno del grupo.

El póker había llegado a mi vida otra vez y consiguió un espacio cómodo donde hospedarse, sin hacerme presiones ni querer desplazar mis responsabilidades. Fue el respiro necesario y anhelado para que la normalidad se instalara y dejara atrás los traumas y dolores del año pasado. Paso el tiempo y llegue a ser el tercer mejor jugador de Venezuela en Zynga póker, volví a tener amigos, aprobé todas mis materias de quinto año mejorando mis calificaciones y me acababa de graduar de bachiller.

La mejor noticia: fui seleccionado en la Escuela de Estadística y Ciencias Actuariales, tenía mi cupo asegurado en la Universidad Central de Venezuela, iba a estudiar estadística. Mis planes estaban muy claros, nada podría desviar mi atención. Ahora que lo pienso así, me doy cuenta: ¡qué poco sabía yo del póker y de la vida! Hasta ese momento.

ONCE.- POSICIONES

Si le dijera alguien que apenas van comenzando a jugar al póker, que en este juego lo más importante no es tener una buena mano, sino la posición en la mesa a la hora de repartir las cartas, seguro que no daría crédito a mi afirmación. Yo mismo no lo podía creer mientras lo leía reiterativamente: en la posición está el asunto. Claro, como no iba a ser realidad, si todo en la vida es la posición. ¿En qué posición me encontraba yo cuando comenzó todo el enredo que casi me cuesta la vida en el 2011? Sin duda estaba en *Under The Gun*.

Quienes ignoran la posición a la hora de jugar póker, deciden dejar de ver a los alados mientras cruzan la carretera. Es importante que entiendas, que a medida que avanza el juego, la órbita en que se mueven las cartas también avanza. Cuando empecé a experimentar el universo del juego de posiciones, fue como si descubriera con Galileo que la tierra no era el centro del universo, además que giraba alrededor del sol y que los otros planetas eran independientes a nosotros.

Vale mucho que sepas la jerarquía de las cartas y que más pronto que tarde, descubras cuales combinaciones tienen la posibilidad de realizarse para apostar con inteligencia. También es muy importante que comuniques seguridad al jugar y que tus movimientos y el historial de tus apuestas sean certeros como lo son en un tablero de ajedrez. Pero si además de eso, tienes la capacidad de abstraerte de los naipes, y leer las apuestas según la posición que tiene cada lugar en relación con el botón del *dealer*, pues entonces si estamos bien encaminados al triunfo.

Cuando empecé a jugar con los amigos y en las salas virtuales de Zynga Póker, el juego obtuvo una nueva dimensión para mí. Estaba acostumbrado a jugar solo con mi viejo, y de pronto me encontraba en una mesa virtual o en vivo con nueve jugadores más, que tomaban decisiones, algunas muy desafortunadas, otras con alevosía que dinamizaban la actividad del juego.

De pronto había muchos engranajes moviéndose en mi cabeza. Zonas del pensamiento lógico que no había usado hasta qué llego el momento en que se empezaron activar para poder deducir cómo funcionaban los roles de cada jugador a medida de que el botón se iba moviendo por la mesa, revelando nuevas oportunidades de leer el comportamiento de ellos.

Cuando juegas en una sala en línea pierdes muchos elementos de la investigación visual, como el rostro, que aunque muchos insistan en que existe un "pokerface" sigue siendo un elemento delator de un sinfín de *tells*. Después los movimiento de las manos, las pupilas que se dilatan, las conversaciones que procuran molestar o desconcentrar a los otros jugadores.

Hay un universo de acciones y reacciones que los chat pueden disimular. Entonces, la única manera de conocer cómo piensa tu contrincante es estudiar a profundidad sus movimientos sobre la mesa dependiendo de su posición, esos movimientos son el *call*, el *check*, el *raise* o el *fold*. El análisis de posiciones también te sirve para que consigas desarrollar una estrategia de apertura de manos, es decir, con qué tipo de manos es conveniente apostar según la posición en que te encuentres.

Haber jugado tanto en Zynga Póker me dotó de esa capacidad de abstracción, que luego tuve la posibilidad de usar a mi favor en las mesas de torneos reales. Quiero que prestes atención a todo lo que voy a explicarte a continuación. Existirán tantas posiciones como jugadores en la mesa, pero pensemos en una mesa de 9 contendores, mira el diagrama que hice para ti.

Las primeras posiciones de las cuales te hablaré, tú ya las conoces: son el *small blind* y el *Big Blind*, quienes apuestan automáticamente, como ya te había explicado anteriormente, de esta manera, siempre habrá una cantidad dinero en bote. Además el monto de estas ciegas estará prefigurado por los jugadores y en los torneos también están prefigurados los tiempos en que esas ciegas aumentarán; recuerda que en las mesas *cash* las ciegas no aumentan.

Supongamos que el *small blind* es de un dólar, regularmente la *Big Blind* es doble, entonces serían dos dólares. Si cualquiera de los siguientes jugadores quisiera ir en esa mano, debería pagar los dos dólares que ha puesto sobre la mesa el jugador en *big*. Al finalizar la vuelta, si nadie ha aumentado la apuesta o la mayoría han decidido hacer *fold*, el jugador de la ciega pequeña debe completar las fichas que le faltan para igualar la ciega grande o puede decidir retirarse también.

Estos jugadores no tienen opción, deben apostar obligados por la mecánica del juego, así que quien realmente hace el primer movimiento o acción es el jugador en UTG, que son las siglas de Under The Gun: bajo el arma, apuntado por la pistola, bajo presión; y no es para menos, porque quien está sentado al lado del *big*, debe apostar solamente confiando en su mano, sin haber visto las reacciones de ninguno de los contrincantes de la mesa, llegando a una conclusión sumamente importante y es que, en el póker se juega en base a la información que tengas, y no solo a las cartas que recibes.

Especulemos: tenemos un *pre-flop* insuperable. Recibimos par de ases pero estamos en UTG. Somos los primeros en apostar, hacemos un *Open Raise* (OR), y los siguientes jugadores se retiran. Solo nos llevamos las ciegas, con una mano que pudo darnos un gran bote. Si alguien hace *call* a nuestra apuesta y se muestra el *flop*, debemos seguir apostando siempre sin tener información de las cartas que tiene el contrincante. Somos los primeros en exponer nuestras intenciones. Imagina entonces, que tan difícil es apostar en esa posición si tienes una mano *preflop* más débil. En esta posición solo deberíamos apostar si tenemos una buena mano.

Si estuvieran jugando nueve personas, podríamos dividir nuestra mesa entre sectores: los dos primeros jugadores serían miembros del sector de la mesa destinado a la posición inicial. *Small Blind* (SB), *Big Blind* (BB), llamados posición de *blinds* o posición de las ciegas, el segundo sector son los UTG y UTG1 (*Under The Gun*) son los primeros en hacer *open raise, call* o *fold* en el momento del *pre-flop*, pero luego, si continúan en la mesa cuando se muestra el *flop*, deben decidir aún entre los primeros que movimiento efectuar. En todo caso, estos dos jugadores están en una fuerte desventaja con respecto a los demás jugadores, porque no cuentan con ninguna información, a pesar que los primeros han puesto dinero en bote, y claro que siempre duele abandonar una partida en la cual ya tienen dinero invertido.

Las posiciones MP y MP1, *Middle Posicitions* o Posiciones Medias, son lo que podríamos llamar el sector intermedio, que sin duda aún no gozan de mucha información, más si el UTG ha decido *foldear*, para no arriesgar sus fichas en una partida para la cual no ha logrado obtener datos. Estos jugadores solo deben apostar su mano *pre-flop* luego de ver el movimiento o la acción de los UTG, el rango de manos se amplía un poco más para efectuar el OR *pre-flop* y también se analizan el rango de manos que hay para hacer *call* ante los OR de los jugadores en UTG.

El último sector de la mesa *Hijack, Cut Off* y el *Botón*. Sin duda, la mejor posición es la del *Botón*, el último en jugar, ya tiene toda la información que puede obtener de la conducta y movimiento de los jugadores y puede planificar un movimiento lo suficiente fuerte como un 3BET o 4BET, para intentar robarse el bote con todas las apuestas. Además, seguirá manteniendo esa posición el resto de la mano.

El puesto anterior al botón se llama *Cut Off*, que traduce cortar, y esto es porque este jugador tiene la posibilidad de cortar la oportunidad del botón de robarse el bote. *Hijack*, traduce secuestrar; y sin duda, con una mano intermedia o buena, este jugador se atrevería a secuestrar o quitarle la oportunidad de juego del *Botón* y el *Cut Off*.

Si tienes conciencia de la importancia de cada una de las posiciones podrías predecir a que obedece la conducta de tus contrincantes y podrías sorprenderlos a la hora de apostar. Algunos estudios estadísticos basados en miles de manos, han dejado parámetros generales de cuantas probabilidades tenemos de ganar según la posición que ocupemos.

Sin duda el mayor ganador es el *botón* con casi un 15% de victorias, y esto confirma que quien tiene la mejor posición definitivamente está a favor. Luego el *Cut Off* con 12.8% o el *Hijack* con 12%, hacen gala de su ventaja posicional. El jugador en *big* también tiene un record estadístico de 12% de victorias, porque a menudo quien ha apostado una *Big Blind*, hace todo lo posible por no perder su dinero defendiendo su *blind* ante el *call* de cualquier OR en la mesa y en esos porcentajes lo consigue.

Podría aplicarse la misma lógica con el *small blind*, que tiene el 11.2%. El otro argumento para que las ciegas tengan este repunte, es que al finalizar la ronda de apuestas del *pre-flop*, estos jugadores tendrán la oportunidad de igualar apuestas o hacer *fold*, para controlar las pérdidas. Un jugador en SB, podría intentar robar el bote subiendo, aunque si alguien paga su subida, se encontraría en completa desventaja en el resto de la mano, porque sería el primero en apostar siempre. Por eso no lo recomiendo a menos que tengas una mano *Premium*.

El jugador en *Under the gun* tiene un 10.4% de record estadístico de victorias, porque a pesar de ser la posición más desfavorecida y arriesgada, también ha sido la posición desde la cual hacer ofensivas fuertes a los otros jugadores. Si un jugador UTG sube significativamente la apuesta, los demás pueden pensar que tiene una mano *Premium* y muy probablemente decidirán retirarse. A continuación hablaremos del rango de manos a jugar por posición con más profundidad como también las acciones de OR, *call*, *fold*, 3BET u otros movimientos como parte de la estrategia que asumí en algunos torneos y mesas *cash*.

Como ya te he explicado en que consiste cada posición, podemos pasar al siguiente nivel de comprensión que necesitas para utilizar el análisis de posiciones a tu favor: ¿Qué es el rango de manos y cuál es el rango de manos que debo jugar por posición para hacer lo más efectivo posible mi juego? La tabla que vas a ver a continuación es un resumen muy importante, que los jugadores de póker profesionales saben de memoria, mírala con atención, antes de explicártela:

AA	AKs	AQs	AJs	A10s	A9s	A8s	A7s	A6s	A5s	A4s	A3s	A2s
AKo	KK	KQs	KJs	K10s	K9s	K8s	K7s	K6s	K5s	K4s	K3s	K2s
AQo	KQo	QQ	QJs	Q10s	Q9s	Q8s	Q7s	Q6s	Q5s	Q4s	Q3s	Q2s
AJo	KJo	Q10o	JJ	J10s	J9s	J8s	J7s	J6s	J5s	J4s	J3s	J2s
A10o	K10o	Q10o	J10o	1010	109s	108s	107s	106s	105s	104s	103s	102s
A9o	K9o	Q9o	J9o	109o	99	98s	97s	96s	95s	94s	93s	92s
A8o	K8o	Q8o	J8o	108o	98o	88	87s	86s	85s	84s	83s	82s
A7o	K7o	Q7o	J7o	107o	97o	87o	77	76s	75s	74s	73s	72s
A6o	K6o	Q6o	J6o	106o	96o	86o	76o	66	65s	64s	63s	62s
A5o	K5o	Q5o	J5o	105o	95o	85o	75o	65o	55	54s	53s	52s
A4o	K4o	Q4o	J4o	104o	94o	84o	74o	64o	54o	44	43s	42s
A3o	K3o	Q3o	J3o	103o	93o	83o	73o	63o	53o	52o	33	32s
A2o	K2o	Q2o	J2o	102o	92o	82o	72o	62o	52o	42o	32o	22

La tabla de arriba está compuesta por los valores de las dos *hole card* que recibes en el *pre-flop*, más una letra, S o la vocal O, que indica si hemos recibido esas dos cartas en *suite* o en off, es decir, del mismo palo o de distinto, conectadas o desconectadas. Las parejas están representadas en naranja en la línea diagonal del medio. Ahora analicemos esta tabla en relación a la posición en la cual es más prudente jugarlas.

AA	AKs	AQs	AJs	A10s	A9s	A8s	A7s	A6s	A5s	A4s	A3s	A2s
AKo	KK	KQs	KJs	K10s	K9s	K8s	K7s	K6s	K5s	K4s	K3s	K2s
AQo	KQo	QQ	QJs	Q10s	Q9s	Q8s	Q7s	Q6s	Q5s	Q4s	Q3s	Q2s
AJo	KJo	Q10o	JJ	J10s	J9s	J8s	J7s	J6s	J5s	J4s	J3s	J2s
A10o	K10o	Q10o	J10o	TT	109s	108s	107s	106s	105s	104s	103s	102s
A9o	K9o	Q9o	J9o	109o	99	98s	97s	96s	95s	94s	93s	92s
A8o	K8o	Q8o	J8o	108o	98o	88	87s	86s	85s	84s	83s	82s
A7o	K7o	Q7o	J7o	107o	97o	87o	77	76s	75s	74s	73s	72s
A6o	K6o	Q6o	J6o	106o	96o	86o	76o	66	65s	64s	63s	62s
A5o	K5o	Q5o	J5o	105o	95o	85o	75o	65o	55	54s	53s	52s
A4o	K4o	Q4o	J4o	104o	94o	84o	74o	64o	54o	44	43s	42s
A3o	K3o	Q3o	J3o	103o	93o	83o	73o	63o	53o	52o	33	32s
A2o	K2o	Q2o	J2o	102o	92o	82o	72o	62o	52o	42o	32o	22

Color	Posición	Porcentaje
	Under the Gun	31 / 169 = 18.34%
	Posición Media	43 / 169 = 27.22%
	HJ y CO	55 / 169 = 32.54%
	Botón	93 / 169 = 55.03%

De las 1326 combinaciones posibles que tiene un jugador de póker, hay un total de 169 manos potenciales para jugar en un Open *Raise* (OR), y son las que están dispuestas en la tabla de arriba. Si estamos en posición UTG o UTG+1, la tabla nos sugiere jugar solo 31 manos, marcadas en rojo; eso equivale al 18,34% de las manos que, dependiendo la conducta de la mesa en la que nos sentemos, sobre todo si la mesa tiene muchos *raise* y muchos *call*, es decir está muy pagadora, debemos bajar el porcentaje de manos jugables en posición UTG y UTG+1 quizá a un 10%. Lo contrario si vemos que la mesa tiene una conducta más apegada a jugar manos Premium, allí podemos aumentar el rango.

Si estamos en MP y MP1 podemos jugar todas las cartas manos sugeridas para UTG, más las manos que están en azul oscuro, como K-J off o K-9 suite. La sumatoria es de 43 manos posibles, lo que representa un 27,22% de las manos que podrías recibir estando en esa posición.

Cuando estamos en posiciones más ventajosas como HJ y CO, podemos agregar las manos marcadas con el color morado, eso totaliza 55 manos jugables en esas posiciones de las 169 que podría obtener cualquier jugador en la mesa con una baraja estándar; estos jugadores tienen un rango de mano del 32.54%. La mejor posición, te lo he dicho es la del Botón, desde allí podrías abrir las apuestas con hasta 93 manos, que equivale a 55.03% de las manos jugables con acierto.

En estas tablas no se incluyen jugadores que hagan *limp*, es decir, que apuesten en casi todas la manos o que simplemente paguen la ciega cada vez que tengan oportunidad; ese tipo de jugar regularmente no tiene conocimientos del póker y debes identificarlos, para no valorar erróneamente sus apuestas. A mí, en lo particular, no me gusta hacer OR en MP y MP1, porque porcentualmente tienden a suscitar *raise* de las mejores posiciones para robar el bote, pero si tienes una mano en rango y ya has estudiado el comportamiento de los otros jugadores de la mesa, puedes apostar.

Los jugadores en *Small* podrían estar en rango con combinaciones que están en blanco en la tabla, pero debe tomar en cuenta que a partir de su *raise*, una vez abra el *flop*, se encontrará en la posición de desventaja más alta, porque tendrá que hablar primero que cualquiera, incluso antes de que los UTG.

Estas tablas te ayudarán a entender fácilmente los porcentajes de manos que puedes jugar para tener éxito según tu posición; su uso y estudio constante entrará a tu intuición, y podrás diseñar tus propias tablas de juego según la experiencia que tengas con los adversarios, o el estilo de juego que quieras desarrollar en cada oportunidad, según sea una mesa *cash* o un torneo. Lo importante es sentarte a la mesa de póker con una idea clara de la estrategia de OR que vas desarrollar; si no tienes claro de qué manera abrirás y qué posible mano tiene tu adversario, estarás jugando una partida con los ojos vendados.

Estudiar los rangos de mano según posición te permitirá tener un patrón para valorar adecuadamente al resto de jugadores, ya que no todos los *raise* que ves en juego son motivados por una mano *Premium* o invencible. Además es importante saber que estadísticamente el rango de un jugador nunca es el mismo, mano a mano va cambiando, así que puedes aprender a leer sus *tells* y *blufs* si logras ponerlo en rango y analizas los resultados de sus apuestas.

Una vez que pones en rango al adversario, esta información te será vital para el resto de la mano, ya que en el *flop*, *turn* y *river*, podrás confirmar tus especulaciones sobre qué cartas entre sus dedos lo motivan a apostar. A eso se suma tu capacidad de observación para definir qué tipo de jugador es, cada cuánto hace *bluf*, si se aprovecha de su posición para subir el valor estimado de su mano. Haber puesto en rango a tu rival, te ayudará a decidir si tu mano, en relación con las cartas que abre el *dealer* tendría o no la posibilidad de ganar una vez llegado el *showdown*.

Sobre el *size* de las apuestas en OR podría decirte algunas cosas, por ejemplo, si estás jugando una mesa *cash*, el OR debe estar estandarizado entre el 3BB (*Big Blinds)* o 4BB, pero si los jugadores responden con soltura económica, puedes hacerlo dos BB más altos para que tu movimiento tenga contundencia.

Si estás jugando en un torneo, debes proponerte una estrategia de OR que dependa de los niveles del torneo; en los primeros tres o cuatro niveles te puedo recomendar que juegues por 3BB, y a medida que vayan creciendo las ciegas, puedes ir aumentando tu *size* a 2.5, 2.3, 2.2 e incluso a 2 *Big Blinds*, con la finalidad de controlar el pozo en proporción a tu *stack*.

Lo importante es ser coherente con el *size* que definas como estrategia, e intentes no cambiarlo cuando te llegue una buena mano en *pre-flop* o cuando estés en posición, porque esto podría brindarle una información de tu mano a los adversarios; pues la posición y lo que hacemos desde ella es un libro abierto para saber que pensamos, por ello es importante que sepas en qué posición estás tanto en el juego como en la vida.

Yo tengo la certeza que el UTG ha sido la posición desde la cual viví una temporada de mi vida; en mi juventud, cada vez que asumía un capítulo de mi existencia, era desde una posición en la cual me tocó actuar sin tener la capacidad de obtener información con anterioridad; como verás en los siguientes fragmentos de esta historia, solo el uso en positivo de las destrezas del póker me han permitido salir victorioso de las dificultades. Al inicio odiaba estar en UTG pero con el tiempo entendí como ponerme sobre el arma que me apuntaba.

DOCE.- EL HOMBRE DEL BLUF

¿Cuándo fue la última vez que mentiste? Hace cinco segundos, un minuto, dos horas, una semana. La vida en sociedad está compuesta por mentiras. En el póker, la mentira es una parte esencial del juego. Los humanos tenemos palabras para casi todas las cosas que existen. Por ejemplo, aquellas personas que no pueden parar de mentir, y ya es compulsivo, los llaman mitómanos. Pero no existe una palabra para alguien que no pueda parar de decir la verdad. Aún alguien sincero, puede ocasionalmente, decir una mentira si su sinceridad lo amerita.

El póker es el único juego mental donde funciona la mentira como parte fundamental de la estrategia, y donde, si los participantes no mintieran, no tendría sentido ni emoción jugar en colectivo. La apuesta no tendría sabor, y todos los cálculos que somos capaces de hacer para ganar, no valdrían la pena.

En el póker, el acto de mentir tiene varios nombres, regularmente lo llaman *bluf* y a quien lo aplica *blufeador*. Que puede traducirse en hacer un *farol*, es decir, apostar para hacerle creer a los demás que se tiene una buena mano sin realmente tenerla. ¿Qué pasaría si nunca *bluf*eas? Pues, lo más seguro es que los otros jugadores que si mienten ganaran más botes que tú. También, si solo apuestas cuando tienes manos *Premium*, tus contrincantes harán *fold* cuando apuestes ¿cómo ganarás un buen bote entonces? Además, el *bluf* es también un movimiento y una parte fundamental en el juego psicológico.

En nuestra historia hay un gran mentiroso o *blufeador* como decidas llamarle, su nombre es Roberto Mejía. Fue un niño víctima de las diferencias de la Venezuela saudita, y su mentalidad se construyó en torno a no reconocer quién era, y querer obtener lo que no tenía con mentiras. Era un niño del *23 de enero*[14], la populosa barriada caraqueña, nació en 1971, fue hijo único de un plomero y una mujer que tan pronto como pudo se fue de su casa y dejó abandonado a su hijo. Su padre, era un hombre insoportable, habría heredado el departamento de su madre, la abuela de Roberto, en el Bloque 20 del 23 de enero. El niño casi que se crio solo, su madre se marchó cuando tenía dos años, y su abuela, lo cuidó hasta los 8 años, hasta que falleció de un infarto a los 74 años. Su padre, Alberto Mejía, bebía más de la cuenta, le propinaba palizas inhumanas, y muy pronto perdió el control de su hijo.

Cuando cumplió quince años, en 1986, los bloques del *23 de enero* eran un nido de delincuencia y el gobierno daba por perdida cualquier acción para reformar esa barriada. Roberto empezó a juntarse

---

14 23 de Enero fue una urbanización proyectada por Marcos Pérez Jiménez, a finales de la década de los 50, cuyo nombre original era "2 de Diciembre". El terreno destinado a esta urbanización estaba habitado por las primeras barriadas caraqueñas de escasos recursos, cuyos pobladores provenían mayoritariamente del interior del país. Para construir, el régimen perezjimenista ordenó el desalojo por la fuerza de todas esas personas. Con el terreno ya desocupado, se construyeron 9.176 apartamentos en un total de 38 superbloques (de 150, 300 y 450 apartamentos) de 15 pisos y 42 bloques pequeños, así como 17 jardines de infancia, 8 guarderías, 25 edificios de comercios, 5 escuelas primarias, 2 mercados y 2 centros cívicos para una población aproximada de 60 mil habitantes.

con los traficantes del sector, a visitar el garito donde El Tigre, el malandro jefe de la zona, le cogió cariño. El Tigre era un tipo raro, había estado preso en Yare, y tenía la fama de haber sido golpeado hasta quedar impotente sexualmente. Cuando volvió al 23 de enero, armó un pequeño ejército de jóvenes delincuentes que empezó a llenar las veredas y escaleras de los bloques con cocaína y crack.

Todos sus malandros eran menores de veinte años, y tenían un modus operandi que garantizaba siempre tener dinero para el clan. Bajaban a Caracas, como ellos llamaban al resto de la ciudad, a distribuir la droga que procesaban en el 23 de enero. El Tigre la recibía pura y luego la cortaba en su pureza para multiplicar su cantidad con tiza pulverizada. Ese era uno de los trabajos del joven Roberto. Mezclar la cocaína pura con la tiza. Pero los otros muchachos, pistola al cinto, bajaban a Caracas a llevar la mercancía a diferentes sectores de la ciudad y luego, tenían la libertad de cometer atracos. Las armas eran de El Tigre, él solo quería su dinero de la cocaína completo, y los muchachos se podían quedar con el botín del atraco.

Las cosas funcionaban bien, todos los días Roberto hacía su trabajo cortando la cocaína, y luego bajaba al garito para divertirse con los otros muchachos. Hasta que al lugar llegó un holandés que quería hacer negocios con El Tigre. El holandés, se notaba a leguas que era homosexual, pero tenía mucho dinero, y siempre venía acompañado con dos miembros de la Policía Técnica Judicial, la famosa PTJ[15], así que era intocable. El tipo quería meter mercancía suya en el barrio. Usar uno o dos apartamentos para depositar droga de Pablo Escobar, y después distribuirla por el Caribe.

Ninguno de los malandros fuertes del barrio se atrevió jamás a meterse con el holandés, pero tampoco hacían migas con él. Fue Roberto quien vio una oportunidad de ascender con las insinuaciones del tipo. Un día, el rubio oriundo de Frisia, pero criado en Aruba, sacó una baraja de cartón y le preguntó a Roberto si sabía jugar póker. El hombre hizo clic con el muchacho por su astucia automática para entender que la mentira era una herramienta poderosa para ganar en el póker. "¿Cuántas manos seguidas eres capaz de ganarme?" siempre preguntaba el holandés. Era un reto, ya que todos sabemos que es imposible ganar todas las manos todo el tiempo, pero un buen mentiroso puede mantener una racha mucho más tiempo de lo que de verdad dura.

En esos días, Alberto, el papá de Roberto, había conseguido varios trabajos buenos de plomería y por consiguiente, tenía dinero para prodigarse unas borracheras increíbles. El viejo bebía Anís El Moro, una copia venezolana del famoso Anís El Mono español. Una noche el holandés decidió acompañar

---

15 El Cuerpo Técnico de Policía Judicial, también conocida como Policía Técnico Judicial (PTJ) fue la agencia policial más grande de Venezuela. Creada en 1958, fue responsable de las investigaciones criminales y los servicios forenses, al igual que contranarcóticos. Fue reemplazada por el Cuerpo de Investigaciones Científicas, Penales y Criminalísticas (CICPC) a finales de 2001. El rol central en la investigación judicial de Venezuela data a las fuerzas de seguridad de Juan Vicente Gómez y a través de la Seguridad Nacional de Marcos Pérez Jiménez. La PTJ estaba adscrita al Ministerio de Justicia.

a Roberto a su casa, y caminar con él por la fría oscuridad de los bloques, donde la gente habita en un murmullo infinito. Las *calles* empinadas del 23 de enero, y las gigantescas estructuras de concreto, los muchachos sin padres supervisándolos jugando hasta altas horas de la madrugada, el hábitat indigesto de una ciudad que en cada departamento, por demás espacioso, tenía una escena diferente del anárquico destino de una población abandonada por su gobierno, eran el escenario de la seducción de un hombre con dinero y poder, que no podía revelar sus inclinaciones sexuales abiertamente a un menor de edad venezolano, para no perder el estatus de poder que tenía ni hacer enojar a sus jefes, que si eran verdaderamente poderosos, y que no titubearían en asesinarlo si se equivocaba.

Roberto iba hablando de póker, preguntándole al holandés por las grandes mesas de los casinos de Aruba y Curazao, por las mesas de *cash* en los cruceros, y atesorando la esperanza de no ser él, de no tener que vivir la pobreza a la que estaba condenado, de superar la miseria en que había nacido, y de la cual su madre había huido sin siquiera preocuparse por el futuro de su hijo. El holandés alimentaba esos deseos de ser otro, *blufeaba* con él, le prometía que una vez lograra transportar el cargamento lo llevaría a pasear en un casino flotante, en uno de los cruceros que atracaban en La Guaira. Ya antes le había regalado algunas cosas: unos jeans, unas franelas de moda, una gorra de los yankees. Pero esa sí era la mentira mayor, sacarlo de la miseria en que vivía.

Al llegar al bloque, el papá de Roberto estaba volando en la borrachera cuando lo vio llegar. Desde la ventana de la sala lo empezó a *hijodeputear*. Siempre que se emborrachaba recordaba a la mamá de Roberto y empezaba a castigarlo por un crimen que él no había cometido. Al darse cuenta que andaba con el holandés empezó a gritarle también a él, sin conocerlo siquiera. Entraron, subieron los tres pisos por escaleras oscuras. El holandés intentaría calmar al señor en su furia. El ojo del viejo se agudizó, y entendió las intenciones que tenía el extranjero con su hijo, así que comenzó un ataque homofóbico en contra del narcotraficante. Grave error, poner en evidencia a un hombre cuyos miedos están contenidos puede desatar instintos de supervivencia insospechados.

Al repetitivo grito de *musiú*[16] maricón, el holandés respondió con una puñalada que bañó de rojo la sala del departamento. Ambos, Roberto y el holandés, miraron con frialdad como el viejo borracho se ahogaba en su sangre. Parecía que Roberto hubiese estado esperando ese favor desde hacía siglos. El holandés resolvió la muerte llamando a los PTJs que trabajaban para él, quienes recogieron el cadáver a la mañana siguiente. Esa noche, Roberto recogió las cosas que cabían en una maleta y se fue con el holandés al bloque donde vivía y guardaba más o menos una tonelada de panelas de cocaína.

---

16 Expresión con la que se define al extranjero, a veces de forma cariñosa o despectiva, según la situación. Proviene de la palabra francesa "Monsieur". Probablemente a los franceses a quienes se les oía esa palabra, los locales les llamaban "musiúes".

Entre el póker, los revolcones con el holandés y la droga que empezaron a enviar en lanchas para Trinidad, desde donde salían en avión para Europa, todo empezó a cambiar para Roberto. En los noventas era un chamo que aparentaba ser rico de cuna en los antros de Caracas, donde se pavoneaba vendiendo cocaína de alta pureza, que el mismo cortaba con mezclas de analgésicos y bórax, al 60%. Así conoció en 1994 a don Vito Panzuto, en su negocio de Las Mercedes. Roberto había crecido en su póker, pero su principal fuerte en el juego era el *bluf*, se volvió un maestro en ello, dominaba el complicado arte de *blufear*. Era un gran mentiroso que sabía administrar muy bien sus manos *Premium* para confundir a los contrincantes. Así, cuando quienes jugaban en su contra creían que habían conseguido la pista de sus faroles, él les lograba hacer un revés mostrándole una buena mano.

Era experto robando botes usando un arma muy importante: las apuestas de continuación o *C-BET*; su continuación siempre se daba hubiese ligado o no en el *flop*, no titubeaba y si hacían *call,* hacia hasta lo imposible con sus apuestas en el *turn* y en el *river* para que el contrincante botara su mano. La propiedad y la imagen de poder que imponía en la mesa era tal, que expandía miedo en sus contrincantes, quienes preferían *foldearse*, solo pocos llegaban al *showdown* contra Roberto. Si veía que alguien iba a llegar hasta el final pagando su BET o movimiento en el *river*, botaba sus cartas para que nunca se percataran de lo que tenía y así ocultar su *bluf*, como te dije, era un maestro en el arte de *bluf*ear.

El *C-BET* o apuesta de continuación es un movimiento que efectúa un jugador que ha hecho un OR en *pre-flop* y al ver el *Board* genera el movimiento del *C-BET*, el tamaño o *size* dependerá de la capacidad de juego de cada uno y con cuantos jugadores han llegado al *flop*; normalmente si ligaste un *Top Pair* puedes mandar una apuestas de un tercio o la mitad del monto del bote cuando tu *Top Pair* es acompañado de dos cartas sin ningún tipo de proyecto; pero cuando tu *Top Pair* está acompañado en el *flop* con proyectos de *color* o *escalera*, tu *size* debería ser de 2/3 o incluso el equivalente al monto del bote, para así generar un *C-BET* de valor y protección. El *C-BET* puedes usarlo cuando te aíslas en el *flop* con uno o dos jugadores más, pero cuando hay más de dos, los grandes jugadores recomiendan hacer *check*, a menos que el *Board* nos responda a los posibles rangos de manos de *call* de los adversarios y no hayas ligado nada en él mismo.

El caso de Roberto era distinto, siempre hacía *C-BET*, no importaba contra quien, ni la mano que tuviese, ni la cantidad de jugadores que hubiesen: el *C-BET* con Roberto siempre iba. Estaba convencido que de esa manera quienes jugaban en su contra sentían que él tenía una mano imbatible o que en el *flop* había certificado que tenía las *nuts*. Roberto era un mago de la mentira, un actor. Cada noche se inventaba una filiación familiar diferente, o se hacía pasar por el nuevo gerente de una trasnacional. Ya la mentira no era solamente en el juego, sino en la vida.

Esas ínfulas de ser alguien que no era, hicieron que el holandés se alejara de él, por los días en que conoció a don Vito. Roberto había empezado asistir asiduamente al club del italiano, a envolver a los clientes del club en negocios ficticios. Lograba que otros clientes pidieran fichas a título personal que terminaban en la mano de Roberto, o se ponía de acuerdo con algunos jugadores para jugar en contra de clientes importantes de don Vito. La presencia de Roberto, la caída de Carlos Andrés Pérez[17], el ascenso del moralista de Ramón J. Velázquez[18] al poder, y la economía en picada, estaban sacando de quicio al italiano.

Una noche, después de embaucar a unos gerentes de PDVSA que jugaban al póker en el club de Vito, poniéndolos en contra de una señora de la *high* caraqueña que perdió todo su dinero rápidamente con tres jugadores haciéndole presión; Roberto se disponía a marcharse en un Mustang 86 cuando, dos de los matones de Vito Panzuto lo atraparon.

---

17 Carlos Andrés Pérez Rodríguez, también conocido como CAP por las siglas de su nombre, fue un político venezolano perteneciente al partido Acción Democrática que ejerció el cargo de presidente de la República en dos periodos (1974-1979 y 1989-1993). Su segundo mandato se inició con una economía endeudada con más de 6.500 millones de dólares en cartas de crédito a vencerse en julio de 1989 lo que obligó a tomar medidas económicas estrictas a los pocos días de su ascenso que provocó la protesta conocida como el Caracazo, estuvo marcado por privatizaciones de empresas públicas y escándalos de corrupción que culminarían con su destitución como presidente, ante la declaración de procedencia de antejuicio de mérito por parte de la Corte Suprema de Justicia acusado de malversación de fondos públicos y fraude a la nación. Tanto los escándalos de corrupción, como el Caracazo fueron utilizados como argumento primero por Hugo Chávez y luego por Hernán Grüber Odremán para realizar dos intentos de golpe de Estado, el primero ocurrido el 4 de febrero liderado por Hugo Chávez y el segundo ocurrido el 27 de noviembre de 1992 liderado por Hernán Gruber Odremán, respectivamente.
18 Ramón José Velásquez Mujica fue un político, jurista e historiador venezolano, presidente de la república electo por el Congreso Nacional durante el período 1993-1994.

Quedó inconsciente con un golpe en la cabeza y despertó a las tres de la mañana, después de que lo bañaran con un balde de agua fría. Don Vito fumaba un habano. Estaban en la terraza del club, no había nadie, excepto don Vito y los matones.

"Mira, *coñoetumadre*, ¿tú me piensas espantar a todos los clientes? Esa vieja que jodiste hoy, no me quiere pagar el dinero que pidió a crédito porque dice que yo puse a esos dos güevones y a ti, a jugar en su contra. Son tres millones de bolívares, los que me debes". Roberto intentó hablar. "No digas nada maricón. Yo sé quién eres tú y de dónde vienes. Te la tiras de *dandy*, y eres un pelabolas del 23 de enero. Me voy a quedar con el carro. Y me vas a buscar mis 3 millones de bolívares para este fin de semana. Además, no te quiero volver a ver jugando póker, ni blackjack, ni ruleta, ni damas chinas. Tú no apuestas más en Caracas".

Si algo molestaba a Roberto, era que le dijeran quien era en realidad. No salió asustado ni preocupado esa mañana, salió herido en su mórbido ego. Lo hirió más tener que coger el metro hasta la estación Agua Salud que los golpes recibidos. No pensaba en conseguir los tres millones de bolívares, que eran alrededor de dieciséis mil dólares, sino en cómo vengarse del italiano. El Tigre había caído preso otra vez, y lo habían matado en la cárcel de Yare; su banda se había dividido, y ahora los Bloques tenían una guerra constante de poder. El garito y la droga, habían quedado en manos de uno de sus compañeros de generación, un malandro llamado Maycol. Esa tarde, con dos panelas de cocaína que le habían quedado del holandés y dos cadenas de oro, Roberto había comprado su futuro.

Iban a montar un casino en los bloques del 23 de enero, bajo la protección del Maycol, pero necesitaban dar un golpe esa misma noche. La narrativa para el jefe de los malandros era muy sencilla: había un local en Las Mercedes, que entresemana cerraba a las once de la noche, y que solo tenía dos guardias armados. Con un camión y diez muchachos podían mudarlo en un par de horas, pero Roberto sabía que los llevaba al casino clandestino de Vito Panzuto y que el italiano estaría allí porque le gustaba cerrar cuentas personalmente junto a su administrador todos los días.

Era miércoles, cuando un camión F350 robado bajó de los bloques del 23 enero a la medianoche con dirección a la exclusiva zona de Las Mercedes en el Este de Caracas. Vito Panzuto no lo vio venir. Solo reconoció a Roberto cuando este se quitó el pasamontañas para escupirle la cara. Cada patada recibida ahora tenía rostro, además tenía un móvil. ¿De qué otra manera alguien se atrevería a robar a Vito Panzuto? Al viejo lo salvó la alarma que se activó cuando uno de los malandros, desobedeciendo a Roberto intento abrir la caja fuerte a tiros.

Se fueron antes de que llegara la policía. El saldo: dos guardias heridos, cinco maquinas traganíqueles, una mesa de póker de madera italiana, licores, unos miles de dólares, joyas, otras cosas; pero lo más costoso de esa noche fue el odio que había nacido entre ambos. El mentiroso no podría huir más, donde fuera que se escondiera don Vito Panzuto le quitaría la máscara.

TRECE.- CAMBIO DE DIRECCIÓN

Había pasado un año desde que comencé la carrera en la universidad y dos desde la muerte de mí padre, estaba cursando el tercer semestre de la carrera. En ese año 2010 la situación económica en mi casa había empeorado, la inflación era incontenible, y nuestra manera de vivir se vio afectada rápidamente. Nadie compraba departamentos, pero muchos intentaban vender, y las ganancias de Kathy eran mínimas. Por mi lado, la tienda me ofrecía la mitad de un salario mínimo, con lo que apenas cubría mis gastos en la universidad.

Tenía 19 años en ese entonces y la diferencia de ritmo con el liceo era significativa. Los profesores en su mayoría eran parcos e impersonales; ciertamente la exigencia intelectual de las clases no era un problema para mí, ya que las matemáticas me eran naturales y la estadística me apasionaba, pero lo que rodea a la vida universitaria si fue un obstáculo, sin duda un año complejo en muchos sentidos.

Comprar libros era imposible por el alto costo, sacar fotocopias tampoco era una opción, porque también representaba una gran inversión, así que me conformaba con reproducir una o dos páginas de los libros de mis compañeros y el resto estudiarlo en la Biblioteca Central, que además tenía un horario matutino y vespertino, y mis clases eran en el *turno* nocturno. De verdad era bastante complicado correr para prestar los libros una hora antes de que cerraran la biblioteca y luego entrar a clases, también a la carrera, por las distancias que había entre las facultades.

Mi mamá estaba verdaderamente desesperada con la situación económica, se acumulaban deudas que poco a poco asfixiaban nuestro día a día. Volvíamos a estar morosos con la televisión por cable y el internet, siempre se debía uno o dos meses de servicio telefónico, el costo de los servicios de condominio se abultaban con reparaciones inesperadas del ascensor o de las bombas hidroneumáticas, además de la deuda que se contrajo con la muerte de mi papá, que no se había podido pagar aún y cuyos intereses parecían estar volviendo loca a mí madre.

A veces pensaba que lo mejor sería vender el departamento, que había conseguido con un crédito habitacional estando joven, y con mucho esfuerzo fue pagando en cuotas toda su vida; porque si bien El Paraíso no era una zona de millonarios, si lo era de clase media; y logrando una buena venta, podría pagar las deudas que la asfixiaban y comprar una casa en un sector más humilde, a pesar de los peligros; pero nunca se decidió a hacerlo porque el colegio de Daniel quedaba relativamente cerca de El Paraíso y su progreso cognitivo desde que comenzó asistir era notorio.

Mi rutina estaba muy apretada: me paraba temprano para llevar a mi hermano al colegio especial, luego iba a laborar en la minitienda, a la dos y media de la tarde lograba zafarme del trabajo, y rogaba porque no hubiese atascos en el metro para sortear las dos líneas que me llevaban hasta la ciudad universitaria. A las cuatro de la tarde cerraban la biblioteca y no prestaban libros si llegaban después de las tres y media. Luego, a las cuatro o cinco de la tarde, según el horario, me tocaba entrar a las primeras clases, que se extendían normalmente hasta las 8 de la noche. Al salir, me tocaba de nuevo surfear el metro y los mares de personas queriendo regresar a su casa.

Aun así estuve corriendo la arruga, ayudando a mi mamá con la mitad de mi medio sueldo, por lo que no me sobraba nada para tomar meriendas o disfrutar algo en el cafetín de la facultad. Ella no sabía las precariedades que pasaba, pero me apoyaba preparándome un almuerzo para que llevara al trabajo y dejándome la cena lista, para que al llegar a casa, pudiera saciar mi apetito de joven de 19 años.

Terminaba llegando algunas veces a las diez de la noche a mi casa. Rara vez estaba despierta mi mamá, pero mi comida estaba lista y servida con mucho cariño. Luego de comer, aprovechaba para repasar apuntes de la universidad y luego dedicaba al menos una hora a Zynga Póker, a veces más. Los fines de semana seguía jugando póker en la plaza o en casa de amigos de la zona que le habían apasionado el juego, pero eran partidas de 10 bolívares de *Buy In* que no dejaban nada de dinero a sus ganadores, solo dejaban el gusto de la victoria y del drenar entre los panas. Me mantuve en ese ritmo durante octubre y noviembre de ese año, hasta llegar la primera semana de diciembre, cuando todo conspiró para destruir el frágil equilibrio que habíamos creado a pesar de las precariedades.

Diciembre llegó con una noticia fatal: el gobierno nacional había cancelado las ayudas a los colegios especiales, como a los que asistía mi hermanito Daniel. A partir de enero serían completamente privados, no podrían becar a ningún niño. El costo de todos los servicios que se prestaban en el colegio era verdaderamente costosos, casi 125 dólares, que al llevarlo al cambio en bolívares era mucho dinero, solo con decirte que un sueldo mínimo mensual en aquel entonces eran como uno 35 dólares, sin duda mucho dinero que no había en ese momento en el hogar. El monto de la escuela de Daniel se había incrementado a ese monto por la atención psicopedagógica, terapistas del lenguaje y especialistas en desarrollo cognitivo especializados que ofrecían. Sin duda que desde que mi hermano entró al colegio había mejorado mucho y esa era su única esperanza de superar sus dificultades y tener el futuro que merecía.

Mi mamá estaba muy angustiada, porque nuestra situación económica estaba en el peor de los momentos, y si antes de terminar el año, no pagaba la inscripción más la prima de un mes del próximo año, Daniel no podría seguir asistiendo al colegio. ¿Quién lo cuidaría mientras mi mamá trabajaba? No podía quedarse con cualquier niñera, además se detendría el progreso de su personalidad. ¿De dónde sacar tanto dinero? Eran casi 300$ dólares o su equivalencia en bolívares los que había que pagar de una sola vez o sino Danielito quedaría sin oportunidades de un mejor futuro.

Comencé esa semana con una fijación mental: necesitaba conseguir dinero. Fui al trabajo, aunque pasé todo el día distraído, mirando los negocios del centro comercial, pensando que podía emular para conseguir dinero y ayudar a pagar la escuela de mi hermano. Sucedió lo mismo al salir, solo podía mirar el mundo para explorar oportunidades, ver qué modelo de negocio o que empleo debía conseguir para tener la suficiente solvencia económica que me permitiera ayudar a mi familia en ese momento tan crítico, como podría ayudar a Kathy a conseguir ese dinero. Pensé en el póker, busque convencer al grupo con quien jugaba en vivo de subir los montos pero se negaron rotundamente, uno: porque casi siempre les ganaba, y dos: porque no había casi dinero en el bolsillo de ellos.

Llegué a la Universidad Central para entrar en la clase de "Investigación y Método III". Era una cátedra introductoria que había una por cada semestre, donde entregaban herramientas para que los futuros profesionales pudieran enfocarse en el campo laboral de la profesión, todas las carreras tienen materias parecidas, pero yo nunca había estado tan disperso en una clase como en esa, apenas pude captar la asignación que puso el profesor para entregar el siguiente lunes.

Solo después entré en conciencia que debía redactar un ensayo donde expusiese el uso de las estadísticas en un desempeño profesional y eso habría que defenderlo con una exposición, para que nuestros compañeros pudieran debatir nuestras ideas de cómo nos desempeñaríamos como estadísticos del mañana. El profesor resumió toda la tarea diciendo: "deben explicar cómo hacer dinero usando la estadística".

Eso mismo venía yo pensando desde que me enteré del aumento de la matrícula en el colegio de Daniel; pero la pregunta del profesor me había ayudado a enfocarla mejor, debía usar mi talento natural para los números en algo que pudiera producir suficientes ingresos para cubrir nuestras necesidades básicas, incluida la educación de mi hermano.

Cuando llegué a casa, mi mamá y Daniel no estaban, habían salido a una fiesta de un amiguito de mi hermano. Caí fulminado en el sofá de la sala frente al televisor, tomé el control con la iniciativa de encenderlo pero estaba en una especie de shock. ¿Qué podía hacer con mi vida? ¿Cómo podíamos salir del atolladero económico en que nos encontrábamos?

Estaba hundido en el sofá y en mis pensamientos, cuando de modo automático mi dedo logró apretar el botón de encendido del televisor, estaba sintonizado en ESPN, ya que a Daniel le encanta mirar el fútbol, porque la gente corría de un lado a otro y de vez en cuanto estallaban en una euforia maravillosa y eso sin duda le encantaba.

En el televisor estaban transmitiendo la mesa final del WSOP. Quedé absorto viendo la mesa final del torneo de póker más importante del planeta. Veía a muchachos muy jóvenes, que tendrían mi edad, que se parecían a mí, o a muchos de los muchachos que pasaban por los pasillos de la Universidad Central. Pero esos muchachos que se veían como yo, se estaban batiendo por millones de dólares, estaban sentados en el mismo lugar donde antaño lucharon los grandes veteranos.

A la luz de ese espectáculo del póker pude reconstruir mi propósito, recordé la asignación de la clase que había visto esa misma tarde. Corrí a mi bolso y saqué el cuaderno donde había anotado los apuntes, subrayado y en grande la oración "cómo hacer dinero con la estadística". Ahora el póker me estaba dando una respuesta a esa pregunta en medio de ese magno evento que estaba viendo.

Déjame explicarte mejor, esa noche, en ESPN, pasaban en diferido la mesa final de la Serie Mundial de Póker del año 2010, WSOP por sus siglas en inglés. El WSOP es el evento más importante y prestigioso de póker del mundo; se compone por 55 torneos, los cuales se disputan en diferentes modalidades y con variables precios de inscripción, que parten desde los 500$, y pueden llegar a los $ 50,000, solo para entrar. Estos torneos se celebran una vez al año en Las Vegas, en el Rio Hotel & Casino, comenzando a principios de verano. De entre los 55 torneos el de mayor reconocimiento mundial y del que se dice que su ganador es el Campeón del Mundo de Póker es el MAIN EVENT que se juega en la modalidad de Texas Hold'em sin límite, con una inscripción de $10.000.

Desde el 2008 se introdujo la novedad de que la mesa final del evento principal se retrase varios meses, hasta el mes de noviembre. Esa nueva iniciativa sirvió para que los últimos nueve jugadores del torneo puedan demostrar alrededor del mundo su destreza en el Hold'em sin límite, y así hacer la labor de embajadores del póker. Estar en esa mesa es el sueño de muchos, yo, viendo apenas ahora esta transmisión, no había entendido que ese era mi norte, y debía ser mi mayor ambición.

La mesa final de la WSOP de 2010 tenía un escenario muy particular, estaba la mitad de un auditorio rodeado de gradas, encima de la mesa había luces y habladores Led que anunciaban que esa era la mesa final. Jonathan Duhamel, llevaba una gorra de pokerstars.net, que era su patrocinante, e iba completamente vestido de negro; era de nacionalidad canadiense, y al final de la noche se llevaría 8.944.000 dólares del premio. El último mano a mano, lo jugaría contra el norteamericano John Ranecer, quien con sus lentes oscuros, franela blanca y actitud de chico malo, fue un oponente duro de vencer. Pero Duhamel había obtenido un A♠ J♥ que garantizó su victoria desde el primer momento. Confiar en las cartas, no mostrar debilidad alguna y darlo todo por la victoria, puede hacerte trascender más allá del ahora instantáneo y fútil.

De todos los WSOP sin duda el que ha dejado la mesa final más emocionante y llena de adrenalina fue esa que tuve la oportunidad de ver en ese momento tan difícil que estaba atravesando. En esa mesa no había jugadores reconocidos o estrellas del póker, sino jóvenes como yo. No había ninguna diferencia entre nosotros salvo que ellos estaban en el norte y nosotros en el sur. Ya no era un espacio exclusivo para grandes ídolos como Doyle Brunson o Daniel Negreanu, el tiempo de los maestro ya había pasado, y una nueva generación de jugadores, que se había fogueado en las salas virtuales eran los protagonistas del torneo más famosos del mundo. ¿Sería descabellado pensar en que algún día yo podía estar entre ellos?

Cuando terminé de ver la transmisión de la mesa final había tomado la decisión de hacer mi trabajo de la universidad en torno al póker y convertirlo en un mecanismo para salir del hueco económico en que nos encontrábamos: el póker sería la manera en que utilizaría los conocimientos de la estadística para producir dinero. Pero con esa decisión también llegaron muchas dudas que no tenían respuesta dentro de mí. Mi entorno sin duda no era el entorno para buscar rentabilidad sobre el póker, ¿Había en Venezuela un entorno de póker distinto al actual mío? ¿Era legal jugarlo? ¿Dónde podía ir a jugar póker real? Si bien eran interrogantes importantes, no tenía tiempo para perder, ni tampoco información para comenzar. Tenía tantas dudas como deseos de emprender.

Decidí comenzar por redactar el ensayo de la materia de la universidad, y que esa investigación académica me sirviera para alimentar el apetito de mis dudas, intentar saciarlas. Estaba decidido a explicar cómo usar la estadística en el póker. Iba a resumir en ese ensayo las distintas anotaciones que habíamos hecho mi viejo y yo durante nuestro análisis del SUPER / SYSTEM acompañado de otras conclusiones que iba poco a poco agregando sobre el juego. La idea de construir ese ensayo me llenó nuevamente de vida.

Empecé de inmediato. Para ello encendí el equipo de sonido del apartamento, que había estado mudo por mucho tiempo. Volví a escuchar el viejo disco de The Doors, que tanto le gustaba a mi papá, me conecté con su recuerdo, que desde ese momento no volvería a abandonarme. El viejo sería mi guía en ese nuevo propósito de conseguir mi futuro en el póker.

Empecé a escribir de una vez el trabajo para la universidad. En el ensayo me dediqué a explicar la mecánica del juego, luego, las estadísticas de las manos iniciales y las ventajas estadísticas de las posiciones de los jugadores en la mesa del póker. Una vez que expliqué lo básico, me adentré en lo que es realmente complicado, la aplicación de la estadística en el juego.

En el póker y otros juegos, donde existe la presencia del azar, se aplican los estudios de una rama matemática de la estadística conocida como cálculo de probabilidades. Estas probabilidades, si queremos usar una metáfora con otros juegos, son los límites del terreno de juego del póker, es decir, que las probabilidades son al póker, lo mismo que las líneas blancas a una cancha de fútbol; no se puede jugar fuera del área determinada para ello, y todo lo que suceda fuera de esas áreas de acción, es poco importante para el juego que se está desarrollando dentro.

Hay muchos aspectos que un jugador debe dominar, pero cualquiera que quiera alcanzar un nivel profesional tiene que conocer el cálculo de probabilidades básico, todos los pros del póker las conocen a la perfección, y a partir de ellas, elaboran su juego particular con su creatividad y estilo. El cuerpo de mi ensayo se concentraba en explicar cómo la estrategia en el póker se basa y gira en torno a las probabilidades y cómo dominar el cálculo de probabilidades es indispensable para ganar de forma sostenida.

El primer concepto probabilístico que me di a la tarea de explicar era de las "odds", que son las "posibilidades en contra" de que un hecho ocurra, es decir, es el *ratio* entre la probabilidad de ganar y la de perder. Otro concepto interesante que traté en mi ensayo fue el de los "*outs*", que son las cartas que nos van bien para completar una jugada. En los anexos te dejaré unas tablas importantes que tienes que revisar para aplicar estos términos en tu juego.

Otro concepto importante de la estadística con el póker que desarrollé en mi ensayo fue el del uso del SPR, un índice que describe la relación existente entre nuestro *stack* y el dinero que hay en el bote; calcular el SPR es útil para intentar sacar rentabilidad al bote en el que estamos jugando y si vale la pena jugarlo o no. No podía dejar por fuera los "Pot Odds", que nos ayudan a saber cuándo es beneficioso pagar una apuesta con un proyecto de mano a largo plazo tomando en cuenta las cartas que nos faltan para conseguirla y la cantidad de dinero en el pozo; y el ITM, siglas de "in the money", que se refiere a las matemáticas para entender la posibilidad de entrar a cobros en un torneo. En los anexos he dedicado poner una página de este ensayo para explicarte estos cálculos y sus tablas, para que puedas potenciar tu juego.

Sin duda en ese ensayo había logrado resumir el uso de las matemáticas para maximizar la estrategia en el póker. Muchos creen que sus conductas acertadas en la mesa son intuitivas, pero realmente obedecen a patrones matemáticos que ignoran. Si estudias vas a conseguir estar por encima de la ola, y no simplemente nadando y siendo arrastrado por su fuerza. Esa misma madrugada terminé de escribir el ensayo y además creé una presentación de Power-Point para la exposición. Todo estaba listo.

No me había percatado de la hora y me preocupé por no ver llegar a Kathy con Daniel. Estuve tan concentrado en el ensayo que no había visto el celular, mi mamá hacía varias horas me estuvo llamando, y como no respondí, escribió que se iban a quedar en casa de la amiga donde estaban. Me acosté a dormir con la convicción de que mi vida había comenzado nuevamente, y que gracias al póker había emprendido un cambio de rumbo.

CATORCE.- UNA OPORTUNIDAD

La vida está llena de oportunidades, pero tienen la cualidad de no anunciar su llegada hasta que se hacen presentes de forma definitiva. Si no las aprovechas a tiempo, puedes perderlas para siempre. El ensayo que preparé la noche anterior donde estudiaba la relación del póker y las matemáticas abría para mí una puerta que conducía a un largo pasillo de oportunidades, aún no lo sabía pero haber elegido el póker para desarrollar mi tarea de la universidad sería el elemento desencadenante que me llevaría a una posible y tangible opción de poder solucionar mis problemas económicos: el destino me tenía preparada una oportunidad que no podía desaprovechar.

Me desperté después del mediodía ese sábado luego de haber terminado de hacer el trabajo para la universidad hasta la madrugada. La semana que comenzaba ese lunes era muy importante para mí en materia de estudios, tenía exámenes y debía presentar la exposición y el ensayo. Los domingos eran religiosos para visitar la tumba de mi papa, Kathy le llevaba unas flores y le contaba todo lo que había pasado en la semana, era una especie de monologo que hacía que siempre me partiera el alma pero por Daniel e incluso por la misma Kathy era incapaz de soltar una lagrima, de igual manera aprovechaba en mi interior para decirle a mi viejo que lo extrañaba con todas mis fuerzas. El resto del día domingo transcurrió para mí pensando en el póker y pidiéndole a dios una oportunidad para demostrar mis conocimientos.

Cuando despuntó el sol de ese lunes volví a mi dinámica: ayudar con Daniel, ir al trabajo y luego a la universidad. Había llegado el día de explicar conceptualmente a terceros como el póker me ayudaría ante mis objetivos y tener el feedback sobre ello para saber si estaba en el camino correcto. Llegué 5 minutos retrasado a la clase de Investigación y método III, pero el profesor me dejó entrar sin problema alguno.

Luego de dos exposiciones fue mi *turno*, estaba algo nervioso pero inicié mi exposición con fuerza y entrega. Me esforcé en explicar las bondades del juego, fui cuidadoso en demostrar como la estadística y la matemática de probabilidades eran vitales para desarrollar una estrategia ganadora en el póker, expliqué en detalle cada elemento del ensayo, sus conceptos y su uso en la práctica directamente en el juego mediante ejemplos, pero finalmente, pareció que a los compañeros no le interesó mucho el asunto.

El profesor mantuvo una cara de atención por cierto tiempo aunque minutos después comenzó a ver el reloj constantemente como buscando interrumpirme alegando que había llegado el final de mi *turno*. Pero había un estudiante, entre todos, que no perdía pisada de lo que decía, era pura atención en mi ponencia. Yo era bastante despistado y no le prestaba atención a quienes eran mis compañeros pero este muchacho me parecía familiar.

Estaba seguro de haberlo visto en otras clases, pero nunca en ningún examen o desarrollando alguna exposición. Parecía que asistía a clases como un fantasma, que solo iba a escuchar; como vi que prestaba genuina atención, decidí dedicarle la exposición a él. A veces negaba alguno de mis comentarios, otras veces asentía.

Mientras iba exponiendo, empezaba a recordar en las diferentes circunstancias en que había visto a ese joven. Siempre vestía jeans y franela, y usaba unos lentes de sol marca *Arness*, que solo se quitaba para entrar a clases y evitar llamados de atención de los profesores, siempre estaba rodeado de chicas lindas de la universidad y si bien su vestir era casual y sencillo sin duda sus prendas eran de marcas caras y costosas.

Una vez terminada mi ponencia el profesor me felicitó, dijo que por primera vez alguien de su clase aplicaba la estadística a un juego de azar, aunque sentía que estaba muy alejado eso de ganar dinero con las estadísticas, riéndose ligeramente del tema, entonces por primera vez escuché la voz del muchacho corrigiendo al profesor: "no es un juego de azar profesor, es un juego mental y se asombraría lo que puede ganar un buen jugador de póker, creo que en una buena sesión de una noche se ganaría lo que usted cobra en un mes, o hasta más".

Una vez que puso en su sitio al docente se dirigió hacia mí para decir: "quería hacerte unas preguntas, claro siempre y cuando nuestro ilustre profesor lo permita". El profesor asintió: "Velásquez, es un honor verlo participar por primera vez en mis clases".

Riéndose, vio al profesor unos dos segundos con cierta mirada de sarcasmo y burla hacía el, en ese escaso tiempo observé como las chicas del salón posaban la mirada en el joven, admiradas por su actitud e irreverencia, luego me miró y se presentó: "un placer mí pana, mi nombre es José Gregorio Velásquez, pero los panas me dicen Chavo. Te felicito por tu ponencia, es muy correcto todo lo que dijiste, pero creo que estás dejando por fuera del juego algo muy importante, la esencia, la vida en sí del póker, sobretodo del Texas Hold'em: la suerte o la famosa *Varianza*. Por lo que veo te gusta el póker pero lo ves solo de una forma estadística".

Argumenté que era una manera de minimizar esa varianza que me menciono para así obtener los resultados deseados, pero Chavo respondió inmediatamente: "¿entonces ves a la varianza como un elemento a vencer mediante la estadística y no como un aliado para ganar la partida?".

Le respondí que cada momento de una mano debía jugarse en base a las probabilidades matemáticas, era la manera más segura de proceder. Volvió a increparme: "tienes razón en tu afirmación, pero eso quiere decir, ¿Qué nunca pagarías un OR con 7-5 suite con posición? ¿Nunca harías un 3BET con 6-4 suite a un jugador que abre desde posiciones finales si tú estás en el *botón*? ¿No llevarías una mano a su máxima expresión mediante el *bluf* por

ICM o por SPR Negativo? ¿Solo por lo que representan esas manos y ese tipo de movimiento en las tablas y estadísticas que acabas de exponer?". Yo respondí afirmativamente.

Todos los asistentes a la clase habían quedado lelos con la pregunta. Chavo sentenció; "tu juego es netamente GTO". Yo no sabía de qué me estaba hablando. "Hay dos tipos de juegos, el GTO y el *explotable*. El Juego GTO es una estrategia que maximiza el EV y se concentra en que quien juega no tenga huecos, es decir, no pueda ser explotado. Ese tipo de jugadores, como tú, utilizan la teoría sin importarle el jugador que tienen en frente y lo que haga. Están como solos en el mundo. Un GTO es equilibrado en sus faroles y apuestas por valor. Se sienten sobrados con sus conocimientos a tal punto que le da igual la decisión del rival, porque creen que ya tomaron la decisión perfecta".

Lo volví a mirar, esperando que terminara de explicar lo que había comenzado. Él sonreía porque sabía que había capturado mi atención. "¿Quieres que siga? Pues el juego Explotable es la manera de jugar aprovechando las debilidades de tu oponente; un jugador que es Explotable analiza siempre si el rival *fold*ea al 3BET, si hace 4BET, si *fold*ea mucho en el *flop*, se aprovecha de cualquier debilidad y la explota para obtener la victoria. Sin duda mi pana, es más divertido ser explotable. Por lo que veo tú aplicas en tu juego solo el GTO, basas el póker en estadísticas y probabilidades, haciendo por ende tu juego muy frio y predecible, yo me inclino más por el segundo, que no quiere decir que deje a un lado las estadísticas y las matemáticas de probabilidad, pero va más allá, porque me gusta jugar con la psiquis del rival, lo leo, lo descifro, para explotarlo bien. Ahora que te enseñé algo que no sabías ¿tú crees que tu juego GTO le puede ganar a mi estilo *explotable?*".

Sentí que me estaba ofendiendo de alguna manera por lo que reviré: "algo en mi juego debe estar funcionando porque ocupo el tercer lugar en el ranking nacional de Zynga Póker en Facebook como también ...". Pero Chavo volvió a mofarse de mí: "entonces eres el tercero en un juego sin valor, con dinero ficticio en Facebook, con amigos novatos y sin dolencia por la inversión, me parece bien, te felicito".

Chavo tenía toda la pinta de ser un niño nacido en cuna de oro, no solo por su vestimenta sino también por su manera de expresarse e inconscientemente lo ataqué por allí: "Yo juego así porque no soy un niño rico como muchos a quienes el dinero les sobra y no les duele, en mi caso sí y por ello debo cuidarlo". Era un argumento absurdo, un intento desesperado por defenderme. Al parecer no le gustó mi comentario, pero no dudó en responder: "bueno Señor Diego López, efectivamente todo lo que ahí indicas es cierto, sin embargo quiero dejarte como moraleja que el póker es mucho más que matemáticas y estadísticas. Es clave tener conocimiento de los *outs*, *odds*, SPR, EV, ITM, etc.; pero hay un elemento que va más allá, llámalo instinto, espíritu, llámalo olfato, que te permite leer a los adversarios para poder explotarlos en la mesa, leer sus debilidades, sus *tells* para atacarlos, al final, el póker no es solo jugar con las cartas, con estadísticas y matemáticas, hay algo más, pero no creo que sea tema para hablar acá, a menos que sea una clase de sicología o filosofía".

Quedó un leve silencio algo incómodo en el aire al terminar su participación que fue interrumpido por el profesor quien hizo una reflexión extraviada sobre la aplicación de los conocimientos de la carrera en la vida diaria.

Al terminar la clase, Chavo me atajó para decirme: "epa mi pana, no tomes a mal el debate, no acostumbro a participar en clases, pero tocaste una fibra especial en mí, el póker también es mi pasión y por ello no pude evitarlo". Debí ponerle mala cara, porque inmediatamente se despidió diciendo: "nos vemos pronto GTO, éxitos".

El resto de la semana fue más compleja que las anteriores, mi ánimo estaba afectado por el cierre del semestre ya que los profesores habían arreciado los encargos académicos, que se sumaba a mis preocupaciones por la situación económica; había que entregar el dinero del colegio de Daniel a más tardar el próximo lunes, e incluso teníamos hasta una hora tope, 6 pm de esa tarde, el tiempo pasaba volando y no habíamos encontrado ninguna solución.

Pasamos toda la semana pensando en las opciones más descabelladas. Mi mamá estaba dispuesta a pedir un préstamo hipotecario o empreñar las escrituras del departamento para salir del apuro. Yo sabía que en el ensayo que había escrito estaban contenidos todos los conocimientos para intentar producir dinero con el póker pero aún la oportunidad no se presentaba, y no sabía por dónde comenzar ni a quién preguntarle.

No volví a ver a Chavo hasta el día viernes, último día de clases de ese tercer semestre. Todos los estudiantes se iban de rumba decembrina para celebrar pero en mi caso mi ruta era mi hogar dado que no había dinero ni ánimos para acompañarlos en sus celebraciones. Pasadas las 8 de la noche, cuando ya estaba por llegar a la estación del metro, vi a Chavo recostado a una camioneta Toyota Land Cruiser FJ70, de las que se conocen como *Machito*, de color negro, con la actitud de quien espera alguien, la música salía de la camioneta a todo volumen como para decirle a la gente: "sí, aquí estoy yo". Para llamar mi atención Chavo gritó: "Epa GTO ¿para dónde vas?".

Le dije que iba para mi casa. Empezamos a conversar en tono más distendido. Le expliqué que vivía en El Paraíso, y se ofreció llevarme varias veces; aunque me negué, al final acepté por su insistencia; no hizo caso a ninguna de mis advertencias del peligro de la zona, pero me recordó que estudiábamos en la Universidad Central, y que todo era peligroso en la Caracas que nosotros habitábamos. "Te conviene GTO, vamos yo te llevo", esas fueron sus palabras antes de subirme a la camioneta.

Arrancó a toda velocidad. Al salir de la universidad me preguntó si alguna vez había jugado un torneo de póker en vivo. Le dije que no, que solo jugaba torneos Sit&Go en línea como le había dicho en clases y los fines de semana a veces entre panas pero de muy bajos montos; de inmediato noté que había tomado la autopista en dirección contraria a El Paraíso, y se lo hice saber. "Tranquilo, GTO, tranquilo, te voy hacer una invitación. Vamos a ir a jugar póker a casa de unos sifrinitos".

Le respondí con un montón de excusas, que necesitaba llegar a mi casa, y que mucho menos tenía dinero para jugar. "Tú tranquilo, conseguiste banca, y esa banca se llama Chavo. Hoy te voy a financiar". No aceptaba ninguna de mis excusas, pero pensaba que una situación así era la que estaba esperando para probarme si realmente era bueno en el póker; y ahí estaba este chamo caído de la nada trayéndome esta gran oportunidad, sería muy falso de mi parte si me negara, por lo que cuando vi que no había vuelta atrás decidí dejar que todo fluyera. Con cierta adrenalina le dije: "Bueno, ganaste, ¿cómo es la vuelta? ¿Cómo es el torneo?"

"¡Ah! Te gustó la invitación ¿no? En ese momento saco algo parecido a un cigarro de la guantera de la camioneta, lo coloco en su boca y como un gran maestro del volante lo prendió sin dificultad alguna. Su olor no era de un cigarrillo, era de marihuana, me sorprendió un poco al principio pero decidí disimular la situación a pesar que me incomodaba de alguna manera. "¿Fumas?" me pregunto "no mi pana gracias" respondí con seriedad, Chavo sonrió un poco y prosiguió "Escucha bien GTO, donde vamos juegan un torneo donde arrancas con 500BB y cada jugador tiene derecho a un *re-buy*, normalmente se arman tres mesas. A mí los torneos me ladillan[19], es mucha pensadera y se necesita más paciencia de la que tengo. Lo mío es la *cash*". Quedé en shock, una parte de mí quería tirarse por la ventana, pero la otra quedó atrapada con la adrenalina generada por la situación. Mientras Chavo hablaba tomé el celular para enviarle un mensaje de texto a Kathy diciéndole que llegaría tarde, que no se preocupara. Ahora me tocaba a mí interrogar: "Bueno Chavo, ya estamos montados en el tren, pero necesito más detalles ¿para dónde vamos? ¿Cuánto es la entrada? Debo llegar con la mayor información posible".

"Esa es la actitud, GTO. El dueño de la casa es un sifrinito de la Universidad Metropolitana que se llama Amir, es hijo de una familia árabe, tiene billete parejo, ellos son un grupito de unos cuarenta sifrinitos y viejos ricos, treinta juegan torneo y los otros diez juegan *cash choice* Texas y Omaha; te voy a sentar en el torneo. Las *blinds* suben cada 10 minutos y el nivel de los panas es normal, uno que otro que entiende el juego, pero creo y siento, que te va a ir bien. Van a cobros solo 5, a menos que hagan *deal*, es decir, que negocien. La entrada son 50$, estos panas solo juegan en dólares".

De inmediato le dije: "hermano yo no tengo para cubrir eso, si pierdo no tengo como pagarte". Se echó a reír: "tú tranquilo, tú aplícales tu juego GTO,

---

19 Expresión típica de Venezuela que indica "fastidiarse".

ese de pura estadística y matemática, que por lo que he visto de esa mesa, con ese tipo de juego, te los vas a *coger* a toditos". Creo que disfrutaba de la idea de que yo le ganara a los sifrinos.

Le pregunté que de dónde conocía a los anfitriones. "Salía con la hermana de Amir, una hembra hermosa por cierto GTO. Hace unos meses atrás, un viernes por la noche fui a dejarla en su casa luego de una rumba y los vi jugando, me les metí a punta de labia. Desde entonces todos los viernes estoy sentado ahí. Hablé con Amir ayer para llevarte", repliqué "¿y si te decía que no?". Me miró rápidamente mientras aspiraba lo último que le quedaba a su tabaco de marihuana y me dijo con soberbia y una media sonrisa dibujada en el rostro: "Imposible, estaba claro de que te iba a convencer. Así que estás a punto de jugar tu primer torneo importante en vivo para que te ganes un billetico".

Chavo era un jodedor, el típico venezolano con buen humor que sacaba una broma de todo, y con el que no puedes equivocarte porque todo lo convierte en un *chinazo*[20], es un experto en el *chalequeo*[21]. Mi percepción había cambiado drásticamente, ahora veía que su estilo de creído era superficial y su verdadero carácter era mucho menos estirado. Llegamos a una urbanización de casas en Los Naranjos[22].

20 Venezolanismo que se dice cuando alguien dice una frase con un doble sentido, se refiere al acto de cerrar los ojos como un chino.
21 Se refiere a la actitud que de mofa constante que realiza un venezolano. Un *chalequeador* o alguien que se la pasa con el chalequeo, es alguien que constantemente buscando mofarse de alguien consiguiendo defectos chistoso que expone para provocar la risa.
22 Los Naranjos del Hatillo es una urbanización del municipio El Hatillo de la ciudad de Caracas. Es una zona pudiente de clase alta y media rodeada de una fauna y flora increíble con vistas panorámicas.

Mostramos las identificaciones, pasamos al circuito cerrado de *calles* de la urbanización y llegamos a una *calle* ciega llena de carros de último modelo. La fachada de la casa era impresionante, y ocupaba todo el final de la *calle*.

En la puerta había dos escoltas que nos dieron paso. Me sentí algo incómodo al ver toda esa elegancia. Yo tenía una ropa sencilla, la misma que usé para el trabajo y la universidad. Al llegar a la sala Chavo saludó a unos tipos que estaban fumando cigarrillos y tomando tragos. El jardín posterior, era un patio inmenso con una piscina y al fondo, un tejado sostenido por cuatro pilares grandes a cada extremo, bajo el cual estaban cuatro mesas de póker.

Chavo continuó saludando a todo el mundo con una actitud fresca y desinhibida, al mismo tiempo que me iba presentando. Yo me mostraba tímido, porque todo eso era nuevo para mí, el contraste entre la actitud de Chavo y la mía era evidente, eso no agradaba mucho. Entre todos los que estábamos saludando, destacó un tipo alto, vestido con una franela de póker del WSOP de Las Vegas y una bermuda que le hacía combinación. Por la manera en que todos se dirigían a él, asumí que era el famoso Amir, el dueño de la casa.

Chavo me presentó diciendo que era un "primito". El anfitrión me miró y con un tono despectivo me dijo "bienvenido chamo". Sin mediar más palabras se apartó a seguir configurando una tableta desde donde se estaba sincronizando la pantalla del proyector, para marcar el tiempo, las *blinds, los niveles y el Average Stack*. Sonaba de fondo una música leve de los 90. Iban hacer las nueve de la noche cuando todos tomaron asiento. Me dieron mis fichas. Exactamente cincuenta mil puntos, vi que las *blinds* arrancaban en 50 la *small blind* y 100 la *Big Blind*.

Chavo me tocó el hombro, y me dijo al oído, justo unos segundos antes de iniciar: "échale bola GTO, explota al máximo tu póker, no te preocupes por el billete que estás cubierto. Recuerda que puedes recomprar hasta el nivel 10, también esa te la cubro por si no te fluye el juego al principio. Solo juega, diviértete y gana, papá". Le di las gracias y vi cómo se alejaba a otra mesa, algo apartada de las tres mesas del torneo.

Cada mesa tenía un *dealer*, vi que en la que yo estaba, a diferencia de las otras, había aún una silla vacía. Comencé a estudiar a mis oponentes. Tenía al dueño de la casa a tres posiciones de mí a la izquierda.

Vi a todos los jugadores que andaban con gorras, lentes oscuros, hablando entre ellos de cómo habían ganado o perdido manos en otros torneos y mesas *cash* en vivo, también hablaban de *coolers, bad beats y tragedias* sufridas en algunas plataformas online como PokerStars . Analizaba a cada uno, veía como movían las fichas con sus manos y entre sus dedos, en verdad que eran intimidantes.

Sentía que todo lo que había leído y analizado del póker se me había olvidado, había entrado en una especie de estado de shock producto de la subida de adrenalina tan fuerte y violenta que tuve en ese momento. Para rematar, unos segundos antes de comenzar, llegó el jugador que faltaba.

Era un tipo blanco y alto que conocía del centro comercial de minitiendas, se llamaba Martin, era el hijo del dueño de los locales, con el cual había tenido un problema una vez. En aquella oportunidad su papá lo había enviado a hacer los cobros de alquileres a quienes estaban morosos. Yo no sabía que mi jefa debía, pero la manera en que ese sujeto llegó a pedir el arriendo era completamente irrespetuosa. Comenzó por exigir que le abriera la puerta del local sin siquiera presentarse y luego, con petulancia empezó a coger la mercancía del local diciendo que se lo descontaría del alquiler. Yo no le conocía y no podía permitir que se llevara nada. Así que salí a defender lo que me correspondía mientras él se iba ufano con la mercancía en la mano. Estuvimos a punto de enfrentarnos a golpes cuando empezó a ofenderme: "chamo, no te equivoques, no te comas la luz, tú no sabes quién soy yo güevoncito". Por suerte llegó la dueña del local en ese momento y se arregló el malentendido. Yo había hecho lo correcto defendiendo la mercancía de mi puesto de trabajo. Después pude verlo en otras ocasiones maltratando a los trabajadores del aseo del centro comercial y tratando como piltrafas a los vigilantes, de verdad daba una mala impresión escucharlo; se creía más que los demás por tener dinero y andar en un carro nuevo. Ahora verlo aquí me hacía pensar que estaba en el lugar equivocado, porque ese tipo de gente no tenía nada que ver conmigo.

Se sentó, saludó a todos y cuando me vio, dudó uno momento antes decirme: "Ey, yo te conozco, eres Diego, el alzaito de la venta de películas piratas, ¿no? ¿Qué haces aquí? ¿Te ganaste la lotería?". Fue un poco humillante, porque después de decir eso soltó una carcajada, todos me miraron y también se echaron a reír. Le respondí que me había invitado Chavo. Martin volteó a ver dónde estaba Chavo, pero éste andaba en su partida *cash*, entregado y concentrado en su juego. Martin aprovechó que Chavo no lo escucharía y me dijo: "Esta no es tu liga, estás claro que estás súper coleado, un tipo como tú no hace nada aquí, debes volver a tu rancho". Amir y los demás me vieron con cara de pocos amigos, pero yo no iba a quedarme con esa, y ya con el carácter algo atravesado, le dije: "bueno límpiame rápido y me voy para mi rancho, pero primero debes intentarlo".

El torneo arrancó pero yo estaba paralizado y desenfocado mentalmente, no sentía equilibrio alguno, la verdad que estaba totalmente intimidado. En el primer nivel, los primeros diez minutos pasaron para mí sin jugar una sola mano. Solo veía como jugaban los demás y trataba de analizarlos, como decía el libro y mis anotaciones, para sacar la mayor información que pudiese; pero lo que me imposibilitaba todo incluso jugar era el miedo que tenía.

Durante ese nivel *foldeaba* todas las manos y cuando era *small* ni completaba el *blind*, todo lo *foldea-*

ba. Además, cuando era *Big Blind*, también *foldeaba* ante cualquier OR de algún jugador. Hasta *foldee* un par de Q en una oportunidad estando de *big*, podrán imaginarse a que me refiero.

En el segundo nivel, en *blinds* 75 – 150, estando de *Big Blind*, recibí un par de ases. Todos los jugadores *foldearon* hasta que llego la acción a un jugador en posición de *Cutoff*. El jugador hizo OR a 750, el *size* era de unos 5bb, me pareció algo desproporcionado. Todos *foldearon* sus manos hasta que llego la acción a mí. El miedo y la adrenalina me estaban dominando en todos los sentidos. Sabía que debía hacer un *3bet* pero al ni siquiera reconocer bien las fichas y sus montos decido irme por el *all in*. Todos Los jugadores se sorprendieron. El agresor me miro por unos 10 segundos, era un jugador algo joven que usaba unos lentes oscuros marca *rayban*. Luego de pensar y algo contrariado por mi movimiento dice "pago". Tenía un poco más de *stack* que el mío que se había reducido levemente por mi falta de acción en la mesa y las ciegas que había tenido que poner hasta ese momento. Muestro mi par de ases y el joven jugador muestra algo molesto un par de ocho. Mi adversario se levanta de la mesa y dice "vamos ocho" yo me quede sentado solo viendo todo preso de la ansiedad. No me acuerdo que abrió el *flop* pero no abrió ningún 8, pero en el *turn*, tras quemar el *dealer* una carta, le abrió el 8 al joven jugador quien dio un breve salto de alegría por ese gran *set* que estaba liquidando a mis ases, el *river* no abrió ninguna carta que me ayudara para vencerlo consiguiendo mi eliminación del torneo.

Martín se rio en son de burla a la que muchos lo acompañaron con carcajadas. Me levante de la mesa frustrado. Amir me pregunto "¿vas a recomprar chamo?" a lo que respondí "no creo, gracias por todo" obteniendo solo una mirada de pocos amigos por parte del anfitrión.

Llegué a la mesa *cash* donde estaba jugando Chavo y le di las gracias por todo, adicionando que lamentaba haberle hecho perder cincuenta dólares. Chavo se levantó de la silla, me tomo del brazo y me llevo al jardín, se prendió un cigarro y me pregunto "¿a ver cuéntame la mano GTO?" luego de la explicación solo respondió "nahh es una mano *standart*, es un choque man, pero aún tienes el *rebuy*". Lo mire por unos segundos y respondí "gracias mi pana pero no me siento a gusto, estoy incomodo, no pertenezco aquí, en verdad disculpa". Chavo me observo con cara de sorpresa al escuchar mis palabras a lo que respondió "Ve Diego, nadie te va a obligar a quedarte, pero en esa mesa no te venció el *set* de tu adversario sino el miedo. Entiendo que estos escenarios pueden intimidar a cualquiera que no tenga experiencia del póker en vivo, pero esos chamos que están ahí no saben lo que tú sabes, además aprende algo, en la mesa todos son iguales, ahí no importa quien vive mejor que el otro, ahí solo importa el *stack* y la estrategia. No te dejes vencer por el miedo, aun tienes un *rebuy* por lo que ve para allá GTO y demuéstrales lo que sabes, saca tú mejor póker en esa mesa. Casi nunca me equivoco con mi instinto y ese instinto me dice que tú eres mejor que ellos, así que ve mi pana y lucha otra vez por ese torneo". Las palabras de Chavo fueron perfectas y reales, la verdad que era el miedo quien me estaba venciendo hasta ese momento, fue solo un *cooller* y en el póker eso era normal, debía recomponerme y sencillamente usar mi segunda oportunidad para librar esas batalla. "Perfecto Chavo, tienes razón, vamos a usar esa recompra"

Regrese a la mesa, Chavo hablo con Amir y pago mi recompra. Martín me vio con sorpresa. Cuando me volví a sentar Martin abrió la boca para decir "50 dólares más para el pozo que divine".

Estaban jugando aún el segundo nivel, tenía nuevamente 50.000 puntos conmigo y una nueva oportunidad de hacer las cosas bien. Decidí relajarme, calmarme. Busque familiarizarme con las fichas de mi *stack* y su valor que me estaban confundiendo, las ordené de menor a mayor para guiarme en ellas. Aún tenía la adrenalina a millón pero el miedo había bajado en algún sentido. Pasaron algunas manos sin hacer yo ningún movimiento salvo el *fold* hasta que llego una mano interesante. Los jugadores en posición UTG y UTG 1 hicieron *limp* solo pagando la apuesta grande, el botón también acompaño la jugada en *limp* respectivamente. Yo estaba en *small*, así que completé la ciega, el big pasa. Mi mano era 10♦ 9♦.

El *flop* abre 7♦-8♥-A♣, *rainbow* (de diferentes palos). En el pozo hay 750. Me toca ser el primero en hablar y hago *check* al igual que el jugador en *big*, el jugador en UTG manda un BET de mitad de pozo:

325; a lo que todos *foldean* menos el señor que estaba de botón que solo paga. Yo estando con opciones bilaterales para hacer escalera, teniendo como *outs* las J y los 6 (8 cartas que me pudiesen dar la escalera deseada), decidí solo pagar. Esta situación me recordó muchísimo a la mano con mi papá y la apuesta sobre su verdad; se me hizo un nudo en la garganta muy fuerte pero debía mantenerme serio y con una imagen poderosa en la mesa que de alguna manera había perdido tras mi *rebuy*.

Mi *call* sucede luego de ver y analizar mis opciones, logrando descifrar el potencial rango de los dos adversarios, al menos uno de los dos tenía el As, el *kicker* de los UTG debía ser mayor que el *kicker* del jugador en *botón* si es que los dos llevaban el As, habían otras posibilidades de par, dos pares o trio, estaba ya entrando en calor con mi mente, todo lo leído comenzaba aparecer poco a poco volviéndose todo más nítido. El *turn* me trae un hermoso 6♦ que me da escalera.

En ese momento, como una epifanía, veo en un flash todo lo que había leído del póker, las anotaciones, la preparación, el equilibrio, todo volvió a mí, la adrenalina entró en sintonía con mi mente al igual que el desorden de emociones e ideas que me apoderaban, todo entró en un estado de control y razón que me hizo focalizar los sentidos; sin duda ahora si había empezado a jugar el torneo. Comencé analizar qué estrategia haría para sacarle el mayor valor posible a la mano que tenía, sin duda tenía las *nuts*.

El pozo estaba en mil setecientos veinticinco. Estando en el *turn* y hablando de primero hice *check*. El UTG mandó *bet* al *turn* por medio pozo de ochocientos sesenta, el señor en botón hizo un *raise* a tres mil, cuando vi esa situación hice un 3BET a nueve mil. El jugador en UTG, sorprendido por mi acción ve sus cartas y *foldea*, pero esto lo precipita todo, y en breve me consigo con un *all-in* por parte del señor.

Vi nuevamente mis cartas para percatarme que efectivamente tenía una escalera y que no estaba soñando, cuando valido nuevamente que es así decido pagar; el señor muestra A♥ – 6♠, tenía dos pares, yo muestro la *escalera*; el señor se para visiblemente irritado y molesto con la mano, por lo que comienza a gritarle al *dealer*: "bueno dame el A o el 6 para mandar este muchacho pa' su casa", estaba ligando un *Full House*.

No le paré a la habladuría del señor, solo estaba concentrado en que no se le diera el casi 10% de probabilidad que tenía mi contratacante para ganarle a mi *escalera*. Hasta ese momento iba ganando en una relación del 90% a 10%. Él solo tenía dos 6 y dos Ases para poder revertir el resultado. El *river* abrió un gran 2♣.

Celebro la mano por dentro, sin demostrar más satisfacción que una leve sonrisa. El señor insultó al *dealer* de todas las formas posibles y existentes, los gritos fueron tan fuertes que Chavo pudo escucharlos, entonces se acercó a ver la mano y me miró con cara de asombro. Chavo, mucho más extrovertido, si celebró ante todos, esa breve victoria: "yastaaaaaa, ese es el mío". Me dice cerca del oído: "acabas de eliminar a Nelson, un viejo que vive del póker, ahora me lo estás enviado a la *cash* súper *tildeado* para terminar de limpiarlo. Buena esa GTO".

No solo gané un buen bote en esa mano, sino una dosis de alta confianza. Me sentía más tranquilo en la mesa y contaba con un *stack* de ciento ocho mil puntos en el segundo nivel del torneo lo cual era excelente a pesar de que ya no tenía otro *rebuy*.

El torneo continuó con un juego mucho más involucrado de mi parte, ya había entrado completamente en calor, el entorno no era una barrera para mí, me sentía tan cómodo como cuando jugaba con mi viejo con las caraotas, en casa de algún pana del Paraiso o cuando estaba sentado de madrugada jugando el *playmoney* por Facebook. Me convertí en el agresor de la mesa pero todo con sentido y coherencia, solo estaba abriendo el rango de cartas que me tocaba abrir por posición y haciendo todo con mucho análisis previamente ante la acción.

Durante el momento de mis anotaciones con mi papá escribimos un concepto muy válido e importante que consistía en la determinación de rangos de manos tanto de los adversarios como las manos que había que jugar en la posición donde estuvieras y la estaba aplicándolo al pie de la letra, y ante la ignorancia de muchos en esta mesa sobre estos conceptos, no seguían mi ritmo bajo ningún sentido.

Nunca jugué en *limp*; jugaba en OR dependiendo de

mi posición. Mi *stack* fue subiendo paulatinamente luego de la *escalera*. Los jugadores me tenían mucho respeto en la mesa, se dieron cuenta de que no tenía los lentes oscuros o la capucha, que no sabía cómo hacer esos movimientos de las fichas con las manos; pero los estaba dominando con un juego teórico en todos los sentidos. Chavo estaba en lo cierto, mi juego GTO era suficiente para este tipo de jugadores.

En el nivel 9, tenía un *stack* de unos 230 mil puntos, lo cual era un *stack* sano, en la mesa estaba Amir con unos 200 mil puntos y los demás jugadores andaban con *stack* por debajo del *average*. Sin duda Amir y yo estábamos dominando la mesa. Durante los 8 niveles anteriores los jugadores habían visto en mí un juego sólido y bastante avanzado; solo les quedaba atacar mi psiquis con comentarios de todo tipo, desde "de donde salió este pela bolas" hasta "y este nuevo de mierda, paracaidista quien lo trajo".

Los que más me atacaban con sus comentarios eran Amir y tres tipos más, Martin para mi sorpresa se mantenía en silencio, se había intimidado en ver mi juego, su participación en el torneo era bastante *tight*, solo entraba con manos *Premium* y ganaba con muy baja regularidad. No le veía mucho entendimiento del juego, estaba ahí como para hacer algo los viernes. No habíamos chocado ninguna mano hasta iniciar el noveno nivel.

Estando yo en UTG +1 y tras el *fold* del jugador en UTG veo Q♣, Q♦. Me detuve unos segundos analizando cómo iba a jugar esa mano Premium. Decidí hacer un OR a 2,5BB. Todos *foldean* llegando la mano a

Martin, que estando en HJ (high jack) solo paga. Los demás jugadores *foldearon*. Quedamos en un mano a mano. El *flop* abre Q♠ – 9♦ – 2♥ *Rainbow*. Tengo un *set* de Q. Pienso y analizo cual es la mejor línea, podía pasar para esconder ese *set* increíble que se me había abierto, pero me voy por una segunda línea y decido hacer un *C-BET* de un tercio de pozo, a lo que Martin pago de manera inmediata.

En el *turn* se dobla el 2♠. Recurro a la teoría contenida en mi cerebro. Comencé a determinar el rango de manos de Martin, que casi siempre era de manos *Premium*. Como tengo trio de Q comencé a ver las posibles manos que no tuvieran Q, porque las estaba bloqueando. En su rango podía estar con un par de ases, par de K, par de J, pero sería una locura que con el *stack* que tenía no me hubiese hecho *3bet* en el preflop o *raise* ante mí cbet en el *flop* con alguna de esas manos, pero no descarto la opción que las tuviese y estaría tratando de jugar *tricky*, o que sencillamente no vio la opción del *3bet*; también era posible que estuviese en su rango par de J y no me hiciera la Q. Otras posibilidades eran set de 9 pudiendo tener un *full* menor al mío en ese *turn*.

Aún era posible, pero en menor probabilidad, que tuviese AQ, KQ, QJ o Q10. Pienso en mis opciones y nuevamente aparece el *check* como una posibilidad, pero lo veo muy sólido con el pago tanto en el *preflop* como en el *flop*, a lo que me voy nuevamente por hacer una apuesta pero esta vez de valor de 2/3 del pozo; de inmediato escucho: "*All-in*" de parte de Martin.

Chavo al escuchar el *all-in* se paró de la mesa *cash* y vino corriendo a incorporarse a nosotros para ver la acción. Si bien tenía *full* máximo en mano, me detuve unos segundos a pensar si Martin podría tener póker de dos, pero las probabilidades eran muy bajas. Decidí pagar. Martin muestra A♠, A♥ en mano, y yo el *full*.

Martín se paró algo contrariado pero muy frío, yo estaba contento pero atento de que el *river* no abriera ninguna carta que le diera ese casi imposible 5% que tenía pero gracias a dios abrió un 3♣. El perdedor botó la mano empujando las fichas de manera agresiva, pero no se retiró sin antes decir: "bien, me limpiaste *pelabola* pero quiero que sepas que mañana le diré a mi papá que cierre la tienda de porquería esa donde trabajas por vender material ilegal".

Pensé en la dueña del local, una mujer humilde que solo tenía ese ingreso para ayudar a sus tres hijos y que por un buen acto de fe me había dado trabajo para ayudarme, porque le recordaba a uno de sus hijos. Escuchar esas palabras y recordar la lucha diaria de esa señora me sacaron de mí. Me levanté por impulso dispuesto a darle un golpe, pero Chavo estaba allí para atajarme. Me abrazó simulando un gesto de felicitaciones por haber ganado la mano. Me abrazó fuertemente, a pesar de mi furia. Diciéndome al oído: "no caigas en provocaciones. Vas bien. Es parte del juego. No le hagas caso. Sigue como vas". Trate de empujar a Chavo, pero no me soltó. Amir no me quitó la mirada de encima, como esperando un pretexto para echarme de su casa con sus escoltas. Miré a Martin, quien tomó sus cosas y se fue como si nada hubiese pasado.

La mesa se congeló, muchos me miraron atónitos y otros se fueron detrás de Martin para hablar con él. Chavo nuevamente me miró y dijo: "ey, vamos al baño acompáñame, GTO". Al entrar a los sanitarios no aguanté la frustración que tenía y le metí un golpe a la pared con el objetivo de drenar lo que sentía, si cerraban ese local seria mí culpa. Chavo solo me veía algo impresionado. "Hay que trabajar en tu *mental game*, pero eso lo haremos después. Martin es un imbécil, es un hijito de mamá y papá que no entiende el juego, y lo de cerrar el local donde trabajas no le pares, conozco al papá, jamás le haría caso al hijo para tomar una decisión así, concéntrate y no le pares. Estás haciendo todo bien, Diego. Ya falta poco, con tu *stack* y el fin del registro tardío, sin duda debes entrar en cobros. Mantente en equilibrio, mantén tu juego".

Las palabras de Chavo tenían un efecto hipnótico que me calmaron de alguna manera. Le dije para desahogarme: "es que no entiendo de pana la actitud de ustedes los sifrinitos" a lo que Chavo respondió de manera inmediata "Calma, no te alteres, además, yo no soy ningún sifrinito, yo vengo de La Pastora[23], y lo que tengo ha sido a punta de póker. Así que no me vuelvas a empaquetar jamás con los imbéciles esos. Ninguno aquí es mi amigo.

23 La Parroquia La Pastora es una de las 22 parroquias del Municipio Libertador del Distrito Capital de Venezuela y una de las 32 parroquias de Caracas. Está ubicada al noroeste del centro histórico de la ciudad en el Municipio Libertador. Ya en 1603 el antiguo "Camino de los Españoles" empezaba en Maiquetía terminaba en La Pastora.

Solo vengo a trabajar los viernes para sacarle el dinero de los bolsillos; y tú eres mi socio hoy en esto. Terminemos de limpiarlos, confía en mí y sobretodo confía en ti, GTO". Era una revelación saber que Chavo también era de origen humilde, eso me reconfortó de alguna manera.

Al regresar, iniciamos el nivel 10, último nivel de registro tardío y para el finiquito de los *re-buy* . Todos me miraban con cara de lástima menos Amir, quien tenía la impresión de que me había coleado en su casa, que lo estaba robando. Traté de entrar otra vez en sintonía pero me costó mucho. Gracias al buen *stack* que tenía pude resistir, prácticamente no jugué los primeros minutos de ese nivel.

A mitad de ese nivel, vi que Amir tenía más o menos el mismo *stack* que yo porque comenzó a moverse al ver que estaba apagado o en pausa, ganando varias manos importantes. Cuando decidí entrar en acción nuevamente comenzaron con sus ataques verbales sumando ahora el "momia" al repertorio, "se movió esa momia" gritó uno. Si bien Amir evitaba chocar conmigo *foldeando* ante mis OR, llegó una mano que nos confronto de manera directa y sin escapatoria para ambos.

Amir en MP, luego de que todos los jugadores *foldearan* y estando en *blinds* 300/600 hace OR 2,5BB a 1.500. Estando yo de *Botón* veo mis cartas que eran A♥K♥, a lo que le *3beteo* a 5.000. Amir me mira con una especie de sorpresa, con rabia y solo paga. El *flop* abre A♦ – 8♣ – 6♠ *rainbow*. Para mi sorpresa Amir salió *donkean-*

do la mano quitándome la agresión. Mando 6.500. Entre los textos y anotaciones había visto que ese tipo de apuesta lo hacían jugadores débiles o cuando decidías sin posición proteger un *Top Pair* ante un posible proyecto en el *Board,* pero Amir no había *donkeado* durante el torneo y además había demostrado entendimiento del juego. Traté de determinar el rango de su mano. Supuse cualquier As con menor *kicker* que el mío, AQ, AJ o A10 estaban en su rango de UTG. También era probable que me estuviera haciendo un *semi-bluf* con algún proyecto de *escalera* teniendo 9-7, pero Amir había demostrado pagar los 3BET con rangos de manos sólidos, hubiese *foldeado* con esos *semi suite connectors*. Dudé el par de Ases porque estaba bloqueando esa mano con uno de mis Ases, aunque era factible. Dudé también que tuviera algún otro *set* porque pudo sacarme más fichas haciendo *check* y esperando mi CBET que de seguro con ese *flop* lo iba hacer. Otro dato importante es que Amir no había *blufeado* durante todo el torneo. Ese Bet en específico, es decir ese *donkbet*, me movió el *mental game*, la verdad que no me lo esperaba.

Ante el *donkbet,* decido controlar el pozo, y solo le pago con mi excelente *Top Pair* y perfecto *kicker*. El *turn* abre una K♣, tengo dos pares máximo. Amir hace Bet al *turn* prácticamente del pozo mandando 23.000 a lo que ahí sí decido de manera casi inmediata hacer *raise a* 80.000. Amir me mira fijamente con actitud fría y de pocos amigos, tras unos escasos segundos solo paga, estaba esperando el *all in* pero me sorprendió ese solo *call*. El *river* dobla el 6♥

a lo que de la manera más pesada y prepotente del mundo me grita "*All-in*", tirando todas las fichas al centro de la mesa.

Chavo se vuelve a levantar de la mesa *cash* y ve la situación del *Board*. Todos se acercan a la mesa para analizar la mano y comienzan a discutirla en voz baja. Yo me detengo solo a pensar y analizar que estaba pasando ahí. Sin duda la eliminación me dejaba fuera del torneo porque ya había hecho el *re-buy* que me correspondía. Analizo mi *stack* y tengo 130.000 puntos. Decidí acudir a la estadística que era mi fuerte, decidí ver que tan comprometido con el pozo estaba haciendo uso del cálculo del *SPR* en el *river* a pesar que normalmente este cálculo se hace es en él *flop*. Dividí el monto de mi *stack* que era de 130.000 entre el monto del bote que era de unos 183.000 aproximadamente dándome como resultado 0,71, ese pequeño resultado me indicaba que estaba súper comprometido con el pozo, es decir que estaba SPR positivo, que debía pagar con mis dos pares máximo, si el resultado hubiese sido igual o mayor a 1 podía evaluar renunciar al pozo, pero mi umbral de compromiso con el pozo era total como dictaban los textos. Tomo mis fichas ya decidido a pagar pero justo en ese momento Amir se levanta a decir de todo: "me vas a *3betear* a mí, en mi casa muchacho estúpido", "paga *cagao*", "¿Martin no te quiere mucho, no?". Sin duda Amir estaba buscando con sus insultos que me *picara*[24]

---

24 Se dice un venezolano que se pone bravo, se molesta o aira a causa de algo o alguien, así se enciente de que alguien que se "picó" está molesto a causa de algo muy puntual o "es muy pica'o" porque se molesta con facilidad.

o *tildeara* para pagarle, era un *tell* claro. Su actuar hizo que me detuviese. ¿Por dónde estoy perdiendo la mano? Tengo dos pares máximos. Miro a Chavo quien contemplaba el *Board* con seriedad y concentración. Me tomó unos minutos hasta que el mismo Amir pide tiempo. Ese pozo era muy importante, sin duda el que ganará se pondría líder en fichas del torneo con altas posibilidades de ganarlo.

Durante esa pausa veo que los jugadores de las otras mesas que no estaban en juego se paran y nos rodean curiosos ante la situación, de pronto el *dealer* me advierte cuanto tiempo me queda diciendo: "Un minuto, Junior". Eso me descolocó aún más. "Junior", ahí nadie sabía que me decían así ni siquiera Chavo. Entonces lo reconocí, era de El Paraíso, uno de los vecinos que jugaba conmigo en la plaza; era algo mayor que yo, pero ahí estaba trabajando para ganarse la vida. Estaba tan concentrado en el torneo que no le había visto la cara en toda la noche.

Lo veo y regreso al análisis, no había color en el *Board*, no había *escalera*, yo no tenía las *nuts* porque con la carta doblada las *nuts* eran el full, ¿es de valor ese *All-in* o es de *bluf*? "Amir no *blufea* me repito internamente" ¿Dos pares al Ases menor que los míos? ¿Full? Pasó el minuto a lo que él *dealer* me dice "10 segundos". En contra de mi resultado estadístico y contra todo lo que hasta ese momento me había formado como un jugador netamente matemático, tomé las cartas, miré a Amir y le *foldee* el A♥K♥ abierto mostrándolo a toda la mesa y sus espectadores.

Todos pegan el grito en el cielo y comienzan a burlarse de mí, en especial Amir, que empieza a decirme "estás robado niño". Los espectadores y demás jugadores empiezan a celebrarle la mano a Amir, pero lo curioso es que no muestra las cartas sino que se las da al *dealer* tapadas, mientras veo que el *dealer*, que se llamaba Juan, tomó las cartas de Amir viéndolas antes de meterlas en el mazo. Luego, muy disimuladamente me hace un gesto de aprobación. Leyendo en sus labios "buen *fold*". Me volteo a mirar a Chavo quien aún miraba la mesa como tratando de entender que había pasado.

El "buen *fold*" de Juan me llenó de orgullo, a pesar de haber perdido la mano. Algo me decía que estaba dominado, el conflicto entre el jugador GTO y el Explotable por poco me vuelve loco, fue sin duda una mano súper difícil y complicada. Chavo volvió a la mesa *cash* un poco contrariado con la mano que presenció.

Al finalizar el nivel diez finalizo el registro tardío y solo quedaba ya una sola vida para todos. Entramos en un receso de 15 minutos. Chavo me lleva a un lado del jardín para hablar de la mano. Me estaba reclamando mi *fold*, él pensaba que tenía que haber pagado por mi SPR positivo, Chavo había hecho los mismos cálculos que yo en ese momento. Solo le respondí que vi mal la mano, que había algo raro, no tenía la *nuts*. En medio de la discusión llegó Juan a pedirle un cigarro a Chavo, quien sin mucho interés se lo dio. Yo miré a Juan diciéndole: "hermano disculpa no te había visto bien". "Tranquilo Junior, sé cómo es esto. Te has portado como un varón hermano, y quiero que sepas que si te parabas y le metías un *bofetón* al catirito yo iba contigo hasta el final". Chavo añadió: "éramos dos, pero lo mejor fue no caer en ese terreno".

Juan siguió: "aquí entre nosotros, que no me vea Amir, porque se pone paranoico. Hiciste un buen *fold* hermano. Amir tenía trio de 8 y en el *river* te metió el *full* con la doblada del 6". Chavo se quedó impresionado al escuchar a Juan y le dijo "en serio" a lo que reafirmo Juan. Ante la reafirmación del *dealer* Chavo me vio y se disculpó conmigo agregando: "ves GTO no me equivoqué contigo", a lo que respondí con una sonrisa y le dije: "Chavo, no te lo tomes a mal, pero ya no me llames más GTO, mis panas y hermanos me dicen Junior, y desde hoy para mí eres más que un pana, llámame Junior con confianza". Chavo sonrió, me dio un golpe en el hombro, apagó el cigarro que se estaba fumando y volvió a la mesa *cash* no sin antes desearme suerte con mucha energía.

Volvimos a la acción en el nivel once, ya sin los *rebuy* los jugadores apretaron el rango de mano y de agresión. El bullying al que me habían sometido toda la noche bajó significativamente porque estaban pendientes de sus manos. Ya era medianoche y quedaban dos mesas. Mi juego pocas veces llegaba al *showdown*. Perdía una que otra mano, pero en líneas generales mi *stack* se mantenía.

A las dos de la mañana explotó la burbuja para mesa final con una mano espectacular entre Amir y otro buen jugador llamado Pedro. Amir hace OR desde UTG y Pedro *3betea* desde el *botón*, lo siguiente que escuchamos fue *All-in* por parte de Amir. Pedro pagó mostrando A♠, A♥, Amir mostró un J♣ 10♣. Vi que entre los ases de Pedro no había ningún trébol. El *flop* abre 8♣-9♣, y un As♦, dándole trío a Pedro, pero dejando a Amir bilateral para *escalera de color*, bilateral de *escalera* normal, y para *color*, la probabilidad en el *flop* estaba en un 57,88 por ciento para Pedro y en un 42,12% para Amir, todos se acercaron nuevamente. El *turn* dobla el 8♥ escuchando la celebración de Pedro y de los demás pero impresionantemente el *river* abrió una Q♣: todos gritaron al verla. Pedro se quitó la gorra diciendo: "no puede ser". Ambos se dieron la mano en son de respeto y Pedro se retiró cordialmente de la mesa despidiéndose de todos, incluyéndome. Me sorprendió diciendo: "un placer hermano, tremendo jugador". Me gustó mucho esa actitud deportiva de Pedro, era el primer gesto de cordialidad que había sentido en el torneo, me agrado mucho sinceramente. Ahora solo quedábamos nueve jugadores, ya estábamos en la mesa final.

En la mesa *cash* se escuchaban risas y vacilones de todo tipo, un ambiente distinto al de la mesa final del torneo, donde solo había concentración y tensión entre los jugadores. La mesa final arrancó sumamente *tight*, si alguien subía todos *foldeaban* incluyendo al *big* que ni siquiera completaba para defenderla. Comencé a ver que se respetaban entre ellos pero la situación cambiaba cuando yo me movía, ahí si había de dos a tres jugadores que me hacían *call* buscando derrotarme de alguna manera. Tenía que cuidarme mucho, por lo menos debía procurar llegar al quinto lugar para entrar en cobros y responder por la inversión de Chavo.

Los *blinds* subían y tras la persecución de los adversarios comenzaron a ganarme manos; creo que muchas de ellas en *bluf,* pero igual no quería arriesgarme, así que mi *stack* comenzó a bajar. La caída de mi *stack* se vio más dramática tras un *cooler* que pierdo de Q♥ Q♣ contra K♦ K♠ en una acción de *All-in pre-flop* ante uno de los *shortstack* y más adelante ante un *badbeat* de *escalera* contra *color*. Todas estas situaciones me llevaron a un delicado *stack* de 10BB, quedando solo seis jugadores. Cuando tienes 10BB estás en una zona de peligro total porque no tienes margen para hacer OR y desarrollar tu juego, lo recomendable en estas situaciones es jugar en *fold* o *all-in* pero decidiendo bien el momento y la mano para hacerlo.

Comenzaron a salir jugadores sobre todo por la presión de Amir sobre ellos. Siendo el líder en fichas de la mesa decidió atacar con gran ferocidad a los *shortstack* eliminándolos de manera fácil y sencilla, quienes por reto empujaban sus fichas en *call* siendo completamente dominados por el anfitrión.

Así llegamos a la burbuja para los cobros, sentía una gran presión, sobre todo por mi peligroso *stack* de 10BB. Normalmente en este momento los jugadores determinan apretar aún más su rango de manos para evitar ser eliminado antes de los cobros; y eso comenzó a suceder en la mesa, los jugadores casi no se movían. A pesar de mi infinita necesidad de entrar en cobros decidí mutar un poco mi estrategia y comencé a robar los *blinds* que estaban a mi izquierda ampliando significativamente el rango de mis manos estando en botón, prácticamente comencé a jugar con todo lo que me llegaba.

Entre la mano súper complicada con Amir y esta nueva situación, comencé a entrar en un nuevo terreno, el *explotable*, cuya puerta me había presentado sutilmente Chavo, y que estaba comenzando a descubrir sobre todo por la necesidad que tenía de adaptarme a ese momento del torneo. Ante el desespero, comencé a jugar ante las situaciones, y no solo con las cartas, probabilidades y posiciones.

Los jugadores que estaban en los *blinds* cuando yo era *botón* eran dos rocas que solo se habían movido en toda la noche con pares altos y Ases *suite* hasta el 10. Comencé mi estrategia, cada vez que me llegaba la mano limpia hasta mi estando de botón, mandaba *all-in* con lo que me llegara; ante mi acción los jugadores en *blinds foldeaban*, esto lo hice en unas cuatro vueltas logrando llevar mi *stack* a unos 15BB, un poco mejor pero aún en riesgo.

Estuvimos jugando la burbuja por dos niveles hasta que me llegó una mano clave. Un jugador en *botón* con 14BB me manda *All-in*. Estoy de *big*. En mi mano A♦ Q♦. Pienso la mano y decido *pagar*, no solo porque tengo una mano semi-*Premium*, sino porque el rango del botón es muy amplio, y más porque el jugador que estaba haciendo el *all-in* era muy *loose* sobre todo conmigo.

El villano muestra 9♠ 9♥. Estábamos en *un Coinflip*, una mano standart donde el par de 9 está ganando 51% y yo un 49%. Todos se vuelven a parar, uno de los jugadores le grita a otro en la mesa *cash* que hay un *All-in*. Todos llegan. La mesa se convierte como en una especie de tribuna con fanáticos del lado del villano y solo Chavo de mi lado apoyándome.

El *flop* abre 9♣ – K♠ – 3♦. La gente comienza a celebrar y vuelven a gritarme de todo: "fuera de aquí", "hasta aquí llegaste, nuevo". Amir sobre todo andaba con una cara de alegría que no se la quitaba nadie. Dijo: "llamen a Martin díganle que ya salió el niño este". Yo solo veía el *Board*, y escuchaba como Chavo me defendía de manera jocosa con los demás. El *turn* abrió un 5♦, todos siguen celebrando pero unos pocos entran en silencio, al ver que tengo un proyecto de *color* al *river*, dado que hay 3♦ en el *Board*. Chavo me murmura: "reza por ese diamante". Veo el par de 9 del villano, que no me está bloqueando ningún diamante. Me concentro nuevamente en el *Board*, incluso rezo internamente por el diamante, analizo mi situación estadística y es una mano donde estoy con un 15,91% aproximadamente de ganar, sin duda cerré los ojos y comencé a rezar.

El *river* abre una J♦ dejando a todos en silencio y solo se escuchó el grito de Chavo: "vamos viejaaaa colorrrrr". El oponente solo dijo: "coño, ¡qué buena mano!", se acercó a mí, y me dio la mano diciendo: "te sonrió el dios del póker, ¡juegas muy bien!". El segundo gesto de cordialidad que había recibido durante toda la noche, sin duda poco a poco con mi juego me estaba ganando el respeto de los jugadores. Doblé a casi unos 40BB.

Ya habíamos entrado en cobros. Dieron un *break* de diez minutos para cuadrar los premios y Chavo me llevó a un lado del jardín para hablarme. Prendiendo un cigarro dice: "¡Qué torneo te estás lanzando! Ahora bien, presta atención, esta es la movida tuya, esos cuatro te van hacer sándwich por todos lados. No le tengas miedo al *All-in* en *pre-flop*. Si te hacen OR, y ves un 3BET, clávales *all-in* con cualquier par pero también con cualquier As que te llegue sin importar el *Kicker*, que te van a *foldear* seguro. Es muy seguro que vayan a jugar en equipo para eliminarte lo antes posible, los que quedan ahí son todos súper panas entre ellos y los he visto antes en esa acción."

Antes de iniciar la última parte del torneo, Amir expuso el bote de los premios: "Señores, hubo 30 *Buy-In* y 23 *re-buy*, lo que hace un pozo acumulado de 2650 dólares. La casa se queda con el 10% para cubrir gastos de los *dealers*, comida, bebidas, por lo que queda 2.385 Dólares a repartir de la siguiente manera: Primer lugar: 954$. Segundo lugar: 596,25$. Tercer lugar: 357,75. Cuarto lugar y quinto lugar: 238,5 dólares cada uno". Chavo se opuso diciendo: "¿esos porcentajes locos de dónde?" Amir solo respondió: "estamos en mi casa y yo organizo, usted vaya a jugar *cash* que es lo que sabe jugar". A Chavo le dio risa la respuesta del anfitrión, y volviéndose a mí me dijo disimuladamente "están asustados". Tomamos los puestos. La mesa *cash* se paró porque todos querían ver lo que quedaba de mesa final. Ya había jugadores que comenzaban a apoyarme, sobre todo los de la mesa *cash* que era amigos de Chavo.

Apliqué la estrategia que me dio: hacer *all-in* ante los constantes OR y 3BET. Cuando lo aplicaba todos *foldeaban*. Pasaba el tiempo y los jugadores fueron saliendo uno a uno, ya sea porque los *blinds* se los iban comiendo o chocaban entre ellos mismos producto de la desesperación por un mejor puesto de cobros al ver que no podían hacerme daño jugando en conjunto.

Logré eliminar a un jugador que me mandó *all-in* con A♥ 3♥ , pagando yo con A♠ J♣. Amir hizo también su trabajo eliminando a los otros dos, me imagino que cansado y frustrado en ver que sus acciones no hacían ningún tipo de daño en mí. Así quedamos solo el anfitrión y yo, listos para el *heads up* listos para disputarnos el primer lugar.

Todos estaban alrededor de la mesa, de vez en cuando salía algún comentario despectivo de Amir hacía mí para ver si daba con su objetivo de *tildearme*, pero sus comentarios ya no generaban gracia en los espectadores y menos en mí que solo me concentraba en el juego. Amir tenía el 60% de las fichas y yo el otro 40%. No se jugaba casi póker, dado que en el *pre-flop* todo era *All-in* o *fold*. Las fichas iban y venían manteniendo el *stack* en la misma proporción para cada uno por unos 30 minutos.

Eran ya las tres de la mañana, estaba bastante agotado pero con la ilusión de ganar esos casi mil dólares. De pronto vino a mis pensamientos el problema del colegio especial de mi hermano, mis prioridades eran Kathy y Daniel, esa plata seguro ayudaría en la casa con tantas deudas y problemas.

En medio de mis pensamientos dispersos, con Amir hablando, arriba en el *stack*, me hace OR a 3BB. Veo mi mano, tengo K♣ Q♣. Pienso en hacerle *3BET* pero presiento que solo lo haría *foldear* y tengo una mano sumamente fuerte así que solo pago. El *Flop* abrió K♠ – Q♥ – 10♦, *rainbow*. Amir mandó *C-BET* de mitad del pozo, a lo que pagué casi de inmediato, no quise hacer *raise* no quería que se me escapara. El *Turn* abrió un 3♦, Amir mandó *BET* de *turn*, volví a pagar. Su *BET* fue muy fuerte, de 2/3 del pozo, me hizo pensar que podía tener A-J, y con ello *escalera flopeada*, pero yo tenía dos pares máximos y no los iba a botar en ese momento ya del torneo, era todo o nada. En esa *calle* del *turn* pensé en el *raise* e incluso en el *all-in* pero algo me dijo que siguiera con la línea del *call* como movimiento, estaba casi seguro de estar ganando y que todo finalizaría en el *river*. Para mi grata sorpresa el *river* abrió una K♥. Amir me mandó *All-in* a lo que instantáneamente pagué. Amir mostró A♣ - J♠, una *escalera* como estaba entre mis sospechas. Pero yo tenía un *full house*. Wow la varianza me ayudo, me estaba llevando más bien el a mí al matadero y no yo a él como pensaba.

Amir se paró bruscamente me miró, y sin decirme una sola palabra se dirigió a Chavo, a quien le dijo: "primera y última vez que viene tu primito a mí casa". A lo que Chavo respondió para que todos lo escucharan: "tráiganle un tecito a Amir que anda que le da un infarto". Todos rompieron a reír.

Amir, muy debilitado, me regaló el torneo con un *All-in* la mano siguiente, con J♥-3♣ pagando yo con 5♠ 5♦. Cuando vi que había ganado el torneo, me desplomé en la silla sin poder creer lo que había sucedido. En esos minutos pensé en mi papá, en el tiempo que compartimos, y como el póker fue la llave para abrir la puerta de nuestra relación, lo extrañé profundamente, como quería tenerlo a mi lado en ese momento para abrazarlo.

Chavo me abrazó y me cargó para celebrar el triunfo. Todos comenzaron hablar de las manos y del torneo en sí, que había sido espectacular. Amir bastante molesto le pidió a un escolta que repartieran los premios. Sin mediar palabras, como un niño malcriado se metió en la casa sin despedirse de nadie.

Chavo tomó el dinero, contó la plata y mirándome con una sonrisa me dijo: "nos fuimos". Todos se despidieron de Chavo, unos pocos de mí, pero de manera sincera y emotiva, busqué a Juan entre la gente pero no lo vi concluyendo que ya se había ido, sin duda quería despedirme. Caminé como en las nubes.

Chavo hablaba y hablaba pero yo no escuchaba, estaba inmerso en una especie de sueño. Ya en la *machito*, Chavo me dice; "hermano en la *cash* gane 1.600 dólares porque me mandabas a ese poco de tipos *tildeados*, así que ese premio del torneo es todo tuyo". Me reusé: "tienes que agarrar algo de ahí, apostaste en mí, creíste en mí".

El insistió: "Tranquilo papi, todo bien, ahora hazme caso en algo. Normalmente no me gusta tocar el *Bankroll* para gastos y temas personales, porque ese dinero es el nacimiento de tu presupuesto para él póker, pero entiendo que debes tener gastos y situaciones que atender, por lo que te recomiendo que tomes la mitad y responde ante tus deudas, cumple con las obligaciones y la otra mitad es el inicio de tu *Bankroll*. Debes saber administrarlo con inteligencia para jugar porque hay algo importante Junior con este juego, y es que no siempre se gana, y si bien hoy todo te salió bien habrán momentos en que no y serán tus correctas finanzas las que te harán mantenerte vivo para jugar".

Se había dado mi oportunidad, Chavo me había metido en ello y se lo agradecía infinitamente, llamé con mi mente esa situación y se estaba dando, el sueño de ser uno de esos chicos en una serie mundial que era imposible, ahora era un "casi imposible". "Chavo, ¿sí sirvo para esto?", a lo que Chavo respondió: "¿cuándo coño te ibas a imaginar que en una noche te ibas a ganar casi mil dólares, güevón? Naciste para esto, tienes talento, entiendes el juego, se te da natural, no te pongas a inventar, que esto apenas va comenzando".

Chavo me dejó en la casa, me dio la mano y antes de bajarme me dijo nuevamente como si fuese un padre orgulloso: "te la comiste Junior, de pana felicitaciones", a lo que respondí "gracias por la oportunidad hermano Chavo".

Subí con la adrenalina al máximo. No podía creer lo que había vivido. Me acosté e intenté dormir, pero aún veía fichas, cartas y escuchaba el sonido de la sinfonía del póker en mi cabeza, así que era imposible conciliar el sueño. Empezaba mi andanza, un nuevo fragmento de la fotografía se descubría. Mi historia apenas iba comenzando.

QUINCE.- La "Pax" Rodríguez

Roberto Mejía había montado un casino clandestino en los bloques del 23 de Enero. Los tupamaros tenían años creando una comunidad armada criminal en el sector y vieron en el negocio del casino una oportunidad de financiar sus operaciones, así que decidieron asociarse con Roberto. Los izquierdistas tienen una idea deformada de lo que es el trabajo y la asociación en una empresa. Fue en 1997 cuando sucedieron los hechos que llevaron a Roberto a convertirse en chavista.

Los Tupamaros se habían fortalecido, como otras organizaciones criminales escudadas en la política, con el golpe de estado de 1992. La llegada al poder del Movimiento Al Socialismo (MAS)[25] en alianza política de Rafael Caldera con las minorías políticas, había sacado a los violentos de la repartición del botín, así que movimientos como Bandera Roja y los Tupamaros, que eran de extrema izquierda se habían quedado sin financiamiento. En cambio los criminales serios, como Roberto, tenían tiempos de bonanza, con un aparato policial corrupto, un país demasiado ocupado en las colas de ancianos para cobrar una pensión miserable y la escasez de ciertos productos que empezaba a evidenciarse.

25 Movimiento al Socialismo (conocido por sus siglas; MAS) es un partido político venezolano de ideología socialista democrática, el cual nace como producto de las serias críticas contra el modelo socialista soviético; y que alcanzó en 1993 una alianza con Rafael Caldera, quiera fuera el líder histórico del partido COPEI pero en ese año se presentó a la presidencia fuera de su partido, conformando una unidad de partidos llamada Convergencia.

El bigote de Teodoro Petkoff, como ministro encargado de la economía, repitiendo en los telediarios: "estamos mal, pero vamos bien", era una metáfora perfecta de la manera en que un sector del país se estaba aprovechando de las circunstancias caóticas para sacar provecho sustantivo. Había muerto Pablo Escobar, y el negocio de la droga cambiaba de manos rápidamente. Parecía que el único mundo de la ilegalidad que se mantenía incólume era el de las apuestas.

Desde el imperio romano hasta la actualidad los ludópatas hacían hasta lo imposible por saciar su deseo de apostar, y había hombres inescrupulosos como Roberto que los exprimían hasta el final. Un martes, cuarenta hombres de los Tupamaros entraron al establecimiento de Roberto, fuertemente armados, exigiendo la propiedad de lugar, y las ganancias, en su totalidad. Roberto quedó en shock. No había una razón para que eso sucediera. Él estaba en buenos términos con todos los malandros jefes de las bandas del barrio, pero sin duda ninguno de ellos iniciaría un conflicto con los guerrilleros para salvar un casino; estos hombres entrenaban a diario, tenían cierta marcialidad y sus armas, eran fusiles robados de las fuerzas armadas venezolanas y colombianas. Una sola bala de ellos podía matar a diez hombres y aun así seguir su rumbo hasta conseguir una pared. Roberto no tenía nada que hacer sino *bluf*ear, para intentar sacar provecho a la situación.

Tomó conciencia de la posición en que se encontraba e hizo una apuesta arriesgada. ¿Qué necesitaban los Tupamaros? Dinero, sin duda, y eso fue lo que les ofreció. A cambio de su protección, él les daría el 30% de las ganancias. Ellos no aceptaron. ¿40%? Tampoco estuvieron de acuerdo, total, eso ya les pertenecía por que habían tomado posesión del espacio, a la brava. ¿60? ¿70? Un 80% fue el punto de acuerdo. Roberto lo administraría, haría todo el trabajo, y sus socios comerciales armados, tomarían, sin hacer nada, un 80% de las ganancias. Sin duda era una profunda desventaja, a simple vista, pero Roberto tenía un plan oculto.

Llegó 1998 y la campaña electoral. Los Tupamaros se sumaron al Movimiento V República, y Roberto, hizo contacto con alguien que cambiaría su vida para siempre: Lina Ron, quien era la líder de los colectivos armados del chavismo y se habían sumado durante el Golpe de Estado de 1992 a las fuerzas insurgentes de Hugo Chávez.

Esa mujer vivía metida en la alta política, por así llamarlo, pero su fanatismo y sed de poder eran evidentes. Roberto accedió a ella, y la convenció de apropiarse de su negocio y expandirlo en las demás barriadas de Caracas, haciéndola consciente de la importancia de crear bases de acción política desde los casinos. Ella tenía la estructura: los círculos bolivarianos podían convertirse en lugares de juego, remates de caballo, disponer de cuatro o cinco máquinas traganíqueles, y de esta manera, ofrecerle a sus secuaces una entrada económica mientras Chávez conquistaba la victoria electoral.

Así, con el permiso de Lina Ron, Roberto se libró de su esclavitud con los Tupamaros y empezó a vestir una franela roja, a visitar comunidades en medio de la algarabía de la campaña electoral chavista, y a instalar salas de juego en San Agustín, Petare, Caño Amarillo, Antímano[26] y muchos otros sectores marginales de la ciudad. Pero en estas salas de juego no había póker, solo máquinas, en algunas instalaba televisores para los apostadores de carreras de caballo, en otros, dependiendo del espacio, se instalaba una sala de bingo. Lo cierto es que en cada una Roberto disponía de un grupo de camaradas que administraban y le rendían cuenta a él, luego, le transmitía esas cuentas a la famosa mujer del cabello descolorado por agua oxigenada y mal pintado de amarillo: Lina Ron.

La influencia de Roberto creció rápidamente y con la victoria de Chávez, empezó a manejar más recursos. Era un hombre sinestro, en el 2000 tenía 28 años, no tenía familia ni amigos, había comprado una casa en San Bernardino[27], que nadie conocía, y que le servía como refugio, para sus escaramuzas sexuales con jovencitos. Algunas veces, se dejaba rodar por las saunas del centro de la ciudad, y allí conseguía, en sesiones orgiásticas, calmar la soledad de su alma. Era un hombre reprimido, solo y sin un ápice de conciencia moral: creía que el mundo le debía algo, que nunca podría pagarle.

26 Nombres de sectores populares ubicados en las afueras de la ciudad, algunos de ellos son los llamados "cerros", compuestos por casas construidas sin planificación urbana.
27 La Parroquia San Bernardino está ubicada al noreste del Municipio Libertador, La parroquia está integrada por la Urbanización San Bernardino y los barrios Los Erasos, Fermín Toro y Humboldt.

No fue hasta el 2001, cuando cumplió treinta años, que se percató que algo faltaba en su vida: se había alejado del póker. Entre la política, las salas de juego y su soledad, habían eclipsado la única luz que tenía su existencia. Desde joven consiguió entre las cartas un ápice de esperanza, una manera de ser ese hombre diferente que deseaba, de construir una versión de sí mismo que escondiera al niño huérfano, al homosexual reprimido, al hombre pobre del 23 de enero.

Su cumpleaños, como todos los anteriores, fue una fiesta anónima, pero esta vez no al calor de un amante de alquiler, sino en la lumbre de una partida de póker. Fue hasta el lujoso casino de un hotel cinco estrellas a fingir, a *bluf*ear nuevamente, a decir que era piloto de avionetas y que había aprendido a jugar en Curazao.

El póker había vuelto a su vida, y lo necesitaba, así que empezó a buscar entre la cúpula naciente de chavistas, los nuevos concejales, los jóvenes diputados de las asambleas legislativas regionales, los miembros de la extinta asamblea constituyente, muchos de ellos, izquierdistas marginales de los movimientos sociales, marxistas rancios de las universidades; consiguió entre la nueva clase política, confirmar un grupo de jugadores de póker amateurs, cuya inexperiencia en el juego y ambición, pronto se convirtió en algo redituable tanto para su bolsillo como para su ego.

Fue así como nació la idea de formar un Club de Póker. Siempre el juego había estado atado a otras disciplinas del envite y el azar, pero para Roberto había llegado la hora hacer algo diferente, que lo definiera, que lo convirtiera en el hombre que deseaba ser.

Su ambición se pospuso unos años, porque la lucha política en el país había arreciado, la oposición desarrolló una serie de paros laborales que desembocaron en un gran paro petrolero en diciembre 2002 y enero de 2003. Como consecuencia Chávez creó el CADIVI, la Comisión de Administración de Divisas, e impuso el control de cambio en Venezuela. Una tras otra, las realidades de la crisis de Venezuela iban explotando en la cara de Roberto. Cuando el Golpe de Estado de 2003, escondió en su casa de San Bernardino a varios concejales chavistas que muy posiblemente hubiesen sido linchados por el pueblo.

No fue hasta el 2004, después de un referendo donde se le consultaba al país si querían que Chávez continuara en el poder, y cuyos resultados fueron amañados para que el dictador continuara ocupando el cargo, cuando pudo sentar las bases de lo que sería *El triple As Club de Póker*. Roberto ayudaba a financiar los Círculos Bolivarianos[28], compuestos por guerrilleros urbanos en motocicletas que atacaban manifestaciones de la oposición y vandalizaban instituciones y empresas.

---

28 Los círculos bolivarianos son organizaciones de base creadas para la formación y la difusión entre la población de las ideas de la Revolución Bolivariana, promovida por el fallecido presidente de Venezuela Hugo Chávez. Componen una red de organizaciones financiada por el gobierno nacional y con recursos del Estado creada en 2002 que realizan actividades de difusión de la Revolución Bolivariana impulsada por Hugo Chávez

En 2005, se postuló como suplente de un diputado a la asamblea nacional por el estado Miranda, y resultó electo fraudulentamente después que la oposición se retirara de la contienda electoral. Ese fue su más alto cargo político, aunque en el siguiente periodo no se postuló a nada; ciertamente esa suplencia en la Asamblea lo vacunó ante cualquier intento de agresión en su contra. Libre de peligro, se dedicó a hacer realidad su sueño.

Los sueños de los villanos también se cumplen: en 2006 el *Triple As* era una realidad. En la esquina de la avenida Mohedano con *calle* El Bosque, en La Castellana, en un local de ventanas enrejadas y vidrios ahumados, de dos plantas, con una fachada de ladrillos blancos en la planta baja y ladrillos rojos en el primer nivel, se encontraba el Club *Triple As*. Estaba encallado en una zona exclusiva de Caracas, en el municipio Chacao, que era una de las zonas de la zona de la burguesía caraqueña.

Ese lugar era un nuevo comienzo para Roberto, una oportunidad para dejar atrás su pasado pobre y simular ser un potentado empresario. En poco tiempo, cambió la plana de sus amigos, se alejó de la chusma de los cerros, esa gente que lo hacía sentirse atado a la pobreza y se encapsuló entre la *boliburguesía*, que lo veía como una fuente de entretenimiento. La población adinerada del país, los empresarios y jugadores habituales, se extrañaban de no haber visto antes a ese hombre, que demostraba ser un gran jugador de póker y parecía ser rico de cuna.

Sin duda la carta de presentación de Roberto era su juego agresivo y su *blufeo* indescifrable, que le ganaron la fama de ser un jugador de alto nivel. Pronto logró reunir en el *Triple As* a una comunidad de jugadores activos, que veían la novedad de un club exclusivamente dedicado al póker en una zona *high* de la ciudad. Pero un ascenso rápido, garantiza un descenso igual de rápido. A los cuatro meses de estar funcionando el club empezaron los problemas. Una motocicleta pasó cayéndole a tiros al local, donde salió herido un *dealer* que estaba trabajando en ese momento. Eso motivó a cambiar la cristalería de la ventana por fuertes vidrios antibalas. Ese mismo fin de semana, con bombas molotov incendiaron dos carros que estaban estacionados frente al local.

Así fue como el pasado empezó a tocar la puerta de Roberto. Don Vito Panzuto se había enterado del *Triple As* por boca de los jugadores de su casino clandestino, y pensaba aprovechar la oportunidad para vengarse de Roberto, ahora que estaba fuera de las murallas criminales del 23 de enero. Panzuto empezó a difundir la verdadera historia del dueño del *Triple As* y la clientela exclusiva empezó a retirarse del lugar. Nadie quería correr el peligro de recibir un balazo o perder su automóvil por jugar en un club administrado por un narcotraficante y ladrón. Para colmo, Roberto empezó a temer por su vida. Sabía que el italiano no lo perdonaría jamás por lo sucedido entre ellos, así que habló con sus contactos en la Asamblea Nacional, y le asignaron un equipo de seguridad.

Federico Bocanegra, alías Fede, era un cubano de las fuerzas especiales que había tenido la suerte de ser enviado a Venezuela, lejos de las precariedades de Cuba, donde nada lo ataba, solo el viejo cuerpo de su madre, que ya era cuidado por sus ocho hermanas. Había sido entrenado como un agente de contrainteligencia, capaz de responder a ataques cuerpo a cuerpo, manejar un amplio armamento, sobre todo de pistolas y fusiles rusos de la guerra fría, y que, sin lugar a dudas, no le importaba un comino la ideología sino vivir cómodo, con las bondades del poder cerca, el calor de un buen ron y mujeres fáciles. Sería el jefe de seguridad del diputado suplente, aunque finalmente, se convertía en un esbirro para saldar las cuentas de Roberto y aprovecharse de las abultadas comisiones que este le ofrecía por cada trabajo.

En 2007 la guerra entre Vito Panzuto y Roberto Mejía amenazaba la paz del juego en Caracas. Se atacaban cuidándose las espaldas, para no dejar evidencias que lo incriminaran directamente, pero cada vez que sucedía algún revés en sus respectivos negocios, cada uno sabía que el otro era el responsable; por eso tuvo que mediar ante ellos un poder mayor. Max "Alpha" Rodríguez entró en la escena del juego en Venezuela con la bendición directa de Chávez, y con mucho más dinero que cualquiera de los dos involucrados en la guerra de los naipes.

En 2007, Max "Alpha" citó a Vito y a Roberto en el Hotel Hilton de Caracas, antes que el chavismo lo expropiara, para informarles que desde ahora él se encargaría de todo el juego ilegal en el país. Les propuso jugar un pequeño torneo con 1000 fichas. Si Vito ganaba, Roberto tenía que retirarse del mundo de las apuestas. Si ganaba Roberto, el señor Vito debía dejar de atacar a Roberto, y eliminar la mesa de Póker de su casino. Pero si era Max "Alpha" quien ganaba, ellos dejarían la rencilla, mantendrían la paz, y quién violara el acuerdo lo pagaría con su vida.

Don Vito era un buen jugador, Roberto el mejor en *blufeo*, y Max "Alpha" era un estudioso de las probabilidades, jugaba matemáticamente y se aseguraba de conocer bien a sus contrincante. Luego de unas 3 horas jugando sin parar el primero en salir de la mesa fue Roberto, que en un *blufeo* arriesgado fue *All-in* con un proyecto fallido de color chocando con un par de K en *Top Pair* de Max "Alpha". Luego, cayó don Vito, quien se arriesgó con una escalera del 7 a la J, a sabiendas que existía una posibilidad de que Max "Alpha" tuviera un *Color*. La paz estaba sellada y Max "Alpha" empezaba a gobernar el juego en Venezuela, con sus recién creadas salas *highroller* en Margarita y Caracas.

DIECISEIS.- CHAVO

El verdadero nombre de Chavo es José Gregorio Velázquez, y aunque a primera vista parece un sifrino del Este de Caracas, o recién salido del Country Club[29], tiene una historia muy dura. Sus facciones son bastante diferentes a la de los muchachos pobres de La Pastora, el sector de Caracas donde se crió, en la casa que les dejó su padre, a quien nunca conoció. María Teresa, su madre, salió embarazada de su jefe, aunque éste se negó a reconocerlo como su hijo. La historia típica de cualquier madre soltera: fue contrata como asistente, sin tener mucha experiencia y siendo una jovencita de 19 años; Karim, como se llamaba el padre de Chavo, la sedujo con invitaciones a salir, un sistemático ataque de piropos e insinuaciones.

Karim era de ascendencia árabe, tenía tres hijos y estaba casado con una mujer que le habían traído de los Emiratos Árabes para casarlo; María Teresa vivía en la extrema pobreza de Antímano[30]; pero en menos de un mes ya estaban saliendo, divirtiéndose, enamorándose. A Karim lo casaron muy joven y no había tenido la oportunidad de divertirse a la vene-

29 El Caracas Country Club (CCC) es la urbanización caraqueña más lujosa y pudiente de toda Venezuela. pertenece al Municipio Chacao y está separada del Municipio Libertador por la Quebrada Chacaíto, teniendo su límite sur en la Avenida Francisco de Miranda y el oriental en La Castellana. El CCC consta de un grupo de villas y casas de lujo en medio de campos de golf (con 18 hoyos), rodeadas de edificios de clase alta con vista panorámica.
30 Antímano es una parroquia ubicada en el oeste de Caracas, una de las zonas más violentas de la capital.

zolana, ya que su matrimonio cumplía con las tradiciones árabes. La vida le cambió al descendiente árabe cuando empezó a descubrir en María Teresa una mujer alegre, que endulzaba con sus ojos las cosas que miraba, y que muy a pesar de su inmensa pobreza, no perdía la sonrisa.

A los tres meses de estar juntos, Karim decidió visitar la casa de María Teresa y pudo ver las paredes de bloques rojos desnudos y cruzados, que se amontonaban en el bosque de pobreza del sector Antímano, entonces decidió sacar a la mujer que amaba de esa miseria y compró una casa humilde en otro sector pobre de Caracas, pero que estaba asentando en el corazón del valle: La Pastora. El cambio fue significativo, porque ahora Karim podía visitar algunas noches la cama de María teresa, además ser atendido como un rajá por su agradecida suegra, quien tenía un hijo menor, de apenas 15 años, que también agradecía el cambio de vida ofrecido por el amante de su hermana.

Aunque no era su objetivo, pasados más de tres años de relación, María Teresa sintió mucha ilusión al darse cuenta que estaba embarazada de Karim. Ella lo sentía como su hombre, su todo, el tipo que le había dado alegrías y estabilidad, y poco le importaba si tenía otra familia, ya que ella sabía que podía cuidarlo y consentirlo cuando él lo dispusiera: así que si la buscaba era porque quería ser feliz, lo que era una notable diferencia con cualquier matrimonio, donde el compromiso obligaba a verse aunque no estuvieran de ánimos ni para respirar.

A pesar de la emoción de María Teresa, la noticia no fue bien recibida por Karim. Parece que con sus palabras hubiese presionado un botón que activara la personalidad destructiva de ese hombre que siempre fue dulce con ella. El árabe la acusó de serle infiel, de querer destruir su matrimonio, de solo pensar en cómo sacarle más dinero, y muchas cosas más. Después de humillarla, pasó a amenazarla. Le dijo que se quedara con la casa, pero que no volviera a pisar su oficina, ni a contactarlo, porque buscaría la forma de acabar con su mamá, con su hermano y con ella. Sus lágrimas se convirtieron en un rastro de dolor desde el lugar donde trabajó casi cuatro años hasta su casa. La gente en el metro, se sorprendió de verla llorando; en las calles de La Pastora, los vecinos no entendían como una mujer que siempre sonreía, había atravesado el barrio dejando una estela de llanto.

La abuela de Chavo le contó que María Teresa lloró tres días. Pensó en abortar, en quitarse la vida, en ir a la casa de Karim y contarle todo a su esposa, pero fue su hermanito menor quien la sacó del trance, al decirle: "yo seré el papá que esa criatura perdió". Luisito, su hermano, era apenas un chamo de 18 años, pero se había desenvuelto en la vida como un hombre desde muy pequeño. "No le va a faltar nada, porque trabajaremos duro para crecerlo. No hace falta quien se va sino quien está".

Corría el año 89, María Teresa tenía 23 años, y apenas unos días antes, había ocurrido una masacre en Caracas, cuando los sectores populares, animados por movimientos políticos de izquierda, bajaron de los cerros donde vivían hacinados y muertos de hambre, para saquear y protestar; cuando Chavo decidió venir al mundo. Lo llamaron José Gregorio, porque su abuela se lo encomendó al santo venezolano Dr. José Gregorio Hernández cuando empezaron a pasar trabajo para conseguir un hospital, porque estaban todos colapsados. Parió en la emergencia del Pérez Carreño[31] a un niño lindo, que durante su crecimiento no lloró jamás, y solo sabía proporcionar alegrías.

Se ganó el apodo de Chavo, porque vivía de casa en casa en La Pastora, buscando abrigo a la hora de ver la televisión, porque en la suya no tenía. Y en cada casa disfrutaba de ver todos los días, a las cuatro de la tarde, la emisión del Chavo del 8, por Venevisión, esa era su obsesión cuando niño. Además, su mamá, en los carnavales siempre lo disfrazaba del personaje, que sin duda era su favorito; de niño lo imitaba en cada reunión familiar, siempre le pedían que interpretara su papel del Chavo del 8 en cada fiesta de la barriada, y así fue ganándose el apodo de manera rápida e inmediata, todos comenzaron a llamarlo Chavo.

Chavo estudió en las escuelas públicas de La Pastora, donde confluían niños de todas las barriadas populares del Oeste de Caracas. Creció "pila" como decían en su escuela, siempre pendiente de todo lo

31 El Hospital Doctor Miguel Pérez Carreño es conocido informalmente como «Pérez Carreño», es un centro de salud público localizado en la Urbanización La Yaguara, Parroquia El Paraíso, del Municipio Libertador en el Distrito Capital al oeste de la ciudad de Caracas, en medio de una barriada popular.

que sucedía a su alrededor, y en su adolescencia, se hizo de amistades que prometían convertirse en azotes de barrio.

Las cosas se fueron saliendo de control en la vida de María Teresa; cuando Chavo tenía diez años murió su abuela, quien era una ayuda idónea, con quien habían montado una venta de empanadas que durante una década puso el pan sobre la mesa, y que eran famosas en toda La Pastora. Pero tras la muerte de la abuela, y una oportunidad laboral que encontró el tío Luis en el Oriente del país, habían dejado solos a María Teresa y a Chavo, hundiéndose en una muy mala situación económica.

En un apuro económico frente al nuevo año escolar y la emergencia de comprar útiles y uniformes a su hijo, María Teresa consiguió en el consejo de una vecina, la llave que abriría la puerta de la desesperación y el alivio monetario. "Niña, con ese cuerpo tuyo, y esa cara, deberías meterte a modelo para que te ayudes", resonaba en su cabeza, con el acento caraqueño y las pausas de la goma de mascar de su vecina. Lo más parecido al trabajo de modelo que consiguió María Teresa fue la profesión de stripper, en un local nocturno de Plaza Venezuela, que le exigía laborar de lunes a sábado hasta las tres o cuatro de la mañana. Chavo vivió una juventud a sus anchas, con su mamá trabajando de noche, durmiendo en las mañanas hasta el mediodía, y todo el mar de problemas que trae una vida así.

Chavo se hizo de dos amistades inseparables, los tres andaban para arriba y para abajo juntos, haciendo travesuras algunas veces, buscando como ganarse algún dinero en otras oportunidades. Leo y Carlos, eran un poco mayores de Chavo. Leo era zambo, alto, de pelo enrulado, y Carlos, más bien era un moreno claro, de ojos marrones, que había perdido un colmillo incisivo y un premolar por una caída aparatosa de un techo donde se había subido para cazar gatos. Eran como hermanos, y todo lo hacían juntos, desde ir al colegio hasta meterse en los asuntos de los adultos. Junto a ellos desarrollo el gusto por la Marihuana en todos los sentidos.

El hermano mayor de Leo se llamaba Wilfredo, y en su casa siempre estaba reunido con jóvenes y viejos jugando dominó, truco, agilé y todas del disciplinas del azar que involucraran apuestas. Wilfredo no quería implicar a los muchachos, pero insistieron tanto que al final les enseñó a jugar. Chavo aprendió rápido, y pronto estaba al nivel de ganar algunas partidas y llevar dinero extra en el bolsillo gracias a la astucia y la suerte.

Una noche Wilfredo llegó a la casa junto a unos amigos con un maletín plateado que impactó a Chavo. El brillante maletín contenía fichas y dos juegos de cartas. A veces, en los sueños, aún resuena la voz de Wilfredo: "señores a partir de hoy, vamos a jugar póker". Chavo conoció el póker y se olvidó del resto del mundo. Leo y Carlos no sintieron la misma empatía, estaban un poco mayores y las hormonas les hicieron tomar caminos más arriesgadas por un par de chamas que gustaban de ellos. Seguían siendo hermanos, pero llegada la hora, unos se lanzaban al peligro de obtener dinero a costa de lo ajeno, y Chavo, buscaba ganarse el dinero mediante manos de póker.

Creció y se convirtió en un buen jugador, pero tenía un talón de Aquiles: su mamá. Sí alguien mencionaba que era stripper, o sugerían algo peor, con esos remoquetes de "trabajadora nocturna", saltaba dentro de Chavo una furia que no podía contener. Cuando Chavo tenía casi 18 años, era un duro del póker en el patio de Wilfredo, pero llegó una ocasión en que otro jugador habitual, uno que apodaban Vicentico, perdió una fuerte suma contra Chavo, y para herirlo le dijo que el dinero que le quedaba lo iba gastar en el bar donde su mamá "se meneaba en el batitubo". Eso hizo que la ira cegara al ganador de la mano, y empezó una golpiza donde uno solo podía ser el vencedor. Chavo estaba fuera de sí, y nadie podía contenerlo, muchos intentaron apartarlo del cuerpo tendido de Vicentico, cuya cara estaba llena de sangre por los puñetazos. Solo dos plomazos de la pistola de Wilfredo lograron hacer que Chavo entrara en razón.

Esto le valió estar vetado casi un par de semanas de la mesa de juego del barrio. Chavo se dio cuenta que su deseo por jugar era compulsivo, e intento de muchas formas solventar la molestia de Wilfredo. Pero el cerco definitivo se rompió una noche en que éste recibió una invitación a jugar en casa de una gente pudiente y necesitaba el talento de Chavo.

Lo llevaron a una casa en El Marqués[32] donde habían partidas de mesa *cash*. Wilfredo trabajaba en una tienda de computación, donde el dueño de la tienda, que solo trataba con el gerente, le hizo ver que era un asiduo jugador de póker; el pícaro empleado pidió la palabra y demostró que también sentía pasión por el juego. Pablo, que era el nombre dueño, comenzó una larga charla que terminó con una invitación a jugar, ofreciéndole que podía invitar a dos amigos más pero con la condición de que entendieran él juego. Los seleccionados fueron Peter que jugaba bien el estilo Omaha y Chavo que era el mejor del barrio en Texas Hold'em.

Jugarían un *dealer choise* entre Omaha y Texas Hold'em, que quiere decir que el jugador que está de *botón* elije que modalidad de póker se jugará en esa mano. Para ello, se pusieron de acuerdo, así que cada vez que Peter fuera botón elegiría jugar Omaha, cuando Chavo tuviera la ficha elegiría Texas Hold'em, y Wilfredo lo haría dependiendo la manera en que los bonificara a los tres. También acordaron respetar los *raise* entre ellos para garantizar obtener el dinero de los otros siete jugadores, todos hombres mayores de treinta años, de buena posición social como el dueño de la tienda. El acuerdo tenía la guinda de repartir la suma de las ganancias entre los tres en partes iguales.

A Chavo le impresionó mucho la diferencia entre su estilo de vida en La Pastora, y las casas de El Mar-

32 El Marqués es una urbanización ubicada en el noreste de la ciudad de Caracas. Se encuentra ubicada en la Parroquia Petare, del Municipio Sucre del Estado Miranda.

qués; estaba acostumbrado a vivir con lo mínimo y ser feliz con lo más elemental, pero allí, de verdad se veía lo que era vivir cómodamente. Aires acondicionados para toda la casa, iluminación perfecta, decoración, buen gusto; nada comparado con el patio de Wilfredo donde jugaba al póker todos los días. Ellos estaban marcados con resaltador amarillo entre los demás jugadores, desde la ropa, el color de piel hasta el modo de caminar y mover las manos era completamente distinto. Todos los presentes se veían que habían nacido en familias de bien, con ascendentes extranjeros, menos uno, que resultó ser el único que jugó al póker de verdad, y contra el que perdieron varias manos, ese jugador se llamaba Roberto Mejía.

Roberto no les quitó el ojo en toda la noche, analizaba sus apuestas, hacía *re-raise* agresivos para estudiar el carácter de los tres intrusos. Tenía en la muñeca un reloj de oro y su ropa era de marca, pero en algo denotaba que era un jugador diferente a los otros seis. La noche se extendió hasta la madrugada, jugaron más de diez horas. Habían conseguido un buen resultado entre los tres, y Roberto también había sacado alguna ganancia del bolsillo de los demás jugadores. Al terminar la sesión, estaban decididos a irse en un taxi, pero ninguna de las líneas del sector quería llevarlos a La Pastora después de las cuatro de la mañana. Roberto aprovecho para decirles que él los llevaba.

Fede, el cubano que era su escolta, trajo de inmediato su camioneta *blind*ada último modelo y ellos subieron. Roberto estaba interesado en hacerles una propuesta, pero comenzó hablando de las manos que jugaron esa noche, y de repente, en medio del trayecto, se volteó hacia ellos para preguntarles: "¿Desde cuándo son cooperativa?". El ambiente se puso tenso. Wilfredo le dijo que no sabían que era eso. Roberto soltó una carcajada y agrego: "tengo años en esto, fui a jugar donde Pablo para pasar el rato, pero no pensé que me conseguiría con profesionales que fueran a limpiar la mesa. ¿Cómo se piensan repartir las ganancias?". Roberto andaba sin rodeos. Wilfredo salió con excusas tontas, entonces el inquisidor relajó el carácter y les dijo que no importaba, porque él no había perdido, más bien había ganado, pero que le resultó difícil jugar contra tres al mismo tiempo, especialmente contra el más joven, refiriéndose a Chavo.

"¿Que van a hacer hoy a las 5 de la tarde de hoy? ¿Conocen la mesa del hotel Tamanaco? Quiero invitarlos a jugar para mí". Las excusas salieron de la boca de Wilfredo como de un vaso de agua derramándose, argumentó que no eran profesionales, que jugaban por distracción, que para ir al Hotel Tamanaco había que ir bien vestido, que era muy lejos, que finalmente a ellos no les interesaba su propuesta. El único que hablaba era Wilfredo, pero Roberto solo observaba a Chavo desde el retrovisor, ya que este permanecía *callado*. Al llegar a La Pastora, Roberto le entregó una tarjeta de presentación con su número de teléfono a cada uno: "si van pendientes me llaman".

La camioneta salió a toda velocidad del sector, y tras ella la frase burlona de Wilfredo: "te irá a llamar la puta de la madre que te parió"; Peter y él botaron la tarjeta, pero Chavo sí la guardó. Al llegar a su casa encontró a su madre durmiendo en el sofá de la sala, seguro no aguantó el sueño mientras esperaba por él. La abrigó, dejó parte del dinero ganado sobre la mesa, y se fue a descansar a su habitación.

A las tres de la tarde, junto con el despertar, llamó a Roberto. "Soy José, Chavo, el pana de ayer al que le diste la cola ¿te acuerdas?". "Sí, el único que valía la pena en ese grupito ¿vas pendiente de ir al Tamanaco?" respondió de inmediato Roberto. "Fede te va a pasar buscando en la estación del Metro de Plaza Venezuela, para llevarte al hotel, si no estás ahí puntual te deja".

Chavo se puso su mejor ropa, se encontró puntual con Fede a las afueras de la estación y a las cinco ya estaba en el hotel después de un viaje mudo en la camioneta con Fede. Pudo ver mejor todo, el parabrisas tenía una calcomanía del PSUV y otra de la Asamblea Nacional. Fede cargaba al cinto una pistola, sin duda era un hombre dispuesto a todo; le dijo que esperara a Roberto en la barra del hotel. Al llegar no mediaron palabras de cortesía, fue al grano, con la actitud que siempre mantuvo con Chavo: "¿Cuántos años tienes?", Chavo respondió que apenas 17, pero que cumpliría los 18 en un mes "¿Cuánto tiempo llevas jugando al póker? ¿Has estudiado con libros?", casi tres años, fue su respuesta inmediata, no he estudiado con nada, fue la otra.

"Tienes pinta de 20 años, te pasaré sin que te pidan la cédula. Vamos a jugar una mesa fuerte, te voy a banquear, de lo que saquemos vamos 70/30. No vayas a chocar conmigo. Al que te señale con los ojos lo vas atacar con todo, hay que identificar a los pescados y limpiarlos. Si te limpian a ti quedas fuera y te recomiendo que elimines mi teléfono, pero si cobramos te va a cambiar la vida conmigo", parecía una metralleta escupiendo palabras, pero Chavo era muy ágil. "Por último, esto queda entre nosotros, no permito las traiciones, cero comentarios con tus amiguitos. Y nunca olvides, las traiciones las cobro caro".

Jugaban Texas Hold'em, la mayoría de los jugadores eran mayores de cincuenta años, los más jóvenes eran Roberto y Chavo. Limpiar la mesa resultó fácil por el apoyo de Roberto; cuando Chavo abría con algún *OR* y habían dos *call*, entonces Roberto ubicado en posición hacia un 3BET, a lo que Chavo respondía con un 4BET para que todos *fold*earan. Había una comunicación excepcional entre ambos, era un baile de agilidad mental, como si tuvieran años jugando juntos.

Como era un casino, con el pasar de las horas los jugadores se paraban sin blanca y llegaban otros con las billeteras repletas que pasaban por la misma máquina de trasquilar. Luego de unas 10 horas de juego Roberto hizo una señal de que se fueran; primero salió él, a los 10 minutos Chavo. Roberto estaba en el lobby del hotel, con una frescura natural, hablando por su celular; Chavo en cambio, estaba reventado pero aún muy cargado de adrenalina. Abordaron la camioneta, y se dirigieron al Triple As en La Castellana. Al llegar Fede sirvió un whisky para su jefe y otro para él, le ofreció uno a Chavo, pero este lo rechazó. Roberto empezó a hablar: "Te fue bien conmigo, tigrito. Entre lo que ganaste ayer y lo que ganaste hoy, mínimo tienes para comprarte un carrito. Tengo varios jugadores en distintos casinos a los que banqueo. La relación es netamente profesional y de trabajo, siempre vamos 70/30. Me gustó tu juego, entiendes cómo funciona la *cash*, se te hace natural. Solo te voy a pedir que te quites el acento de malandro de La Pastora que llevas; y que en los siguientes tres meses, al menos una hora al día, vengas a mi oficina para darte unas estrategias de póker. Por tu estilo de juego no te veo jugando torneos, por lo que te vamos a pulir al máximo para juegues más fuerte al *cash*".

Para Chavo no existían los torneos, ni siquiera entendió a lo que se refería con ello. Roberto le mostró la repisa llena de trofeos de torneos, pero la gran mayoría eran falsos, los había mando a hacer para impresionar a quienes llegaran a hacer negocios en su despacho del club. La oficina quedaba en la mezzanina del local, y tenía una pared de vidrio por la cual se podía ver abajo cinco mesas de póker grandes, una barra de tragos larga y toda una decoración alusiva al póker. Chavo estaba emocionado, había conseguido a un mentor para su póker. Al día siguiente no fue al patio de Wilfredo sino al Club de Roberto para empezar su entrenamiento.

DIECISIETE: TRIPLE AS

El Triple As, después de firmar la paz con Vito, empezó a prosperar poco a poco, tenía clientes regulares que jugaban las populares mesas *cash* de 1 y 2 dólares, de 2 y 5 dólares y la famosa 5 y 10 dólares. Si bien en los casinos legales se jugaba con la moneda oficial del país que era el Bolívar, los casinos clandestinos habían adoptado el dólar para atraer más a los jugadores a sus mesas, también celebraban torneos semanalmente donde una parte del premio lo tomaba la casa para cubrir gastos de mantenimientos, aunque la verdadera ganancia, se las llevaba Roberto jugando y quedando en cobros casi todas semanas. Pero el apetito de dinero del *blufeador* era gigantesco, su estilo de vida era muy costoso, por eso los días donde no había nadie a quien limpiar en las mesas *cash*, Roberto salía con Fede a buscar *call station* en los casinos y mesas de póker de los ricos.

En 2006 Chavo empezó a frecuentar el club y a recibir lecciones de Roberto. Chavo se inscribió en un parasistemas para terminar el bachillerato y entregarle el título a su mamá. Recién cumplido los 18 años comenzó a jugar con Roberto fuertemente en los casinos y en otras mesas que él mismo conseguía gracias a su agilidad y simpatía juvenil. En 2008 ya con 20 años de edad, consiguió que su mamá dejara de trabajar en el Club de *Stripper*, ganaba suficiente dinero para mantener la casa, pagar el instituto y el gimnasio, costear buena ropa y cierto nivel de vida, por encima de la gente de La Pastora.

Por esos mismos días Roberto empezó a invertir en una nueva modalidad de negocio. Sus mesas *cash* ya generaban utilidades en dólares, pero él quería más, por ello junto a su oficina, en la mezzanina, donde había un salón grande, empezó a instalar muebles de computación y equipos de última tecnología, al estilo de un cibercafé o un *call*-center. Dispuso 20 cubículos y una estación de control al final montada en una sobre-tarima. La idea de Roberto era sencilla, aprovechando la escasez de dólares en Venezuela por el control de cambio decidió producir dólares a través de Pokerstar.

Se dedicó a comprar los cupos que daba el gobierno en las tarjetas de crédito internacionales para cargar saldo en las cuentas de Pokerstar; luego instalaría en las máquinas a veinte jóvenes en el *turno* de la mañana, otros veinte en el *turno* de la tarde y otros de noche. Las ganancias se repartirían 70/30; a cada jugador se le abría hasta un máximo de cinco mesas, donde repartirían quinientos dólares que se asignarían a cada usuario. Eso equivalía a una inversión diaria de veinte mil dólares, los cuales esperaba recuperar más cinco mil dólares de ganancia, como mínimo. Si los números cuadraban, obtendría al menos ciento cincuenta mil dólares mensuales, un mega negocio sin lugar a duda.

Roberto le propuso a Chavo que le dedicara 8 horas al día, y lo ayudara a reclutar a los miembros del equipo, para completar los puestos por *turnos*; ya que él tenía algunos candidatos, pero debía conseguir jugadores de mayor nivel y que estuviesen necesitados de dinero. Mediaba una condición de silencio, ya que nadie podía enterarse del modelo de negocio que estaba instalando, para no despertar la envidia de sus socios políticos, ni permitir que alguien pudiera montarle una competencia que ofreciera mejores porcentajes a los jugadores.

El inicio fue traumático porque ninguno estaba acostumbrado a jugar a la velocidad del póker digital, el tiempo para pensar era muy corto, solo pocos se acostumbraban, y por ende los números iniciaron en negativo. Quienes perdían dinero pasaban por los insultos de Roberto, y quienes perdían demasiado dinero, recibían una dosis de golpes de Fede. En el 2009, ya con Chavo teniendo 21 años, la sala virtual tenía sus puestos llenos pero los números aún no eran positivos en las finanzas del proyecto, solo Chavo se inmolaba por hacer hasta lo imposible por generar dinero en esas máquinas, llegando abrir hasta 16 mesas en simultáneo para responder con las metas y los objetivos de Roberto y del Club.

Si bien todo inició es traumático, poco a poco comenzaban a darse los números positivos, tanto en las finanzas del área digital del club como en las de Chavo, esto le permitió comprarse una camioneta Toyota Land Cruiser FJ70, la *Machito*, de color negra dos puertas, que siempre fue su sueño tener. No escatimo en poner su camioneta como quería, le invirtió en muebles de cuero negro, rines cromados y un equipo de sonido muy potente. También empezó a vivir una vida que le había sido prohibida al nacer pero que al conocer disfruto al máximo, comenzó a frecuentar las discotecas de moda y las fiestas de niños ricos de la ciudad.

Su vida había cambiado radicalmente, todo era plenitud y felicidad, menos las horas que tenía que compartir con Roberto, que se había vuelto en poco tiempo insoportable con su ambición y mal humor; además, cuando éste le exigía que lo acompañara a limpiar alguna mesa de ricos, se veía obligado a aceptar porque Roberto era su mentor y jefe, pero sabía que iba a pasar malos ratos con las actitudes impulsivas del hombre del *bluf*.

Chavo comenzó a conocer otras mesas que no respondían a Roberto, frecuentó casinos clandestinos y mesas de póker donde su jefe no era bienvenido por su pasado sucio y su mala actitud pero nunca tocando una mesa de Don Vito por respeto a la rivalidad que tenía de su jefe con éste. Chavo comenzó a hacerse famoso entre los jugadores de póker en toda la ciudad, sobre todo por su juego agresivo y completamente "explotable", tenía la capacidad de ver *tells* en los jugadores, si alguien le mentía él lo descifraba, si alguien se ponía nervioso en una mano Chavo lo veía como si se tratara de una detector de mentiras.

Cuando terminó el parasistemas, Chavo estaba saliendo con una muchacha que trabajaba en la Unidad de Sistemas de la Universidad Central. Ella le ofreció conseguirle un cupo automático para que estudiara lo que quisiera, sin titubear le pidió una plaza en Estadística, porque consideraba que era una de sus debilidades en el póker. Empezó a asistir a la universidad y a chapear con el carnet estudiantil, pero solo entraba a las clases que le parecían interesantes.

Pasaron los años y un día no hubo acción de póker en el Club Triple As, no llegó ninguna llamada de Roberto ni de ninguno de sus amigos del póker en la ciudad, era un lunes lento y soporífero de diciembre del 2010, cuando decidió ir a la Universidad Central, a ver que escuchaba en los salones de Estadística, entró a la clase de Investigación y Método III, porque andaba pendiente de una muchacha de nuevo ingreso que veía esa materia. Cuál sería su sorpresa al encontrarme a mí haciendo una exposición sobre las estadísticas aplicadas al póker. El resto lo conoces ya, el viernes de esa semana gané el torneo de Amir gracias a su invitación y banqueo.

Al día siguiente del torneo de Amir, desperté como a las 2 de la tarde de ese sábado con una mezcla de alegría y ansiedad. Al salir de mi habitación encontraré a Kathy angustiada por un ultimátum que llego hecho email; había llegado una comunicación del colegio de Daniel, donde pedían cancelar la prima y el mes de adelanto del colegio de Daniel el día lunes a más tardar las 5 pm para garantizar el cupo. Habia que pagar 300 dólares o su equivalencia en bolívares calculado al cambio del paralelo, es decir, a lo que dictaba Dólar Today que era la página donde todos los venezolanos se guiaban para saber el valor de ese tipo de dólar en el país.

Pero la ansiedad paso a tranquilidad porque yo tenía en mis manos el dinero para hacer dicho pago. Con el dinero ganado en el torneo decidí darle a Kathy los 300$ más 200$ para los gastos, de los 404$ restantes decidí meter en mi cartera 54$ para mis gastos del día a día y los 350$ restantes los guarde para que fuese mi *Bankroll* para cuando llegara un nuevo reto de póker que me presentara Chavo. Gracias a dios todo estaba completamente en orden por primera vez en mucho tiempo con respecto a las finanzas del hogar y eso me lleno de alegría.

Cuando le indique a Kathy que la ayudaría ella no lo podía creer, mis ganas de ayudar por poco se convirtieron en un boomerang ante ella dado que mi mamá no podía saber que había ganado ese dinero jugando al póker, porque despertaría los mismos instintos que condujeron a la desgracia que vivió mi papá. Ella no había curado sus heridas ni su odio a los juegos de azar, tampoco entendería en ese momento que el póker era un juego mental, muy diferente a los caballos y a otras ludopatías.

Entonces le dije una mentira blanca: "estoy trabajando desde hace 30 días con una profesora de la universidad que tiene un proyecto con la Unesco. Ayer me pagaron algo bueno, además estoy ganando en dólares". Empezó a interrogarme, entonces tuve que extender la mentira: "hago de todo un poco, me toca hacer proyecciones y planificar modelos estadísticos. Ya sabes que soy bueno con los números". Seguro que ella no se creyó el cuento, así que saqué los quinientos dólares y los puse sobre la mesa.

"Kathy, aquí tienes los 300$ para el colegio de Danielito y 200$ más para ayudarte con los gastos, por favor te pido que los tomes y que no me digas que no a ello, quiero apoyarte y colaborarte". Ella me miró de manera muy sospechosa al principio pero al final se acercó a mí, me dio un beso en la frente y me dijo: "gracias papi que dios te bendiga, estoy muy orgullosa de ti".

Después de almorzar recibí una llamada de Chavo. "Epa campeón. Actívate que voy por ti en una hora. Tengo que hablar cosas importantes contigo". A las cuatro de la tarde estábamos en una tasca en Chacao, pidió un combo de seis cervezas y una pizza. Luego de hablar un rato de cosas pueriles y de la noche anterior, entramos en materia: "me gustó la dupla que hicimos ayer; yo en la *cash* y tú en torneo, quería proponerte si quieres seguir jugando de esa manera cuando se presenten las oportunidades". No tuve que pensarlo mucho, mi respuesta fue un sí de inmediato, luego me preguntó en qué estaba trabajando. Le comenté lo de la tienda de videos. Entonces me explicó como mantenía su estilo de vida: "En las noches busco mesas donde jugar, pero de lunes a viernes trabajo en un local de La Castellana, de 9am a 6pm, jugando póker en línea". Me habló de Roberto, de sus nexos con el chavismo, de su modelo de negocio, del porcentaje que repartían a los jugadores. Me explicó que trabajaban en tres *turnos*, ya que el club se mantenía abierto las veinticuatro horas por si alguien quería seguir produciendo. También me advirtió del carácter de Roberto.

Se detuvo a explicarme las diferencias entre la *cash* digital y mi estilo de juego: "Te adaptarás rápido con respecto a la velocidad y a la plataforma, porque tienes experiencia con el *playmoney* de Facebook. El tema de la *cash* tiene una esencia distinta al torneo: lo primero es el *size* de las OR, no puedes jugar en 2BB, 2,2 BB, 2,3BB o 2,5BB; hay que jugar de 3BB hacia adelante. Igual que el roll, no puedes *rollear* a los limpers a un *blind* más de tu OR normal, hay que hacerlo a un 1.5 al menos, tampoco es necesario robar las ciegas porque no hay tiempo de *blind* en *blind*, se podría decir que es más tranquilo, sin embargo, en la *cash* habla el dinero, en el torneo habla la estrategia; por lo demás es lo mismo: la determinación de rango de manos también cambia un poco, hay que abrir o apretar un poco más el rango por posición dependiendo de los jugadores de la mesa".

Todo estaba preparado, Chavo me comentó que Roberto me esperaba a las 6 de la tarde para conocerme y decidir si me da daba empleo en su club, siempre que yo aceptara la propuesta. "Hay que construir el *Bankroll* y hacer todo correctamente, no volverse loco y seguir siempre con disciplina. No estarás solo, lo que humildemente sé del juego te lo explicaré. Junior, aquí hay más plata de lo que ganas en la tienda y si te organizas puedes sacar todo adelante, y conseguir todo el billetico que te falta".

Fuimos hasta el *Triple As*, en la puerta estaba Fede, el guardaespaldas de Roberto. "El jefe estaba preguntando por ti", fue lo único que le dijo el cubano. Nos revisó antes de entrar, pendiente de que no tuviéramos armas; al abrirse las puertas, lo primero que vi fue a una rubia escotada que nos dio la bienvenida. Estaba sentada junto a otra chica igual de voluptuosa y a su lado el encargado de la logística del sitio. Los jugadores debían pasar primero por ahí, se le explicaba las mesas *cash* que habían y compraban sus fichas para jugar, que entregaban con una bolsa con la insignia del Triple As.

Chavo me explicó que esa modalidad administrativa era solo con jugadores nuevos, de bajo monto, pero las mesas *highstake* se entendían directamente con Roberto. Luego había una segunda puerta que se abrió inmediatamente por tratarse de Chavo; al entrar veo cinco mesas de póker llenas de jugadores, cada una con *dealers* repartiendo las cartas. Distingo entre las mesas a varios jugadores que estaban en el torneo donde Amir; veo al señor Nelson, a dos más y para mi sorpresa a Martin, quien también me miró con cara de sorpresa.

Jugar Texas Hold'em en *cash* es muy distinto al torneo dado que esa modalidad es el dinero el que habla, normalmente para jugar bien una mesa *cash* puedes entrar con lo que quieras, pero lo recomendable es entrar con 50BB, 100BB o hasta más. En *cash* el juego de muchos es más abierto y el *bluf* más constante, debido a que si tu *Bankroll* es alto puedes recomprar hasta que tu presupuesto alcance.

También existen apuestas que en un torneo no se aplican, como es el *Struddle* y el *Misisipi*: *Struddle* que es la apuesta en UTG al doble mínimo del *Big Blind* y el *Misisipi* la apuesta doble mínima obligada en el botón; estos tipos de apuestas se hacen con la finalidad de engordar los pozos y hacer más atractivo el juego.

Había una escalera de caracol que daba a la mezzanina donde estaba la oficina de Roberto, rodeada de cristales, que ofrecía una vista perfecta hacia la planta baja. En el sitio había cámaras por todos lados, el ambiente era frío, todos estaban atentos en las mesas, las únicas risas que se escuchaban era de tres tipos sentados en la barra esperando su *turno* de sentarse en una mesa mientras coqueteaban con la bartender y las meseras.

Chavo pasó mesa por mesa saludando a todos, yo me moví hacia la barra, donde una chica me interrumpió para ofrecerme una cerveza de cortesía. Le expliqué que venía con Chavo y que nos reuniríamos con Roberto. "Te daré un consejo, cuando estés hablando con él, nunca saques el celular ni atiendas llamadas, sino te vas a ganar un problemón que no te gustara para nada", me dijo con una sonrisa.

Chavo miró a Roberto a la distancia. No se saludan ni nada. Subimos la escalera, y detrás de la oficina de cristal, pude ver el otro salón, donde estaban los veinte cubículos. La oficina era una belleza, había un stand lleno de trofeos de póker, fotos con distintas personalidades del chavismo que más o menos identifiqué, una mesa grande para reuniones, y más allá el escritorio de Roberto con una laptop abierta. "¿Dónde coño estabas metido Chavo?" fueron las palabras de bienvenida. Chavo lo calmó diciendo que estaba resolviendo problemas personales, además agregó "aquí te tengo un regalito", señalándome.

Roberto me ignoró y siguió regañando a Chavo: "tengo desde las 2 de la tarde llamándote, hay una mesa echando humo. Llegaron dos nuevos jugando duro y salieron positivos. Tenías que estar aquí para limpiarlos y no apareciste. Me jode que cada vez que te necesito te pierdes". Era todo un drama. "¿Quién es el chamo?", dijo por fin poniéndome la mirada encima. Chavo le explicó todo, como nos conocimos, y la victoria en el torneo. Roberto parecía convencido, entró en su laptop e imprimió una hoja que finalmente me entregó.

"No sé si Chavo ya te explicó, el tema es muy sencillo, todas esas máquinas están conectadas en Pokerstar. Vas a jugar solo 0,3 – 0,6. Puedes *grindear* hasta 3 mesas si te sientes cómodo. Acá tienes el login y la clave, tu puesto es el módulo 18", me dijo antes de levantar el teléfono de la oficina, para que en 10 segundos apareciera el chico que estaba como de supervisor. "Mauricio este es Junior, lo vamos a probar en la maquina 18, tiene 180 de saldo, llévalo y explícale cualquier duda que tenga. De lo que ganes vamos 70/30, si pierdes ni se te ocurra venir nuevamente acá. Si ganas, el lunes a las cinco de la tarde pasas por caja y cobras tu ganancia ¿Alguna pregunta?". Solo supe decir: "¿cuánto tiempo tengo para jugar?" y la respuesta no se hizo esperar: "Lo que quieras, estamos abiertos 24/7. El dinero de los pescados nunca duerme".

En ese preciso momento sonó mi celular, Roberto me miró fijamente esperando que reaccionara. Dejé que el teléfono sonara, sin intenciones de contestar. Esperó que terminara de repicar y continuó diciendo: "para entrar y salir del club entregarás tu *login* y contraseña en el módulo de control para el inicio y cierre de la sesión, te servirá para hacer el corte. Ahora déjame solo con Chavo, que necesito conversar con él". Salí de la oficina con Mauricio, que era un chico de unos 25 años.

Cuando salimos empezó a explicarme todo sobre la sala donde estábamos, me indicó que había una máquina de refrescos, una de café y una nevera con sándwiches preparados. Me recomendó que no bajara a las mesas en vivo, porque a Roberto no le gustaba mezclar a los *grinders digitales* con los jugadores en vivo; el único que tenía esa libertad era Chavo porque era el mejor en las mesas *cash* y todo el mundo lo conocía.

Me preocupó ver el cambio de actitud de Chavo frente a Roberto, sin duda ese no era el mismo que había hablado conmigo una hora antes con las cervezas y la pizza; lo vi intimidado, con rabia, sin duda tenía que hablar más con Chavo para saber qué escondía sobre esa relación que parecía algo tóxica.

Al llegar a la mesa Mauricio me dijo: "Esta es la maquina dieciocho. Trata de no molestar a los otros jugadores, todo está monitoreado por las cámaras y a Roberto no le gusta que los jugadores se relacionen entre sí. ¿Cuántas mesas quieres jugar con los 180 dólares de saldo?". Pedí solo una. "Está bien, para que vayas agarrando confianza, ¿meto todo el saldo o cuánto quieres?" Pedí solo 60 para tener 100 BB.

Sentado en la máquina decido sacar unos audífonos para conectarlos a mi celular y escuchar música, mi *playlist* que estaba guardado en mi celular era de unas pocas canciones que permitía la memoria de los celulares de aquel entonces, era una mezcla de música alternativa de los 90 de USA junto con algo de los éxitos de The Doors que me recordaban mucho a cuando jugaba con mi papá. En la mesa éramos 6, el promedio de dinero era entre 25 y 40 dólares, entré teniendo más que los demás.

No jugué los primeros 3 minutos, solo observaba y analizaba, cuando ya me disponía a jugar para defender el *Big Blind* con un J♣ 10♥, llegó Chavo abrazándome por la espalda: "bienvenido hermano, *grindea* ahí chévere, ya estás en tu casa. Voy a ir con Roberto a una mesa de otro pana que tiene unos clubes por todo el país, vamos a jugar una partida alta, no sé cuánto me tome, si quieres en cuanto termines aquí o te ladilles me llamas y te doy la dirección para que te llegues o sino dale para tu casa, igual me avisas qué vas hacer estaré pendiente, si alguien aquí se pone fastidioso, dale esta tarjeta mía y sabrán que estás conmigo".

En la tarjeta estaban sus teléfonos y la dirección tanto del Club Triple As como de su casa. "La dirección de la casa es para los culitos ¿estás claro, no?". Eran las seis y cuarenta y cinco de la tarde del sábado cuando arranqué a jugar.

Luego del análisis de la mesa decidí asumir un juego *tight* agresivo, no iba a *limpear*, si iba entrar en una mano era subiendo. Iba a jugar a un correcto rango de manos por posición y teniendo muy presente el 3BET y 4BET como opción. Las mesas eran de 6 jugadores, un six max. Comencé a jugar y me conseguí que la mesa era bastante fácil, habían dos jugadores regulares que identifique por sus movimientos y tres jugadores que *limpeaban* y solo pagaban ante los OR, muriendo las manos en el *C-BET*, la mayoría de los casos sin llegar al *showdown*.

Reconozco que me envicié, el tiempo pasó como si nada y yo lo único que hacía era jugar. Estaba concentrado en la mesa frente a mí, mi música y nada más. No me detuve a pensar en nada hasta que la batería de mi celular se agotó y se apagó la música. Había comenzado con sesenta dólares y ya computaba en seis horas y media de juego doscientos setenta y cinco dólares, nada mal, pensé, pero quería más, un sentimiento de ambición se apoderó completamente de mí; sin duda este trabajo me ofrecía una nueva oportunidad en la vida.

Saqué el cargador del celular para prender nuevamente la música, busqué una Coca-Cola, un sándwich y di vuelta. Ahí estaba Mauricio concentrado en su laptop pero no había nadie más en la sala. Me asomé por la baranda hacia abajo y vi las mesas llenas de personas. Ya Martin no estaba pero si vi al señor Nelson insultando a un *dealer*, me imagino que por alguna *tragedia*, pensé que eso como que era normal en ese señor.

Regresé a mi cubículo. Revisé el celular, tenía dos llamadas perdidas de mi mamá, le escribí un mensaje: "Hola mamá estoy con el equipo de trabajo de la profesora, no te preocupes", debía seguir con la mentira que ya había dicho.

Me senté más motivado que nunca por jugar cruzándome una idea por la mente, ya con esto que había ganado podía pagar todo el año la escuela de Daniel y ayudar a mi mamá a pagar la deuda que tenía por la muerte de mi papá. Pasaron las horas y seguí jugando, era mano tras mano, hasta que a las dos y cuarto de la mañana veo que tengo cuatrocientos veintitrés dólares de saldo.

Llamé a Mauricio, que estaba dormido en su escritorio. Le pedí que me abriera tres mesas más. Le dije que me sumara los 120 dólares restantes que me quedaban que me había dado Roberto para así entrar en batalla en tres mesas 1 – 2 que había visto mientras curioseaba la existencia de otras mesas en el sistema, le pedí que me colocara 181 dólares en cada mesa 1-2 que veía activa, entraría a jugar tres mesas simultaneas.

"Te felicito vas bien pero porque no te retiras ya con eso. Creo que Roberto se va a contentar, además que él es muy jodido y solo me dio autorización para que jugaras 0,25 – 0,5", fue la respuesta de Mauricio. Le rogué hasta que lo convencí, sin duda quería más. Lo hizo con la condición de que si ganaba le ayudara con algo, luego agregó: "te armo las mesas con los saldos y me voy un rato a ver a la jeva que anda con unas amigas, regreso luego para cerrar mi guardia a las cinco de la mañana, si no llego salte de las mesas, no toques nada, pero no cierres la sesión, que yo te la cierro para hacer el cuadre".

Con tres mesas y jugando 181 dólares en cada una veo que se pone más complicada la cosa, el nivel de los jugadores es más alto y mi nivel de atención debió aumentar para estar pendiente de cada jugada, y sobre todo que ahora el *limp* no era una jugada de *fish*, sino que cuando les *rolleaba* me conseguía con un 3BET largo en el *pre-flop*; en esos niveles de póker virtual el *limp* es una jugada *tricky* que aplicaban y que no tenía en el radar. La cosa se puso más complicada pero la idea de solventar definitivamente el problema de la escuela de Daniel me llenó de inspiración para seguir jugando.

Pasaron las horas, hasta que por una ventana apareció un rayo de sol que dio hacia mi máquina. ¿Qué hora era? Al ver mi celular eran las seis y cuarto de la mañana del día domingo. Mauricio no estaba por ninguna parte, me levanté y vi que abajo solo quedaba una mesa activa y unas pocas anfitrionas. Regresé a mi módulo, el saldo de mi *stack* en las tres mesas: Mesa 1: 525, Mesa 2: 386 y Mesa 3: 633. Para un total de 1544 dólares de los cuales según el trato con Roberto me quedaba con el 30%, lo que significaba que en ese momento estaba ganando 463,2 dólares. Sí, podría llegar a pagar el año escolar si seguía así, mi mamá no volvería a preocuparse por dinero si mantenía ese ritmo.

Me entró una ambición rara al ver que en la mesa 3 se sumó un jugador con 200 dólares de una. En las otras dos mesas entran jugadores con 150, siento y creo que todos con ánimo de jugar contra mí y quitarme el saldo que ahí tenia. Por lo que decido sentarme para asumir la nueva batalla; estaba cansado pero me sobraba fuerza mental para jugar.

Decidí bajar el número de manos y jugar solo un rango más apretado, pero a las ocho y veinte de la mañana veo que mi *stack* bajó en todas las mesas a pesar de la estrategia *tight* que había asumido. En la mesa 1 tenía 375, en la mesa 2: 310 y en la mesa 3: 420, por lo que decido meter presión para volver a los saldos que tenía, pero todo comenzó a salir mal, la varianza y los jugadores me estaban *castigando* mano tras mano. A las nueve de la mañana tenía en Mesa 1: 63, Mesa 2: 70, y Mesa 3: 64. Me empezó una desesperación abismal, llegó un chico llamado Andrés, se me presentó pero ni le paré, solo estaba concentrado en volver a lo que tenía. Llegaron cinco chicos que se sentaron en las máquinas observándome con incredulidad y murmurando entre ellos. Veo el reloj, son las diez y media de la mañana, ya no tenía saldo en la mesa 1, en la mesa 2 me quedaban 10 dólares y en la mesa 3. 15 dólares. Lo estaba perdiendo todo.

Comienzan a llegar llamadas de Kathy pero en mi euforia no le atiendo. Se hace la una de la tarde y no me queda nada. Boto un refresco al piso de la rabia y me voy al baño, me lavo la cara y me miro al espejo "que estoy haciendo". Decido respirar, decido calmarme, decido entrar otra vez en razón, cuando salgo veo a los cinco chicos, todos me estaban observando.

Me acerco hasta módulo de control, donde está Jacinto, el supervisor de ese *turno*, a quien ni siquiera había notado cuando se instaló, y le digo: "Hermano lo perdí todo pero necesito que me cargues 50 dólares y me pongas en una mesa 0,3 – 0,6". Su respuesta era comprensible: "mi pana te acabaste con el saldo que te dio Roberto, botaste los 180, veo que no has descansado, que llevas aquí desde las siete de la noche de ayer. Creo que es mejor que te vayas a dormir y que no te aparezcas más por él club, a Roberto no le va a gustar para nada esto".

Tenía razón. La había cagado en serio, falle ante la prueba de Roberto pero lo que más me dolía es que le había fallado a Chavo. Recordé que tenía 54 dólares en efectivo que había guardado y acudí a ellos ante Jacinto. "Hermano, acá tengo 50 dólares en efectivos que se los puedes dar a Roberto por si fallo en esta última carga de saldo, además puedes tomar estos 4$ para ti por las molestias del tema, pero por favor ayúdame mi pana, cárgame el saldo" "Creo que debo llamar a Roberto..." respondió el joven pero en ese preciso momento golpeé la mesa fuertemente y lo miré fijamente a los ojos, Jacinto solo respondió: "está bien, espero que te recuperes".

Con el último saldo cargado me siento nuevamente a jugar pero ahora con más calma y paciencia, al ver que Kathy no paraba de llamar decidí apagar el celular para poder concentrarme más. El domingo se fue con un abrir y cerrar los ojos llegando el lunes sin darme cuenta, estaba jugando con toda mi energía y concentración, para mí solo estábamos el monitor y yo. No veía alrededor, no comía ni tomaba nada, hasta que amaneció el lunes con un *stack* relativamente bueno en la mesa.

A las ocho y treinta de la mañana del lunes me sorprendió Chavo en mi módulo. "¿qué pasó contigo?". Sin dejar de mirar la pantalla le respondí como un autómata: "estaba ganando más de 1500 dólares y lo perdí todo, pero estoy buscando recuperar al máximo". Y más o menos así era, tenía un saldo de 420 dólares que lo forme iniciando en la mesa 0,3 – 0,6 pero pasando luego a la 0,5 - 1. Chavo me miró con mucha seriedad y algo de lástima. "Ya brother, se acabó, es mi culpa por dejarte aquí solo. En tu casa deben estar volviéndose locos por saber dónde estás. Me llamó Mauricio, se sorprendió por verte nuevamente cuando regresó a su otro *turno*. Estás en positivo, Roberto se va a contentar, y estás ganando algo así como 126 dólares que no son malos al cambio en Bolívares, no puedes continuar", me decía Chavo mientras me tomaba del brazo.

Cuando me estaba levantando, vi una situación en la mesa extraordinaria. Me llegaron par de ases: A♥, A♠. Tenía horas que no veía un par ases en ninguna de las mesas. Chavo me miró y dijo: "juégala con todo". Estaba en *Big*, veo que UTG sube a 4BB, pagan todos pero el Botón *3betea* largo. El *small 4betea* y yo en *big*, con mi par de ases mando *All-in* con apoyo moral de Chavo. El UTG manda más *All-in*, *foldean* todos menos el botón y el *small* que también mandan *All-in*, se arma un pozo de casi 1700 dólares, se muestran las manos de los jugadores mostrando A♣ K♣ y K♥ K♦, el *small* muestra un par de 10♣ 10♠; y yo con mi par de ases. Todos los que estaban ahí corren a ver mi pantalla, todos se paralizan, nadie hablaba.

Se abre el *flop* 8♥ 4♦ 2♠ *rainbow*, todos estamos paralizados, cuando de pronto el *turn* abre un 10♥, a mis espaldas escuchaba el abucheo de lástima de todos. El corazón por poco se me paralizo en ese momento, solo me quedaba seguir concentrado viendo el monitor y sacando cálculos. Si bien el jugador de A♣ K♣ me estaba bloqueando un As, aún quedaba uno en ese mazo virtual. Tenía solo una carta para ganar, solo un dos por ciento. Sentí la mano de Chavo en el hombro, quien al igual que yo estaba concentrado mientras los demás daban solo muestras de pesimismo y rabia; cuando de pronto, en el *river*, se abrió el A♦.

Todos comenzaron a celebrar y a gritar, yo me desmoroné, casi me desmayo en la silla. No podía creerlo, el saldo llegó a 1785 dólares, de los cuales el 30% era mío, lo que respondía a 535,5 dólares, lo cual era mucho dinero en la Venezuela de aquel entonces. Mauricio hizo el cierre y Chavo me ayudó a salir con calma.

Estaba con un dolor de cabeza que me partía el cráneo en dos partes, todo producto de la deshidratación por la que había pasado al no ingerir nada por todas esas largas horas tras el monitor, si bien estaba contento tenía un mal sabor sobre lo vivido, todo había sido una locura, no era yo en ningún sentido. Chavo al ver mi estado me llevo a una arepera que quedaba a unas pocas cuadras del club a comer y hablar de lo que había pasado. Entonces comenzó a contarme una historia: "Ve bro, lo que pasó no está bien que suceda, sé que nadie aprende por consejo ajeno sino que hay que aprender a los coñazos, pero para poder vivir del póker hay que saber tener un límite, gracias a dios que saliste positivo pero de no haber sido así Roberto te hubiese comido vivo y también hubieses perdido una gran oportunidad".

Chavo tenía toda la razón e incluso me hizo recordar las mismas palabras que le dije a mi papá cuando hablamos de su ludopatía. Chavo continuó: "hace unos años estaba en una mesa *cash* con Roberto en el hotel Hilton de la isla de Margarita, estábamos jugando una mesa 10/20 dólares los *blinds*, para entrar hay que hacerlo con al menos unos diez mil dólares o más, la mesa la estábamos dominando Roberto, un turista que si mal no recuerdo era argentino y yo, los demás eran puros recreacionales, pescados en su máxima expresión, que al perder se iban y llegaban nuevos recreacionales, nuevos turistas".

Siguió: "El argentino estaba con su esposa que era un mujerón del más allá quien estaba sentada al lado de la mesa mientras su esposo jugaba. Ni Roberto ni yo podíamos con el Argentino, el tipo jugaba muy bien, y a pesar que le hacíamos cualquier cantidad de jugadas en conjunto para atraparlo, este no caía. Pasadas unas 6 horas de juego el argentino tenía unos 32 mil dólares de *stack* consigo, y el colmo es que se lo había sacado casi todo a Roberto. El argentino estaba feliz y contento, comenzó hablar de que estaba de luna de miel y que sin duda estaba inspirado por ello. Todos lo felicitábamos pero Roberto solo lo miraba como si fuese un robot, de manera fría, con hambre de venganza".

Se detuvo un momento para prenderse un cigarrillo y luego siguió: "Un jugador le insinúo que se levantara con el dinero ganado y que se fuera a celebrar su luna de miel a lo que el argentino dijo 'está bien, última mano'; cuando Roberto escuchó eso hermano se activó. En ese momento Roberto tendría unos 12 mil dólares de *stack* consigo. La mano inició con un OR del argentino a 4BB, a lo que Roberto 3beteo, el argentino chequeo sus cartas y solo pagó. El *flop* abrió J♠ J♣ 2♦. El argentino hizo *check* y Roberto mando bet del pozo completo, a lo que el argentino, más serio de lo normal, solo pagó".

Yo lo miraba con atención mientras seguía contando la historia: "El *turn* abrió un blancazo, una carta aparentemente inocua: 7♥. El argentino hizo *check* y Roberto hizo *bet del turn* del pozo nuevamente, en respuesta el argentino le hizo *raise* solo al doble.

Roberto lo miró por unos escasos segundos, se levantó de su silla y empujó todas sus fichas al centro diciéndole sin quitarle la mirada 'all in'. El argentino quedó loco con ese movimiento. Comenzó a ver el *Board*, y a tratar de analizar la mano en voz alta, y te digo algo hermano, sus análisis eran increíbles. Pasaba el tiempo y Roberto estaba parado sin moverse, solo seguía mirando al argentino quien continuaba analizando la mano en voz alta, hasta que dijo 'no vale la pena'; y botó al centro de la mesa un par de ases".

Yo no podía creerlo, pero Chavo continuó: "Roberto sabía lo que hacía, así que inmediatamente Roberto le mostró un simple 10♠ y 3♥. La cara del argentino cambió por completo, la mano no había sido más de unos 7 mil dólares, como mucho, aún estaba positivo el hombre, podía pararse, irse y ya, hasta ahí quedaba la noche, pero no fue así, la noche apenas comenzaba. El argentino se levantó, le dijo algo al oído a la esposa quien algo molesta se levantó y sin despedirse se fue de la sala vip donde estábamos".

Tras una breve pausa, donde note a Chavo algo reflexivo, este continuo: "en ese momento el argentino le dijo a Roberto, mirándolo fijamente 'ahora si juguemos'; Roberto había logrado llevarlo a estar en *tilt*, el argentino quería no solo recuperar lo que le había quitado sino quería quitarle absolutamente todo. A las 16 horas de juego, ya con el amanecer del día siguiente, me levanté haciéndole una seña a Roberto de que me iba, que no podía más, pero él ni me paró. Me paré en positivo como con unos seis mil dólares, pero eso no es lo importante, lo que debes saber es que en esas 10 horas que habían pasado Roberto ya le había quitado los 24 mil dólares que tenía el argentino más otros 16 mil".

Era una historia increíble, pero Chavo me hizo gestos de que aún no terminaba. Siguió: "Fede estaba en la puerta de la sala, le dije que me iba, que me avisara cualquier cosa, mientras iba a descansar, estaba reventado. Me acuerdo que me acosté a las 8 de la mañana de ese día. Me levanté a las 2 de la tarde, me fui a la playa con una amiguita, luego regresé al apartamento donde nos estábamos quedando, descansé un rato más hasta que me activé para ir al casino, serían como a las 11 de la noche. Había llamado a Roberto varias veces pero no me atendió, supuse que estaba descansando en el hotel donde se quedaba cuando iba a la isla".

Lo miré con expectación, el siguió: "fui al casino y cuando llegué a la sala vip, veo en la puerta a Fede, pero para mi sorpresa estaba llena de gente viendo solo a Roberto y al argentino jugando. Roberto tenía consigo como 80 mil dólares en su *stack*, mientras que al argentino le calculé que tendría unos 5 mil, no más de ahí. Para rematar, veo que no estaban jugando Texas, estaban jugando Omaha. Me quedé observando un rato la mesa y Roberto estaba fresco, sin una gota de cansancio, mientras que el argentino parecía un zombi. Había pasado una hora desde que llegué y Roberto le sacó unos 10 mil dólares más. El argentino estaba perdiendo ahí por lo menos unos cien mil dólares, pero cada vez que perdía recompraba".

Era un asunto terrorífico, pero Chavo aún tenía más que decirme: "Le pregunté a Fede que de dónde sacaba la plata, el cubano me dijo que había negociado con el casino una línea de crédito y que lo estaban banqueando. Para que eso suceda debió demostrar en algún momento que tenía una cuenta con unos cuantos ceros. Pero no era un asunto de plata; el peo se formó como a las 2 de la mañana, porqué llegó la argentina con una maleta y se la tiró al lado, abriéndose y saltando la ropa por todos lados. Le dijo que cómo le hacía eso en su luna de miel y otro montón de insultos, todos explotamos en carcajadas. El argentino se paró corriendo tras ella, yo no me quise perder el show y los seguí".

Yo seguía sin pronunciar ninguna palabra, y Chavo afinó la voz para continuar: "Esa mujer cogió un taxi y se fue, él trató de correr tras ella pero se quedó ahí congelado en medio de la *calle*. La mirada de ese hombre es algo que nunca podré borrar de mi mente, era de vergüenza, de cuando haces la idiotez más grande de tu vida y no puedes hacer nada más que tragártela con la esperanza que desaparezca algún día, justo en ese momento aprendí que cuando estás ganando debes pararte e irte, que el secreto de un buen jugador de *cash* es saber cuándo levantarse de la mesa".

Se tomó media cerveza de un trago y dijo: "me juré que jamás tendría esa mirada, me dio terror imaginarme en una situación así y quiero que también le tengas respeto a ello Junior. Luego me enteré que el argentino no tenía el dinero para pagarle a la mesa, que todo había sido un engaño raro, podrás imaginarte con Fede ahí que pudo pasar después. Al final el dueño de la mesa le respondió a Roberto, pero el hombre del *bluf* era él y sentir que alguien más pudo haberlo engañado hizo que quisiera darle una lección. Siempre que andan tomados, Roberto y Fede recuerdan el desenlace, que dejaron al argentino sin nada, desnudo en la isla de Cubagua, una islita pequeña y casi desértica donde no vive nadie que queda ahí cerquita de Margarita, lo dejaron tirado sin nada en plena madrugada. Aquí la cosa Junior es control, disciplina e inteligencia emocional, esto que te pasó, no te puede volver a suceder, no seas nunca, no seas jamás el argentino".

DIECIOCHO.- EL LADO BUENO

Los torneos son el escenario perfecto para que los jugadores de póker demuestren sus habilidades. En un torneo la experiencia del juego mental se potencia: todos los recursos del póker deben ser aplicados en diferentes momentos para obtener el resultado deseado. La diferencia entre el torneo y la *cash*, en si es muy sencilla: en el torneo se paga una cantidad predeterminada de dinero para obtener la misma cantidad de fichas que el resto, en cambio, en el *cash,* cada jugador puede ir sumando dinero a su juego según lo vaya perdiendo o necesitando. En el torneo, una vez pierdes todas tus fichas, quedas fuera. Además, y quizá lo más importante, quien gana un torneo gana una reputación, consigue un logro importante además del dinero.

Es habitual jugar torneos en línea, pero antes que la internet cambiara para siempre el juego de póker, hubo un tiempo donde eran los casinos los únicos escenarios donde se celebraban grandes torneos. Actualmente es muy común conseguir torneos de póker diarios en cada gran casino al que asistes, donde pueden inscribirse por pequeñas sumas de dinero, gran cantidad de jugadores. Fueron los torneos los primeros juegos de póker que empezaron a trasmitirse por televisión, que sin duda aumentaron la popularidad del Texas Hold'em en el mundo. Las mesas finales de grandes torneos son memorables y alguien en esta historia que estoy contando, ha tenido la oportunidad de estar allí, en medio de esos grandes salones, viviendo de cerca la aventura de ser un jugador profesional de póker.

Jesús Gómez, es un ejemplo a seguir en el mundo del póker. El póker venezolano se vio afectado por la prohibición y con ello la clandestinidad en esos años, cayendo en manos de hombres como Roberto y Vito Panzuto que inyectaban al juego violencia, miedo, intimidación y *bluf*. Pero muy a pesar de esa mafia que la clandestinidad había generado junto con la corrupción que el chavismo inyectó en las venas del país, seguía existiendo una gran comunidad de jugadores honestos, que han llevado con honor el mazo de cartas en el alma.

Los Gómez eran una familia venezolana de clase media, que durante los años setenta y ochenta dieron el salto en positivo que la democracia le ofrecía a quienes con tesón, trabajo duro y ganas de hacer las cosas bien, se quedaron en el país para verlo crecer. Cuatro hermanos, hijos de un contador que trabajaba con honestidad en una firma venezolana, creciendo rodeado de amor y las pocas comodidades que ofrecía un trabajo bien remunerado.

Vivían en la urbanización La California, en una casa comprada sin ostentación gracias a políticas crediticias. La ascendencia de su familia era andina, de los Gómez que llegaron en los años 50 después del derrocamiento de Rómulo Gallegos, y que se instalaron en un país pujante, con libertades políticas.

El Padre, Rafael Gómez, se graduó de contador en la Universidad Central, y siempre tuvo el espíritu de construir una familia unida como la de sus ancestros andinos. ¿Cómo llegó el póker a su familia? Fue en los años setenta, cuando la firma de contadores en la que trabajaban había empezado a llevar las cuentas de una empresa británica de servicios médicos. Su contacto en la empresa, era un joven inglés que le enseñó a jugar al póker.

Rafael Gómez vio crecer a sus hijos, cuatro varones, nacidos entre 1975 y 1980. Rafael Segundo, Andrés, Juan y Jesús, de mayor a menor. El señor Rafael, les enseñó a todos sus hijos el juego, sus ventajas en la deducción, en la construcción de un carácter firme para la vida y en cómo la inteligencia y la honestidad con las cartas bien jugadas, podían construir una realidad diferente en cada mano

Se formó una familia unida entorno al póker como actividad lúdica, así, muy pronto, cuando los muchachos crecieron, fueron propagando el póker entre sus amigos, y cada sábado, la casa de La California se convertía en un escenario familiar de debate y enseñanza en la práctica del póker.

Jesús Gómez, a pesar de ser el menor, fue quien mejor se adaptó al póker, y quien más horas de estudio le dedicó al rey de los juegos de cartas. A finales de los noventa era famoso por su talento para jugar, y en La California y sus alrededores, muy pronto lo buscaban los interesados para que les enseñara lo básico, intermedio y hasta lo avanzado del póker.

Jesús estudió ingeniería mecánica en la Universidad Central, y allí, en el centro de estudiantes, organizó torneos de póker para los miembros de su facultad, que muy pronto se constituyeron en una liga universitaria, viendo pasar por la mesa de juego a estudiantes de todas las carreras, desde matemáticas, pasando por informática, educación, y hasta filosofía. Los torneos tenían un *Buy-In* muy bajo, de apenas 100 bolívares, jugaban 9 personas, y el ganador se lo llevaba todo. Eran torneos que ahora son conocidos como "Sit&Go", y cuya duración no rebasaba la hora y media de juego.

Así fue como Jesús se convirtió pronto en un jugador fogueado en torneos, a la luz del sol, sin apuestas enfermizas, ni deudas, ni la ambición de grandes sumas de dinero. Lo que movía a esos jóvenes era la emoción de jugar en colectivo, la maravilla de poder conectar manos increíbles y el descubrir cómo con inteligencia podías acumular suficientes fichas para ser el ganador de ese día. Entre la geometría de las clases de ingeniería, los torneos en el Centro de Estudiantes y los sábados de póker en familia, Jesús Gómez se convirtió en el mejor jugador que hubieran visto los caraqueños en el póker.

Se casó muy joven, con Patty Thomson, la nieta de un agregado diplomático inglés que se había enamorado de Caracas y había echado raíces. No eran millonarios, ni nada por el estilo, pero vivían con decencia. Se habían enamorado perdidamente a los 18 años, cuando el hermano mayor de Patty buscaba los consejos de Jesús sobre el póker, y éste tuvo la oportunidad de visitar varias veces su casa. Patty estudiaba idiomas en la Universidad Central, hablaba francés, italiano, algo de ruso, y por supuesto, inglés. Jesús se graduó en el 2003, y ya en 2004, estaba contrayendo nupcias con Patty.

Al inicio conseguir trabajo en su profesión fue complejo, ante la necesidad y la imposibilidad de conseguir algo formal decidió pedir prestados 50 dólares a un excompañero de clases que se había mudado a Chile. En Venezuela era difícil adquirir dólares por el Control de Cambio, y por ello acudió a su amigo para ese pequeño préstamo que Jesús necesitaba para poner en marcha su plan de conseguir ingresos a través de lo mejor que sabía hacer, jugar póker. Comenzó a jugar en plataformas como Pokerstar y Party Poker, usando solo esos 50 dólares.

Era una locura a primera vista, ya que en su casa a pesar de estar en una buena zona de Caracas, no tenía un servicio de internet estable, y debía ir a un cibercafé para poder jugar sin falla alguna en sus sesiones. Jugaba cada vez que se veía desocupado, después de entregar currículos y asistir a entrevistas laborales, se internaba en esas salas de internet durante tres o cuatro horas al día, dedicándole al póker todo el tiempo, sin distraerse con otras cosas.

Él sabía que solo si era constante podía hacer la diferencia; y su constancia dio resultados, ya que en un mes había duplicado el dinero que le habían prestado y pudo devolverlo en su totalidad más un regalo adicional. Cualquier cantidad de dólares que obtuviera como ganancia era una pequeña fortuna, ya que el control de cambio hacía ver las diferencias cambiaras como grandes abismos; porque los dólares preferenciales mantuvieron la economía de Venezuela en una burbuja momentánea.

A los tres meses pudo financiar, de su *Bankroll*, lo suficiente para contratar un servicio de internet más costoso y estable en su casa y dedicar más tiempo al juego, sobre todo en las noches, jugando torneos Sit&Go de inscripciones bajas, pero en las cuales pudo afilar su experiencia y poner en práctica sus estudios del póker; algunas veces jugaba mesas *cash* evaluando las mejores horas para hacerlo.

Para su sorpresa su pequeño *Bankroll* en seis meses se convirtió en 4.000 dólares; él lo achacaba a que en esos tiempos en el póker *online* abundaban los jugadores recreacionales, mientras que él se preparaba a diario para enfrentarlos con estudios, lecturas, práctica y mucho sacrificio. A la mayoría lograba ganarles cuando conseguía ponerlos en los escenarios que había estudiado. Así fue creciendo su experiencia, y en menos de dos años la vida lo pondría en una disyuntiva.

Él sabía que el control de cambio agresivo que había instaurado Hugo Chávez muy pronto asfixiaría a la economía venezolana; también los servicios de internet para hogares cada vez estaban empeorando más, y le hacía perder manos donde tenía todas las oportunidades de ganar, a pesar de haber contratado lo mejor del servicio de internet existente para la época. Perder torneos donde había invertido y estaba en muy buena posición para triunfar era sumamente frustrante; amenazando la posibilidad de convertirse el juego en un estilo de vida rentable.

Patty había conseguido trabajo como traductora en un complejo comercial en Los Ángeles, en Estados Unidos, y Jesús, había decidido migrar con ella. A sus 24 años habían fijado allá su residencia. El aire del Pacifico le sentaba de maravilla, y en los primeros meses, mientras Jesús aprendía el idioma sin tener un trabajo fijo, se dedicó de manera más intensa al juego en línea. Su vida había dado un giro de 180 grados, un nuevo país, un idioma diferente y ocho horas diarias de póker virtual pero esta vez con una excelente y poderosa conexión a internet.

Era una afición de la cual sentirse orgulloso porque se convirtió en un generador importante de ingresos para ellos, Patty lo apoyaba, estuvo a su lado desde sus años universitarios en cada torneo importante al que asistió y también cuando asumió el póker virtual para producir dinero en Venezuela. Un día decidió conversar con ella sobre la posibilidad de dedicarse al póker estando en Estados Unidos pero de manera más formal y profesional, organizar su agenda como jugador, porque en ese país se valoraba la destreza mental en el juego como una profesión.

En el 2009 cuando decidió dedicarse profesionalmente al póker. Patty estaba esperando a su primer bebé. El miedo se apoderó de Jesús, ¿era el camino correcto? ¿O debía conseguir un trabajo normal como padre responsable? Pero Patty siguió apoyándolo diciéndole siempre que hiciera las cosas por pasión y entrega, que con ello el dinero llegaría tal y como había llegado en los últimos años, siguiendo su camino como jugador profesional.

Otro dato interesante es que Jesús analizó que con un trabajo fijo, tendría asegurado el equilibro familiar y una jubilación honrosa después de los sesenta años; pero su balance de ganancias en el póker, ya le ofrecían la oportunidad de acercar ese retiro más de 20 años, de mejorar económicamente, disponer de mayores recursos y participar en nuevos escenarios que potenciarían su juego y sus ganancias.

Se propuso crear un método de trabajo eficaz: participar en todos los torneos clasificatorios que fueran *freeroll*, es decir, aquellos cuya entrada no tuviera un costo. Regularmente en los grandes casinos se hacían de estos eventos para ganar popularidad. Cientos, y hasta miles de personas se inscribían en ellos para jugar durante horas, probando suerte. Los mejores, entrarían en torneos con altos montos de dinero a repartir y de importancia data. Del mismo modo, se limitó a participar en un torneo *highroller* cada seis meses; estos son torneos de *Buy-In* alto, por consiguiente tienen premiaciones muy altas. Su sueño era entrar algún día entre los finalistas de la Serie Mundial de Póker.

A medida que se fue perfilando como un gran jugador de torneos, también desarrolló un proyecto de enseñanza de póker para la comunidad latina de

Estados Unidos y posteriormente para diferentes países de América Latina. Así, entre el 2010 y el 2011 fue invitado por diferentes clubes de póker en Argentina, Colombia y México a contar sus experiencias en los torneos de póker de Estados Unidos donde había ya acumulado grandes logros, llegando incluso a un puesto del tan ansiado brazalete de la WSOP en uno de sus importantes eventos.

Explicaba su método para la construcción de *Bankroll* que resistiera los altibajos de la varianza; sus estrategias a la hora de jugar torneos *turbo*, que son aquellos en los cuales las ciegas aumentan más rápido; o cómo comportarse en torneos *Deep Stack*, que son aquellos donde los competidores inician con una gran cantidad de fichas, y de esta manera, puede extenderse por mucho más tiempos, convirtiéndose además en eventos de resistencia mental y física.

Cuando piensas que existen personas como Jesús Gómez y su familia, entiendes porque el póker debía ser rescatado de las manos sucias que lo controlaban en Venezuela y regresarlo a donde lo merece. Sin duda Jesús era un gran exponente de nuestro deporte mental quien siempre logró representarnos correctamente en las distintas latitudes en donde estuvo, el lado bueno de las cosas.

DIECINUEVE.- RUPTURA

Luego que Chavo me hiciera entrar en razón con la historia del argentino yo le expliqué mi motivación: quería pagar el colegio de mi hermano y aliviar a mi mamá de un montón de deudas que tenía desde hacía más de un año. Me escuchó para luego responder: "y lo lograrás hermano pero todo a su debido tiempo".

Me dejó en mi casa a las 11 de la mañana del lunes, con la promesa de acompañarme a cobrar el dinero esa tarde. Al llegar a mi casa me esperaba un problema, estaba Kathy molesta, y con mucha razón, exigiendo respuestas. Le dije que estaba donde unos amigos de la universidad. Yo estaba sumamente cansado para darle explicaciones, además apenas empezamos hablar ella se salió de control levantando la voz. "Kathy, solo te puedo decir que fue un fin de semana que al final valió la pena. Hoy en la noche te daré un sobre lleno de dinero para que me dejes tranquilo, como hacía mi viejo contigo". No sé porque le dije eso, fue como un reflejo involuntario del alma que no podía contenerse por el cansancio de la mente, además quería hacerla sentir mal de alguna manera.

Ella mi inquirió: "¿de qué estás hablando, Junior? ¿Drogas? ¿Apuestas?"; entonces exploté: "No Kathy, nada de eso. Me cansé de la mentira y las estupideces. ¡POKER KATHY, POKER! Soy jugador de póker y muy bueno por cierto. Este fin de semana gané más de 1000 dólares, lo que tú jamás harás en 3 días, sino a lo sumo en un año".

Recibí una cachetada que me agarró imprevisto, más que el dolor físico, fue como una puñalada en el alma, Kathy nunca en su vida, ni de niño me había golpeado. Luego se desprendió a llorar diciendo: "Mi lucha por ustedes, siempre he sido honrada, jamás he descuidado mis responsabilidades. Todo esto es culpa de tu padre por haberte enseñado ese juego y meterte su ludopatía asquerosa que al final..."Entonces la interrumpí: "...que al final lo llevó a la muerte por tu culpa, todo lo que sucedió fue tu culpa. El viejo quería ayuda y yo se la iba a dar, pero esa maldita noche llegaste como siempre, con tu amargura, tu mal carácter y lo llevaste al extremo, obligándolo a traer dinero; y la única manera en que podía hacerlo era jugando, apostando, fíjate que al final lo hizo, el sobre lleno de dinero que venía a traer para que lo dejarás en paz, le compró la muerte, lo mataron por tu culpa".

Ella siguió atacando a mi padre muerto y maldiciendo al póker. Yo no aguanté el dolor de verla encerrada en su fracción de la verdad, sin escuchar lo que yo le intentaba explicar, así que le grité: "Deja de nombrar a mi papá y compararme con él, yo no soy ludópata, solo juego póker ¿sabes qué es el póker? No lo sabes, porque no te dejas hablar; busca, investiga, y verás que no es ludopatía, es un juego mental, un juego de estrategia, de estadística, es un deporte mental como el ajedrez pero con la plusvalía del dinero, si DI-NE-RO, que al parecer nos hace ser mejores personas para otras, nos hace ser dignos de que nos reciban con los brazos y las puertas abiertas. El DINERO que dicen no compra la felicidad pero al final créeme que si lo hace. Siempre he bajado la cabeza ante ti pero ya basta, ya soy mayor de edad, tengo la capacidad de poder elegir mi camino y es éste el que deseo tomar. Apóyame, no hagas lo mismo que hiciste con el viejo".

Era inútil, ella no quería escucharme, su única respuesta fue: "en mi casa se respetan mis normas y si no te gustan ahí está la puerta, pero solo quiero que sepas que como tu madre deseo solo lo mejor para ti. No quiero que juegues póker". Sus palabras me golpearon fuertemente, mi ira e impulsividad me hicieron ir a mi cuarto a recoger mis cosas; ya cuando estaba por salir vi a Daniel, con sus ojos de niño inocente, que no entiende nada; lo abracé, le di un beso en la frente y le dije: "nunca te faltara nada y siempre estaré para ti, para cuidarte y defenderte, te quiero". Cuando llegué a la sala para salir del apartamento me conseguí a Kathy parada frente a la puerta: "Junior, recapacita soy tu madre".

"Y yo soy tu hijo, Kathy, pero no confías en mí, me ves como mirabas al viejo y me juzgas de igual manera, sin buscar un espacio para entender y ver que no somos iguales. Tienes muchos errores que no quieres ver y antes de terminar como mi papá prefiero seguir mi camino, solo te pido un gran favor, paga esta tarde la prima e incluso abona algo más para la tranquilidad de Danielito en su colegio, y trata de también abonar algo a las deudas que sé que tienes", fueron mis palabras demoledoras, que sirvieron para apartarla del umbral, bañada en lágrimas. Antes de cerrar la puerta me invadió un deseo de volver y abrazarla, de consolarla, pero más pudo mi ego, mi orgullo y seguí mi camino también bañado en lágrimas.

Al salir tomé un taxi, estaba bastante afectado por la discusión con Kathy, no sabía a donde ir, pensé en ir al club y hacer tiempo hasta que fuesen las 5 pm pero recordé que tenía la tarjeta de Chavo y ahí estaba la dirección de su casa. Él vivía en un anexo alquilado en Alto Prado, una zona de clase alta de la ciudad. El anexo tenía una entrada propia. Toqué la puerta varias veces hasta que abrió una rubia hermosa que solo la cubría unas sábanas. La chica debía tener unos 20 años, algo dormida, me preguntó quién era. Le respondí contra pregunta "¿Está José?".

Está dormido, pero pasa. Al entrar veo que el anexo era una casita tipo estudio, bien armada, con un sofá cama, una pantalla de plasma de 50 pulgadas, cocina que daba directo a la sala, un pequeño pasillo que daba hacia el único cuarto. Había otra puerta que era el baño. Todo el lugar apestaba a marihuana, y había colillas de los cigarrillos de "monte" regados en la mesa principal de la sala.

Salió Chavo en shores, sin camisa, con ese peculiar buen ánimo de siempre: "Hermano mío, ¿qué hora es?". "Son las doce del mediodía o más, de pana disculpa que te molesté y más que te interrumpa", dije mirando a la rubia. "Está linda ¿no? Es la hija del dueño de la casa, que cuando los viejos se van de viaje se viene para acá para coger y fumar *heavy metal*", dijo en voz baja mientras armaba un *join* para despertarse.

Le conté que me fui de la casa y le pedí ayuda para conseguir un lugar donde quedarme mientras me organizaba. Le dije que necesitaba ir donde Roberto a buscar mi dinero. Chavo me miró mientras le daba los primeros jalones al tabaco de marihuana que se había armado, inhaló, exhaló y se acercó a mí. "Hermano, con Roberto siempre todo es con calma y a su ritmo, el tipo estará allá a las cinco de la tarde, tranquilo con eso. Allá lo abordamos. Sobre tu mamá te voy a dar mi más sincero consejo: busca tu independencia, ya eres mayor de edad; y luego la apoyas con todo", decía todo esto en medio de una nube de humo.

Me estaba dando un consejo de hermano mayor, de pana; lo miré con seriedad y agradecimiento, pero él desprendió una carcajada interminable. Su ataque de risa me dejó en shock pero al final también me contagió la risa, entonces salió la rubia sorprendida: "tan temprano y ya en la fumadera. Me voy que tengo clases, vengo en la noche Chavo". Se agacha a darle un beso, se despide de mí con la mano y se va mostrando unos glúteos perfectos que poco se escondían detrás de un mini short blanco que tenía puesto.

Chavo, me mira se levanta y me dice: "me voy a echar un baño, si no has comido hay una pizza de ayer en la nevera, no hay nada mejor que la pizza fría de nevera, estás en tu casa brother". Me recosté al mueble, y sin darme cuenta me quedé dormido por el cansancio acumulado. Lo siguiente que recuerdo es la voz de Chavo diciendo: "actívate Junior, nos vamos, son las cuatro y media y con Roberto hay que ser puntal". Me levanté sin saber cuánto había dormido, pero estaba descansado.

Llegamos al club donde todo estaba activo, las mesas en vivo llenas, la barra full y Chavo se había puesto a saludar a los jugadores. Me encontraba otra vez en ese sitio, al cual jamás sospeché llegar. De verdad la vida me había brindado una oportunidad, me había sorprendido con todo lo que siempre le pedí, aún me sentía mal por la discusión con mi vieja pero toda esta experiencia hacia que se diluyera ese sentir, remplazándolo por adrenalina. El lunes de la semana pasada no tenía dinero en el bolsillo, ahora estaba a punto de cobrar mi primer pago en un club de póker.

Chavo tardó un rato saludando, al subir las escaleras Roberto nos hizo esperar en la entrada unos minutos, mientras pagaba a otros dos chicos, pero había una fuerte discusión con uno de ellos. Reconocí a Jacinto, el que me cargó el saldo. Se veía que estaba bastante airado, pero no se escuchaba casi nada por lo bien *blind*ada que estaba la oficina en contra de sonidos. Al salir Jacinto me mira con cara de malas noticias, entendí que era por mi culpa.

Pasamos, Roberto tomó asiento y nos hizo un amague para que nos sentáramos, nos miró fijamente a ambos: "Junior, felicitaciones hijo 1780 dólares menos 180 de saldo son 1600 dólares, pero me desobedeciste. Era una o tres mesas 0,3 – 0,6. No te quería en mesas más altas, e incluso perdiste todo el saldo que te di y luego sobornaste a Jacinto", entonces golpeó la mesa, me miró y me dijo: "este es mi club y aquí se hace lo que yo diga". No sabía qué hacer ni que responder. "Si este proyecto, este club, el Triple As funciona, es porque se hace lo que yo digo que se haga, porque solo yo sé lo que hay que hacer y cómo". Espeté apenas: "Oye Roberto, en verdad disculpa, si quieres no vengo más". Cambió su tono: "no estoy diciendo eso, pendejo yo si dejo ir a un carajito que en dos noches hace 1.600 dólares de utilidad. Habíamos acordado el 30%, por la desobediencia será el 15% solo por esta vez".

Chavo, interrumpió: "oye Roberto, disculpa pana pero ¿por qué? No le puedes hacer eso solo por haber cambiado de mesa y buscar recuperar para quedar bien contigo". Tomó una actitud moralista y dijo: "¿Y cómo se aprende? Jacinto ya aceptó su penalidad, quién es este carajito para no aceptarla". Chavo replico: "sabes que no está bien viejo, al final los resultados fueron positivos". Yo estaba en shock, la verdad es que Roberto me intimidaba pero al escuchar a Chavo defenderme decidí interrumpir. "No hay problema, tienes razón, fallé a tu indicación, fue una locura todo. Jacinto no tuvo la culpa, le metí presión y al final ya sabemos los resultados".

Roberto estaba complacido de haber ganado esa: "Bien hasta aquí llega el tema. Hablemos del pago. En el *Triple As* le pagamos a nuestros jugadores en Bolívares al tipo de cambio que establezca *Dólar Today* menos el 20%, porque esa página es oligarca, pero al final es la única referencia que tenemos. ¿Estamos claros?" Chavo no estaba conforme, entonces Roberto volvió a levantar la voz: "Aquí las cosas son así y si no les gusta, ahí está la puerta".

Provocaba pararse y salir de ahí, pero era una excelente fuente de ingresos por lo que mantuve la calma, pero sin duda algo estaba pasando por la cabeza de Chavo, porque si bien el problema era conmigo ambos quedaron viéndose intensamente por unos 10 segundos. Luego Roberto me pidió los datos bancarios, le dije que no tenía cuenta, a lo que respondió que me pagaría en efectivo por esa vez.

Le pasé algo de dinero a Mauricio y a Jacinto al salir de la oficina de Roberto, todo por los favores recibidos y el regaño que les dieron por mi culpa. Salimos del *Triple As*, sin despedirnos de nadie, Chavo estaba serio y *callado*, algo poco común en él. Ya en la camioneta arrancamos a toda velocidad sin rumbo fijo, no quise interrumpirlo en el camino, ya que no hablaba y estaba con el ceño fruncido, tenso, algo poco normal en él, nunca lo había visto así. Después de unos cinco minutos de silencio en la camioneta decidí insistirle, entonces dijo: "todo bien Junior, todo bien. El peo es que ya no aguanto a ese tipo, el recorte que te lanzó no me gustó, es un vivo de mierda. Vamos a tomarnos una cerveza para pasar la arrechera".

La vida a partir de ese día cambaría radicalmente, el póker se convertiría en mi profesión en el generador de mis ingresos y me daría esperanzas para salir de abajo, para conseguir grandes cosas, muy a pesar que estaba herido por la discusión con mi mamá, sabía que en las 52 cartas de la baraja estaba signado mi destino y el de ella de alguna manera.

VEINTE.- MENTAL GAME

Cuando observo por el retrovisor de mi vida, entiendo que hubo un momento en los que perdí mi *mental game*, me dejé nublar por las emociones y torcí mi estrategia. El destino se lució conmigo, dejándome ver lo que estaba escrito: que el póker sería un gran protagonista de mi existencia, desde el mismo momento en que lo conocí. Pero muy a pesar de nuestro destino, siempre son nuestras decisiones las que hacen que el camino para alcanzarlo sea más o menos doloroso, por eso nuestra mentalidad y actitud es fundamental para desarrollarnos como jugadores en la vida y en el póker.

En mí existen dos energías en pugna: una buscando libertad, despegando de mi pasado, concentrado en el póker y en las oportunidad que me estaba brindado la hermandad con Chavo; y la otra, anclada en el dolor de haber sido parte del destino aciago de mi padre, de sentirme diferente y extraviado en un mundo donde hacía falta el dinero para casi todo, un mundo que veía a la gente que se ganaba la vida como yo igual que a un condenado. Lo cierto es que esas dos energías me servían para conseguir mi propósito: ser un nuevo Diego, un nuevo Junior, con un *mental game* claro e inalterable que ayudara a conquistar mis objetivos.

Lo primero que hice fue conseguir en alquiler otro anexo, que no fue muy difícil. Chavo me ayudó a buscarlo allí en la urbanización Alto Prado, a unas cuadras del suyo. Muy pronto construí la rutina, me paraba a la ocho de la mañana para la higiene básica, luego, me ponía ropa deportiva y salía a trotar, para encontrarme con Chavo en el parque de la urbanización. Hacíamos barras, abdominales, y lo que hubiese, a veces Chavo se inventaba rutinas de ejercicios muy locas, pero que finalmente cumplían con el objetivo de estar una hora haciendo actividad física. Para un jugador de póker esto es sumamente importante porque nuestra actividad es netamente sedentaria, ya sea en medio de una sesión en vivo u online. Al principio y sobre todo cuando eres joven no afecta pero cuando ya juegas más de diez mil horas de sesión alguna dolencia aparece, la espalda, la cervical, la vista etc., por ello el ejercitarnos y alimentarnos bien era parte de nuestra rutina lo cual nos permitía estar fuertes y activos ante el reto del juego pero también ante las chicas.

A las diez de la mañana estábamos desayunado, bien en mi casa o donde Chavo, y de inmediato empezábamos a repasar nuestros libros de póker, a estudiar las tablas según rango, posición y EV, siglas en inglés de *expected value*, o *valor esperado*. Ahora sé que ese era el momento más importante del día: convertirnos en expertos determinando nuestras manos y la de nuestros adversarios. Estas tres alternativas nos permitieron hacer nuestros movimientos en el juego de manera más certera y con ello obtener más y mejores resultados.

En el juego hay que golpear primero como en la vida, pero sobretodo hay que saber cómo y cuándo hacerlo. Estudiábamos todo tipo de materiales, no solo la estadística, también nos adentrábamos en el perfil de los jugadores que hacían *limp* y los diferentes tipos de reacciones psicológicas que producían nuestras jugadas en jugadores más débiles para identificar los *tells*.

Nos pulimos en el uso del 3BET y 4BET como movimientos ofensivos, y sobre todo en la que se convirtió en mi especialidad, *rollear* para así poder atacar a los *limpers* que en la opinión de Chavo y en la mía, era el primer gesto de debilidad para identificar a los *fish o recreacionales* de la mesa. Una vez leí que si estabas en una mesa de póker y pasaban 30 minutos y no identificas al pez o a los peces de la mesa pues cuidado, el pez puede que seas tú y Chavo y yo estábamos claros que jamás queríamos formar parte de ninguna pecera. Esto nos permitió diseñar un juego más agresivo pero al mismo tiempo bastante científico y ordenado.

Nos divertíamos diseñando nuestras propias tablas para la conducta en mesas *cash* o de torneo, de esta manera, solo nosotros conoceríamos las claves de nuestro juego. Esas tablas personalizadas eran nuestro idioma particular del póker. En el *Triple As* se me dio la oportunidad junto con Chavo de jugar *cash* tanto en digital como en las mesas en vivo, pero yo seguí desarrollando mi juego para torneos, y por lo menos una vez a la semana, conseguía juegos de torneos en diferentes zonas de Caracas, de esa manera complementaba significativamente mi fuente de ingresos; pero aun así, el billete gordo se obtenía en las mesas *cash* tanto en vivo como virtuales. En ese entonces se daban torneos importantes en la isla de Margarita y también escuchamos que se abrían unas buenas mesas *cash* pero por la misma dinámica en que nos habíamos metido nos imposibilitó ir.

Pero cuidado, no siempre ganábamos porque en él póker quien diga que siempre gana sencillamente te está mintiendo, teníamos nuestros altibajos y ahí el correcto y eficiente manejo de las finanzas era clave, el *Bankroll* era sagrado y solo se usaba para la inversión del juego y ello nos permitió siempre estar activos y vivos en el mismo. El dinero me alcanzaba para cubrir los gastos de la casa de Kathy, pagar el alquiler, comer muy bien y salir a menudo de rumba con Chavo. Luego de dedicar dos horas al estudio, nos alistábamos y salíamos para el *Triple As*, donde nos dedicábamos a *grindear* en la sala de póker online de Roberto. De lunes a viernes, desde la una de la tarde hasta las cinco, como si fuese un estricto orden burocrático, como si nos marcaran tarjeta al entrar y salir. Esa parte de mi vida se llamaba disciplina.

En seis meses vi como el negocio de la sala virtual se hacía más grande. Los puestos de las maquinas eran ocupados por jugadores casi todo el día, veía entrar y salir, en tres *turnos*, casi a cincuenta personas. Algunas veces llegábamos temprano, antes de la una, y no había puestos disponibles para jugar. También había chamos que preferían jugar las mesas después de la medianoche, hasta que amanecía, porque sentían que era la mejor hora para ganar.

Pero Chavo y yo éramos clase aparte, junto a otros cuatro jugadores, conformábamos una especie de élite, de jugadores pro, que reportábamos casi el 70% de las ganancias de la sala virtual. Para promover la competencia y el rendimiento entre los jugadores se dispuso una pizarra acrílica donde estaban los diez nombres de los mejores jugadores de cada semana. Chavo y yo siempre competíamos por el primer lugar, quien caía al segundo puesto estaba obligado a pagar la cuenta en la siguiente rumba.

Después se disputaban los demás puestos un grupo de grandes jugadores que se convirtieron no solo en hermanos de fichas sino también de vida. Entre ellos estaba un chamo de diecinueve años, hijo de inmigrantes españoles de Galicia, llamado Honorato, que cumplía todos las características del nerd prototípico; estaba pasado de peso, usaba lentes de pasta dura, y todo en su vida giraba en torno al póker; hablaba con la jerga del póker, todo lo que decía tenía un doble sentido basado en el juego; respondía a todas las preguntas con frases de póker, como por ejemplo, si un día lo veías molesto y le preguntabas que le sucedía te respondía *"en tilt hermano"* o *"ando en un bad beat"*, si le hacíamos alguna invitación que le gustara respondía *"call con eso"*, si tenía un buen día por algún motivo te decía "hoy ando en *Rush*"; y mi favorita de todas sus expresiones se daba cuando pasaba alguna señorita linda frente a nosotros decía en el acto "ahí voy *all in* con todo y sin miedo".

'Hono' era un estupendo jugador en línea, el uso de los teclados, su capacidad de respuesta y concentración con varias mesas abiertas era sorprendente, pero en el juego en vivo no tenía vida, se intimidaba fácilmente con la presencia de los adversarios y era muy fácil de leer. Honorato era el prototipo del estilo de juego *Tight pasivo*, también conocidos como *roca*, esto debido a que juegan pocas manos y las que juegan lo hacen de forma pasiva. Este tipo de jugadores como 'Hono' realizan apuestas cuando están completamente seguros de tener la mejor mano. Ese estilo tiene la desventaja que los rivales que saben un poco de póker están atentos de buscar cómo *explotarles,* pero 'Hono' igual no se dejaba, leyendo bien cuando pagar y cuando retirarse, haciendo muy difícil sacarle algo a su *stack*, por lo que casi siempre los números de Honorato eran positivos, de bajo margen, pero positivos.

Para que logres identificar a los Honoratos o a los *Tight Pasivo* debes estar atento a otras señales que los caracterizan, cuando tienen un gran proyecto y se consiguen con una apuesta que les arriesga significativamente su *stack* prefieren retirarse para evitar pérdidas y además no sufrir variaciones de su *Bankroll* que puedan lamentar.

Si juegas con un *tight pasivo* es idóneo tenerlo a tu izquierda: de ese modo podrás robarle las ciegas con toda impunidad. En el *flop* puedes ganarle el bote apostando, sobre todo si salen cartas bajas, si hace *call* y no llevas nada debes pensar en renunciar antes del *turn*. Las cartas favoritas de Honorato sin duda eran el par de Ases.

Otro gran jugador era Juan Méndez, alias Caballo; un pavito caraqueño de unos 23 años, entregado por completo al póker en línea; pero lo que ganaba en el póker lo perdía en apuestas de caballos, ruletas, dados, cualquier juego de azar; era un ludópata en toda su expresión. Eso era intimidante y lastimoso a la vez.

Me contó Chavo, que antes que cerraran los casinos, fueron a uno que quedaba en el Centro Comercial Ciudad Tamanaco, en Caracas, el famoso CCCT, luego de una jornada de diez horas limpiando las mesas de póker todos estaban reventados del cansancio y se disponían a dormir en unas habitaciones que habían alquilado en el hotel del centro comercial, cuando el Caballo dijo: "listo, nos vemos mañana muchachos, voy a jugar un rato ruleta y luego a dormir".

A la mañana siguiente, Chavo fue a la habitación de Caballo para buscarlo e ir a desayunar pero nadie respondió, preocupado bajó al restaurante a ver si se había adelantado a comer pero tampoco estaba ahí, decidió ir al casino para preguntar por él, pero para su sorpresa ahí estaba Caballo, jugando ruleta, con la misma ropa de anoche, en el mismo lugar de la mesa que había ocupado toda la noche y con una cara de loco que era imposible de describir, el Caballo no había ido a su habitación ni a cambiarse. Chavo le increpó y éste le dijo: "en un rato me acuesto, ve a dormir tú, aún es temprano". Había pasado toda la noche jugando y el loco no se había percatado del tiempo, pensaba que aún era de noche.

Su estilo de juego es *loose-agresivo*; va a muchas manos y las juega de forma agresiva. Juan, el Caballo, hacía muchos re-*raises* y muchos *bluf*. Los *loose-agresivo* pierden a largo plazo, pero son jugadores peligrosos, sobre todo aquellos que tienen bajo control la vertiente *loose* de su juego. En torneos de Hold'em sin límite, si la suerte les es propicia acumulan fichas rápidamente y se convierten en las fuerza dominante de la mesa que ocupan. Gracias a la cantidad de manos jugadas y su agresividad, tienen la ventaja que reciben un montón de acción cuando ligan buenas cartas.

Estar en *rush* para un *loose-agresivo* es sinónimo de grandes ganancias; tienen afán de protagonismo y una gran necesidad de acción. El éxito de El Caballo era que Roberto le decía a los supervisores que apenas vieran que estaba con un *stack* doblado lo pararan así fuera en contra de su voluntad, esto volvía loco a El Caballo y salía corriendo a buscar una peña hípica o lo que fuera donde le permitieran apostar y así drenar su ludopatía extrema.

Si tu contrincante es un jugador *loose-agresivo* debes rebajar los requisitos a la hora de valorar las jugadas *post-flop*, ya que muchas veces va sin nada o con combinaciones muy débiles. También puedes subir con jugadas menos buenas que de costumbre, sobre todo durante el *river*, aunque no deberías jugar faroles. Es bueno estar sentado a la izquierda de un jugador que sea muy *loose-agresivo*, para intentar "aislarlo" cuando suba en *pre-flop*. A El Caballo le encantan las cartas 5-3 en suite, sobretodo porque disfruta y siente un placer casi de sadismo derrotar con esas manos parejas *Premium* como par de ases o par de K, era un verdadero personaje.

Otro de los jugadores que siempre estaba en el ranking era Mario, a quien le decían *Complot,* porque siempre estaba conversando de alguna irregularidad en el sistema que le hacía pensar que el mundo estaba dirigido por una sociedad secreta, o que los extraterrestres existían y desde hacía años habían hecho contacto con los Estados Unidos, y por eso el imperio actuaba como tal; estaba seguro que algunos personajes de la política internacional eran grandes reptiles dotados de súper inteligencia, insistía: "Mírale los ojos, es un reptiliano".

Con el chavismo se hacía una mente confusa, yo mismo decidía ignorarlo cuando comenzaba a decir que los rusos y los chinos estaban comprando a Venezuela poco a poco, y que muy pronto acabarían con la industria petrolera y empezarían a explotar todos los minerales del macizo guayanés. Sentía también una especial paranoia ante las plataformas de póker online, estaba convencido en la existencia de "ciertos algoritmos" que no entendíamos pero que beneficiaban más a unos jugadores que otros en las plataformas online, su principal obsesión era dar con dicho "algoritmo" y por ello comenzó a estudiar ingeniería en sistemas, pero la disciplina en él solo aplicaba para el póker no para los estudios.

Complot era un excelente jugador, pero pagaba más de la cuenta, a veces parecía un *call station*. Su personalidad no le permitía dejarse robar los *blinds*, había desarrollado una paranoia donde todo el mundo que jugaba contra él le estaban haciendo *bluf*, y él no permitiría que lo engañaran, así que terminaba haciendo unos *hero call* increíbles. Su paranoia era tal que desconectaba el micrófono y tapaba la cámara de las computadoras, porque estaba seguro que desde Pokerstar lo estaban analizando, sobre todo por la búsqueda del "algoritmo". Su estilo de juego es *tricky* pero abusando un poco de los *calls*.

El jugador *tricky* hace jugadas inesperadas y varía mucho su juego; a veces apuesta con fuerza cuando tiene una jugada mediocre y a veces tiende trampas con sus mejores manos, lo que lo convierte en un oponente difícil de adivinar. La mayoría de jugadores tricky pertenecen a los *loose-agresivo* y *tight-agresivo*.

Juegan de forma engañosa lo cual es indispensable en partidas *short-handed* (con 3-5 jugadores), pero en partidas *full ring* de niveles bajos se puede ganar sin utilizar demasiadas tácticas de fingimiento. Complot era muy pagador pero un muy buen jugador, sus cartas favoritas eran el par de 10: "nunca pierden" se repetía.

Por último teníamos a una excelente jugadora, una chica llamada Carolina, quien venía de una buena familia pero por circunstancias políticas del país lo perdieron todo; estudiaba odontología en la Universidad Santa María y conoció el póker por un novio que tenía en la misma carrera; fue una cadena de sucesos, porque el novio era amigo de Chavo.

Su reclutamiento fue similar al mío, Chavo identificó en ella a una jugadora con mucho potencial y la invitó a jugar en cooperativa en una mesa *cash,* a partir de ahí se entregó al póker en cuerpo y alma; luego, cuando Roberto abrió la sala virtual fue de las primeras en sumarse.

Carolina era el amor platónico de Honorato, todos menos ella lo sabemos. Chavo y yo siempre buscábamos la oportunidad de juntarlos, de hacerles la segunda, hacer que hablaran e interactuasen, pero el galleguito era demasiado tímido, y Carolina lo tenía en la *friend* zone en cadena perpetua. Ella aún continuaba sus estudios y el póker le ayudaba a financiar su carrera, por eso jugaba en la sala virtual menos horas que ninguno de nosotros; muy talentosa con la determinación de manos y las probabilidades, su estilo de juego parecía ayudarla mucho, era *tight agresivo.*

Su juego es selectivo y apuesta con fuerza cuando lleva las de ganar. Un jugador *tight-agresivo* tiene en cuenta las *odds* del bote y las *odds* implícitas cuando va a una mano con un proyecto de jugada, hace *re-raises* para proteger sus manos frente a varios jugadores y escoge acertadamente los momentos para hacer *slowplay*, robar las ciegas y farolear.

Cuando juegues contra un *tight-agresivo* te conviene estudiar su juego y tratar de detectar patrones de apuestas; algunos nunca hacen *check-raise* en *bluf*, por ejemplo; otros, siempre o casi siempre que suben en el *turn* llevan la jugada ganadora. Cuando conoces el estilo individual de un jugador *tight-agresivo*, puedes leer su juego. Las cartas favoritas de Carolina eran J♥ 10♥.

Los demás puestos del ranking variaban semana a semana, pocos lograban mantenerse entre los ganadores. Éramos una manada de lobos ganándonos la vida en el espacio que había inventado Roberto; que de verdad era bastante hostil y a diario veíamos a través de los cristales de la oficina a ese hombre constantemente insultado a alguien, humillando a sus empleados, maltratando jugadores en las mesa en vivo; Roberto Mejía era una rata con letras mayúsculas. Sin embargo en nosotros, los jugadores y los empleados, era donde realmente existía la magia del *Triple As,* porque la amistad, el compañerismo y el respeto se mostraban en cada uno de nosotros.

A las cinco en punto, Chavo y yo salíamos del *Triple As* para asistir a nuestras clases de Estadística en la Universidad Central, que comenzaban a las seis de la tarde y terminaban siempre antes de la nueve de la noche. Fui yo quien motivó a Chavo a regresar sistemáticamente a clases, ya que él había dado por perdido cualquier intento de graduarse.

Lo convencí que crecería en el juego al mismo ritmo que lograse avanzar en su formación universitaria, era otra etapa de nuestro proceso de aprendizaje para el póker. Al salir de clases nos íbamos de vuelta al *Triple As* a jugar en las mesas *cash* en vivo, o nos dirigíamos a cualquier lugar donde hubiese un juego de póker en la ciudad, lo importante era que existiesen muchos bolsillos llenos para limpiarlos. Así fueron nuestros días de lunes a viernes durante cinco meses.

El 17 de mayo quedo en la mente de todos en el triple as como una fecha de rumba histórica. Mi cumpleaños número 20 de ese año 2011 fue sencillamente espectacular pero hubiese sido perfecto si lo hubiese podido también compartir con Kathy pero aún teníamos nuestros temas por solventar. El día inicio como siempre dentro de nuestra rutina, a las 3 pm busque a Daniel en su colegio, le deje un efectivo entre bolívares y Dólares como siempre para que se lo llevara a Kathy, le di un beso enorme. Cuando llegue al club todos me esperaban para dar inicio a una rumba que termino tres días después, contar los detalles de ese cumpleaños quedo prohibido para todos por los desastres que se hicieron, anécdotas que me acompañaran toda la vida,

El tiempo transcurría de manera fenomenal para todos, si bien teníamos nuestra rutina clara de lunes a viernes, los fines de semana la historia era diferente: rumbas, mujeres, vicios, playa y lujos: la vida que todo joven puede soñar. En todas las discotecas, *night clubes*, bares y sitios de moda conocían a Chavo por su simpatía y energía embriagadoras; y al unirme a él, muy pronto llegamos a hacernos famosos en la vida nocturna caraqueña. Semanas después de mi cumpleaños Chavo me presentó una oferta que le había hecho un pana, estaban vendiendo una camioneta "Machito" igual que la suya, pero de color blanco. Aunque yo era muy cuidadoso de las finanzas, y mantenía en alto mi *Bankroll*, decidí hacer la inversión, porque realmente el precio era una ganga gracias a la conversión de dólares a bolívares.

Chavo me enseñó a manejar, además, le invertí otro poco dinero encima al vehículo poniéndole luces y sonido de lujo. A partir de ese momento cada vez que llegábamos a una fiesta, discoteca o bar, yo en mi "machito" blanca y Chavo en la suya, negra; nos aupaban diciendo que había llegado el "yin y el yang". A mí me hizo sentido, porque en la filosofía esto se refiere a dos fuerzas o energías que están contenidas en todo, que parecieran ser opuestas pero son complementarias, una no estaría en armonía sin la otra. El yin, lo oscuro, la tierra, la penumbra, la pasividad y la absorción. El *yang* lo blanco, lucido, el cielo, la luz, la actividad, la exposición. Juntos se controlan y mantienen el equilibro, separados se dispersan y pierden su fuerza.

En nuestro caso, a pesar de yo tener la camioneta blanca, siempre sentí que mi destino era el *yin*, por la sobriedad y el silencio, por la capacidad de analizar jugadas, mi póker GTO, por la manera en que había aprendido a recibir los golpes de la vida, así como la tierra recibe los suyos, como se absorben las tragedias y nos hacen crecer. Chavo en cambio era el *yang*, con su fama de rumbero, marihuanero, agresivo en las mesas, pero al mismo tiempo representaba el des*tello* de la jugada mágica, del hallazgo, la capacidad de leer cualquier *tell* y sacar ventaja de ello en el acto. Sin duda éramos el yin-yang del póker.

Chavo era un tipo fuera de serie, y lo demostraba no solo conmigo, abría las puertas de su casa para todos sin discriminación alguna y te daba todo lo que podía dar con tal de verte crecer y ser mejor persona. Su manera especial de ser se destallaba principalmente con sus vecinos de La Pastora; iba para allá por lo menos una vez a la semana, especialmente los domingos en la noche, cuando llegaba parecía que se presentaba un actor de telenovelas o un cantante famoso de la época; todos los vecinos se enteraban de su llegada por el ruido de su machito y la música a todo volumen; se veía a la gente saliendo de sus casas para saludarlo. Chavo bajaba de la camioneta y les dedicaba un abrazo, un beso o algún gesto de cariño a todos quienes se le acercaban.

Primero se reunía con sus panas de la infancia, Leo y Carlos; les llevaba dinero, por si lo necesitaban; se prendían un "tabaquito de alegría" se tomaban unas cervezas o una botella de ron, y se ponía al día de los últimos sucesos de la zona. Leo y Carlos se habían vuelto hampones, tenían una banda de delincuentes que ponía en jaque varios sectores de la capital; pero ni siquiera eso había logrado cambiar la actitud de hermandad y camaradería profunda que sentía Chavo por ellos y ellos por Chavo.

Algunas veces salimos con ellos a la playa, era todo un espectáculo verlos sacar la cabeza por la "machito", consumir licor como si no hubiese un mañana, hacer demostraciones de la supremacía sexual que tenían con las "jevitas" acercándose a ellas con *piropos* de todo tipo, pero el resultado siempre era el mismo, el rechazo directo, generando en ellos una respuesta grosera donde drenaban su frustración, hasta con disparos al aire, para demostrar su fuerza; pero a los minutos pasaban a otro estado de ánimo, con abrazos llorosos de machos borrachos o carcajadas sin sentido, pero siempre demostrando lo felices que estaban de compartir con su hermano Chavo.

De esa amistad le quedó a Chavo el consumo de marihuana, ya que desde niños sus amigos y él vieron pasar por delante de sus ojos todo tipo de sustancias. El cannabis le dio a Chavo la oportunidad de aislarse del mundo de violencia que lo rodeaba y concentrarse más en disfrutar las cosas buenas de la vida. Chavo se había habituado a su consumo, y su estado natural de relajación y armonía con las cosas, venía en buena medida de su rito diario de encender un tabaquito de marihuana en varios momentos del día. No sé si su carácter era diferente cuando no fumaba, porque jamás lo vi más de un día sin alumbrar su rostro con los humores de la maría.

Luego llegaba a la casa de María Tersa, su mamá, para darle un beso y consentirla con todas sus fuerzas, ella lo recibía con dos empanadas de carne mechada que tanto le gustaban desde niño y una jarra de bebida achocolatada, de la marca toddy frio, todo para él solo. La relación con María Teresa era un ejemplo del corazón bondadoso de mi amigo; le daba todo y la consentía como a nadie.

Se es un maestro a partir del ejemplo, más de una vez me recomendó hacer las paces con Kathy, pero fue su manera de relacionarse con su madre la que me convenció que debía pedirle perdón a mi mamá y volver a pasar los domingos con ella y con Daniel. Antes de eso, yo pasaba por el colegio de mi hermano y le dejaba siempre platica en el bolso para que se los diera a la vieja. Cuando vi a mi mamá nuevamente, inspirado por Chavo, no hubo reclamos ni quejas, ella solo me recibió con los ojos llenos de lágrimas y un abrazo que duró toda una hermosa eternidad para ambos pero con la palabra "perdón" de mi parte que repetía sin parar durante ese increíble abrazo.

Chavo y yo éramos el yin y el yang, y nuestras diferencias se notaban sin que eso hiciese ninguna confrontación. Si bien de lunes a viernes era disciplina, relax y marihuna, en las fiestas era todo euforia y drogas, dejaba el monte a un lado para sustituirlo por pepas y éxtasis, luego alcohol a rebosar, ya de madrugada adobaba con pastillas de "M", un compuesto europeo que tenía éxtasis, pequeñas trazas de heroína y otras cosas que nadie sabía. No le vi esnifar cocaína, supongo que no era su estilo, pero jamás le pregunté por qué no. Yo, en el otro extremo, me mantenía alejado de las drogas; disfrutaba mucho de salir a rumbear, pero siempre intentaba no tomar más de dos tragos, sobre todo whisky en las rocas, que prefería ante cualquier licor; y si eran cervezas, paraba en la número 5, la bebida tampoco era lo mío.

A pesar que todo parecía estar en orden, había algo que se estaba cocinando a fuego lento: Roberto y Chavo estaban cada día más enfrentados. Entre ellos no todo era color de rosa, si desde un principio Roberto le había ofrecido un futuro mejor a Chavo, también se había vuelto un peso en su ala. Los que sabían de la homosexualidad encubierta de Roberto, pensaban que Chavo era parte de ese juego, y más de una vez tuvo que defenderse a golpes de tipos de la alta sociedad que querían propasarse. No podía decir más por respeto a Roberto, además que su jefe nunca había intentado propasarse con él, a pesar de los años que tenían conociéndose.

Habían pasado ya 6 meses de que comencé esta aventura, tenía 20 años y sentía que me estaba comiendo al mundo, que había logrado equilibrar todo en mi vida, que había logrado también llenar en parte la ausencia de mi padre, pero todo estaba a punto de cambiar por la llegada a mi vida de un ángel o de un demonio que de alguna manera logró desequilibrar mi Mental Game.

VEINTIUNO.- ELLA ERA UNA ESCALERA DE CORAZONES

La vi, no lo podía creer, la mujer de mis sueños estaba allí bailando con los ojos cerrados, poseída por la pasión del ritmo *nocturno* de Caracas, ni ella ni yo sabíamos aún que estábamos destinados a algo importante en nuestras vidas, pero esa noche el hilo rojo del destino unió por primera vez nuestros caminos.

Ella tendría 25 años cuando la vi por primera vez, era modelo, cosa que aún yo no sabía, pero fue lo primero que pensé ante su cuerpo perfecto. Uno puede dejarse llevar por su atractivo exterior, pero había algo más, un no sé qué energético: ella me arrastraba como la fuerza de la gravedad. Cuando quiero definirla digo que ella era una escalera real, literalmente, porque en su antebrazo, tenía tatuadas las cinco cartas de una escalera real de corazón.

Ella estaba bailando sola en el medio de una de las discotecas más lujosas de Caracas, con los ojos cerrados ocultando su azul perfecto ante los mortales, sin importarle el mundo, demostrando que ningún hombre había nacido para atraparla, así que debía pensar muy bien lo que haría para poder llamar su atención. Mi instinto de jugador de póker, el sentido de competitividad que estaba desarrollando a diario jugando a las cartas, me hizo pensar que antes debía determinar su rango de juego: observaría que estaba tomando, si alguien más la pretendía, qué música le gustaba más.

Chavo no había querido salir esa noche a la discoteca con nosotros, era domingo y él los dedicaba a su gente de La Pastora; en cambio yo había recibido la invitación de El Caballo, porque estaban reinaugurando un antro nocturno con una rumba épica que terminaba ese domingo. Esa semana me había ido muy bien con las mesas del club de póker y quería celebrarlo.

Cuando llegamos al sitio encontramos un lugar desmesurado, eran cuatro pisos de discoteca y cada uno tenía un ambiente musical diferente. El Caballo y yo íbamos al último piso, donde estaba la música electrónica y tocaría un DJ que era amigo suyo, al que llamaban El Dados, ya puedes imaginar porqué.

En la barra pedí un whisky, siempre fui de tragos fuertes que además me brindaran serenidad; El Caballo, que bebía solamente ron, me decía que parecía un viejo con mi escoses en las rocas; saboreaba el segundo vaso, y empezaba a sentir las vibraciones rítmicas calar dentro de mí cuando la vi, como si la pista de baile se abriera solo para mostrarme el cuerpo de ella.

Las luces se encendían y apagaban al ritmo de la música y mostraban su cuerpo esbelto, su figura perfecta y curvilínea, sus hombros desnudos, su escotado y elegante vestido, su cabello largo negro azabache, sus movimientos resueltos en medio de la pista de baile; a primera vista estaba un poco tomada, pero no se notaba en sus movimientos sino en su sonrisa, en el gesto risueño de su rostro que había dejado hacía rato las inhibiciones para entregarse a la felicidad.

Me dediqué a observarla mientras sonaba "la passion" de Gigi D'Agostino. Hace seis meses me hubiese dicho a mismo: "esa es mucha mujer para ti", pero el nuevo Junior era un jugador más explotable de la vida, me gustaba tomar riesgos, ambicionaba tener lo mejor, por eso cuando me fijé en ella no la vi imposible, sino difícil: difícil y estimulante.

Esa canción era algo especial para ella, se había entregado a la música como si su vida dependiera de ello, había entrado en el mundo de los recuerdos, en una dimensión desconocida para todos nosotros, donde reinaba la nostalgia. Al pasar del tiempo me tocaría confirmar que esa canción de Gigi D'Agostino era la banda sonora de su vida.

Cuando terminó la canción pensé en acercarme, pero no me dio tiempo, ella despertó de su trance, buscó algo en su cartera y salió a fumarse un cigarrillo al balcón. Entonces vi una oportunidad más clara, me acerque a El Caballo: "chamo dame un cigarro, rápido". "Pero qué pasa loco, si tú no fumas" fue la respuesta de mi amigo. "Necesito prender la mecha de una bomba, rápido, dame uno", finalmente salí con un Belmont en la mano.

Allí estaba ella aspirando el humo, mirando la inmensidad del Ávila, con los brazos apoyados en la baranda alta de la terraza, hipnotizada aún con el ritmo de su canción. Me acerqué cautelosamente: "¿tienes fuego?". Ante la pregunta volteo levemente para observarme "¿Fumas y no tienes fuego? Tienes suerte, porque soy de fuego" fue su respuesta acompañada de una leve sonrisa de picardía. Me dio el encendedor que tenía en su mano. Continuó mirándome durante unos segundos que parecieron eternos y donde pude detallar con mayor precisión no solo el azul brillante de sus ojos, también su tatuaje con la escalera real de corazón.

De inmediato volteó para seguir entregada a la noche desde el balcón mientras fumaba llevando el cigarrillo con su mano izquierda hasta su boca y mostrándome las cinco cartas. "¿Tienes mucha suerte?" le dije, volvió a mirarme, pero esta vez extrañada. "Por la escalera real de corazón", insistí mientras miraba su antebrazo. "No es suerte, es que esa mano solo te llega una vez en la vida y yo decidí dejarla en mí para siempre".

Intenté prender el cigarrillo, pero hice un desastre; realmente era la primera vez que fumaba en mi vida. Ella se echó a reír y me dijo que yo no sabía fumar. Me quitó el cigarrillo, lo encendió en sus labios y me lo devolvió: "ahora debes fumártelo por estar inventando. Me recuerdas a alguien". Hice lo que pude, pero empecé a toser con el humo. Volvió reírse. Había logrado mi objetivo, aunque no de la manera en que pensaba.

Le dije que yo vivía de jugar al póker y que me impresionaba mucho su tatuaje. Ella quiso eludir el tema, pero me dijo más con su silencio. Aunque era una mujer joven, su alma había pagado caro el amor, desde su adolescencia había tenido que sacrificar lo que más amaba para cumplir sus sueños; pero cuando tuvo sus sueños entre los dedos, la deuda del amor que no la dejó ser feliz.

Cuando iba comenzar a hablarle en forma, recibió una llamada que no contestó; pero el solo hecho de mirar la pantalla le puso los nervios de punta además de fruncir extrañamente el ceño, lo cual hizo que su rostro angelical cambiara drásticamente. Me dijo que tenía que irse, porque alguien más la estaba esperando. Con eso entendí que tenía novio o marido, y que mis intentos de acercarme a ella serían infructuosos, pensé en pedirle su número pero concluí que sería un movimiento errado, debía dejarla ir así, entregarle a la varianza el actuar para volver a verla.

Antes de irse le pregunté su nombre: "Claudia Castillo. Pero no me digas el tuyo, porque no quiero tener que recordarte, serás solamente un sueño sin nombre". Nunca una mujer me había tratado de esa manera, siempre tuve un ligue especial con ellas, se me hacía muy fácil hablarles y robarle sonrisas, pero ante ella era solo un niño perdido en el laberinto de su presencia.

Se fue como el conejo blanco en Alicia en el país de las maravillas, y yo me quedé con unas ganas enormes de seguirla a su mundo, donde todo se movía al ritmo de su banda sonora. Dejé a El Caballo en el sitio, porque él esperaría hasta el final de la fiesta para salir a apostar con su amigo El Dados. Antes de la medianoche estaba en mi cama pensando en ella y su escalera real de corazón.

Claudia fue una chica normal de clase media alta de la Caracas de mediados de los noventa. Sus padres eran empresarios de bajo perfil, que hacían todo lo posible porque su hija, que entraba en la adolescencia, tuviera todo lo que deseara. Desde niña fue un espécimen digno de un record Guinness por su belleza. Vivian en Bello Campo, en una casa gigantesca, de las pocas que quedaban en la zona, donde ahora se alzan edificios.

Estando en cuarto año del bachillerato sucedería algo que marcaría el ritmo de su vida. Su mejor amiga, que bien vista podría ser su mejor enemiga, le informó que se había inscrito en una academia de modelaje porque ella "sí aprovecharía su belleza". Ese "sí aprovecharía" era un reto, y contra el consejo de sus padres insistió en que la inscribieran en la misma academia. "Esa muchacha es una mala influencia, no le hagas caso", decía su papá.

Los padres, que eran personas sensibles y trabajadoras, sabían que el mundo del modelaje estaba plagado de superficialidad, por eso no querían vincular a su única hija con ese estilo de vida; eso suscitó cualquier tipo de actos de manipulación de parte de Claudia, quien desarrolló completas exposiciones sobre los beneficios en su conducta que traería estudiar modelaje. Su padre, quien era más susceptible a sus encantos, fue el primero en caer; luego su madre, quien escondía el gran orgullo de saber que su hija era hermosa.

Sus primeros días en la academia de modelaje estaban endulzados por su victoria doméstica, pero luego empezó a recibir los halagos que su belleza adolecente merecía y su personalidad empezó a mutar, se hizo consciente del poder enternecedor de su mirada, el encanto natural de su rostro y el cuerpo de mujer que se intuía en sus hombros, en su estatura y en el porte inhiesto de su espalda.

Su desarrollo biológico llegó mediado por el rigor de la academia del modelaje, dietas para mantener en cero su índice de grasa corporal, ejercicios para tonificar sus músculos, tratamientos dermatológicos para que su piel fuese el espacio más suave y hermoso del mundo; la mujer de quince años en que se convirtió en 2001, era verdaderamente un monumento.

Para ese entonces entró otro elemento en su vida: el amor. Ningún chico de su edad había logrado atravesar el *blind*aje de su belleza y seguridad personal; los pobres adolescentes no tendrían armas para superar los nervios que produce estar cerca del objeto deseado, y más cuando ella era consciente de los efectos que causaba en sus coetáneos, aprovechándose de ellos siempre.

A finales de 2001, días antes de su cumpleaños número 16, incluyeron a un nuevo docente en la academia de modelaje: David Rosales, el profesor de retórica y oratoria. Era un tipo excepcional que había hecho su propio camino apoyándose en los libros y las oportunidades académicas que brindaban a los jóvenes esa Venezuela. Había estudiado filosofía en la Universidad Central, y después de graduarse se propuso desarrollar actividades donde pudiera aplicarse la filosofía en la vida cotidiana.

Poesía, música, pensamiento ancestral, todo cifrado con buen humor y erudición, fueron los ingredientes que lograron capturar la atención de Claudia. "Ustedes deben alejarse del estereotipo de Helena de Troya; la belleza no debe ser el germen de la guerra, la hermosura que ustedes ostentan no puede cegar a sus amantes hasta conseguirles la muerte. ¿O usted no sabe señorita Castillo que la belleza de una mujer como usted puede enfrentar a los dioses?", dijo en una clase de retórica.

Al terminar la clase, ella se acercó utilizando todos su encantos para decirle: "profesor David ¿usted cree que la belleza es mala?". Él la miró y sonrió diciendo: "Claudia, el mal y el bien son elementos metafísicos; la belleza es tangible, puede ser y sentirse, tenerse y perderse, eso puede convertirla en una herramienta o en un arma, ¿usted quiere usar su belleza para apuntar a los hombres o para ayudarlos?". Ella se sorprendió porque sus encantos fueron nulos en la conducta y respuesta del profesor.

La vida fue conduciendo los pasos de Claudia hacia el amor, la manera en que ese hombre la retaba, era algo nuevo, nunca antes había pasado desaperciba, ella siempre había obtenido con facilidad todo lo que se proponía. ¿Cómo ese hombre se atrevía a ignorar el movimiento de sus labios, el tono seductor de su voz, la solvencia de su caminar cuando se dirigía hacia él?

La clase de retórica y oratoria era una vez a la semana, y su propósito de conquistar al profesor se hizo patente. Comenzó por investigarlo: era heterosexual, tenía 24 años, se había graduado con honores en la UCV, no estaba casado ni tenía novia, ganaba poco, vivía en la Candelaria en una pensión; todo esto lo supo gracias al asistente de la administración, un cuarentón que sonría nerviosamente cada vez que ella le preguntaba algo.

Semana a semana intercambiaban más tiempo después de clases, hablaban de todo, desde libros hasta de sus vidas. David era muy profesional, pero ella poco a poco iba socavando su coraza de profesor y conociendo más al hombre. Se estaban enamorando, pero era una relación prohibida, ya que él era ocho años mayor que ella, sin obviar que aún no había cumplido la mayoría de edad, lo que hacía que cualquier cosa entre ambos fuera un delito.

Pero los amores imposibles son los mejores, los que más adrenalina nos aportan, los que nos hace desvelarnos y suspirar. De repente convencido de ello, David abandonó sus escrúpulos y decidió invitarla a salir, a verse fuera de la academia. Se citaban en el Centro Comercial Sambil de Chacao que quedaba cerca de la casa de Claudia, compartían lecturas, se tomaban de la mano. Ella, por su belleza y desarrollo físico parecía una mujer contemporánea a él. Fue en una de las salas de cine del Sambil donde se besaron por primera vez.

El centro comercial se convirtió en su refugio amoroso, donde se tomaban de la mano y se fundían entren las miles de personas que caminaban por los pasillos llenos de tiendas. En la terraza después de unas fuertes dosis de besos y pasión Claudia acostumbraba a prender un cigarrillo frente a David lo cual no le gustaba a él para nada, le peleaba constantemente ese vicio horroroso pero Claudia siempre hacia caso omiso, hasta que una de tantas tardes David le dijo: "si tu fumas pues yo también lo haré".

Las risas de Claudia ante su ocurrencia fue genuina a lo que solo quedo expectante ante la situación, David tomó el mechero y con mucha ingenuidad prendió el cigarrillo haciendo un desastre, quemándose parte del rostro, una vez lo hizo dio una aspirada ahogándose y tosiéndose como un loco, Claudia lo único que pudo fue reírse ante la inocencia de éste, en el acto le apartó el cigarrillo lanzándolo al piso, pisándolo con fuerza, lo miró a los ojos y le dijo: "te prometo que no lo volveré hacer delante de ti, moraleja aprendida", besándole fuertemente después de la escena vivida.

Todo conducía a que consumaran su noviazgo. David y Claudia hicieron el amor en el humilde cuarto de pensión de éste. La entrega fue total y la manera en que esto marcó la vida de Claudia sería radical. Allí, mientras sus cuerpos se unían para siempre en un recuerdo escuchó por primera vez la canción de Gigi D'Agostino, que sonaba casualmente en la radio acompañándola en esa primera vez tan única y especial.

Entre las citas para hacer el amor y las caminatas infinitas por el centro comercial mantuvieron su relación más de un año, pero en el 2002, cuando la joven Claudia cumplía 17 años, volvió a cambiar el viento. Ya había empezado a ganar dinero con el modelaje. Era imagen de catálogos de ropa interior, había sido el rostro de tiendas y marcas reconocidas de Caracas, su carrera como modelo estaba en un buen momento, cuando su mejor enemiga, con quien siempre había competido, manteniendo una actitud hipócrita de amistad, se fue a España para ampliar su carrera como modelo.

Estaba enamorada, pero ya había conseguido su objetivo, ese hombre era suyo, así que cuando se presentó ante Claudia una nueva ambición, las cosas empezaron a torcerse: quería irse a España a convertirse en modelo profesional. Acababa de terminar el bachillerato y nada podría evitar que ella cumpliera su sueño. ¿Pero qué pasaría con David? ¿Se animaría a acompañarla? La discusión fue inútil, David quería quedarse en el país; acaba de comenzar a estudiar una maestría y tenía la intuición de que vendrían nuevos tiempos para Venezuela, que las cosas iban a cambiar.

Él le pidió que se quedara y concursara en el Miss Venezuela, que seguro Osmel Sousa la recibiría por su belleza única; le explicó que la migración a Europa no era buena idea y que su carrera como modelo allá no despegaría con facilidad porque había un desprecio a los suramericanos. Pero ella era muy terca, había decidido que su destino estaba en la madre patria y nadie la detendría.

Terminar con David e irse a España fueron secuencias de una misma escena en los primeros meses del 2004. Sus padres no estaban de acuerdo nuevamente, le advirtieron que ellos no podían cubrir sus gastos en Europa. Claudia había reunido tres mil dólares con sus trabajos de modelaje en Venezuela, que le sirvieron para los permisos, el pasaje aéreo y todos los trámites. Su amiga, es decir, su mejor enemiga, le consiguió varios casting y se animó a salir del país.

Su belleza era inédita por lo que consiguió muy pronto algunos contratos que la ayudaron a salir a flote. Cuando cumplió sus 18 años ganaba suficiente dinero para vivir en un piso alquilado en una buena zona de Madrid, se había hecho de una serie de amistades influyentes del mundo de la fotografía y del modelaje, pero le faltaba algo. Su corazón había quedado en las manos de David aquella noche en la terraza del Sambil cuando le dijo que se iría. Las lágrimas de David y las de ella, no podían lavar los deseos de cumplir su sueño.

Pero ahora que podía ver sus sueños andando, realizándose, se había percatado lo difícil que era vivir sin amor. Había pasado un año sin comunicarse con David; entonces un nuevo impulso la llevó a comprar un pasaje de avión para visitarlo el día de su cumpleaños número 26. Rompió compromisos con las marcas que la contrataban, rechazó un viaje a Praga a desfilar para un diseñador emergente, y se enfrentó a sus amigos, quienes le aconsejaban que dejara a David en el pasado.

Al llegar a Caracas las cosas empezaban a cambiar no solo en la política sino en la vida de sus seres allegados. Su papá había enfermado y buena parte de la pequeña fortuna familiar la habían gastado en clínicas y exámenes médicos, su mamá estaba agotada con toda la carga laboral y David había dejado de trabajar en la academia de modelaje. Consiguió su nueva dirección y se dispuso a sorprenderlo, aunque la sorprendida fue ella.

En menos de doce meses ya había conseguido una nueva pareja, vivía con ella y estaba embarazada, se habían casado hacía apenas unas semanas. Ese fue el golpe más duro que recibió; su psicólogo le diría muchos años después que asumió de manera equivocada la responsabilidad de lo sucedido: ella no era la culpable de que David hubiese hecho una familia en su ausencia, pero así lo vio y se castigó con ello durante años.

Esa misma semana volvió a España, sin importarle el estado crítico de su padre o la mala situación económica de su familia. Al llegar a Madrid, quienes la contrataban le dieron la espalda, y tuvo que conformarse con pequeños trabajos, mal remunerados y poco relacionados con el modelaje, desesperada acudió a su supuesta amiga quien, luego de permitirle entrar a su casa y escuchar los detalles de su situación, decidió sacarla de su casa como si fuese un perro sarnoso. Se había esfumado su sueño y su amor en unos pocos días.

El año 2004 la consiguió inmersa en un cuadro depresivo muy fuerte, que se atenuó con el alcohol y las drogas recreativas, paliativos ineficaces para los males del corazón. En el verano de ese año conoció a míster Armstrong, un inglés de cincuenta años que se encargaba de organizar juegos de póker para turistas y empresarios; este convocó un casting buscando modelos y mujeres hermosas que lo ayudarán en la temporada vacacional como anfitrionas, *dealers* y chicas de compañía en los hoteles del sur de España.

Claudia estaba desesperada por conseguir un trabajo, pero al llegar allí descubrió algo más que un empleo para la temporada, míster Armstrong le enseñó a jugar póker y muy pronto entendió que la chica tenía, además de su belleza natural, un talento innato para el juego mental. La apartó entre todas las candidatas y le dio la misión de ser su ficha sobre la mesa de apuestas. Él la banquearía, para que los jugadores tuvieran entre ellos una mujer hermosa que los motivara a apostar.

Él le explicó cómo comportarse; como tomar la temperatura de la mesa, en que momento hacer *raise* para subir el ánimo de las apuestas y que tipo de conversación podía tener con los jugadores para intimidarlos o estimularlos. Ella sería un comodín para hacer que el póker fluyera mejor y el dinero entrara en sus bolsillos más rápido. Él la llamaba de cariño "Miss Caracas", y así se hizo famosa entre los jugadores de póker.

Ella volvía a estar al mando de su vida, entre 2004 y 2010 recorrió toda Europa jugando para míster Armstrong en los mejores casinos, clubes y hoteles; tuvo todo tipo de novios y ligues, buscando saciar también, de alguna manera, el dolor de haber perdido a su primer amor, pero sin la capacidad entregarse más allá de su cuerpo.

Pero un día sucedió lo inesperado, jugaba una mesa *cash highstake* en Moscú, tenían tres días en la capital rusa, y se había vuelto amiga con derecho de uno de los jugadores que asistirían al juego que organizaba míster Armstrong. Su objetivo era convencerlo para que invitara a sus amigos millonarios y así las comisiones de su jefe fueran estratosféricas.

La mesa estaba muy pagadora, encima había un promedio de trescientos mil euros en las manos de cada jugador que quedaba, todos tenían un *stack* muy parejo entre ellos: ella nunca había visto tanto dinero en una mesa. El *dealer* le entregó A♥ y K♥, era una buena mano, pero su orden era pasar cuando se presentaran manos tan poderosas, para no desbancar a los jugadores, no ser agresiva y siempre permitir que el cliente se fuera contento. El negocio de Míster Armstrong era obtener una comisión de las apuestas, mantenerlos como clientes en el tiempo y no ganar una sola mano fuerte ante ellos. Solo quedaban cuatro jugadores incluidos ella y quien fuera su ligue ruso.

El ruso propuso en voz alta: vayamos todos *All-in* para despedirnos de esta noche divertida y maravillosa.

Todos miraron sus cartas y accedieron. Ella se negó, pero de inmediato míster Armstrong la miró para que concediera; aun perdiendo eso, él ganaría solo en esa mano un aproximado de 30.000 euros, el 2,5% que era el *rake* de la mesa, más la comisión de todas las manos de la noche habían sido muy positivas lo cual significaba una gran ganancia para su jefe.

Todos abrieron sus cartas, el ruso que había ligado con ella tenía K♣K♠, los otros un 5♠ 5♦ y J♦ 8♦. El *dealer* abrió el *flop*, mostrando Q♥, 5♣ y 3♦. El *turn* abrió 10♥; todos miraron a Claudia expectantes sin perder rastro alguno también de la carta que descubriría el *river*: J♥. Claudia pego una escalera real de corazón.

Aplaudieron, se reían, la gente no podía creerlo, hubo quien le tomó una fotografía al *Board*, pero Claudia no salía del shock, había ganado algo más de un millón doscientos mil euros. Todos la felicitaron, les dieron sus números de teléfono, y se despidieron; todo esto parecía suceder detrás de una espesa nube de ideas. Cuando quedaron solos los empleados y míster Armstrong, ella preguntó: "¿Cuándo me darás lo que gané?".

Su respuesta no se hizo esperar: "¿Se te olvida que tú aquí no cobras por lo que ganas en la mesa? Tienes un sueldo fijo". A Claudia no le gustó su respuesta y comenzaron a discutir sobre lo injusta de la decisión, esto colmó la paciencia de míster Armstrong: "No te daré ni un centavo más". No era cualquier cantidad de dinero, era injusto lo que sucedía. Ella continúo exigiendo al menos un pequeño porcentaje de ese gran pozo. Entonces míster Armstrong concluyó diciendo: "No, y desde ahora no trabajarás más conmigo". Fue desolador; ella salió de la habitación simulando que lloraba, pero realmente tenía una rabia que la consumía por dentro.

Pidió un teléfono en la recepción del hotel y llamó a su ligue ruso, le contó lo que sucedía y este, sin dudarlo mucho le dijo que no se acercara a la sala donde habían jugado esa noche. Media hora después unos sicarios de la mafia rusa entraron al lugar y se armó una fuerte trifulca entre ellos y los escoltas de míster Armstrong, hubo incluso detonaciones de armas, lo que aceleró la presencia de la policía en el sitio, no hubo muertos esa noche pero si heridos y la puesta en el radar de todos ante las autoridades.

Al enterarse Claudia de lo que había sucedido sintió temor, más cuando supo que los hombres se llevaron todo el dinero que tenía míster Armstrong en la sala. Era un riesgo llamar a su ligue, porque ella era el único cabo suelto en esa historia. Se serenó tras un par de horas en crisis y con sus encantos consiguió que alguien comprara por ella un pasaje de tren que la sacara de Rusia.

Cuando llegó a Madrid ya había tomado la decisión de volver a Venezuela. Esas navidades las pasó con su mamá, ya que su padre había muerto un año antes. La empresa familiar había quebrado por las medidas gubernamentales que asfixiaban a los pequeños empresarios y todo parecía ser una terrible pesadilla. Tenía 24 años y no había logrado casi nada en su vida: sus sueños de ser una modelo internacional quedaron truncados cuando quiso salvar el amor que había matado por cumplir sus sueños. Y luego, la fama que hizo como "Miss Caracas" en el mundo del póker europeo estaba llena de sangre.

Otra vez el destino le exigía comenzar de cero, pero ella no quería olvidar todo lo vivido, por eso se tatuó una escalera real de corazón en su antebrazo, para jamás borrar de la memoria que un golpe de suerte puede cambiarlo todo. Solo sabía modelar y jugar póker ¿qué podía hacer para ganarse la vida? Aprovechó el último aire de los casinos para jugar y seducir, aprovechar su belleza y conseguir el dinero necesario para sacar a flote a su mamá y comprarse un futuro nuevo.

Paso un año en Caracas y sus ambiciones coincidieron con las del *Triple As* de Roberto Mejía, y este muy pronto decidió utilizar el talento de Claudia para su beneficio, pero eso no lo sabría yo hasta que la volví a ver al día siguiente de conocernos.

Ese lunes, Chavo y yo nos activamos con nuestros ejercicios, las rondas de estudio y la alimentación sana; en medio de todo eso le comenté lo que había pasado la noche anterior, el clic especial que había sentido con esa diosa y lo desesperado que estaba al no tener como contactarla. Chavo era muy relajado, siempre me decía que no debía preocuparme por esas cosas, que cuando me tocara encontrar el amor no sería yo quien lo iba a buscar sino al contrario, el amor llegaría a mí así yo no quisiera, pero al final siempre concluía con su toque "hermano disfrute la vida, agárrese a todas las modelitos que pueda mientras, seas joven y tenga billete". A la una de la tarde llegamos al Triple As, como siempre, y entonces la volví a ver: estaba en la oficina de Roberto. ¿Qué hacía conversando con el hombre del *bluf*? Era una señal: el amor me estaba buscando fantasee tontamente.

Cuando subimos las escaleras, Roberto se paró de su escritorio y empezó a llamar a Chavo. Yo aún no podía pronunciar ninguna palabra. "Chavo ven acá, te voy a presentar a un nuevo talento que se incorpora al Triple As". Toda mi piel se erizó. Yo estaba escuchando y no podía dar crédito a nada. Ella se acercó y le dio un beso a Chavo en la mejilla. Inmediatamente interrumpí "Mucho gusto, Diego a tus órdenes", dije extendiendo mi mano. El momento fue muy incómodo para ella pero sin duda se sorprendió gratamente al verme, disimulando que no me había reconocido, como una gran actriz, luego me dijo: "Un placer, Diego". Roberto sonreía con una alegría poco habitual, como si las cosas estuviesen saliendo tal y como él quería.

Mi intuición de jugador de póker no fallaba, en esa oficina estaban gestando un *bluf*, las apuestas no se correspondían con las manos que cada uno estaba jugando, además había un *tell* claro en ella, que no había visto la noche anterior sino hasta que recibió la llamada: el ceño fruncido. Ese *tell* se generaba en su rostro solo cuando algo o una situación le incomodaban.

Chavo dijo que grindearia una horas y que luego saldríamos a un torneo de unos niños ricos de la Universidad Santa María, por si ella se animaba a ir con nosotros. Yo lo secundé en todo lo que dijo. Cuando nos íbamos de la oficina, lo tomé por el brazo. "Tengo algo que decirte bro", le dije. "Claro, esa hembra está muy buena y es una locura que vaya a trabajar aquí", respondió Chavo soltando una carcajada. "Esa hermosura es la misma de anoche. La mujer que me volvió loco en la discoteca", después de mis palabras Chavo se quedó *callado* un rato: "entonces no dije nada, esa es tu talla mi hermano, échele pichón".

Esa misma noche cuando salimos Claudia se dio cuenta que Chavo la ignoraba y la trataba con frialdad, muy distinto al trato que recibió en la oficina. Yo sabía que eso era porque, como me dijo, decidió no "echar p'alante con la jevita ya que es tuya, sino, no la salva nadie". Yo, por el contrario era atento con ella, aunque siempre muy respetuoso. Ella sabía cuándo un hombre, por más tímido que fuera, gustaba de ella y a pesar de mis disimulaciones me leyó completamente mis intenciones.

Busque ganarme su amistad. Vi su juego en varias mesas *cash* en vivo y a pesar de que era muy buena jugadora la ayude bastante en sus *size* de apuestas y en reconocer juego a través de los *Backdoors* que presentaban los *flops*. Comenzamos también a conversar sobre su vida conociendo así más sobre ella; muy pronto se podría decir que ya éramos amigos relativamente cercanos.

Ella era prodiga conmigo en una coquetería que parecía artificial, como si me tratara cariñosamente por compromiso; entonces yo le salía con una broma sobre su actitud, que sencillamente la sacudía y se reía con sinceridad, como burlándose de sí misma por lo que estaba tratando de hacer conmigo.

Con el pasar de las semanas se fue relajando conmigo poco a poco, comenzó a ser más natural; cada vez que salíamos las conversaciones no tenían un final, podíamos hablar durante horas sin parar. En esas conversaciones me había enterado de una parte de su pasado. También comenzamos a salir de rumba algunas veces solo los dos y en verdad que la pasábamos genial, yo no era muy buen bailarín, pero a ella le encantaba enseñarme y en cada rumba se convertía en mi maestra de baile. Nos estábamos acercando cada día más y más.

Pero una cosa era Claudia cuando estaba sola conmigo y otra cuando estaba Chavo presente: cuando mi hermano por algún motivo nos acompañaba en una mesa de póker o en una salida, el ceño fruncido regresaba a ella y comenzaba a hacer preguntas extrañas como por ejemplo que a dónde íbamos Chavo y yo ciertos días, exactamente aquellas noches que salíamos a jugar póker en mesas donde no estaba involucrado Roberto, pero Chavo no soltaba prenda.

Yo en cambio alguna vez fui indiscreto con algunas cosas, que luego Roberto le reclamó a Chavo en uno de sus arranques. Al enterarme de lo sucedido sabía que había sido Claudia quien había ventilado algo a Roberto, pero me estaba enamorando, cada día estaba más pegado emocionalmente a ella, y no quería que un reclamo de mi parte la alejara.

Una tarde Chavo me comentó sobre la discusión con Roberto donde le había reclamado cosas que seguro era Claudia quien le había dicho: "Hermano estate pila con esa jeva, te veo muy entregadito y bobito; vacílala, llévala a la cama, pero no te enamores, es un *drawing dead*, estás claro que hay una vaina rara entre Roberto y ella. Ten cuidado brother, primero los panas, sabes cómo es". Chavo tenía razón, estaba cometiendo imprudencias y no podía jamás traicionar nuestra hermandad por nadie y menos por una mujer que había conocido hace dos meses.

En el Triple As ella hacía la función de representar a la casa en una *highstake* que Roberto quería instituir; ella atendía y jugaba con los pesados; cuando podía los desbancaba, y muchas veces lograba distraerlos usando sus ademanes sensuales. Era una *femme fatale* del póker y eso también me volvía loco a mí.

Un fin de semana que salimos de rumba por algún extraño motivo ella volvió a ese plan de seducción falso que habíamos dejado ya hace tiempo atrás, su ceño fruncido había vuelto a pesar que estábamos solos, sin duda era un retroceso que no entendía. Ante mi seriedad con el asunto, ella comenzó a beber pasándose de copas. Nunca la había visto tan tomada. La cargué hasta mi camioneta, no podía dejarla en su casa así, porque no tenía conciencia ni para caminar, así que la llevé a mi anexo, le preparé un sofá. Cuando trataba de acostarla con calma y sutileza Claudia reacciono de su embriaguez, me miró fijamente y buscó besarme y arrastrarme con ella, pero me negué diciéndole: "así no Claudia" mirándola seriamente. Ella me miró por unos segundos, aligero el ceño fruncido que la había acompañado toda la noche y prácticamente se desmayó en el sofá.

Yo me quedé ahí por un buen rato contemplándola sentado en el sillón de al lado, diciéndome a mí mismo que era un imbécil, que cómo se me ocurría rechazar a esa diosa que estaba ahí acostada y que me tenía para rematar enamorado. Me quedé observándola, detallando cada parte de su hermoso cuerpo, hasta que caí víctima del cansancio y ahí mismo me dormí, casi a su lado. Parece que mi actitud caballerosa y correcta le demostró que yo la respetaba, que si bien me encantaba y estaba vuelto loco por ella, también inocentemente quería con ella algo genuino.

Al amanecer, Claudia me despertó con un desayuno espectacular que había preparado junto con unas disculpas sinceras por la terrible noche anterior. Me dijo que era una persona especial, "pero que estaba bajo mucha presión". Yo sospechaba de alguna manera de que hablaba; estuve a punto de tocar el tema pero preferí que fuese ella la que lo hiciera para no hacerla sentir presionada "¿Claudia, quiero que tengas confianza en mí, puedes contarme cualquier cosa". Ella respondió: "tranquilo vida, son solo tonterías que debo dejar atrás". La manera en que dijo "vida", me llenó de dulzura, ahora si quería saltar sobre ella y comérmela a besos, gritarle que la amaba pero nuevamente mi mente de jugador de póker me dijo que no, que tuviese paciencia, que hiciera mi mejor movimiento en las próximas *calles*, no en este *flop*. Quedé preocupado por el tema inconcluso, pero solo podía esperar el momento adecuado en que ella decidiese conversar conmigo sobre ello.

A partir de esa mañana Claudia comenzó a ser nuevamente ella, sin ceño fruncido, solo había paz y tranquilidad en su rostro de manera constante y continua; las cosas entre nosotros cambiaron completamente, cada vez que nos veíamos nuestro aliento parecía llamarnos con un aroma dulce que invitaba al beso, cada vez que por accidente o a propósito nuestros dedos se cruzaban, una electricidad intensa removía todas nuestras fibras y nos conectaba de manera sublime.

Cuando imaginaba nuestra atracción igual que la fuerza de la gravedad no me equivocaba, cada vez que caminábamos uno al lado del otro mi cuerpo inexplicablemente llegaba a su lado hasta rozarla de alguna manera y el suyo sentía la misma atracción ante el mío. Cuando estábamos juntos inexplicablemente teníamos que rozarnos de alguna manera, pero no era algo a propósito ni razonado era instintivo, era natural, a nuestro alrededor se proclamaba una gran atracción, y por mi parte un aura de amor puro y sincero. No entendía que podía ver Claudia en mí pero sin duda había paz en ella cuando estaba a mi lado y a veces eso es más importante que cualquier cosa en este mundo.

Pasaban los días, las semanas y comenzábamos a sentir que no podíamos pasar un día sin estar cerca el uno del otro, había una ansiedad muy fuerte que se presentaba en cada uno cuando no sabíamos uno del otro, y más cuando no estábamos juntos, sin duda ya estaba más que enamorado de su fuerza, de su energía, de su voz, de su olor, de su mirada, de su pasado, de su manera de ver las cosas y podía captar que ella estaba comenzando también a sentir algo por este joven inocente, luchador, sincero, que solo quería lo mejor para ella ante todas las cosas; se estaba quedando prendada de este caballero que solo buscaba cortejarla como una bella dama, sacarle alguna sonrisa con cualquier detalle y sobretodo darle la paz que ningún hombre le había dado hasta ese momento. Estábamos atrapados en un nudo emocional del cual ya no podíamos escapar.

Chavo se había distanciado un poco de mi pero cada vez que nos veíamos me vacilaba de todas las maneras posibles sobre mi relación con Claudia pero cerrando luego de manera seria "cuidado siempre ahí hermano". No me gustaba que estuviésemos separados de Chavo por lo que hice hasta lo imposible en hablar con él para que le diera una oportunidad a Claudia y a pesar de sus sospechas lo hice prácticamente por nuestra hermandad, así que empezó a relajarse y aceptar el hecho de que estuviese ahora para arriba y para abajo con nosotros. No éramos solo el yin y el yang, ahora estaba Claudia iluminándonos con su presencia en todos los sentidos.

Pasaron los días y un fin de semana fuimos a la playa con los amigos de Chavo; ella nos dejó a todos boquiabiertos con un hermoso traje de baño europeo. Fue una tarde especial, yo siempre fiel a mi whisky; ella por su parte estaba eléctrica y feliz bebiendo copa tras copa de tinto de verano, que ya sabía que tanto le encantaba y que yo servía para ella. Todo era diversión y goce, Chavo con su rubia de ese momento, Leo y Carlos haciendo de las suyas con las chicas de la playa, nos acompañaban también Wilfredo y un grupo de chicas y chicos amigos de la Pastora.

Yo estaba feliz sobre todo por tener a Claudia ahí con nosotros, me gustaba que ya hubiera una relación de panas entre ella y mi hermano Chavo, me encantaba sentir que no había máscaras, que el *tell* de su ceño fruncido había desaparecido y tan solo era una chica más siendo feliz y disfrutando como todos.

Al caer el sol, en medio de un atardecer espectacular veía como Claudia bailaba con su particular magnetismo, su gravedad me llamaba a su órbita, pero quería que todo fuese totalmente especial, por lo que fui rápido a mi camioneta, silencié la música que sonaba y puse "la passion" de Gigi D'Agostino, que había quemado en un CD porque reconocía su trance con esa melodía y quería llevarla nuevamente a ello. Esa canción la inspiraba, empezó a bailar y a entrar en su mística; yo me acerqué disimuladamente, hasta estar entremezclados en el ritmo con un atardecer espectacular que nos arropaba, ella abrió los ojos mientras bailaba y me vio directamente; sus ojos azules me decían de alguna manera que era feliz y los míos seguro decían lo mismo; no pestañaba solo me miraba mientras danzaba abrazada a mí, su gravedad ya me había atrapado, no había que esperar más ni dilatar más el deseo, este era el momento que esperaba, el que quería que se diera entre los dos; por lo que decidí besarla apasionadamente. Al principio reaccionó algo tímida y sorprendida, pero luego respondió con la misma intensidad mi beso. Chavo empezó a aplaudir y silbar, armando una algarabía de celebración a la que todos los que nos acompañaban se unieron como si hubiese metido un gol la Vinotinto a la selección de Brasil en una Copa América.

Esa misma noche volvimos a Caracas y pidió quedarse conmigo. Hacer el amor con ella fue algo indescriptible, un océano de palabras no sería suficiente para hablar de su tibia humedad, de la fuerza y de su pasión insaciable, el tacto profundo y suave de su vientre o el olor a primavera de su cuerpo que a través de sus ojos se contagia al mundo. Hicimos el amor toda la noche, solo parábamos unos minutos para tomar aire y regresar a nuestra pasión incontrolable. El amanecer nos sorprendió abrazados, cansados y satisfechos por todas esas horas de entrega. Entonces hubo un silencio donde solo se escuchaba nuestra respiración tratando de equilibrar nuestros corazones agitados. Ella me miraba y yo a ella, entonces decidió romper el silencio diciendo con cierta seriedad en su voz: "Siempre creí que la felicidad estaba prohibida para mí, pero tú me has brindado esa alegría, eres sin duda un ser muy especial. Te tendré en mí AETERNUM". Esa palabra luego se convirtió en algo muy nuestro, aunque no sé de dónde salió, posiblemente de su odisea por Europa, pero me atrapó su significado: "para Siempre".

Claudia sin duda fue mi primer gran amor y yo un rincón donde ella podía ser sin miedos, temores, ni *blufs*. Capaz por su dureza le costaba decir que me amaba o que se estaba enamorando de mí, yo sentía que era así, pero ella era incapaz aun de jugarse esa carta conmigo, de decirlo, por lo que su "AETERNUM" era por los momentos su expresión de amor hacia mí y así lo sentí. A pesar de estar ya loco por ella y desesperado por decirle que la amaba más que a nadie y nada en este mundo decidí respetar su ritmo ante ello, por lo que tras despedirnos velada tras velada solo había un beso y un "AETENUM" entre nosotros, con su significado semiótico y místico de amor.

Las cosas iban bien, ella era una escalera real de corazón y nadie podía ganarle, pero en la próxima ronda del juego era imposible repetir una mano así, debíamos tener cuidado, porque como había visto "las apuestas no concordaban con sus jugadores".

VEINTIDOS.- YIN YANG POKER CLUB

Los negocios de Roberto eran bastante rentables, pero él era un mal administrador, y si lograba ganarse unas buenas decenas de miles de dólares en un mes, después de pagar los sueldos y mantener el sitio, también era capaz de desaparecerlos. Banqueaba a hijos de políticos, a jóvenes chavistas que iban en ascenso, y muchas veces estos perdían y no podían cubrir sus deudas, y él no podía apretar las tuercas como estaba acostumbrado. Además tenía gastos absurdos en carísimas botellas de licor, relojes de miles de dólares que no usaba, ropa y zapatos de tiendas europeas, y otro montón de cosas fútiles e innecesarias. Se gastaba el dinero del *Bankroll* del Triple As en estupideces.

Llegó un punto que Chavo no aguantaba ni verlo, pero todo se puso más tenso, cuando Roberto, en busca de aumentar sus ingresos, decidió recortar aún más los porcentajes de ganancias para los miembros de la nómina del Triple As. De un 30% decidió solo pagar el 20%, más un repechaje por el cambio de los dólares a bolívares, que finalmente solo permitían percibir algo más del quince por ciento de lo que se habían ganado. Tras esos anuncios Chavo y Roberto discutieron fuertemente.

Los gritos iban y venían de uno hacia él otro, y pudimos escuchar porque la puerta estaba mal cerrada. Más de una vez Roberto lo echó del club, le dijo que se fuera, a lo que Chavo solo le respondía: "yo me voy, pero tienes que pagarme lo que me debes, que son más de diez mil dólares". Volvían a gritarse, a decirse cosas hirientes y retornaban al tema de la deuda, pero ese día había sido diferente, Chavo salió aventando la puerta.

Salimos del Triple As a la universidad, tanto en clase como después de salir Chavo estaba como distraído, perdido, yo lo notaba. Antes de las nueve de la noche se acercó a mí para decirme que nos fuéramos a tomar unas cervezas, que tenía algo que contarme.

Me dijo que lo de Roberto era insostenible y que tenía un proyecto, que podía resultar peligroso. Me dijo que tenía mucho tiempo pensando algo nuevo, algo que lo liberaría por fin del yugo de Roberto, pero que era arriesgado, porque éste seguro se sentiría traicionado. Me habló de sus ahorros, que había abierto con un gestor de banca de Caracas una cuenta en Estados Unidos y otra en Panamá, que ya tenía las tarjetas de crédito, y había empezado a jugar por su cuenta en Pokerstar, Party Póker, 888 Póker, probando cual era la mejor plataforma.

Quedé sorprendido al saber que había estado haciendo todo sin percatarme antes, seguro fue cuando nos alejamos relativamente por el tema de Claudia, me sentí mal por haberlo abandonado y por dejarlo solo en todas esas gestiones que hizo por su cuenta. Me dijo que entre los dos teníamos suficiente para alquilar un local que ya había visto y amueblarlo para montar nuestro propio club y acondicionarlo con un tremendo internet corporativo como el que tenía el Triple As. Estaba seguro que Honorato, Caballo, Complot y Carolina nos acompañarían en la sala virtual, que podíamos ofrecerles ir en un 60/40, y que apenas se corriera la voz muchos jugadores buenos que no querían tener relación con Roberto estarían detrás de nosotros. "Quiero montar el club, quiero montarlo contigo, el Yin-Yang Póker Club".

Me quedé en silencio unos minutos, reflexionando todo lo que había dicho. Lo primero que pensé es que las mesas de póker de Vito y Max eran solo en vivo; además estaban en sectores alejados del Club Triple As, entonces nosotros sin duda estaríamos haciéndole sombra solo a Roberto. Sería un duro golpe del que seguro no podría levantarse con facilidad porque representábamos importantes ingresos para el Club a pesar que Claudia estaba generando nuevos ingresos importantes. Además Roberto, lo primero que me dijo al conocerlo, es que no aceptaba traiciones. Sería peligroso, pero ¿acaso no estaba comenzando una nueva vida? ¿No me había sonreído la suerte desde que comencé a andar con Chavo? ¿Y ahora más con Claudia? Sin duda el Yin-Yang Póker Club era lo más ambicioso que jamás había escuchado, pero si era en compañía de mi hermano Chavo, había que intentarlo.

Antes de decirle que sí a Chavo, pensé en Claudia, si nos íbamos del Triple As, me tendría que apartar de ella unos días, mientras organizábamos todo ¿quizá ella quería acompañarnos en la aventura? ¿Dejaría a Roberto para ser la anfitriona principal del nuevo club y con su belleza coronar el futuro de felicidad que nos merecíamos?

Al planteárselo a Chavo, se removió su duda hacia ella a pesar que había disminuido positivamente, ¿sería ella realmente una informante de Roberto? Ahora las cosas parecían indicar lo contrario, que sospechamos de ella sin fundamento, pero esto era algo grande, que no podíamos revelar antes de consumarlo, porque Roberto podría hacer cualquier cosa para evitar que arrancáramos. Chavo me dijo: "Hermano sé que andas in love con Claudia y la pana ya me cae bien, sin embargo, por si acaso, debemos permanecer en silencio hasta que todo estuviera en su sitio, no le digas nada".

Eso era difícil para mí, porque nuestra convivencia era casi diaria, me sentía muy unido a ella, tanto física como emocionalmente, además era una mujer muy inteligente a quien no podría ocultarle por mucho tiempo nuestros planes. ¿Se sentiría traicionada si no le contaba nuestro plan? O mucho peor ¿sería realmente ella una espía de Roberto que solo se acercó a mí y a Chavo para mantenernos controlados? No quería ni pensarlo. Pero la propuesta de Chavo era sumamente estimulante.

Me paré de la silla en que estaba, sin decir palabra alguna, caminé dándole la espalda. Chavo se levantó también: "¿Qué pasó hermano, no te gusta la idea?". Solo di dos pasos más, y me volteé con una cara de emoción indescriptible, lo abracé y con un grito le dije: "vamos con todo y contra todos mi hermano yang".

Corrían los últimos días del mes de julio, y las cosas sucedieron rápidamente, dejamos de asistir al Triple As, para empezar con los preparativos. Todos creyeron que fue a causa de la discusión con Roberto. Claudia me llamó al día siguiente preguntando por nosotros, pero Chavo y yo acordamos mantener el secreto el mayor tiempo posible. Le expliqué que Chavo estaba muy cabreado con Roberto y que lo mejor es que nos tomáramos un tiempo del club.

Alquilamos el local que Chavo tenía visto en Chacaíto, relativamente cerca del club de Roberto pero no estaba a la vista como el Triple As. Este local más bien estaba oculto en un pequeño centro comercial con residencias arriba. La parte baja del edificio eran muchos locales y en el sótano había un estacionamiento de dos plantas que servía para todos los residentes del edificio y los usuarios de los locales. Tras una reja, que abría con interruptor eléctrico, podía pasarse como peatón hasta el local, que quedaba al final de ese corredor en una esquina, allí mismo estaban las escaleras desde las cuales se podía acceder al sótano. El local era bastante grande, había sido un *call* center, tenía recepción, baños para muchos empleados, mobiliario para treinta equipos, dos salas de reunión y una cocina.

Acondicionarlo fue sencillo. Aprovechamos el mobiliario, convertimos las dos salas de reunión que estaban separadas por paredes de cartón en una sola sala donde pusimos dos mesas grandes de once puestos (para 10 jugadores y el puesto del *dealer*) cada una para jugar al póker en vivo. La cocina se convirtió en bar poniéndole neveras, y todo lo necesario para hacer coctelería. El resto del salón sería para las computadoras, el plato fuerte de nuestro negocio. Sacrificamos las rumbas de los fines de semana, solo salíamos a jugar póker en mesas que sabíamos podíamos limpiar con facilidad para ir acelerando la recuperación de la inversión. Redujimos al mínimo las posibilidades de ser descubiertos en nuestro plan.

Logramos armar una red de influencia que incluía unos concejales de Primero Justicia[33] que estaban en relación directa con el alcalde, para conseguir los permisos de licores y esconder el negocio como un club deportivo. Esto nos garantizó el apoyo de la policía municipal que estaba en manos de la oposición. Solo con las computadoras instaladas, servicio de internet satelital, conectadas con un software moderno de administración de redes; habiendo instalado el bar, y los carpinteros terminado las grandes mesas de póker hechas a medida, fue hora de empezar a involucrar a algunas personas de confianza.

33 Primero Justicia (PJ) es un partido político venezolano de tendencia humanista. Fue fundado el 3 de marzo de 2000 como partido regional, y participó por primera vez a nivel nacional en 2003. Es parte de la coalición opositora denominada Mesa de la Unidad Democrática, y ha gobernado los principales municipios de tendencia opositora de Caracas desde su creación.

Las primeras fueron Claudia y Carolina, las fuimos a buscar a sus casas, cada uno en su camioneta; les pusimos sendas vendas en los ojos. Entramos por el sótano, no fue fácil que subieran las escaleras sin ver los escalones. Cuando se reconocieron las voces empezaron a jugar con nosotros preguntando qué clase de fantasías sexuales teníamos nosotros, llevando a dos niñas inocentes a quien sabe qué lugar. Al quitarle a ambas la venda de los ojos el resultado fue el esperado.

Su sorpresa genuina fue el primer premio. Sin duda se sumaron a la aventura, también fueron las primeras en renunciar al Triple As, Carolina con excusas tontas; pero Claudia, argumentó con Roberto que ella no iba a soportar que le pagara tan poco, además que su presencia allí, sin nosotros, no tenía sentido; a nosotros nos dijo una mentira tonta e inconexa, cosa que hizo que Chavo volviera a sospechar, aunque me dijo: "ahora la tendremos con nosotros, jugando para nuestro bando si por algún motivo jugaba algo con Roberto".

Roberto, fue un patán con ellas frente a todos los empleados y clientes, les dijo que si se iban no les iba a pagar ningún bono pendiente; además de amenazarlas, con que no podían trabajar en ningún otro club de póker nunca más. Ambas lo mandaron al demonio. Honorato, salió la semana siguiente; con la excusa tonta de que sin Carolina no tenía sentido seguir jugando, porque ella era su inspiración. Roberto lo insultó, lo llamó desde "maricón" hasta "estúpido enamorado solo". Empezaron a probar las máquinas Carolina y Honorato, junto con otros jugadores que habían tenido problemas con Roberto anteriormente.

Las ganancias no se hicieron esperar. El nuevo ambiente laboral permitía que los muchachos produjeran más. Además en ese entonces el nivel de juego global de los jugadores virtuales eran más bajo, muy pocas personas en el mundo se dedicaban tiempo completo al póker como nosotros, que además estudiábamos intensamente; por ello era mucho más probable obtener resultados favorables en la mayoría de las sesiones de juego.

El siguiente en llegar al Ying-Yang, fue Complot, quien llegó por sus propios medios, después de deducir que, Carolina y Honorato habían salido del Triple As por la misma razón. Se unió enseguida; desde la puerta del Club llamó a Roberto a su celular y le dijo que había descubierto que Fede era un agente de la inteligencia cubana y que él no trabajaría donde hubiese un espía presente. Los gritos de Roberto se escuchan hasta en la *calle*.

Discutimos sobre la posibilidad de invitar a Caballo, el otro buen jugador, pero no parecía un punto fuerte para la organización, su debilidad por las apuestas podría poner en riesgo el secreto, pero al final era parte del equipo y después de hablar mucho con él y su compromiso formal de que visitaría una terapista que le conseguimos para ayudarlo con la ludopatía llegó también al equipo.

En menos de un mes ya estábamos facturando más de diez mil dólares con los jugadores motivados, además que decidimos darles clases de estrategia, para fortalecer el juego de cada uno; pero el negocio no estaría completo hasta que pudiéramos abrir al público las mesas de *cash* en vivo. Planeamos hacer una inauguración por todo lo alto, para ello fue vital el apoyo de Claudia, quien contactó a todos sus amigos en el modelaje y el espectáculo de Caracas para que el evento fuera el acontecimiento del año.

Claudia estaba orgullosa de mí, su mirada sin el ceño fruncido lo demostraba junto con su sonrisa hermosa que nunca se apagaba. Antes de la gran noche de inauguración me puso un pretexto para ir al club de madrugada cuando no había nadie para algo que quería ver, cuando entramos en plena oscuridad se abalanzó como una gata salvaje sobre mi desnudándome con ferocidad y energía, me lanzó sobre una de las mesas de póker y comenzó a besarme por todo el cuerpo, yo solo era una presa ante su voracidad, en medio de los besos me miró y me dijo: "esta es tu gran inauguración mi Aeternum, te lo mereces, me siento muy orgullosa de ti"; sobre la mesa hizo lo que quiso conmigo pero luego la alcé y le demostré de lo que también era capaz cambiando los papeles, demostrándole que también tenía mis cartas bajo la manga haciéndole el amor con tal pasión que hasta los vigilantes del edificio tuvieron que subir a tocar a ver si estábamos bien. Eso le encantó a Claudia, yo estaba perdidamente y tontamente enamorado, pero ¿Claudia también lo estaría ya en ese momento?

Las mesas de *cash* estarían divididas en ciegas de 0,5 a 1 dólar, que cariñosamente la apodamos mesa junior, la otra era un poco mayor, de 1 a 3 dólares las ciegas, para jugadores de mayor ambición. El club para jugar en vivo solo abría de miércoles a domingo, de 2 de la tarde hasta la madrugada. Extendimos tarjetas de invitación a todos los buenos jugadores que conocíamos en Caracas para la gran apertura. Además se corrió la voz y llegaron muchas personas que no estaban invitadas, ese día recibimos más de cuarenta invitados durante toda la noche. Chavo y yo nos compramos unas pintas increíbles para vestir esa noche y poder recibir con mucha elegancia y educación a nuestros invitados.

La noche estaba fenomenal, Claudia estaba más hermosa y radiante que nunca, la gente disfrutaba de la música tocada por El Dados, el amigo de Caballo, y las mesas estaban casi full de personas jugando con plena alegría. Chavo y yo estábamos uno al lado del otro dando la bienvenida a todos y viendo lo que estaba pasando. "Increíble esto hermano, te felicito" le dije en un momento, a lo que Chavo respondió: "hermano esto es de los dos, así que felicítese también a sí mismo".

Lo abracé con sinceridad hasta que fuimos interrumpidos por Martín: "epa Chavo, increíble todo esto, el Yin Yang Póker Club", dijo dirigiéndose a Chavo sin hacerme caso. Chavo respondió parcamente: "epa

Martin bienvenido, ¿cómo entraste?" "Me vine con la invitación del viejo Nelson que no pudo venir porque andaba enfermo. Pero ser ve increíble, te felicito hermano mío". "Nada de esto hubiese sido posible sin Junior, créeme que deberías felicitarlo más a él que a mí", dijo Chavo con cierta seriedad mientras Martin se cortaba volteándose hacía mí, haciendo como que no me había visto por error: "Hermano Junior, felicitaciones, les quedo brutal el local". Solo le respondí: "Gracias". "Chavo veo un puesto solo en la mesa, ¿será que me puedo sentar? ¿Me puedes dar unos 200 dólares para arrancar y después te los pago?", dijo Martín con frescura.

"Martin déjame decirte que eso es con Junior, no conmigo, hermano ¿qué opinas?" dijo Chavo. "No es factible estimado Martin, ese puesto está reservado" le dije de la manera más profesional posible. "¿Para quién?" preguntó con incredulidad. "Para Sonia, la dueña de la tienda de películas piratas donde trabajaba ¿te acuerdas de ella? ¿La que ibas a botar cerrando su local? Bueno viene en camino para jugar y ese es su puesto". Me miró con cara de sorpresa y solo respondió, como apenado: "bueno, disculpa", apartándose de nosotros. Cuando se había retirado, Chavo me miró, yo lo miré, nos carcajeamos sin parar porque el puesto estaba vacío dado que a la silla se le había quebrado una pata al iniciar la noche.

La fiesta fue un éxito. Al día siguiente llovieron las solicitudes de empleo, muchos quería formar parte del equipo de jugadores virtuales. No dudo que esa misma semana llegaría la noticia a los oídos de Roberto.

En los primeros quince días ganamos suficiente para atrevernos a abrir toda la semana y extender el horario. Acomodamos todo para incluir dos mesas más, lo que hacía un aforo de cuarenta jugadores sentados. A mí se me ocurrió hacer los jueves de torneos freeroll, donde ofrecíamos dos mil dólares a repartir entre las primeras nueve posiciones, acudía mucha gente los jueves y eso nos ganó fama en toda ciudad.

Empezaron a llegar jugadores que nunca antes habíamos visto que tenían muy buen nivel, conocimos gente que tenía años jugando póker virtual y que vivía de ello. Era un mundo de póker saludable, sin las presiones políticas de Roberto ni su mal carácter. Habíamos gastado entre Chavo y yo, casi sesenta mil dólares montando el negocio; y tardamos unos cuatro meses en recuperar la inversión. Teníamos el miedo respirándonos en la nuca, porque nuestro progreso era evidente y no sabíamos absolutamente nada de Roberto. Mauricio, quien había sido el último de los ex trabajadores del Triple As en sumarse a nuestro equipo, nos habló de la decrepitud en que estaba el negocio desde que nos fuimos. Otro gran profesional y amigo que se sumó a nosotros fue Juan, mi amigo del Paraíso que haba deleado en el torneo de Amir y que entro a trabajar en el Triple As pero al no vernos más por alla decidió venirse con nosotros.

Roberto se había agriado, ya no solo maltrataba a los empleados sino también a los clientes. Los nuevos jugadores que consiguió para las salas virtuales le hicieron perder mucho dinero, pero él siguió con su ritmo de vida costoso y su ego incontrolable. Chavo pensaba que Roberto estaba acabado, que su propia forma de ser lo iba a eliminar.

Yo me encargaba de las cuentas del negocio y Chavo de mantener al equipo activo y produciendo, apoyando a los jugadores, era una especie de coach para los muchachos y la estrella de las mesas *cash*, todos venían para librar batallas contra él. La rutina cambió de horas pero aún incluía ejercicios, entrenamiento para el póker y ahora un negocio próspero sumando mis noches y madrugadas de pasión extrema e infinita al lado de Claudia. Lamentablemente la universidad había quedado fuera de ese cronograma por ahora, decidimos congelar el semestre en curso pero con el compromiso de retomarlo próximamente.

La relación con Claudia era un idilio para mí. Ella era mi primer amor y me esmeraba en hacerlo saber. Había hecho una alianza con una floristería famosa del Este de la ciudad para sorprenderla diariamente con arreglos florales sencillos, pero provistos de belleza, junto con chocolates, tarjetas y cualquier detalle que fuera capaz de robarle una sonrisa todos los días.

Pero en ella las cosas eran interesantemente extremas, apasionantes pero algo bipolares. En un momento dado, ella había llegado a mí con un pasado tormentoso con el amor; sus años en Europa fueron muy liberales, sin compromisos amorosos ni intereses más allá de lo corporal, no había un te amo pero si un AETERNUM que me llenaba de alguna manera, pero para mí no era suficiente, estaba loco por decirle "Te Amo" pero no quería caer en una apuesta de un *size* tan alto sin ganar la mano en ello. Sí, todo estaba relativamente bien desde que comenzamos a trabajar juntos en el Yin Yang Poker Club, pero había algo en ella que parecía aún estar oculto; no lo noté yo, sino Carolina, quien me dijo, que a veces Claudia tenía un dejo de melancolía que se filtraba por su mirada.

Me encargué de ayudarla, crear espacios de seguridad, donde ella pudiera sentirse a gusto y comunicarse conmigo francamente. Comencé por contarle la historia con mi padre, las dificultades con mi hermanito, el encuentro milagroso con el póker. Le presenté a mi mamá, y la integré a nuestras salidas familiares. Ella empezó a abrirse al presentarme a su mamá e invitarme a comer a menudo a su casa en Bello Campo. De la voz de su mamá conocí muchos detalles de juventud que ella no me había comentado.

Teníamos ya varios meses de relación, donde yo había estado extremadamente feliz, y sentía que ella había llegado a enamorarse también con la misma profundidad pero sin capacidad aun de expresarlo en palabras. Una noche luego de haber hecho el amor como par de locos, abrazados, agitados por las horas de pasión que nos acontecieron no pude aguantar más y mirándola a los ojos le dije: "Claudia, sería muy falso de mi parte seguir con esto en la punta de la lengua que viene directamente del corazón, del alma, te quería decir desde hace tiempo que Te Amo, nunca me había sentido así con alguien y solo quería decírtelo con el corazón en la mano". Ella me miró con dulzura y me sonrió hermosamente, pero luego volvió el ceño fruncido a ella y me dijo que tenía que contarme algo para estar en paz, y poder corresponder a ese "te amo tan bello y hermoso".

Ahí bajo las sábanas con nuestros cuerpos desnudos y nuestros corazones expuestos pude escuchar la confesión de Claudia. Había estado espiándonos desde el primer día. Se encontraba en la discoteca la noche en que nos conocimos esperando que llegara Chavo, quien era su objetivo de seducción. La llamada que recibió era de Fede quien la pasó buscando luego de confirmar que Chavo no había ido a la discoteca.

Por eso se presentó en el Triple As al otro día, para abordar directamente a Chavo, pero algo había cambiado y Chavo nunca le prestó atención. Yo sabía por qué. Ella y Roberto decidieron que yo sería la víctima de sus encantos. Así pude entender aquel repentino cambio de conducta. Ante sus palabras yo solamente guardaba silencio. Me dijo que algo cambió en ella cuando se dio cuenta de quién era yo realmente y de mis sentimientos hacia ella, de la manera en que la respetaba, de mi resolución para enamorarla tratándola como una dama siempre.

Me juró que luego de esa noche que se emborrachó y se durmió en el sofá de mi casa jamás volvió a pasarle información a Roberto. Incluso esa noche fue su último intento por una amenaza que le hizo, diciendo que mandaría a Fede a darme una golpiza. Si bien existían las sospechas, escuchar la verdad viniendo de ella fue muy fuerte para mí, por eso con mucha inmadurez, me levanté de la cama, me vestí y sin mediar palabra alguna me dirigí a la puerta de mi anexo con la intensión de escapar de ahí para reflexionar lo que había escuchado dejándola allí en mi cama.

Ella salió detrás de mi desnuda sin importarle nada, me tomó del brazo antes de salir del anexo. No volteé a verla, estaba contrariado. Su declaración había sido un golpe al orgullo, al corazón; estaba confundido, perdido de alguna manera, por lo que me volteé y la mire a sus bellos ojos que estaban algo lagrimosos pero con incapacidad de botar una sola gota por su dureza: "te amo profundamente Claudia, pero hoy me has dejado ver que no te conozco; que has sido capaz de ocultarme cosas importantes sobre nosotros por tanto tiempo y no sé cuántas cosas más tendrás escondidas, eres incapaz de decir un te amo, ni de abrirte sincera y completamente a mí, te he dado lo mejor de mí y aún siento que no me has dado lo que quiero de ti, tu amor sincero, tu corazón. Me dueles Claudia".

Ella solo me miraba, su ceño fruncido que regresó a su rostro, trató de tocar mi rostro pero la detuve: "¿me amas Claudia?", pregunté y tras unos segundos de silencio sin tener respuesta alguna ella, solo me dijo: "aeternum". Respondí: "no Claudia, ¿me amas o no me amas?", solo me miraba, sentía que lo iba a decir, que estaba ahí, pero algo lo impedía. De pronto me dijo "Diego, por favor entiéndeme .." a lo que la interrumpí inmediatamente, "¿entenderte? ¿Qué quieres que entienda? ¿Qué trataste de seducir a mi hermano? ¿Qué lo metiste en un peo varias veces con Roberto por las cosas que le dijiste de nosotros? ¿con quién estoy en este momento, con una especie de prostituta? Claudia me abofeteo con todas sus fuerzas en ese momento, mirándome y diciendo «No Junior, así no, he cometido mis errores incluyendo el haber trabajado con la basura de Roberto, pero nunca he sido lo que tu boca acaba de decir" inmediatamente fue a la habitación, y a medio vestir salió sin darme chance de detenerla.

Me fui donde Chavo esa noche del martes para hablar con él. "Yo siempre lo sospeché hermano Yang y estás claro que tú también de alguna manera, pero sin duda como espía se muere de hambre, porque Roberto nunca pudo detener nuestro planes. Perdónala no le pares, estás loco por ella y algo me dice que ella también lo está hacia ti". Era cierto, había sido un idiota total con ella, si bien quería llamarla, buscarla para disculparme, sentí que debía mesurar bien las cosas, darle un poco de tiempo a lo sucedido para luego hacer lo correcto.

Pasaron los días y no supe nada de Claudia, ella sabía jugar bien sus cartas y era obvio que no jugaría con eso de llegar a mí así por así, sencillamente no era su estilo por lo que solo me quedo concentrarme en el club para dejar de pensar un poco en ella y darle un tiempo a que las aguas se calmen.

El jueves de esa semana, en la noche de torneo, llegó un jugador nuevo al club; nunca lo había visto, era un tipo de poco más de 30 años, en el cabello ya tenía canas, lo más seguro prematuras; era muy educado y se presentó formalmente con todos, se llamaba Jesús Gómez.

Esa noche Chavo estaba con su mamá quien tenía un virus extraño y fue atenderla, así que yo me encargué de recibir a los jugadores esa noche y hacerlos sentir cómodos, aun así no me perdí la oportunidad de jugar el torneo, para recuperar parte del premio. Para el torneo se armaban tres mesas con una estructura turbo, se daban 20.000 puntos, y las ciegas subían cada 10 minutos, empezando en 10-20. La entrada era gratuita y había re-buy de 30 dólares o su respectivo cambio a bolívares, ilimitado hasta el nivel 10.

El nuevo jugador se sentó justo antes de comenzar la acción; los dos últimos torneos los había ganado yo; en los cobros siempre entraban los mismos cuatro jugadores asiduos al club. Al arrancar el torneo veo que el nuevo jugador llamado Jesús no se movió durante los primeros dos *blinds*, estaba analizando la mesa en todos los sentidos; mi juego, al contrario, había tenido una evolución agresiva, producto de las fuertes batallas en la *cash*, poco a poco había vuelto mi juego en un extraño híbrido entre GTO y explotable, pero sobretodo frio y siempre pendiente del dinero y no de la escencia en si del juego. Siempre tenía los conceptos de rango y posición presentes, como también la capacidad de descifrar y determinar correctamente el rango de mis adversarios y polarizar manos adecuadamente en el *river*; pero no perdía ninguna oportunidad para generar un *bluf* que me rindiera buenos beneficios, reitero, siempre pendiente del dinero de los premios.

Al llegar al tercer nivel estaba líder en fichas de mi mesa y creo que también del torneo. Vi un 9♦ 7♦ estando en UTG y decidí hacer OR de 2,5BB a pesar de estar esa mano fuera de rango por mí posición. Todos los jugadores me *foldean*, a excepción de Jesús, quien después de observarme por unos segundos desde el botón decidió solo pagar. El *flop* abre 2♣, 3♦ J♦. Mando CBET a 2/3 de pozo, Jesús solo pago de manera casi inmediata. El *turn* abre un 4♣, hice un BET de 2/3 de pozo; Jesús me miro nuevamente unos segundos e hizo *call*. El *river* dobla un 2♠ y analizo, que puede tener este jugador: no está mostrando miedo ante el *Board* y está pagándolo todo. Trato de determinar el rango de sus manos y pienso que si hubiese tenido la J capaz hubiese hecho un *raise* de protección y/o valor en el *flop* o en el *turn*.

Decido robarme la mano haciendo *all-in*. Jesús se detuvo para analizarme, puse mi pose de póker, me inmovilice completamente; Chavo me ayudó a controlar la respiración viendo un punto fijo de la mesa para no generar ningún *tell* y con ello que no haya ningún tipo de lectura por parte del adversario; pero Jesús, de igual manera se tomó al menos dos minutos en analizarme. De repente rompió el silencio: "¿no se te dio el color, verdad?". Al escucharlo tuve un extraño reflejo en la mano derecha que sin duda vio, inmediatamente pago con A♠ Q♠. Me gano con carta mayor: As. La mesa se ríe y me empiezan a chalequear, a echarme broma. Me levante de la mesa, lo felicité, el asintió con amabilidad.

A partir de ahí el torneo fue de Jesús; sobreviví con apenas unos 5bb pero me entregué con un par 6 ante un *all-in* de un jugador en botón teniendo este un par de J. Pasaron las horas, terminó el torneo, e hice el pago a los jugadores, después de entregar a todos su dinero, se acercó Jesús para conversar conmigo. Le serví un whisky y nos pusimos a conversar. Nos felicitó por el club. Luego me dijo: "Estuve a punto de *fold*ear pero estaba bloqueando muchos tops ahí, tenía A-Q y bloqueaba AJ – QJ. Jugaste muy fuerte la mano para tener un par bajo. También estaba bloqueando par de As, y par de Q. Te estaba leyendo en par K pero..." Le interrumpí: "pero moví la mano ante tu pregunta". Me dio la razón. Le pregunté donde jugaba, me contó que vivía en Estado Unidos, en Los Ángeles. Me dijo que estaba en Caracas de vacaciones con su familia, estaba trayendo a su hijo menor para que lo conocieran a sus padres.

Me habló de su afición al póker, me contó que jugaban los fines de semana todos sus familiares en la casa de sus padres en La California, me invitó ese domingo a jugar solo por diversión, ya que el bote era simbólico, era de un dólar. Escucharlo hablar del póker como diversión fue como un bálsamo para mis oídos, me hizo recordar los momentos de póker con mi papá y con los amigos, el Zynga Poker de Facebook, ya había olvidado lo que era jugar póker por la sencilla razón del amor al juego; en la actualidad se me había convertido en un trabajo, en una responsabilidad, en un tema de generar ingresos a como diese lugar.

Él se retiró; yo quedé con la duda de asistir y su dirección en la mano. ¿Invertir tiempo para ganar unos pocos dólares? No era una inversión rentable para mi apretada agenda, pero la mente de Jesús capturó mi atención, y si los otros ocho jugadores eran como él, sin duda había mucho que ganar, pero en aprendizaje; era jugar por diversión por pasión , jugar por el honor de merecer el triunfo.

Seguía sin saber nada de Claudia. Al llegar el fin de semana la llame a su celular pero esta me desviaba las llamadas al buzón de mensajes, me parecía muy raro ese actuar de ella, pensé en ir a casa de su mama en Bello Campo pero el orgullo me detuvo. Llego el día domingo, después de atender a mi familia, decidí aceptar la invitación que me había hecho Jesús para esa noche. Llegué a su casa en La California, me recibió Jesús con un abrazo, acto seguido me presentó a su hermano, ambos unos caballeros; en la sala había una mesa de póker muy grande y bien construida. Estaban otros 6 jugadores, todos muy amables, me los presentaron uno a uno. Me ofrecieron un whisky para hablar de póker antes de comenzar. Hice una pregunta indiscreta: "¿y el *dealer*?", todos se rieron, Jesús me respondió con amabilidad: "no hermano, disculpa, acá reparte el botón y quema el cutoff, es una partida casera". Me sentí abochornado.

El torneo era un deep, arrancábamos con 500BB y *blinds* de 15 minutos. Se sentía la armonía y la camarería de los jugadores. Al finalizar cada mano habían comentarios, debatían manos, se concluía sobre la mejor manera de haber jugado la mano pero también se burlaban de uno y del otro; allí estaba la verdadera esencia del póker.

Era una mesa de gente que amaba el juego; dos jugadores habían ido a la serie mundial de póker en Las Vegas además de Jesús y habían entrado en cobros, pero esa noche estaban jugando póker, jugaban más que por el dinero, jugaban para compartir y debatir, jugaban por aprender más de un juego que jamás se deja de aprender, inmediatamente ya había entendido la esencia del *Sit and Go*, estaban sencillamente potenciando su juego, aprovechando la presencia de Jesús ahí con ellos, siempre se batalla por dinero, pero ahí se buscaba algo más importante: evolucionar.

Pasaron las horas y después de la eliminación de 7 jugadores quedamos los dos, solo quedamos Jesús y yo, nuevamente era un cara a cara que por orgullo necesitaba ganar, necesitaba vencer, era el momento de mi revancha. Los demás nos rodeaban y su hermano se prestó para ser el *dealer* entre nosotros, comentaban manos y se alegraban de las jugadas, hasta aplaudían; sin duda era un grupo espectacular. La última mano luego de dos horas de un fuerte heads-up entre los dos, fue una locura, con el *Stack* casi igual en ambos, quizá Jesús tenía unos pocos puntos por encima, abre a 3BB. Veo mis cartas: A♠ y K♥, decido 3betear. Jesús me mira, analiza y dice: *All-in*. Pago mostrando Jesús A♦ y K♣.

Todos se ríen. El *flop* abre 2♣, 5♣, 10♣. Todos ligan un color para Jesús. A mí se me escapó decir: "no puedo tener tanta mala suerte". Jesús replicó de inmediato que no era cuestión de suerte sino de varianza, el hada madrina del póker. Jesús estaba ganando la mano en un 68%, pero también había una probabilidad de empatar la mano. El *turn* abre una J♥ y el *river* 6♣. Entre la risa de todos, le digo: "hermano, imposible ganarte ¿no?".

Nos quedamos un rato hablando de póker, de las manos jugadas, de las experiencias y sobretodo sobre la Serie Mundial de Póker a la que habían asistido Jesús y la experiencia de otro jugador. La noche terminó mucho mejor de lo que había pensado, algo en mí se estaba renovando, el viejo Junior, el muchacho de las esperanzas, el que se enamoró a primera vista, el que jugaba póker para recordar a su papá. Algo en mi volvió a cambiar pero de manera positiva esa noche.

Cuando estrechaba la mano de Jesús despidiéndome, dijo que al día siguiente salía de viaje de vuelta a Estados Unidos, pero que él estaba a mi orden, si lo necesitaba, solo respondí: "gracias hermano, te agradezco esta invitación más de lo que te imaginas, me hacía falta, siento que estar con ustedes aquí me ha brindado una oportunidad de volver nuevamente a las raíces de mi juego".

VEINTITRES.- UNDER THE GUN

Después del torneo en casa de Jesús Gómez, la vida había empezado a cambiarme de dirección nuevamente. A pesar de todas mis ocupaciones, de estar inmerso en el juego, había convertido el póker en una máquina de hacer dinero y había perdido cierta pasión genuina y verdadera por el juego, me había extraviado entre las pintas rojas y negras, sin prestarle atención al espíritu de las cartas, a lo humano que transmitía esa maravillosa disciplina mental.

El Torneo donde Jesús me había hecho relajar un poco, y también me sensibilizo de alguna manera. La distancia con Claudia, el no saber nada de ella, se convirtió en un peso en el alma. Tenía una ansiedad súper fuerte y no podía ya estar no solo sin saber nada de ella sino que también necesitaba disculparme por eso tan feo y fuerte que le había dicho durante nuestra discusión, ya sentía que paso el tiempo necesario para que las aguas se calmaran entre nosotros.

Me propuse buscar a Claudia ese fin de semana. Planearía algo hermoso, la llevaría a la playa donde fue nuestro primer beso y luego nos iríamos sin importarnos nada, ni el club, ni Roberto, ni el póker, solo nosotros, necesitaba definir ya esta situación de manera sincera y real con ella. Lo había adelantado todo para que ese sábado fuera la noche más importante para nosotros porque al final, yo sabía que Claudia sentía algo fuerte por mí a pesar de no decirlo, pero estaba dispuesto a conseguir escuchar ese te amo de su boca de alguna manera. Chavo sabía de mi plan, nos fugaríamos una semana, pero dos días antes recibí un mensaje de texto de Claudia que lo cambiaria todo.

"Mi amor, tengo una emergencia, por favor ven a mi casa", era jueves, serían las siete y media de la noche, algo me pareció extraño, Claudia no era de palabras cursis de mi amor ni nada de eso, era demasiado básico para la complejidad y profundidad de su mente y de su alma. Salí del club a toda velocidad en mi camioneta en dirección a casa de Claudia en Bello Campo, al llegar, me bajé de la camioneta camino a la entrada de la casa cuando de pronto sentí un golpe fuerte en la nuca que casi me desmayó.

De inmediato sentí como dos tipos me tomaban por los brazos y me levantaban del piso para meterme en otra camioneta; me lanzaron como si fuese un muñeco de trapo al medio del asiento, sentándose cada una de esas bestias a mi lado, cuando cerraron las puertas y sentí como la camioneta arrancaba a toda velocidad por la inercia de la aceleración; cuando ya me estaba recuperando sentí otro golpe fuertísimo en el costado derecho, que me sacó el aire, traté de moverme para defenderme pero era inútil, por el tamaño de ambas bestias era imposible siquiera moverme.

El vehículo era piloteado por Fede y de copiloto estaba Roberto. "Entonces empresario, ¿cómo van los negocios?", así comenzó su monólogo. "El tema es simple y sencillo, tú y Chavo me deben cincuenta mil dólares y los quiero en este momento". "¡50 mil dólares!" exclamé. "Es así, es el monto que he perdido desde que decidieron traicionarme". Reviré: "estás loco Roberto no tenemos esa cantidad de dinero". "Ya sé que no los tienen porque el Chavo, después de la paliza que le dimos toda la tarde, nos aseguró que no lo tenían, que todo estaba invertido en el Yin Yang", al escuchar eso me paralicé completamente, traté de mantener la calma, esto era un juego más para Roberto y había que saber jugarlo. "¿Dónde está Chavo?", pregunté con toda la calma y tranquilidad que podía en ese momento, pero Roberto violentamente dijo: "aquí quien hace las preguntas y quien manda soy yo carajito". Entonces murmuró "Yin yang, que nombre tan maricón para un local, después dicen que el gay soy yo".

"Chavo está bien, bien golpeado, esperando si tu actuación de esta noche concluye en tirarlo en el clínico o al rio Guaire". No podía creerlo: "Chavo es muy pila para dejarse agarrar por un huevón como tú". Sentí un nuevo golpe pero esta vez en el costado izquierdo, fue tan fuerte que por poco me deja ahí muerto. "Llámalo" dijo Roberto. Saqué mi celular como pude y lo llamé, repicó un par de veces hasta que contestó con voz de moribundo: "Hermano, mi yang, no hagas nada de lo que te digan estos malditos, Junior es una…", me quitaron el teléfono y trancaron la llamada.

"Ese Chavo siempre fue un varoncito, eso nadie lo discute. Cuando lo agarramos se defendió como un tigre, le partió la nariz al Fede y no se dejaba agarrar por los muchachos, pero lo logramos apaciguar como a los perros, a punta de palazos. Cuando no tenía ni un solo lugar donde golpearlo y estando bien amarrado le pregunté por la perra de su madre y ahí ese hombre saltó como un súper héroe casi muerto y me partió la boca. Por eso creo que tiene lo que se merece, aunque parece que se nos pasó la mano". Le pedí que me explicara lo que quería.

"Está claro que el dinero no lo tienen, está bien, pero tienes algo más valioso, sabes jugar al póker; esta noche a las nueve, hay una mesa *cash* súper importante en el club de Vito Panzuto, solo para 6 jugadores, es una mesa con ciegas de 200 / 500 dólares, un amigo mío, diputado, le pedí el favor que hablara con Vito y te dejara entrar. Es obvio que no puedo decirle eso a Vito porque nos odiamos, Chavo tuvo que habértelo comentado, pero a mi amigo Vito lo respeta; le habló muy bien de ti y dijo que él te bancaria, con 50.000 dólares para que juegues tranquilo". Siguió: "Vas a jugar en esa mesa y te vas a limpiar a todos los jugadores y me vas a traer al menos los cincuenta mil que me deben. No vas a perder, eso está controlado, no puedo dejar pasar esta oportunidad ni al azar ni a la varianza, el *dealer* de la mesa está trabajando para mí, y por ende para ti. Vas a jugar *tight* toda la noche hasta que recibas un 6♦ y 7♦ en botón una hora después de que te sientes. Esa mano la vas a jugar duro desde el *pre-flop* y vas a llegar al *all-in* si es necesario. Eso está arreglado, ganas, tardas 30 minutos más, cobras y te estaremos esperando abajo".

Remató con una amenaza: "Si llegas a decir algo, Chavo termina en el Guaire, si no vienes o lo arruinas, me voy a raspar uno a uno de los de tu combito del Club; me encargaré que Kathy vaya presa y Danielito quedará huérfano ¿sabes lo que le hacen a los niños especiales en los orfanatos? Y por último a la jevita que crees que estaba enamorada de ti, esa que trabaja para mí, pues a esa también la vamos a joder por estar dándote alas de más y no decirte realmente su participación en todo esto, ¿la trataste mal no?". Respondí: "¿Claudia? ¿De qué mierdas hablas?". Roberto respondió: "ah, sí, se me había olvidado, no solo tenemos a tu noviecito sino también a la perrita de Miss Caracas, ¿o cómo piensas que te enviamos el mensaje de texto desde su celular? Ve, Junior no es nada personal, son solo negocios, pero si no cumples me encargaré de desnudarla y lanzársela a un colectivo del 23 de enero porque sencillamente ya no me sirve. ¿Te imaginas una princesa como ella en manos de esos sádicos?"

Quedé helado completamente, pero en cuestión de dos segundos el miedo se apodero de mi imaginándome a Claudia secuestrada, amarrada por estos monstruos, hizo que se me fuera cualquier indicio de equilibrio y mental game, la adrenalina se convirtió en ira invadiendo cada centímetro de mí, por lo que solté un codazo en el rostro a la bestia que tenía a mi derecha, luego golpeé con todas mis fuerzas a la bestia que estaba a mi izquierda. Me abalancé sobre Roberto tomándolo por el cuello por detrás ahorcándolo con todas mis fuerzas. Fede frenó con brusquedad en medio de la autopista, las bestias que estaban detrás conmigo poco a poco se estaban re-incorporando. Fede rápidamente sacó su arma y me apuntó a la cabeza mientras yo solo le decía a Roberto: "maldito, suelta a Claudia, suelta a Chavo, o te juro que no te soltaré hasta que te mueras".

Fede solo me decía: "suéltalo Junior o no me dejarás más alternativa que dispararte", todo era un pandemónium en la camioneta, pero sin posibilidad de que nadie viera lo que sucedía por los vidrios oscuros que ocultaban toda la acción, en eso las dos bestias se reincorporaron tratando de separarme pero nada podían hacer ante la fuerza que había despertado en mí por la sobredosis de adrenalina que tenía. Solo la bala de Fede podía separarme de Roberto, Fede al ver mi determinación en ese momento solo dijo mientras me apuntaba: "Junior, escucha, eres un chamo inteligente, sabes que de esta no puedes salir por este camino, antes que Roberto pierda el conocimiento deberé dispararte y con ello a Chavo y a Claudia; piensa bien tus opciones y veras que el único camino, la única vía, es hacer caso a lo que dice Roberto. ¡Por dios, piensa bien! Pero si no lo sueltas a la cuenta de 3 tendré que dispararte".

Fede tenía razón, estaba atrapado, ese no era el camino, seguir en ello era sencillamente un *drawing dead* para todos por lo que a la cuenta de 2 en la voz de Fede decidí soltar el cuello de Roberto quien respiró desesperadamente. Las dos bestias de atrás ya iban a darme una paliza a lo que Roberto, con la poca fuerza que tenía en ese momento dijo: "No, si lo golpean más lo notaran raro cuando llegue a donde Vito y no lo dejaran pasar. Junior estás claro que este es el camino, no lo jodas".

Fede arrancó la camioneta nuevamente en dirección al club de Don Vito, no podía pensar en nada más que en Claudia y en Chavo mientras la camioneta avanzaba. Al llegar y antes de bajarme Roberto me dijo: "No vayas a equivocarte. Mi amigo estará en la mesa con un botón del PSUV en su chaqueta, te va a estar vigilando en todo momento, a la primera imprudencia despídete de todos".

Solo se me ocurrió decir: "¿Si hago exactamente lo que me dices que me garantiza de que nos dejaras en paz?"; "mi palabra" respondió Roberto, "no es suficiente" respondí, "pues tendrás que conformarte". "Solo quiero mis cincuenta mil dólares y que se olviden del póker en este país", fue su respuesta final.

Eran ya casi las nueve de la noche, al montarme en el ascensor tenía la adrenalina a millón, pensaba que era una locura todo lo que estaba sucediendo, mientras subía cada piso trataba de tranquilizarme para cumplir con las instrucciones al pie de la letra.

A pesar de estar perdido en mis pensamientos, salí del ascensor como pude para entrar en el pent – house. Me impresionó el sitio donde estaba, era increíble, digno de la fama de Don Vito, unas anfitriones me dieron paso, mientras cruzaba la sala, otra cosa que me llamó la atención fue una pantalla gigante que reproducía una propaganda que decía a todo volumen: "Si estás esta noche aquí, estás invitado al segundo torneo anual de MAX ALPHA con 500.000 dólares a repartir. Esta es tu gran oportunidad. Solo para 50 jugadores. *Buy In*: 10.000 Dólares. FreezOut." Mi mente dispersa y desorientada por algún motivo decidió dejarlo en el record de la memoria.

Al ver la mesa, reconozco al *dealer* era Juan, mi amigo mayor de El Paraíso y que estaba trabajando con nosotros en el Ying Yang, ¿qué hacía Juan ahí? Juan solo trabajaba los fines de semana con nosotros, por lo que concluí entonces que en la semana trabajaba con Don Vito. Ver a Juan me dio cierta tranquilidad y paz. Él me miró con cierta complicidad pero sin mostrar rastros de que me conocía. Me presenté en la mesa y distinguí al diputado por el botón del PSUV. A ninguno de los demás jugadores los conocía. Había un asiento reservado con mi nombre: Diego López. Tomé lugar, respiré, y esperé con mucha adrenalina que comenzara el juego. La mesa era de Texas Hold'em No Limit con *blinds* en 200/500. Era la mesa más costosa que había visto y jugado en mi vida, una verdadera rareza.

Antes de iniciar una anfitriona me pregunto con cuanto quería jugar, cuando iba a responderle el diputado me interrumpió diciéndole "dale 100.000 para que pueda jugar tranquilo y Deep, con 200bb mi amiguito sin duda es un As" decía eso mientras me miraba con cierta complicidad que la verdad me aterro. Iba a jugar con cien mil dólares en mis manos y eso no lo podía casi creer, tanta pobreza, tanta hambre en este país y ahí me pondrían en las manos lo que podría ser la vida y futuro de miles de venezolanos.

Ya con las fichas en mesa y antes de que Juan repartiera las primeras cartas se acercó don Vito Panzuto, a saludar a todos los presentes. Vito era un hombre intimidante, su altura y gordura junto con su barba blanca y el uso de unos lentes oscuros producto de un problema de la vista lo hacían un personaje aún más profundo e interesante. Usaba bastón a causa de la edad y el sobrepeso, además de una antigua lesión de la rodilla que empeoró con los años.

Fue saludando a todos uno a uno como un verdadero anfitrión hasta que llegó a mí, me saludó cortésmente, pero no pude evitar un bombeo de adrenalina en todo el cuerpo. Algunos me habían dicho que Don Vito podía oler el miedo como los perros y por ello trataba de serenarme pero fue imposible; mientras me daba la mano estoy seguro que sintió que temblaba, solo dijo: "un jovencito en la mesa, que interesante". El diputado respondió: "correcto, es el chico que te mencioné".

Me miraba como si me conociera de algún lado: "¿te llamas Diego, no? ¿Diego López?". Respondí afirmativamente. "Me pareces familiar, pero no logro ubicarte. ¿Tienes miedo?". Solo supe decir: "nunca había estado en una mesa tan alta". El viejo soltó una carcajada: "relájate hijo, estás en mi casa, aquí todos somos amigos, disfruta la mesa". Antes de retirarse le advirtió al resto de los jugadores de lo peligroso de los jugadores jóvenes, lo dijo en son de chiste palmeando mi espalda.

Al retirarse Don Vito comenzamos el juego, exactamente a las nueve y cuarto; empecé a analizar a los jugadores, rápidamente me doy cuenta que todos eran recreacionales por su manera de ordenar las fichas, ver sus cartas, e incluso porque en la mayoría de las manos iniciales solo entraban en limp.

A mi izquierda tenía una especie de general o coronel, por el uniforme, creo que era de la armada naval, juagaba solo manos Premium, no *blufeaba*, solo iba por lo seguro; seguidamente estaba una señora de unos 60 años, con un copete altísimo, la definición perfecta de *Calling* station, pagaba absolutamente todo; luego había un jugador de rasgos chino: los jugadores chinos siempre son de temer, sobretodo porque son extremadamente *gamblers* y juegan con y por el dinero, pocas veces con la razón; seguidamente estaba el diputado amigo de Roberto que no tenía ningún rasgo de pertenecer a este sitio, el botón del PSUV y su carnet de diputado marcaban una gran diferencia, permitiéndole entrar a donde se le diera en gana incluyendo el club de Don Vito; por último estaba un famoso animador y actor de la televisión, famoso por gritar "familiaaaaa" en un programa de concursos, su juego era muy suelto y agresivo pero con cierta noción interesante y algo tricky. Todos estaban ahí para divertirse, caso contrario al mío. Era una mesa de 6 jugadores, un six-max.

Comencé a jugar solo manos Premium dependiendo de la posición, había iniciado con cincuenta mil dólares y a los 45 minutos tenía unos 123.000$. La mesa era bastante fácil, en otras las circunstancias habría duplicado el *stack* con mayor velocidad pero estaba esperando los famosos 6♦ y 7♦ para acabar esa noche de terror: hasta que llegó justo cumplida la hora. A las diez y cuarto, estando de botón, recibí las cartas mencionadas por Roberto, mi *stack* había crecido un poco más en los últimos quince minutos llegando a unos ciento cuarenta mil dólares.

El diputado, quien mostraba algo más de entendimiento del juego, había metido unos buenos *badbeats* al animador venezolano, al general y al amigo chino, lo que hacía que tuviese algo más de ciento setenta mil dólares. El *dealer* me ve y hace un gesto con los ojos indicando sin palabras "esta es la mano".

La adrenalina se me disparó por completo, tanto así que comencé a ver cómo me temblaban las manos, nunca había hecho trampa al jugar; ni siquiera cuando Chavo y yo estábamos en la misma mesa caíamos en colusiones o nada por el estilo; él me lo propuso varias veces pero me negaba y le decía que se dejara de eso, que no lo necesitábamos; el póker para mí era sagrado, y ahora me encontraba mal por tener que traicionarlo, solo lo hacía por la vida de los míos y nada más.

Tenía que disimular ese temblor en las manos, era un *tell* muy obvio, tanto así que el militar se dio cuenta y me preguntó en voz clara y firme que si estaba bien.

A lo que solo lo vi y en igual tono serio respondí: "mejor que nunca". La mano inició con un *fold* de la señora del copete ochentero, acto seguido el jugador chino limpea junto con el diputado y el animador, cuando llega la acción a mí decido rollear a unos cinco mil dólares.

El militar piensa desde el big pero foldea, todos pagan, la señora, el jugador Chino, el diputado y el animador con respectivo orden para completar la acción del *pre-flop*. Se había armado un pozo de unos 2.500 mil dólares. El *flop* abre 8♦ 9♦ de diamante y 2♣, estoy punta a punta de escalera, estoy con un posible proyecto de color y lo más interesante punta a punta de una escalera de color.

Me tocó hablar de primero e hice *check*, la señora hizo también pasó, cuando la acción le llego al jugador chino dijo *all-in* sin pensarlo mucho, secundado inmediatamente por el diputado que solo pago el *all-in* con su gran *stack*; al llegar la acción al animador este también dijo *all-in* agregando "vamossss familia" gritado a todo pulmón; llegando la acción a mí como acto seguido, sin duda este era el momento pero era la situación más loca y extraña que había vivido en una mesa, mi instinto me decía que había algo raro en todo esto, quería botar la mano pero tenía la instrucción amenazante de Roberto ¿debía confiar en ello?

En una mesa normal, sin *dealer* truqueado me hubiese mandado *all-in* sin pensarlo dos veces, mi mano era demasiado fuerte pero sabía que algo extraño estaba pasando, mi única confianza estaba en Juan que estaba de *dealer* porque el *call* del diputado me dio una mala espina en todos los sentidos, mientas pensaba volvía a refugiarme en la presencia de Juan, que era lo único que me daba tranquilidad para confiar en la situación, busqué su mirada antes de mandar mi *all-in* pero éste estaba solo viendo el *Board*.

El ambiente estaba enrarecido, pero no tenía cabeza para descifrarlo, tras mucho analizar caí en modo automático, ante toda la escena de los jugadores levantándose decido mandar *all-in*; la señora decidió *fold*ear pero luego de su acción veo que le queda por decidir qué hacer al diputado por su *stack*, quien juré y perjuré que *fold*earía, pero para mi sorpresa dijo: "pago", mirándome con una especie de sadismo, entré en pánico con la mirada de ese hombre en ese momento.

Los jugadores se volvieron locos producto de la adrenalina y por el pozo que se había creado, no respetaron su momento de mostrar las cartas por lo que el chino mostró trio de 8 muy emocionado, el animador se había levantado y sin respetar que mostrara sus cartas antes que él el diputado, decidió mostrar J-10 off suite con una fuerte excitación, estaba bilateral para escalera, yo, en medio del desconcierto muestro mi 6 y 7 de diamante y por último de manera muy seria y fría el diputado se levanta mostrando un K♦ Q♦.

Lo miré a los ojos y éste me miró fríamente, no me gustó ver esas cartas específicamente en sus manos. El *turn* abre un 10♦, todos comenzaron a reír y a celebrar mi escalera de color pero el diputado me veía fijamente sin desviar su mirada, en sus ojos solo había rabia y resentimiento, pero a la vez con un leve grado de satisfacción. No podía celebrar la maravillosa mano que tenía porque yo sabía lo que iba a pasar, ya había entendido el juego de Roberto de esa noche, solo el diputado y yo estábamos claros que el *river* traería una J♦ y así fue, una escalera de color más alta y mejor que la mía me había arrebatado la victoria como también la posibilidad de mantener mi vida y la de los míos.

Los demás jugadores se ríen como si solo hubiesen perdido unos pocos dólares. Quedé helado, miré al *dealer*, a Juan, quien solo me hizo un gesto con el rostro como queriendo decir: "lo siento". No sabía qué hacer, estaba en completo shock, me montaron la trampa de mi vida, "nos jodieron" era lo que pensaba. Se me revolvió el estómago, sentía que me desmayaría, no estaba preparado para una emoción de esa magnitud, corrí rápidamente al baño y vomité hasta la bilis en el lavamanos.

"Maldita sea nos jodieron, Chavo", grité. "Claudia, dios mío", decía mirándome al espejo, duré ahí confundido en el vacío de mis pensamientos por unos minutos, evaluando las alternativas de mis *calles* pero sin ninguna opción coherente ni clara. Me lavé la cara y regresé a la mesa como pude pensando en qué demonios haría para salir de ahí vivo. Al llegar a la mesa el diputado no estaba en su puesto, ni él ni sus fichas. En ese momento, desesperado, decidí buscar alguna salida de ahí, pero vi que era imposible pasar por la entrada principal.

Salí a la terraza del pent-house buscando alguna puerta, escalera o algo que me permitiese salir de ahí, cuando me interrumpió Vito con un guardaespaldas musculoso de unos dos metros. "¿Para dónde vas hijo? No sé qué está pasando, pero el diputado cobró y se fue, ahora tú pierdes esa mano, y si el rojito no está, me imagino que tienes los 100.000 dólares para pagarme ¿Correcto?". Solo supe decir: "Don Vito, si me escucha unos minutos le puedo explicar".

Se notaba que estaba disgustado el italiano: "Hice un par de llamadas y me dijeron que trabajas con Roberto Mejía, ¿esto es alguna trampa?". No me di cuenta cuando el gigante que acompañaba a Vito me levantó por las piernas y me volteó poniendo mi cuerpo en el aire en franca amenaza de dejarme caer al vacío. Un frio profundo se apoderó de mi espalda, veía la ciudad al revés, mi mente no articulaba ideas, los segundos que estuve así pensaba vagamente en mi padre, me decía a mí mismo: "¿será que llegó la hora de verte viejito? ¿El juego nos venció a los dos?".

Don Vito se afinó la voz para decir: "me debes cien mil dólares ¿cómo me los vas a pagar?". Apenas lograba balbucear palabras, pero no lograba configurar ninguna idea. Cada vez que decía algo ininteligible recibía un golpe en las costillas con la otra mano del gorila que me sostenía, no lograba conseguir solución, todas mis ideas se resumían en tenerle miedo al concreto que me esperaba abajo, pero como una epifanía, me llegó una idea, recordé la pantalla que había visto en la entrada.

Grité con desespero y terror. "Vito, Vito, este sábado es el torneo de Max Alpha, la segunda edición, yo ganaré ese torneo, mi especialidad son los torneos", fue mi respuesta. Vito se rió: "me debes cien mil dólares, y quieres desperdiciar diez mil más en el *Buy-In* del torneo de Max, eres un personaje chamo, mejor suelta a este carajito". No sabía cómo convencerlo: "noooo, Vito escucha, dame un minuto por favor te lo suplico. Entiende algo, es eso o matarme, porque no tengo para pagarte, sé que eres un hombre inteligente y de negocios. Sabes muy bien que es una opción de recuperar el dinero e incluso un poco más de ello, sino te cumplo igual podrás matarme. Te juro por mi vida que soy muy bueno jugando en torneos, puedes preguntarle a quien quieras en esta ciudad. Vito debes creerme". Mis palabras eran suplicas inmersas en la desesperación, esperando que llegaran de alguna manera al Don.

El viejo dudó: "es decir, estoy entre dejar un correcto mensaje de que no me vengan a joder al club, directamente a Roberto; o recuperar ese dinero apostando a ti". Vito volvió a reír: "vamos a darte un pequeño voto de confianza, no me gusta matar carajitos así porque sí, voy a llamar al jugador que más respeto le tengo en Venezuela, si no te conoce espero que aprendas a volar", fueron sus palabras.

Mientras flotaba de cabeza veía como Vito sacaba su celular y buscaba algún contacto, la sangre de mi cuerpo se estaba comenzando a concentrar en mi cabeza, el tiempo era eterno hasta que logré escuchar nuevamente la voz de Vito: "Hola hijo, ¿cómo estás? ¿Llegaste a tu hogar? Espero que me ayudes con lo que te pedí y en verdad disculpa por ello. Te llamo para hacerte una pregunta ¿has escuchado de un tal Diego López, uno que llaman Junior, de aquí de Caracas? ¿Es buen jugador?" Pasaron unos segundos que para mí fueron eternos, Vito solo escuchaba y asentía con la cabeza, después de un rato habló nuevamente: "Dios te bendiga Jesús, gracias por la información, bendiciones a la familia". Vuelve pronto por aquí y atento al favor que te pedí", trancó la llamada. "Bájalo", le dijo al gorila. Cuando estaba pasando un poco el susto y ya con los pies en el piso nuevamente, me dijo: "Jesús Gómez me habló muy bien de ti. Te voy a meter en el torneo, pero si no entras en cobros y no me pagas los ciento diez mil dólares de ese torneo no saldrás vivo y si te llegas a escapar por algún milagro te buscaré hasta el fin del mundo, y si no te consigo serán los tuyos quienes me paguen la deuda con lo que tengan incluyendo su vida de ser necesario".

"¿Hablaste con Jesús Gómez?", dije entre vahídos. "Efectivamente, él para mí es el mejor jugador de este país y lo respeto, cuando le pregunté por ti sus palabras fueron claras y sinceras. Dijo que eras un jugador con potencial de no solo convertirte en el mejor jugador en Venezuela sino cuidado del mundo, si te lo propones seriamente, te llamó un diamante en bruto". Sus palabras me impresionaron. ¡Qué vueltas daba la vida! Otra cosa que agradecerle a Jesús. El acuerdo estaba hecho, debía ganar el Torneo de Max "Alpha" Rodríguez para salvar mi vida y la de los míos.

Con el corazón latiendo a mil por hora y la adrenalina aun recorriendo cada rincón de mi cuerpo. Bajé del edificio y era obvio que ya no estaba por ahí la camioneta de Roberto, caminé hasta conseguir un taxi, mi celular se lo habían quedado los hampones del hombre del *bluf*. Quería saber si Claudia, Chavo y los chicos del combo estaban bien, pero no tenía manera de comunicarme con ellos, el único sitio al que podía ir era al club y desde ahí reorganizarme para poder ver el escenario en su totalidad.

Al llegar al Yin-Yang me conseguí con un pandemónium, había un carro de bomberos, patrullas de policía, la gente alrededor comentaba que hubo un incendio. Los bomberos habían extinguido las llamas, pero no quedaba nada, las computadoras chamuscadas, las mesas de póker, la decoración, todo, estaba en ruinas. Entre la gente estaba Caro, ella lloraba sin parar, jamás pensé verla así, le pregunté qué había pasado: "Junior, gracias a Dios estás bien, hace una hora llegaron unos tipos, sacaron a la gente a punta de pistola, a los que estábamos grindeando nos golpearon. Nos quitaron los teléfonos y luego empezaron a rociarlo todo con gasolina. Yo pensé que nos iban echar a nosotros también para quemarnos vivos. Pero después de patearnos y humillarnos, nos dejaron salir al mismo tiempo que le prendían fuego al local".

La venganza de Roberto estaba consumada, su objetivo estaba claro, matarnos era una idiotez si podía hacerlo otro por él, apuesto que estaba seguro que mis sesos ya estarían esparcidos en el concreto debajo del club de Vito. Pero ahora solo me preguntaba si Claudia y Chavo estaban bien.

Recordé que el desagraciado de Roberto me había dicho que a Chavo lo tirarían al Guaire o al Hospital Clínico Universitario, le dije a un taxista que me llevara al hospital. Al llegar, en la parte externa de emergencia me encontré con Wilfredo y María Teresa, quien lloraba desconsoladamente. Me acerqué a Wilfredo, que me hizo un gesto con la cabeza de que lo siguiera. Me dijo que Chavo estaba en terapia intensiva, y que Carlos y Leo estaban listos para buscar a Roberto y caerle a tiros. Ellos sabían que él había sido el responsable porque fueron las últimas palabras de Chavo antes de caer inconsciente: "esta noche ese tipo amanece tirado en la quebrada de Catuche[34]" dijo Wilfredo con los ojos aguados y la voz temblorosa. Me di a la tarea de convencerlo de que detuviera el plan, teníamos que pensar mejor la situación, Roberto no era ningún tonto seguro estaba esperando por ellos y además algo más importante y delicado, seguro tenía con él aun a Clau-

---

34 El río Catuche nace en la fila maestra de la cordillera de la costa al pie de Las culebrillas a una altura de 1807 msnm dentro de los linderos del parque nacional El Ávila, entre sus tributarios de su vertiente occidental se encuentran las quebradas El Cedro, Las Mayas, entra en la ciudad por la lares de Puerta de Caracas y después de cruzar parte de la ciudad desemboca en el río Guaire en San Agustín del Norte.

dia, por ello no había que jugar como él quería, debíamos pensar mejor nuestros próximos pasos.

Le pedí el teléfono para ponerme en contacto con mi mamá. Mi vieja estaba bien, se asustó un poco por la hora en que la llame pero le dije que había perdido mi teléfono, que no se preocupara; ella no sabía nada y no la habían contactado. Traté de llamar al número de Claudia que me sabía de memoria, pero caí directamente a la contestadora, estaba apagado, entonces llamé a casa de su mamá. Me impresionó muchísimo cuando la señora me dijo que ella había salido de viaje de emergencia para España esa misma noche, que de seguro ya estaba volando, pero que había dejado con ella una carta para mí. No podía creer lo que estaba escuchando, por una parte me alivió saber que Claudia estaba bien y había llegado a su casa, pero ¿cómo así que se había ido a España? ¿Sería ella parte del plan de Roberto? Increpé a la señora: "¿usted está completamente segura de lo que me está diciendo?". A lo que me respondió: "si hijo, a mí me sorprendió mucho la decisión de ella, pocas veces la había visto así, envuelta en lágrimas, pero solo me pidió que la llevara al aeropuerto de emergencia, traté de hacerla hablar pero lo único que hacía era llorar. Me angustio mucho verla así hijo, dime por favor, ¿qué está sucediendo? Ella fue incapaz de decirme" a lo que le respondí: "gracias señora, estoy seguro que Claudia estará bien, creo que fue lo mejor para ella, no se me preocupe más y trate de descansar". Al trancar sentí un hueco en el corazón y en el alma que me carcomía internamente, estaba completamente perdido, no entendía absolutamente nada de lo que estaba sucediendo.

Wilfredo me comentó que a Chavo lo habían tirado golpeado en la puerta del Clínico, con fracturas en las costillas y los pulmones perforados; aun consiente pidió que llamaran a Leo y Carlos. Yo creo que Roberto quería verme muerto a mí y dejar con vida a Chavo para luego obligarlo a trabajar de nuevo en su club. Soborné a un par de enfermeras para que me dejaran pasar a la terapia intensiva para ver a Chavo. Cuando entré no lo reconocía por lo hinchado que estaba a causa de los golpes, lo tenían con un respirador. Me rompió el alma ver a mi hermano así como estaba, recordar a Chavo con su energía infinita, su alegría y sonrisa constante, y de pronto verlo ahí apagado, solo vivo por un respirador fue muy fuerte. Tomé su mano y le dije: "todo saldrá bien, hermano, te lo juro". Al escuchar mi voz Chavo tuvo cierta reacción, como un reflejo, él sabía que yo estaba ahí.

Era la madrugada del jueves, faltaban dos días para el torneo de Max Alpha Rodríguez, debía empezar a planificar como salir de toda esta situación, debía prepararme de alguna manera para ganar ese torneo pero también debía hacer pagar a Roberto por lo que nos había hecho, no tenía ninguna otra opción; el juego me había obligado a apostarlo todo a pesar de sentir que estaba perdiendo a Chavo y que había perdido a Claudia, "¿Claudia me traicionaste? Pensaba hacía mis adentros. Nadie está preparado para vivir un mar de emociones como por las que estaba pasando, pero logré hacerlo de alguna manera. Tanto yo como los míos estábamos en la mira de la pistola e muchos que la sostenían, pero debía buscar la manera de ponerme sobre ella para así salvarnos a todos.

VEINTICUATRO.- OVER THE GUN

El torneo de Max "Alpha" Rodríguez era, por decirlo de una manera sencilla, extraordinario. Era un despropósito que existiera un torneo con un premio tan elevado en un país donde no existían casinos ni ligas de póker. El premio no tenía nada que envidiarle a los que ofrecían los grandes casinos en los circuitos internacionales. Seguía siendo absurdo, que un premio tan alto, no saliera en los periódicos y además, que el torneo se celebrara en el completo anonimato, con una sede secreta, que no sería revelada hasta el último momento.

Quienes asistían no eran terroristas ni jeques árabes; eran los mismos jugadores de las mesas *highroller* de los casinos clandestinos de Max "Alpha" Rodríguez, Vito Panzuto, algunos jugadores habituales del *Triple As*; y de algunos otros clubes importantes del interior del país, sin mencionar a los "amigos importantes de la casa", políticos de la cúpula gobernante entre otras grandes personalidades que les gustaba este juego del "capitalismo salvaje"; pero no tenía manera saberlo hasta que llegó a mi teléfono un mensaje de texto que indicaba dónde sería el torneo. El protocolo era muy elaborado, pero para la admisión no tuve que esforzarme mucho, ya que el propio Vito Panzuto me consiguió la silla.

A las siete y media de la noche de ese sábado estaba listo con el *outfit* de póker, preparado para enfrentarme a mi destino, era una locura el giro que había dado mi vida en tan pocas horas, de pasar a un plan hermoso al lado de la mujer que amaba pasaba a estar listo a librar una batalla por mí vida y la de los míos y peor aún con la duda de si quien amaba nos había traicionado. Tenía una sola opción para seguir con vida y garantizar la salud de los míos; debía llegar al torneo con la mente fresca y dispuesto a ganar.

Me monté en mi "machito", encendí el radio, y para despejar la mente, puse un disco de música al azar, pero el destino siempre busca conectar las cosas, sonó un mix de música de los sesenta / setenta y pude sentir que mi viejo iba de copiloto, que estaba sentado en el carro conmigo, acompañándome en ese difícil momento. Cuando sonó The Doors, sentí la buena vibra del juego, me sentí en mi hábitat: estaba listo mentalmente paga jugar.

En el transcurso del día había recordado a todos los que amaba, estuve en el Hospital Clínico Universitaria visitando a Chavo y a su mamá. Seguía en estado crítico, había sido golpeado muy fuertemente, pero los médicos decían que se estaba recuperando y que evolucionaba favorablemente por su juventud, me permitieron entrar a verlo unos pocos minutos, le tomé la mano, me acerqué a él y le dije al oído: "vamos con todo hermano, todo saldrá bien", al salir le di un beso en la frente a María Teresa quien aun estando muy afectada por todo solo me dijo: "cuídate mucho hijo, por favor".

Al salir del hospital, fui a El Paraíso a ver mi mamá, se sorprendió que pasara por allí un sábado porque estábamos acostumbrados a vernos los domingos. Le expliqué que jugaría un torneo muy importante, posiblemente hasta la madrugada, y que no me despertaría temprano, ya Kathy había entendido mi pasión y entrega por el póker. Disfruté un rico almuerzo hecho por mi vieja y abracé a Daniel hasta que se hastió de mi cariño.

Luego llegué a la casa Claudia, para hablar con su mamá, ella volvió a reiterarme lo que habíamos hablado por teléfono horas antes de madrugada, explicó que Claudia salió del país sin darle explicaciones, y no se había contacto con ella aún. Estaba muy preocupada. Me entregó un sobre cerrado que contenía un mensaje de Claudia para mí. No quise leerlo allí. La mamá de Claudia me pidió que la mantuviera informada de su hija si llegaba a saber algo antes que ella. Me fui comprometiéndome a hacer lo posible para solucionarlo todo.

Estuve tentado en abrir el sobre y leer la carta pero no pude, a pesar de que mi curiosidad era infinita sabía que el contenido de esa carta podría mover mi mental game, así que con mucha determinación y fuerza solo decidí dejarla ahí en la guantera de la camioneta prometiéndome abrirla solo al salir de toda esta situación.

Mi preparación y equilibrio mental estaban completos de alguna manera y era lo que más debía cuidar, ese fue el consejo principal que me dio Jesús

Gómez cuando le comenté por teléfono, sin entrar en muchos detalles, las dificultades que estaba travesando. Si lograba dominar mis emociones, lograría la victoria.

Sabía que en el torneo de Max Alpha Rodríguez tendría una estructura *FreezOut*, sin rebuy ni addon, comenzaríamos con trescientos *Big Blind*, 30.000 puntos, arrancando en ciegas en 50/100 subiendo cada de 20 minutos: la paciencia sería la virtud principal de un jugador que quisiera salir victorioso. En este torneo, por encima de muchas dificultades terminaría imperando el jugador que mantuviese la cordura hasta el final.

Mi estrategia consistía en identificar a los jugadores que conocía; y luego, durante los primeros cambios de jugadores de mesa, clasificar a los que no conocía según su tipo de juego. Así tendría un plan de juego ante ellos, y podría desplegar una verdadera estrategia de ataque. Si bien tenía una estrategia macro, el detalle de la táctica dependería de la mesa en sí y sus tipos de jugadores. La macro consistía en un principio que solo jugaría manos grandes por pozos grandes, de acuerdo a la posición en que estuviera en la mesa, sin enamorarme de las cartas, ni dejarme llevar por proyectos que pusiesen en peligro mi *stack*. Debía concentrarme en el valor de las manos y hacer crecer mi pila de fichas mientras lograba entender el juego de los adversarios.

No jugaría en *limp*, cuando me tocará entrar lo haría en OR con un *size* de 2,5BB y al ir avanzando podría bajar a 2,3BB, 2,2BB e incluso llegar a 2BB pero siempre dependiendo de la mesa y sus jugadores; utilizaría el 3BET solo en los rangos explícitos en las tablas estudiadas y contra el tipo de jugador que fuese efectivo, trataría de evitar los 4BET y los *all-in*, a menos que tuviese las *nuts* en la última *calle* y en presencia de un jugador sumamente *loose*. Es decir, determinaría mi rango en todos los sentidos.

No haría movimientos de *bluf* en las etapas iniciales, porque sin duda los demás jugadores estarían dispuestos en hacer *call* automáticamente por las características de la estructura que permite tener un *stack* relativamente profundo; del mismo modo controlaría mi compulsión a *rollear* en *pre-flop* a los *limpers*, lo haría de manera muy cuidadosa y con los rangos estudiados y analizados en las tablas, debía concentrarme en hacer un juego netamente GTO, de manual, al menos en los primeros niveles: no estaba allí para disfrutar, ni ser el héroe de la mesa, sino para ganar.

En los niveles intermedios del torneo la estrategia cambiaria. Mi *stack* para ese momento del torneo debería estar por encima del promedio, lo que me daría la oportunidad de abrir a un rango de manos más amplia, desarrollaría un juego algo *tricky* para confundir, entre GTO y explotable, pero teniendo en cuenta el tipo de jugador para aplicarlo; podría disponer del *bluf* como movimiento pero sin abusar y en el *timming correcto*, todo en la búsqueda de sumar fichas para tener una buena posición mientras se empezara a formar la burbuja de mesa final.

En esa primera burbuja decidí, cuando la mesa diera las condiciones, que abriría bastante, sobre todo estando en posición, pero pagando poco. Ya en la mesa final mi estrategia dependería de los jugadores, a quienes de seguro, después de más seis horas de juego, conocería muy bien. No podía darme el lujo de fallar.

La tarjeta de invitación me la había entregado Vito Panzuto el viernes en la noche cuando nos reunimos por última vez. Allí también se podía ver el protocolo desmedido del torneo, que parecía más propio de una reunión de una sociedad secreta que de un torneo con aspiraciones internacionales. En otro país, donde las leyes fueran normales esto sería un evento admirado por muchos, pero no estábamos en un país normal, donde este torneo sería reseñado por la prensa deportiva y los invitados recibirían reconocimiento público por sus habilidades en el póker.

El sobre era impresionante, troquelado con la palabra ALPHA, y dentro una tarjeta en papel de hilo, que decía:

> "Estimado Diego López
>
> Usted ha sido cordialmente invitado al Torneo "Alpha Pro Venezuela " solo para los mejores 50 jugadores de póker del país. Esta invitación es intransferible y solo puede confirmarse mediante el envío de un mensaje de texto con el número de su cédula de identidad al número 212. Por favor seguir las instrucciones que reciba por telé-

fono en las próximas 24 horas.

Para nosotros es un placer recibirlo

Max "Alpha" Rodríguez"

Las instrucciones después de confirmar eran sencillas, había que esperar, en la tarde de ese sábado, que llegara en otro mensaje con la dirección del lugar. A las cuatro y media de la tarde llegó el mensaje, era una residencia *en La Lagunita*; al llegar allí solo te dejarían pasar si presentabas la tarjeta de invitación que tenía en la parte posterior un código de barras.

El tráfico de la ciudad estaba un poco pesado, era sábado en la noche, en el Estadio Universitario estaban jugando los Tiburones de la Guaira contra el Magallanes; esa temporada la ganarían los Tigres de Aragua. Seguro mi viejo habría perdido la apuesta que hiciera, porque él era caraquista. Llegué a La Lagunita a las 8 de la noche, no quería perder la oportunidad de explorar los rostros y actitudes de mis contrincantes.

Examiné bien la urbanización, sus *calles* con poco alumbrado público, pero dentro las casas parecían estadios con grandes reflectores que no permitían que la noche existiese. Habían muchas *calles* ciegas, *calle*jones que solo conducían a la puerta de una mansión. Esa información era importante para mí, saber dónde estaba ubicado y cuáles eran las únicas maneras de huir, de escapar.

En la puerta de la casa que indicaba el mensaje de texto había un dispositivo de seguridad; la adrenalina comenzó nuevamente a llenar mi cuerpo al ver la impresionante edificación que se levantaba frente a mis ojos, era una residencia hermosa, digna de un multimillonario, al mejor estilo de las grandes casas de los artistas norteamericanos. Todo era un inmenso castillo, sumamente iluminado, el asfalto conducía a una rotonda llena de carros nuevos, se notaba que todos los que estaban fuera eran personal de seguridad, y que dentro, más allá de los grandes ventanales y la gigantesca puerta de madera de más de cinco metros, se estaba desarrollando el evento.

El primer dispositivo de seguridad me pidió la tarjeta de invitación, consultaron con un equipo electrónico y me dejaron pasar sin ningún problema. Al entrar conseguí a los Valet Parkings que se llevaron mi camioneta y me entregaron un ticket para retirarla al terminar el evento. Al bajar y dirigirme a la puerta, me ataja el guardaespaldas de Vito, que se llamaba Héctor, a quien tuve el placer de conocer hacía dos días mientras me sostenía en el vacío por una pierna; quedamos que estaría allí para verificar que cumpliera con mi palabra ganando el torneo, pero también para protegerme y mantener informado a Vito Panzuto de lo que sucediera.

Me quitó el ticket de Valet Parking diciendo: "si pierdes no vas a necesitar tu camioneta". Era una amenaza muy cierta. Héctor permanecería en la barra, para estar pendiente de todo que sucedía en la sala. En ese momento me volví a sentir bajo presión, porque Héctor era un doble agente, que cuidaba la inversión de Vito de los ataques que pudiera recibir de alguno de los presentes, y al mismo tiempo, era mi verdugo, quién cobraría con mi vida la deuda y daría el castigo ejemplar de la casa de don Vito Panzuto.

Al llegar a la puerta, una hermosa anfitriona me recibió con una sonrisa radiante, que me ayudó a recuperar mi centro. Debía asumir mi papel de triunfador. Me volvieron a pedir la tarjeta de invitación, la pasaron de nuevo por un lector electrónico de códigos de barras, y me entregaron una carta que decía "mesa dos, número de puesto seis". Había cinco mesas, grandes, elegantes, con un par de *dealers* en cada una para que descansase uno si era necesario, y el juego nunca tuviera que parar salvo por los break para los jugadores. Las anfitrionas y los *dealers* llevaban uniformes bordados con el logo de Max Alpha. En cada mesa estaban los mazos de cartas abiertos para demostrar la transparencia de las cartas.

Ya había jugadores ocupando sus lugares, no fue difícil reconocer a algunos de ellos; estaba Amir, ese descendiente de árabe que se había convertido en mi némesis en el torneo de su casa; a su lado estaba el chino que jugó conmigo en la mesa de don Vito Panzuto. Reconocí también a Beto y Francisco, dos jugadores que estaban en casa de Jesús en el torneo familiar. Estaba el señor Nelson, el jugador empedernido del torneo de Amir y del *Triple As*; había dos jugadores más que habían estado en los jueves de torneos del Yin Yang Poker Club. Había muchos rostros conocidos del club *Triple As*, pero sobre todo de la política chavista. Entiendo que ese torneo terminaba siendo la pequeña posibilidad de los miembros del régimen para vivir una gran vida de casino en Venezuela.

De los cincuenta jugadores tenía una idea clara de cómo jugaban al menos veinte, eso era una buena noticia, y aun no había terminado de ver todos los rostros. Todavía faltaban algunos minutos para comenzar, eran las ocho y cuarenta y cinco, se podía ver una cuenta regresiva en una gran pantalla de plasma de ochenta pulgadas, el nivel con su *blind* respectivo y las apuestas *ante* cuando se aplicaran; estaba el *Average Stack* de todos los jugadores, un ítem muy importante a evaluar constantemente, además estaban las tablas de posiciones, el *stack* de cada jugador, y hasta un recuadro destinado a mediar porcentajes de victoria en base a manos jugadas y ganadas. Todos estos datos los computaba el segundo *dealer* en cada mesa, a través de una Tablet. Sin duda uno podía sentirse en una mesa de la Serie Mundial de Póker.

Faltaban diez minutos aún para comenzar, tenía la costumbre de ir al baño siempre antes del inicio de cada torneo para que nada pudiese interrumpirme en el juego, además necesitaba echarme agua en el rostro para activarme ante la batalla. Estuve frente al lavabo durante un minuto refrescando mi cara para recuperar la concentración y mantener un *mental game* equilibrado. Cuando ya me sentí listo, me dispuse a salir del baño pero al abrir la puerta se presentó ante mí el portador de mi mala suerte.

Su cabello negro pintado para que no se le vieran las canas, su cara de chulo creído, el porte de nuevo rico, la actitud de prepotencia extrema y el desparpajo de su ego lo anteceden a donde va. Detrás de Roberto Mejía había además dos tipos robustos que el *hombre del bluf* había inscrito en el torneo solo para hacer trampa, ya que ellos, poco a poco, irían pasándole sus fichas a Roberto para aumentar su *stack*.

El acto de empujarme nuevamente hacia dentro del baño fue reflejo por la sorpresa de verme frente a él. Uno de los robustos, de baja estatura, siguió empujándome e intentó meterme en uno de los sanitarios. Me resistí lo más que puede. El otro robusto intentó darme un puñetazo, el cual esquivé y terminó en el hombro del robusto de baja estatura.

Mi respuesta no se hizo esperar, le di un derechazo al bajito que lo lanzó a la loza del baño; pero el otro robusto me tomo por el cuello y me golpeó en el estómago sin poder defenderme ante ello. Estaba sometido cuando Roberto se acercó hasta el cubículo y empezó a preguntarme qué hacía en ese lugar, qué de dónde había sacado dinero para pagar el *Buy-In* del torneo, pero lo que más le preocupaba y se le notó en su rostro, era cómo había salido vivo del club de Vito Panzuto. La respuesta a todas sus preguntas no se hizo esperar, cuando Héctor entró violentamente al baño y de un manotazo lanzó al robusto pequeño otra vez al suelo, apartó a Roberto y le dio un golpe en las costillas al otro robusto para que me soltara.

El recientemente apartado golpeó a Héctor de vuelta, y cuando intentaba dar el segundo golpe, el gigante Héctor detuvo su mano y le dijo: "otra equivocación y te hago la manga gástrica aquí mismo sin anestesia", mientras le apretaba el antebrazo con una fuerza capaz de quebrarle los huesos. Luego se dirigió a Roberto: "Don Vito me dio instrucciones de velar por su activo en este torneo. Quien se interponga a esto tendrá que vérselas primero conmigo. Por lo visto el famoso Fede no está acá en el torneo contigo por lo que no te conviene. El chamo va a jugar".

Roberto y su combo tomaron distancia diciendo: "Ya entendí la vaina; así lograste salir del rollo. Ahora, te digo algo, ese carajito no va a entrar en cobros. Sé bien lo que tiene de póker y aquí no va tener vida". Mientras se iba apartando hacia la salida del baño me decía: "éstas no son tus ligas, Junior; y cuando salgas esta noche de aquí me aseguraré de que no sea un hospital el destino tuyo y de tu noviecito, sino donde acampa todas las noches el guevón del padre tuyo".

Me hervía la sangre, quise detenerlo y golpearlo pero era una acción inútil en ese momento, tenía que concentrarme en mi plan, tenía una estrategia para ganar, y si lo detenía me terminarían expulsando del torneo, que sería lo mismo que firmar mi sentencia de muerte. Me recompuse como pude, volví a lavarme la cara e intente recuperar la concentración y el equilibrio. Héctor estuvo conmigo en el baño todo el tiempo que tardé en recuperarme, había cumplido eficientemente la mitad de su trabajo, que era cuidarme; pero la violencia que demostró en ese momento hacía darme cuenta que si perdía el torneo antes de llegar a los cobros, ese mismo hombre sería capaz de cumplir la otra parte de su misión: eliminarme como a una mosca.

Volví a mi puesto, ya con el *mental game* relativamente en orden; cuando por fin estaba sentado terminé de ver a los jugadores, que ya estaban completos, entonces puede asignarles posiciones a los diferentes contrincantes de riesgo. La pantalla marcaba los últimos segundos en cuenta regresiva. Max Alpha Rodríguez estaba sentado en la mesa número uno, siendo acompañado por los jugadores más influyentes, entre ellos, Roberto, que había sido el ganador del torneo anterior, y un par de ministros del gobierno chavista, que seguramente no sabían nada de póker, pero estaban encantados de compartir un rato en medio de la opulencia de la noche.

Cuando el marcador se puso en cero, Max tomó un micrófono para decir: "estimados hermanos de fichas, bienvenidos a la segunda edición del torneo 'Alpha Pro Venezuela' para cincuenta jugadores, sin duda ustedes son los mejores del país y amigos de la casa. Como todos saben este torneo fue creado para glorificar el póker venezolano. Es una oportunidad de hacer algo por este deporte mental que tantas alegrías me ha traído; soy un amante del póker y les hago este regalo a ustedes para que lo disfruten, pero no la tendrán fácil, porque yo también estaré jugando contra ustedes. Esperamos que este año haya un nuevo ganador que le quite el brazalete a Roberto Mejía, que sin duda se apoderó de este evento el año pasado. *Dealers*, a repartir".

Mi plan era una sucesión de acontecimientos, donde tenía que salir victorioso siempre para conseguir llegar al final con vida. En mi mesa todo comenzó lentamente, los *limpers* se hicieron ver con rapidez por sus continuas entradas en *call* fuera y con posición. En mi mesa estaba Amir, quien cuando volví del baño tuvo el agrado de saludarme con la cabeza a lo que respondí de igual manera, con un movimiento de respeto que condicionaba nuestra relación agresiva. Sin duda, después de jugarse diez manos, tuve la certeza que Amir era el único adversario con conocimientos firmes sobre póker en esa mesa tal y como me demostró en su casa.

Después de la doceava mano y de entender a cada jugador de la mesa empecé a poner en marcha la estrategia, comencé a producir jugadas, abría en un *size* de 2.5BB y comencé *rollear* a los *limpers* con precaución siempre tomando en cuenta mi posición y los rangos establecidos en la teoría. Había un señor de unos cincuenta años, cuyo aspecto era de un jugador netamente recreacional, que prestaba más atención al trasero de las anfitrionas que al rostro de sus contrincantes en busca de descifrar *tells*; era un desorden en la mesa, se confundía con las fichas, solo jugaba en *call* pagando los OR o BET de los adversarios en casi todas las *calles*; decidí que contra ese jugador comenzaría a jugarle *explotable*, había decidido que iría por sus fichas.

Jugábamos el tercer nivel, con las *blinds* en 200-400, había transcurrido una hora. El jugador en MP1 entra en *call*, paga el CO y paga el señor que estaba en *botón*; el jugador en *small foldea*, yo desde el *Big Blind* tengo en mi mano A♥ Q♥, y decido hacer un *squeeze*, para demostrar mi presencia en el juego y por supuesto buscar llevarme ese dinero muerto en la mesa. Pongo 2400; todos los jugadores *foldean*, menos el señor.

El *flop* abre: A♦ 10♣ 7♠ *rainbow*. Éramos solo el señor y yo, hablando de primero decido hacer un CBET de 1/3 del pozo. El señor no piensa mucho, mira pasar a una muchacha, y paga sin tomar en cuenta sus posibilidades. El *turn* abre una Q♦, tengo dos pares máximos, entonces me detengo a evaluar mi línea de acción; debía determinar los rangos del señor pero esto era complejo porque había demostrado tener un rango demasiado amplio, casi el de toda la baraja; pero tenía que responder esa gran interrogante rápidamente ¿con qué me había pagado *preflop* y en el *flop*? En el *turn* decido apostar dos tercios del pozo por valor, el señor paga de manera inmediata.

El *river* abre otra Q♠. Ahora analizo que el *call* del señor, en la *calle* del *turn* fue muy fuerte; después de haber evaluado al jugador, podría tratarse de dos opciones, la primera que tuviese el As con un kicker cualquiera y se esté dando ganador, la segunda opción que me esté pagando con posición, que me esté flotando, porque podría creer que le estaba jugando en *bluf*, el motivo de ese análisis era porque este tipo de jugadores relativamente mayores nos ven a los jóvenes como jugadores agresivos y de robo constante.

Ante estas dos opciones o incluso la posibilidad de la fusión de ambas decido hacer un BET pequeño de 1/5 del pozo para ver si mi adversario lo veía como debilidad y por ende concluyera que todas mis acciones habían sido en *bluf*. El jugador me observa y en una especie de actuación magistral me mira y me dice "*all-in*" y sin que haya pasado ni un segundo le dije "pago". Por mi posición me toca abrir primero mis cartas a lo que muestro mi *full*; el señor algo desorientado despierta de la nebulosa en que se encontraba, mira sus cartas y muestra A♠ 5♥. Lo había leído perfectamente, y como recompensa casi logré doblar mi *stack* en esos primeros niveles del torneo. La primera parte de mi plan estaba funcionando bien.

Amir sabía lo que yo estaba haciendo, por eso vi que evitaba chocar conmigo, de esa manera nos respetábamos los OR de cada uno; en mi caso como parte de mi estrategia inicial, en su caso por respeto a mis habilidades en el juego. Tenía el *stack* más alto de la mesa y después de haber leído a todos los jugadores, empecé a seguir el consejo de Jesús Gómez: "abre mucho y paga poco". Si bien esta estrategia estaba pensada para niveles más avanzados del torneo todo el entorno se prestó para empezar aplicarlo. Mi *stack* y el respeto de los jugadores eran los detonantes de mutar mi estrategia a una más agresiva.

Mi plan seguía su rumbo, debía aprovechar sabiamente mi ventaja para manejar y hacerla más grande. Como abría más, algunas veces tuve que *foldear* por no ligar nada importante en el *Board*, pero eran pozos pequeños, que no afectaban mi *stack*. Al mirar la pantalla yo me encontraba entre los primeros cinco puestos; apenas habían pasado dos horas cuando ya estaban fuera del juego quince contrincantes.

Entrabamos al sexto nivel del torneo, no había tenido ninguna complicación hasta que comenzaron a llegar nuevos jugadores a llenar los espacios vacíos dejados por quienes salían del torneo. Con la finalidad de equilibrar las mesas siempre pasa el jugador que va a ser la próxima ciega grande y lo pasan a la mesa en donde hay que llenar un puesto para equilibrar, eso estaba pasando en mi mesa, al salir el primer jugador, llegó un jugador de mediana edad con rasgos árabes y cabeza completamente rapada, al salir otro llegó un joven jugador de unos 25 años y con la salida de un tercero llegó un jugador bastante mayor en comparación con el promedio de edad de la mesa.

Esos nuevos jugadores empiezan a imponer dificultades. Los treinta y cinco jugadores que quedábamos en todas las mesas eran casi en su totalidad los mismos rostros conocidos por mí, los regulares, solo se habían eliminado jugadores recreacionales, que estaban allí por diversión; seguro esos jugadores que salieron le echaron la culpa a la suerte, pero para mis adentro concluía que si fuese la suerte no vería casi siempre las mismas caras de los jugadores en las mesas finales más importantes en Caracas.

Las *blinds* subieron a 500–1000, comenzaron las apuestas *ante* en ese nivel, que era de 50. Yo tenía un buen *stack*, por encima del promedio. Con esta mesa mutada por la llegada de los nuevos jugadores mi estrategia y actitud volvió al estado inicial porque necesitaba entender y analizar por completo a estos tres jugadores.

Los jugadores de póker experimentados son como peleadores; tienen cicatrices. Un niño de bien, con los dientes perfectos y ojos en las nubes, pocas veces sorprende siendo un peleador contumaz. Pero si ves a un hombre con la oreja partida, una cicatriz en alguna de las cejas, los nudillos gruesos como machacados de tanto usarlos; puedes presentir que es un buen peleador, y será mejor no tentar a la suerte. Lo mismo pasa en una mesa de póker, hay ciertos y minúsculos detalles que al analizarlos muestran si son jugadores regulares o recreacionales, la manera en como organizan las fichas, en como las manipulan, si ven sus cartas apenas llegan a sus manos o si primero analizan los rostros y gestos de sus adversarios cuando reciben las suyas y luego revisan sus cartas, si protege o no sus naipes colocando algo encima de ellas, la manera en cómo ve sus cartas, el *size* de sus apuestas, en fin son muchos los detalles que demuestran si están ahí para dar la batalla o por el contrario para donar su *stack* al mejor postor. Para llegar a esas conclusiones había que verlos, analizarlos con detalle, aprender sus mañas a la hora de apostar, y ver si tenían algún *tell* que evidenciara sus pensamientos, miedos, nervios o ansiedades.

Después de unas cuantas manos, esos tres nuevos jugadores que habían entrado consecutivamente a la mesa me hicieron encender las alarmas. El primero se llamaba Nasin, ya pasaba de los cuarenta años, tenía brazos rollizos y ojos verdes. Poseía un juego muy agresivo, pero analicé que pocas veces llegaba al *showdown*, además que por algún motivo tenía grandes indicios de *fold* ante los BET de sus adversarios en el *river*, pero había un detalle más importante en él, no tenía control de sus emociones; su fracaso estaba signado en el *mental game*.

Mostraba ese *tell* de manera muy evidente, porque cuando perdía alguna mano, se molestaba visiblemente y se *tildeaba* rápidamente, comenzando a presionar en las siguientes tres manos consecutivas, buscando recuperar su *stack*, pero quizá algo más, esa frágil ilusión de ser un jugador fuerte; se sentía débil y debía demostrarse a sí mismo que no lo era: ese es el momento perfecto, cuando estaba distraído haciéndose muestras de su valor a un yo interno, para atacarlo y desbancarlo.

El segundo jugador peligroso de la esa mesa tenía como unos veinticinco años, su actitud era completamente contraría a Nasin. No pude conocer su nombre hasta que avanzamos en el torneo porque no hablaba con nadie; lo supe por la pantalla, se llamaba Ernesto Suárez; era frio y analítico, no pude observar ningún *tell* físico, al contrario quedé sorprendido por un par de *hero calls* en manos realmente complicadas contra otros jugadores. Finalmente noté que solo jugaba manos *Premium* pero de manera muy fuerte, no *blufeaba* ni se arriesgaba con manos intermedias, de esta manera podría determinar mejor el rango de sus manos.

El tercer jugador peligroso era un señor mayor, tendría un poco más de sesenta años, usaba gruesos lentes de pasta, se llamaba Jorge Moya, después supe que era propietario de un frigorífico enorme en La Guaira y que había sido amigo de los padres de Max "Alpha" Rodríguez. Muy a pesar de su apariencia de hombre muy mayor no era nada lento ni comedido con sus apuestas, nunca entraba en *limp* pero si había algo extraño o irregular en el *size* de sus OR, en vez de entrar con los *size* estándar de 3BB, 2,5BB, 2,3BB, 2,2BB o 2BB decidía jugar en 4BB o incluso más altos. Otro detalle importante es que sus *C-BET* eran casi siempre del pozo sin importar como se diera el *flop*, y más peligroso aún es que seguía la misma línea en la *calle* del *turn* y del *river* haciendo que los pozos que se armaban jugando contra él fuesen bastante grandes, este tipo de jugadores son muy peligrosos porque te hacen pensar que no saben lo que hacen pero te están jugando un póker distinto, como los boxeadores zurdos que a pesar de no tener una técnica de pelea vistosa si tiene un buen golpe, que puede noquearte al menor descuido.

No podía arriesgar mis fichas aunque tuviera un buen *stack*, porque mi vida dependía de ello, eso no lo podía olvidar y se hizo más presente ante estos tres nuevos jugadores en la mesa. Era contradictorio, porque no podía jugar bien pensando en eso, pero tampoco podía tomar una actitud despreocupada. Allí, a mi espalda, bebiendo algo, estaba el gigantesco Héctor esperando para felicitarme o para eliminarme.

Pude ver los ánimos de los jugadores en acción cuando el señor Jorge llegó a un *showdown* estando él en la posición del *botón* contra un jugador que no reconocía que estaba en UTG; como era de esperarse se había acumulado un pozo súper grande. Creo que era la primera vez que el anciano jugador se veía obligado a abrir sus cartas; tenía 10♠-2♣, pero resultó ganador ante el A♥-K♠ del UTG. El *flop* abrió A♣-10♠-2♥ donde ambos fueron en *all-in*: ¡Qué suerte! Dos pares *flopeados* el A-K no tuvo suerte al no conseguir nada ni en la *calle* del *turn* ni en la *calle* del *river*; ese hombre era un *loose agresivo* en su viva expresión.

Al tener claro el juego de ellos comencé a hacerme sentir nuevamente en el juego. Cambian a Amir a otra mesa dejando un espacio vacío que nos acercaba más de alguna manera a la acción de cada uno. El primer choque significativo lo vivimos en el nivel nueve del torneo, después de habíamos acumulado tres horas de juego.

Según la pantalla ya se había eliminado a veinte de los cincuenta jugadores, la eliminación de jugadores era más lenta porque el embudo solo estaba dejando lo mejor. En nuestra mesa habíamos eliminado a cuatro jugadores desde que empezó el torneo. Estábamos jugando con *blinds* 1000-2000 y un ante de

100 por jugador. Nasin estando en la posición UTG hizo un OR a 4000, todos empezaron a *foldear*. Yo era *botón* y en mi mano tenía J♦ 10♦ suite. Decido pagar por la posición como también que los suite conectors tienen sus buenas posibilidades de abrir bien en el *flop*; son cartas que, a pesar de poder estar dominadas *preflop* pueden poner en grandes complicaciones a pares altos como par de Q, par de K y par de Ases; descarté cualquier posibilidad de 3BET *pre-flop* por el jugador que había visto en Nasin, como también que si me consigo ante un 4BET como respuesta agresiva del jugador árabe, tendría que *foldear*.

El otro jugador que estaba en la ciega grande también hizo *call*. Los tres esperamos que el *flop* favoreciera nuestras aspiraciones de conectar algo poderoso para batallar el rango de Nasin. El *dealer* descubrió: A♠-K♣-7♥ *rainbow*. El jugador que está en la ciega grande *pasa*, le toca hablar a Nasin: hace una apuesta de continuación de 2/3 del bote. Bastante alta para mi gusto; eso me dejaba ver que entre sus manos tendría manos que podían oscilar entre un A-K, A-Q o incluso AJ. Si bien tengo una *hueca escalera* con la que tendría que ligar una Q para ganar; pienso que es una aventura peligrosa e innecesaria, sería una pérdida de fichas donde los *pot-odds* no me dan buena probabilidades sin lugar a duda. Además pasaba algo en el entorno, el jugador en *big* estaba mostrando ciertos *tells* de ansiedad, como si tuviese algo fuerte, ante mis opciones decidí *foldear* y no complicarme.

Como lo supuse el jugador en *big* pago el *C-BET* de Nasin. El *dealer* recogió las apuestas, el asistente anotó las cantidades en su tableta electrónica, quemó una carta y abrió un 7♣ en el *turn*. El jugador que estaba en *big*, volvió a pasar. Nasin se inflamó de prepotencia, pero no soltó ninguna señal nueva que me permitiera leerlo mejor, como yo esperaba volvió a apostar fuertemente con 2/3 del pozo. Sin sorpresa vi como el jugador en *big* pagó la apuesta del *turn* del árabe, algo muy fuerte de seguro tenía ese jugador.

El *Board* estaba *rainbow*, las apuestas de Nasin y el jugador en *big* estaban puestas sobre la mesa, el *dealer* se disponía a revelar la carta del *river*: era un 3♠, un ladrillo en toda su expresión, una carta inocua que no completaba ningún proyecto ni afectaba todo lo que había sucedido en las *calles* anteriores. El jugador en *big* hace *check* para no presionar a Nasin; el árabe no entiende la conducta del jugador, se huele algo extraño, no quiere presionar más, así que decide pasar, en ese momento volví a ver el miedo de Nasin de jugar en la *calle* del *river*, no paga ni apuesta, me pareció un *tell* interesante que decidí dejar en mi record sobre el jugador.

Es la hora de mostrar las cartas. Si bien le tocaba mostrar primero las cartas al jugador en la ciega grande, Nasin por la emoción muestra un A♦ K♠; se sentía el ganador con los dos pares, pero el *fish* terminó comiéndose al cazador de ballenas: abrió 7♠-3♥, que le entregaba un full de 7 con 3.

Nasin perdió el control y empezó a insultar al jugador que le había arrancado la victoria de las manos y un pedazo grande de su *stack*, se sentía humillado y solo tenía improperios y descalificativos para el jugador a quien la varianza le había entregado el bote rebosante de fichas; pero esas fichas que se llevaba el jugador inexperto fue la mejor inversión, porque ahora el árabe estaba indefenso, se había tildeado y yo debía aprovechar que en las próximas tres o cuatro manos apostaría con todo sin pensar y sin importar las cartas que tuviese.

En la siguiente mano Nasin estaba en UTG+1 y yo con posición sobre él desde el *cutoff*. Yo sabía casi al detalle todo lo que haría desde ese momento. Hizo OR; Ernesto Suarez, que estaba en una MP, paga el OR de Nasin, movido quizá por las mismas conclusiones que yo había hecho. En mi mano tengo 8♠ 7♠, la secuencia y el mismo palo aportan cierto valor para llevar mi estrategia a cabo, pero aquí no estaba jugando con las cartas, pude haber recibido cualquier mano buena o basura y mi línea de acción sería la misma. Hago un 3BET, sumando 15.000 fichas más al bote. Todos *fold*ean menos Nasin; está ciego, yo lo sé y lo tengo a la merced de mi juego, Ernesto me observa unos segundos indicándome con la mirada que sabía lo que estaba haciendo pero *fold*eando, me imagino que para ver y analizar lo que sucedería a continuación.

Es un mano a mano, el *dealer* se prepara para descubrir el *flop*. El *flop* abre 2♥-3♦-9♠, *rainbow*. Nasin se ve obligado a pasar. Sonrió levemente apropósito, para que me vea y sepa que estoy disfrutando de jugar mientras que él no puede concentrarse. Tengo un *Backdoord* de escalera y de color, una mano relativamente buena para continuar con mi línea, por lo que le mando una *C-BET* de 2/3 de bote. Tiene la palabra, duda, se deja ver en sus ojos que no tiene nada, está tentado a pagar, pero finalmente *foldea*. Su humor empeora, se siente humillado por segunda vez. Lanza las cartas, pero no las muestra, yo tampoco muestro las mías.

Nasin está fuera de control, en la mano siguiente inmediata vuelve con un OR de 4.500. Sigo en posición sobre el ahora desde el HJ y debo aprovecharlo. Ante su *open raise* todos *foldea*n. Recibí 5♥ 3♥ suite; una mano también interesante con algo de *equity*, y más para la línea de agresor que había asumido, así que volví a *3betear* a 12.500, los jugadores que quedan por hablar *foldea*n. Nasin hace *instant call*, tal y como yo esperaba.

El *dealer* muestra un *flop* con 10♠, 4♦ y 2♥. El árabe vuelve a pasar, yo automáticamente hago un *C-BET* de 2/3 de pozo, no me importaba que yo tuviese un bilateral para escalera, donde cualquier As o 6 me dieran mi proyecto, y también un *Backdoor* de color, reiteró que estaba jugando contra el jugador, no con las cartas. Paga la apuesta, mientras el *turn* abre una J♣. Vuelve a pasar, además deja de mostrar sus emociones en el rostro, es un libro abierto. Insisto en el ataque, vuelvo apostar a 2/3 de pozo a lo que bastante alterado y ansioso me paga.

El *river* descubre un 7♠. Su respuesta fue un *donk-bet*, pero de un cuarto del pozo, ese donkbet además tenía la función de un *betblocking* que buscaba frenar mi movimiento en el *river*, pero tanto Nasin como yo sabíamos que el *donkbet* no era de valor y el *betblocking* no era de protección, ahí había miedo, estaba en *bluf* total, además sabia de su miedo a la *calle* del *river*, estaba tratando de jugar al póker de alguna manera contra mí, pero era muy tarde, lo tenía leído, sabía que había perdido el sentido del juego, y esos movimientos eran los aletazos de un pez que se queda sin oxígeno fuera del agua.

Mi respuesta, sin dudarlo, fue hacer un movimiento de *bluf*, ya que todos sus *tells* me daban ventajas, y tenía relativamente determinado su rango, pienso que estaba comprando color con un As; descartó que tuviera par de J, porque un jugador agresivo como Nasin habría jugado un *raise* ante mi BET del *turn*. Mi respuesta fue hacer un fuerte y largo *raise*. Me miró con odio, por dentro me causó gracia pero por respeto no lo demostré en la mesa, me mantenía sereno y calmado, después de unos segundos hizo *fold*, pero con mucha molestia; lanzó las cartas abiertas mostrando A♥ y 4♥.

Para provocarlo aún más, y terminar de sacarlo de sus cabales, también decidí mostrar mis cartas, ese 5♥ 3♥ con el que lo forcé a abandonar su A♥ 4♥. Se volvió loco gritando, se olvidó donde se encontraba, me insultaba, algunos jugadores de otras mesas volteaban a ver el espectáculo, lo único que pudo calmarlo fue la advertencia del *dealer* que si seguía con esa actitud lo suspenderían del torneo.

La siguiente mano fue su despedida del torneo, no le quedaban más de 12BB, entró haciendo *limp*, los demás jugadores *fold*ean porque sabían que iba por él. La varianza me regaló un hermoso par: A♠, A♣. Se presentaban muchas opciones, pero debía de acabar con él ahora mismo, así que lo *rollear* a 4,5BB, que, sabía que me pagaría con cualquier cosa después de los eventos de las dos últimas manos. Los jugadores que quedaban *foldearon*. Me miró por unos pocos segundos de manera fija y llena de odio, con lo que empujó el *stack* que le quedaba diciendo "*all-in*", a lo que respondí de manera inmediata sin quitarle la mirada "Pago". Nasin lanzó sobre la mesa un par: Q♠ Q♥, casi le da un infarto cuando yo descubro mi par de Ases.

Pero como no era un ser normal, empezó a insultarme de manera desmedida. El personal de seguridad del torneo se acercó a ver que sucedía, el *dealer* estaba inmóvil por la violencia verbal de Nasin, pero no demoró en darse cuenta que lo único que lo calmaría era la derrota ante el *Board* revelando: 10♥ J♠ 2♣ 6♦ 8♥.

El espectáculo fue bochornoso para Nasin, pero bastante alentador para mí. Desde todas las mesas me vieron como recogía las fichas que acaba de ganar. Desde la barra Héctor me hizo un gesto con la mano indicando que todo estaba bien, y en otra mesa, pude ver a Roberto que no me quitaba la mirada de encima. Le devolví un gesto retador; me sentía envalentonado, presentía que iba a poder cumplir con mi plan y el destino fatídico que me había obligado a vivir ese criminal, podría devolvérselo con creces.

Aun así, entre las manos de Roberto había una montaña de fichas, me fijé en la pantalla, e iba de primero en la tabla, muy cerca le seguía Max Alpha Rodríguez; seguro el hombre del *bluf* ya había eliminado a los monigotes que trajo para enficharse, además que, según Chavo, sí era un buen jugador y siempre me dijo que había que jugarle con cuidado si me cruzaba con él en alguna mesa. Aun así mi confianza en mi juego estaba bastante cimentada, seguía teniendo un excelente *stack* por encima del promedio y ahora estaba de cuarto en la tabla punteada por Roberto, seguido por Max, y de tercero un jugador que no reconocía por su nombre.

Después de los tres *rounds* que terminaron en nockout técnico contra Nasin, los otros dos jugadores peligrosos comenzaron a sentir un respeto aún mayor por mi juego. Pero a pesar de ello la corona siempre pesa y cuando estás de líder en ficha de la mesa los buenos jugadores saben que abrirás más el rango y estarán allí al acecho de poder atacarte ante cualquier pequeño error que cometas, dado que ven en ti la oportunidad de obtener fichas e incluso doblarse en todos los sentidos.

Ernesto Suárez se propuso conseguir alguna rendija en mi juego, yo sabía que estaba allí, al acecho, por eso debía cuidarme; de todas maneras, cuando, llevábamos casi cuatro horas de juego y las *blinds* estaban en 1500–3000, quedando solo 25 jugadores en el torneo, el joven jugador hizo un OR de 6000 estando en MP. Todos *foldearon* tras él. Yo estaba de *botón*, y había recibido un par de Ases: A♣ A♠; por lo que decido jugar en 3BET a 18.000. Todos se retiran menos Ernesto, quien solo paga mi apuesta sin mostrar ningún rasgo en sus facciones calmadas y tranquilas. El *flop* abre 4♠ A♥ 9♠; Ernesto pasa, pienso jugarle *tricky* la mano haciendo *check* pero el potencial proyecto de color que había en el *flop* me llevan hacer un *C-BET* de 1/3 del pozo por valor y algo de protección; para mi sorpresa el joven jugador paga casi de manera instantánea. En el *turn* se asoma otro 4♣, dándome un *full house* de Ases y cuatros.

Ernesto pasa, con mi *full* pienso sobre cuál es la mejor línea a desarrollar y decido hacer también *check*, estoy seguro de mi mano y aquí si decido jugarle *tricky*. Determino y valido su posible rango de manos y concluyo que lo más probable es que esté comprando el proyecto de *color*. Si sale otra pica, él apostará con todo, y yo le jugaría fuertemente, ganaría con full. El *river* trae una J♠, tal como suponía hablando de primero, apostó ¼ del pozo, hago un poco de teatro haciendo pasar el tiempo como analizando que estaba pasando a pesar de que tenía la seguridad de tener la mejor mano. Al pasar unos dos minutos le hago un *raise* bastante largo, a lo que él sin esperar mucho responde con un *All in*. El pozo era extremadamente grande estuve a punto de pagar de manera inmediata pero me detuve, algo estaba raro en esta mano.

Analizo que si *foldeo* quedaría en unos 25BB, y si pierdo quedaría en unos críticos y peligrosos 4BB. El movimiento de Ernesto era muy fuerte, trato de hacer algunos cálculos mentales estadísticos, sobretodo de SPR para analizar mi umbral de compromiso con el pozo pero la adrenalina no me permitió computar correctamente en mi mente. Veo que si ganaba ese pozo podía llegar a segundo de la tabla muy cerca de Roberto.

Comencé a preocuparme, no me gustaba la mano, no me estaba sintiendo ganador con mi *full*, y veo que efectivamente no tengo las nuts, tengo más bien la segunda nuts, porque la nuts era póker de 4. Decido tomarme mi tiempo en pensar bien lo que estaba sucediendo. Vuelve a mí el análisis de que lo único que podría ganarme sería un póker de 4, mi adrenalina se disparó de manera inmediata, mi confianza se fue al piso, estaba ahí a merced de un buen jugador que arriesgaba más que mi *stack*, arriesgaba mi vida con esa jugada sin el suponerlo.

En cualquier otra circunstancia era un instant *call* pero no solo la situación era distinta, el jugador también. Pasaban los minutos y yo trataba de recordar si Ernesto había jugado en *bluf* alguna mano y no había sido así, todos sus *showdowns* eran con cartas Premium o con las nuts. Un jugador de la mesa que no reconocí le pidió tiempo al *dealer* apresurando mi decisión. Estaba frustrado, como era posible que pensara en *fold*ear un Full de Ases, existía la posibilidad de un Full de 9 pero solo me hubiese pagado el *raise* del *river*, no sacrificaría el torneo sin las *nuts*. Podría tener *color*, pero este tipo de jugadores no compran color ni proyectos con cartas dobladas en el *Board* a pesar que había concluido que esa era la línea que estaba llevando en las *calle*s anteriores.

Lo miro sin capacidad de mostrar serenidad en mi rostro, lo único que mostraba era frustración y ansiedad. Tras unos segundo y con mucho dolor *fold*eo mostrando la mano con la esperanza que sintiese algún tipo de compasión conmigo y me mostrase su mano, toda la mesa se quedó boca abierta con mi *fold* pero la manifestación de sorpresa fue mayor cuando Ernesto mostró el par de 4 en mano que le daban póker.

Jorge, el jugador mayor, no dudo en aplaudir la mano a lo que todos se unieron por respeto, aplaudieron no solo mi *fold* sino la manera de haber jugado el póker de 4 por parte del peligroso Ernesto. Miré a Ernesto y solo le dije "buena mano, gracias por mostrármela", a lo que respondió: "increíble tu *fold*".

Llaman a un *break*, los jugadores se levantan pero yo quedo sin poder moverme de la silla. Comencé a sentirme algo mareado y descompuesto por la mano vivida, y sobre todo por haber pasado de una posición poderosa por encima del promedio de *stack*, a tener ahora unos 25BB, que eran relativamente buenos, pero no los suficientes porque me estaban dejando fuera del top ten de la tabla. Debía sentirme orgulloso por mi *fold*, pero no estaba ahí para reconocimientos, aplausos o méritos de jugadas grandiosas, estaba ahí jugándome la vida y la de los míos. Volteé a ver a Héctor, quien estaba allí mirándome fijamente, recordándome que si mi plan fallaba tendría que matarme. Era un verdugo afable que no dudaría el cumplir su labor.

Para mi sorpresa y sin darme cuenta llegaron hasta mi Beto y Francisco que seguían vivos. Me preguntaron sobre la mano que me aplaudió la mesa y al contárselas no lo podían creer, comenzaron hablar de que ambos estaban algo short de *stack* uno con 18 BB y el otro con algo así como 24BB. Al verme descompensado me ayudaron a levantarme y a decirme que fuésemos a la barra a comer algo. Al llegar junto a ellos me tomé un whisky para bajar un poco la tensión, ambos me vieron con sorpresa porque en el póker de ellos tomar es algo poco productivo para el juego, pero no entendían la presión que sentía.

Comí un poco de una ensalada para retomar fuerzas; mientras ellos hablaban pensaba que debía rearmar mi *mental game*. No podía dejar de pensar en mi situación, pero lo único inadmisible era sentir miedo, debía abonar mi confianza en el juego y rezar que la varianza no hiciera más de las suyas como en esa mano. Roberto seguía a la cabeza, su estrategia con los tipos había funcionado y sin duda su buen juego también estaba dándole resultados: la trampa planificada de Roberto con sus dos mojigatos había funcionado y nadie pudo cantar *colusión* porque todo estaba ensayado a la perfección. Roberto necesitaba ganar ese torneo como diera lugar, su economía estaba mal, casi en bancarrota, tenía muchas deudas; ambos estábamos allí por los motivos equivocados: no se puede jugar al póker por necesidad.

Al terminar el break arrancamos en el nivel 10, con *blinds* en 1200-2400, y apuestas ante de 120, quedábamos 25 jugadores. En mi mesa estaban aún esos dos duros, sin duda grandes jugadores, Ernesto Suárez y Jorge Moya. Empezó a pasar el tiempo sin nada de acción; una que otra vez me robé las ciegas de los jugadores que estaban a mi izquierda. En la pantalla seguía el nombre de Roberto en el primer puesto, lo seguía de cerca Max "Alpha" Rodríguez y luego estaba Ernesto, quien había logrado fortalecer su posición con la mano que me ganó. Yo estaba en el puesto 14 de 25.

De pronto todo empezó a caer por su propio peso, y en las otras mesas salieron los jugadores que estaban en el puesto 25, 24 y 23 arrimando mi posición a los últimos lugares, eso me afectaba enormemente. Los jugadores que salieron habían sido en *cooler*, otro en unos terribles y macabros *badbeats*, los *pescados* habían sido eliminados en las primeras rondas, pero si quedaba alguno, seguro había salido en esa purga. Quedaban solo tres mesas; debía afilar mi paciencia y mi astucia para mantener mi *stack* a salvo.

La frustración comenzó a convertirse en ansiedad, mi mente comenzó a jugar con mis pensamientos, recordé a Chavo en el hospital, también toda la extraña e incógnita situación con Claudia, don Vito también llegó a mis pensamientos junto con su amenaza de cumplir con lo que debía y de no ser así no solo me mataría sino que luego iría a casa de mi mamá a cobrar sus ciento diez mil dólares, le quitaría todo.

Estaba atrapado en un mundo de pistolas y puñales habiendo una sola puerta para escapar de ello. El camino era oscuro, y de repente yo empezaba a sentirme atrapado, asfixiado, presionado por el destino fatal que se me avecinaba. Estaba extremadamente preocupado, y mi mente halaba en dos direcciones: la que exigía concentración y la que me distraía en el abismo de la inquietud.

Sin darme cuenta llegamos al nivel 14 del torneo. Mi *stack* estaba en 23 BB cuando los *blinds* eran 3000-6000. Beto y Francisco habían sido eliminados uno por Roberto y el otro para mi sorpresa por Amir que estaba muy bien en la tabla, solo quedábamos 18 jugadores y la mesa comenzó nuevamente a mutar con nuevos jugadores que llenaban los espacios vacíos y reacomodar la posición de los jugadores existentes. Yo me mantenía en mi mesa, a la que regresó Amir quien se mostró algo sorprendido al ver mi *stack*.

Jorge Moya seguía en la mesa conmigo, pero entre los movimientos quedó a dos puestos de mí derecha, dejándolo en botón cuando yo era big, en cambio a Ernesto lo cambiaron a la mesa donde estaba Max y Roberto, eso me dio cierto alivio. El señor

Jorge, que para ser mayor había aguantado bien las cinco horas y media de juego, era la cabeza y el agresor principal de la mesa. Mi única manera segura de tomar fichas era robando *blinds*, y esperar con cautela alguna buena mano que me permitiese doblarme y aumentar significativamente mi *stack* para alcanzar al menos posición de mesa final.

Salieron tres jugadores de mi mesa, dos de ellos en manos de Jorge, luego salieron otros tres jugadores de la otra mesa, solo quedábamos doce en el torneo. Quedando dos mesas, han pasado seis horas de juego; estábamos en el nivel 17, los *blinds* se estaban jugando en 6000-12000, con apuesta ante de 600. En una mano que jugaba en la posición de *big*, Jorge jugaba desde el botón y al llegarle la mano limpia decide mandarme 36.000. El señor no perdía una sola oportunidad de robarme mi ciega grande y para su buena fortuna solo me llegaban manos basuras cuando lo hacía, tenía en mente defenderme pero había *fold*eado toda agresión recibida por el viejo.

Ya cansado de la situación pasa una nueva vuelta y estando Jorge de botón y yo de big decido revelarme ante la danza impuesta por el. Ante su OR nuevamente en botón y aunque en mi mano solo tengo un 6♥ 4♥, le hago un 3BET a 85.000. Si bien mi mano tiene algo de *equity* realmente quería era que *fold*eara. Jorge me miró, me analizó, pero yo era incapaz de mostrar nada, solo miraba fijamente la mesa rogando a Dios de que *fold*eara porque mi movimiento me dejaba en unos precarios 11BB.

Al pasar el tiempo comencé a dudar si había hecho lo correcto; Jorge tenía ganas de pagar o peor aún de mandarme *all-in*, lo cual sería lo peor, porque tendría que *foldear*; al pasar unos largos segundos el hombre hace solo *call* provocando en mi casi un infarto. El *flop* abre A♠, 5♥ y 3♥. Estoy bilateral para *escalera de color*, para color y bilateral de escalera normal, una mano muy poderosa.

Me toca hablar primero y mi tensión no es normal pero ante ese *Board* decido que mi mejor y única línea es ir *All-in*, por lo que pongo mis 11BB en el centro de manera fuerte y determinada. Quería que la jugada quedara hasta ahí, estaba demostrando fuerza en mi movimiento, quería que la mano llegara hasta ahí. Jorge se sorprendió con mi movimiento. Pasan los segundos y no paga de manera inmediata, lo cual a primeras es una buena señal, no tiene el As, si lo tuviese me hubiese pagado de manera inmediata sin importar el kicker, así había jugado Jorge toda la noche.

Mi adversario estaba contrariado, confundido, yo solo estaba ahí inmutado rezando al cielo que *foldeara*, quería que la mano llegará hasta ahí, el pozo era bueno y no quería jugarme el buscar los proyectos en las dos *calles* restantes. Analicé los números rápidamente en mi mente como pude: en el escenario que Jorge tuviera A - K o un As con buen kicker; la mano la estaba ganando yo relativamente un 57% a un 43% y si tenía un set de Ases o de 5 o 3, estaría en un 40% mi mano contra un 60% de él, pero vuelvo a mi conclusión inicial de que si era eso lo que tenía, su *call* hubiese sido inmediato, sobre todo por su tipo de juego y el gran *stack* que lo acompañaba. También existía la opción de que el señor Moya tuviese un proyecto de *color* mayor al mío. Jorge se tomó todo el tiempo del mundo y yo solo rezaba internamente de que *fold*eara.

Un jugador de la mesa mostró mucha impaciencia y pidió tiempo al *dealer* a lo que le dijo al señor Moya "un minuto Jorge", ese minuto fue eterno, nadie en esa mesa sabía que me estaba jugando la vida en esa mano, Jorge solo veía el *Board* y de vez en cuando me miraba a mí. Faltaban diez segundos, la tensión de la mano me hizo desesperarme y comencé a mostrar todo tipo de *tells* de manera involuntaria. Sudaba, estaba ansioso, mi decisión podía arruinarlo todo o aliviar por mucho mi destino. Los jugadores a mi alrededor no podían entender porque pensaba tanto el señor Jorge en esa mano, pero sin duda dejó de ver el *Board* y solo me miraba a mí, viendo ya debilidad, leyendo que estaba en proyecto de alguna manera, yo solo seguía rezando que *fold*eara. Nadie entendía que allí estaba mi vida apostada sobre esa mesa, la sonrisa de mi madre, el amor por Claudia, los abrazos de mi hermanito Daniel, la salud de Chavo, todo estaba allí, en esa mesa, en esas cartas, las palpitaciones golpeaban en mi sien, el corazón quería abandonar mi pecho, la adrenalina bombeaba sin parar y Jorge lo veía perfectamente.

"Cinco segundos Jorge" dice el *dealer*, comienzan a llegar pensamientos a mí de todo tipo "si pagaba y ganaba esa mano me doblaría y nadie podría conmigo". "Cuatro segundos Jorge", otro pensamiento llegó: "si *foldea* ese pozo me beneficiaría significativamente". "Tres segundos Jorge", "Dios Jorge *foldea* por favor, no tienes el As, con qué me quieres pagar"; "dos segundos Jorge" pude escuchar con claridad en mi interior, la voz de Chavo: "confía en mí, que yo confío en ti". "Un segundo Jorge", me digo a mí mismo: "papá si no lo logro espero que nos veamos en donde estés, espero que todos me perdonen algún día"

"Pago", dijo Jorge en medio de una exhalación.

Por poco me da un infarto cuando escuché esa palabra y más cuando veo que en su mano hay un K♠ 5♠, solo tiene el segundo par del *Board* y un *Backdoor* de color de picas y con eso quiso ir adelante contra mí, lo veo con cara de contrariado y preocupado a lo que solo me dice: "sabía que ibas para color pero no con algo tan fuerte y con tantos combos". La mano en ese momento yo la estaba ganando en un 60% a un 40%. Pero tras quemar una carta el *dealer* abre en el *turn* una Q♠ dejando ahora la mano en un 65% de ventaja para él y un 35% para mí, me estaba dominando en esa *calle* del *turn* sin duda alguna.

Ahora la adrenalina en mi cuerpo era incontenible, esa carta, ese *river*, era mi destino. Necesitaba la mano de Chavo en mi hombro derecho, como sucedió donde Amir hacía casi un año; pero yo sabía que él estaba ahí conmigo de alguna manera. El *dealer* se tomó una pausa, quemó una carta ante los ojos de todos, el resto de los jugadores estaban en silencio, casi conteniendo la respiración.

Mis ojos estaban fijos en el mazo de cartas, pero podía sentir que varias personas se acercaban a la mesa. Héctor se puso detrás de mí como una sombra mortal, como una amenaza gigante, con el peso infinitivo de mis miedos; su aliento era el de un verdugo pidiendo mis últimas palabras. Jorge estaba igual, ansioso, preocupado, pero rompió el hielo cuando volteó a decirme: "suerte hijo, sea lo que sea, usted es un gran jugador". A lo que solo pude contestar como pude, casi tartamudeando por el remolino de emociones: "Gracias señor Jorge, lamentándolo mucho ésta no es una mano solo por el torneo es por mi...", iba a decirle mi vida, cuando el *dealer* descubrió la última carta.

La gente empezó a aplaudir, yo quedé estupefacto, todo el peso del mundo, que estaba en mis hombros, bajó de encima de mí con un siete de 7♣ que me daba *escalera* y con ello la victoria de esa mano. Recibí el abrazo del anciano. Habíamos atravesado un momento de tensión asombroso, y el 35% de probabilidades que estaban de mi lado me dio la oportunidad de seguir viviendo.

Al girar conseguí la espalda de Héctor que caminaba de nuevo a su asiento en el bar. Había sentido a la muerte pisándome los talones. En ese momento la definición de UTG fue más clara que nunca, estaba debajo del revólver que estaba sobre mi nuca listo para volarme la tapa de los sesos si perdía esa mano.

Luego de tanta presión pude volver a ver la pantalla. Ahora estaba en el puesto 7, había dejado atrás esos últimos escalones para comenzar mi ascenso. Había debilitado algo el *stack* de Jorge, pero estoy seguro que debilité más su confianza. A partir de ahí comencé atacar con todo, era una máquina alimentada por la gasolina de la confianza, había llegado a un entendimiento del juego tan poderoso que se apoderó de mí viéndolo y descifrándolo todo. Comencé a fabricar fichas y aumentar mi *stack*, sin detenerme, nadie en esa mesa podía conmigo.

Jorge comenzó a debilitarse mano tras mano después de nuestra batalla. Cuando estaba ya bastante *shortstack* alcanzó su eliminación ante un choque de un par de J mío contra un par 9 de él donde fuimos *all-in pre-flop*. Al eliminarlo me felicitó y me dijo: "este torneo es tuyo hijo, no dudes de ello". La confianza estaba de mi lado al igual que la varianza. Si bien la adrenalina estaba siempre presente, junto con la ansiedad, comencé a sentir que eran como otros órganos de mi cuerpo que debía convivir con ellos.

En la mesa de Roberto también habían eliminado a otro jugador, quedaban solo diez en el torneo. Estaba de cuarto en el ranking. Habíamos jugado seis horas y media, entrabamos en el nivel 18 con *blinds* 8.000-16.000, con apuestas *ante* de 800. Era la burbuja de la mesa final; en la conversación telefónica que tuve con Jesús antes de ese torneo me advirtió que eran los momentos más difíciles: la burbuja de mesa final y la burbuja de cobros.

Debía volver a mi plan, ese que había diseñado con tanto cuidado, mi agresividad debía continuar, abriendo mucho y pagando poco, abrir y atacar más, pagar menos; era la actitud contracorriente, ya que el jugador promedio, en ese momento se comportaba más bien *tight* porque nadie quiere poner en riesgo su clasificación a la mesa final.

El estatus de mi *stack* me ayudaba mucho a cumplir el papel propuesto. La línea estratégica era: si obtenía una buena mano debía hacer OR; no pagar con manos en las cuales desde el *pre-flop* me sintiera dominado; *rollear* a los *limpers* que cada vez eran menos jugadores con ese movimiento y *stackear* a los *shortstacks*.

Mi agresividad no paraba y todos la sentían, especialmente Amir, con quien había tenido una distancia hasta el momento, pero empecé a atacarlo también porque en mi mesa era el único que había logrado acumular algo de fichas y ya sin Jorge presentaba algo de reto y trataba de obstaculizar mi único objetivo que era acumular fichas para entrar a la mesa final con una posición fuerte.

Pero la burbuja se extendió más de lo que pensaba, nadie quería morir, y mi estrategia tuvo ciertos fallos que me hacían ganar pero también perder. Los niveles avanzaban sin parar y los *stacks* se mantenían en el mismo sitio para todos, lo cual, trajo como consecuencia que la cantidad de *Big Blinds* se vieran drásticamente reducidos y era obvio, al subir las ciegas y no salir jugadores la proporción de nuestro *stack* hacia las ciegas era cada vez menor al pasar los niveles.

Al contrario de lo que pensaba la burbuja de la mesa final explotó en manos de Roberto y no en mi mesa; luego pude darme cuenta que había asumido una estrategia parecida a la mía, haciendo presión sobre los que estaban cortos de fichas, hasta que logró eliminar a uno. Al quedar solo nueve jugadores, invitaron a un break, habían pasado siete horas de juego.

Fui a la barra a conversar con Héctor. "Estamos entrando en la última mesa, es el momento que llames al señor Vito y le informes como voy, que vaya preparando todo para la ejecución de nuestro plan. Yo no pienso salir de aquí sin el dinero que le debo, pero él debe también integrarse a la jugada final", le dije, dándole la espalda a Roberto.

El gigante salió de la sala al jardín para hablar por teléfono mientras lo esperaba en la barra. Ahora todo estaría concentrado en vencer a Roberto. Max "Alpha" Rodríguez tomó el micrófono: "¡Qué noche, señores! Otro torneo para el recuerdo. A los eliminados los invito a permanecer en esta área para que disfruten de la música y de las mesas *cash* que activaremos en este momento. Los jugadores de mesa final pasaremos a una sala exclusiva donde jugaremos a puerta cerrada por el gran premio, activaremos el cronometro, en 20 minutos comenzaremos al otro lado de esa puerta".

Encendí un celular que tenía de repuesto en mi casa por si me robaban el mío en las peligrosas *calles* caraqueñas, le escribí un mensaje de texto al número de Carlos, el amigo de Chavo: "Llegó la hora de la cena. Les aviso cuando llegue el invitado". Escribirnos en claves era importante porque no podíamos permitir que nadie supiese lo que estábamos planeando.

Faltaban solo unos minutos para comenzar cuando entré al salón donde había una mesa de póker que podía sacar lágrimas por su hermosura. Verdaderamente Max "Alpha" Rodríguez amaba el póker y no escatimaba gastos en hacérselo saber al mundo. Había otra pantalla gigantesca donde se disponían los 9 jugadores con su *stack*:

N°	Jugador	*Stack*
1	Roberto Mejía	600.000
2	Max "Alpha" Rodríguez	450.000
3	Ernesto Suárez	420.000
4	Diego López	375.000
5	Amir Bitar	300.000
6	Elvis Amorosa	270.000
7	Daniel Shön	240.000
8	Erwing Larrazabal	180.000
9	Rosa Chan	120.000

Cuando estuvieron todos los jugadores, una hermosa anfitriona explicó los cobros: como ya sabíamos solo serían los cinco primeros lugares los que obtendrían recompensa.

Procedieron a hacer el sorteos los puestos en la mesa, quedando así: Max, silla 1; Rosa, silla 2; Amir, silla 3; Elvis, silla 4; Daniel, silla 5, Roberto, silla 6; Erwing, silla 7; Junior, silla 8; y Ernesto, silla 9. Luego que estábamos todos sentados, sortearon el *botón*; la señora Rosa Chan tuvo la suerte de comenzar. Tenía una idea clara del juego de cada uno, pero había uno solo al que quería derrotar.

Jesús por teléfono me dio los datos del tipo de juego de Max "Alpha" Rodríguez, ya que eran conocidos desde hacía mucho y habían coincidido en mesas de casinos en gran parte del mundo. Muy *tight*, agresivo en los OR, no tiene retroceso una vez se involucra con una mano y gran lector de manos.

Rosa Chan era una caraqueña que había heredado la fortuna de su esposo, un chino viejo, quien también le enseñó a jugar al póker; tendría unos cincuenta años. Ella había estado varias veces en el Yin Yang Poker Club porque le quedaba muy cerca de su casa, un gigantesco pent-house en el Este de Caracas, pero nunca se las apañó muy bien con los jóvenes; cuando la edad promedio bajaba de treinta años se paraba de la mesa y se iba. Me sorprendió verla en la mesa final, había tenido a la varianza de su lado, pero llegó bastante *shortstack*, no resistiría mucho.

Elvis Amorosa, era un tipo de unos 28 años, hijo de un político chavista que lo consentía mucho, le daba lo que pidiera. Desde hacía unos seis meses estaba encaprichado con el póker y su papá le había pagado los mejores instructores para que creciera rápido en el juego; aunque intentaba llevar un GTO a la mesa, a veces cometía errores garrafales que lo hacía perder muchas fichas porque polarizaba mal o no media las *out* con eficacia. Su juego terminaba siendo *tricky*, pero había aprendido a explotar las situaciones y cazar debilidades en los adversarios, por eso había llegado tan lejos.

Daniel Shön era un judío de unos 40 años, banquero de larga data, se manejaba con bancos internacionales y llevaba las cuentas de las empresas de la Max "Alpha" Rodríguez, su juego era recreacional pero había mejorado mucho por su amistad con Max, quien lo iba guiando en cómo sacarle provecho a su habilidad con los números; para él, estar en la mesa final era un premio.

Erwing Larrazabal era el único jugador que no conocía, debía prestarle atención, pero con un *stack* tan bajo, no me preocupaba mucho. De Ernesto y Amir tenía la suficiente información, debía tener cuidado con ellos, pero mi objetivo principal era Roberto, tenía que eliminarlo y esa era la otra parte del plan, debía impedir a como diera lugar que entrara en cobros, tenía que dejarlo fuera de ITM.

Hagamos una pausa al torneo y permítanme explicarles con detalle a que me refiero: La noche en que nos puso la trampa Roberto, después de salir del Hospital Clínico, estaba tan enojado, tan destruido anímicamente, que no sabía qué hacer ni por dónde comenzar para hacer pagar al hombre del *bluf* todo lo que nos había hecho. Pensé en llamar a la policía y exponerle todo lo sucedido pero la telaraña de poder de Roberto era demasiada amplia y grande y siempre Chavo me dijo que era intocable por la policía y por la justicia, además si acudía a los caminos formales dejaría de cumplir con la deuda de Vito y con ello una desgracia mayor.

Desde un teléfono público en medio de la madrugada decidí llamar a mi teléfono celular, para saber quién lo tenía; si había quedado en las manos de Roberto o de alguno de los matones, estaba dispuesto a enfrentar en ese momento al maldito que casi mataba a Chavo y que de seguro contaba con que estaba muerto de alguna manera y quería darles la sorpresa de que sus planes habían fallado.

En contra de todas las probabilidades contestaron el teléfono. "¿Quién habla?", dije de primero, del otro lado de la línea un hombre contestó en tono bajo para que no lo escucharan, "¿Junior eres tú? ¿Estás bien?". "¿Quién es?" pregunté. "Junior es Juan... el *dealer*". Me cegué: "maldito me traicionaste, nos traicionaste, nos jodiste, confiábamos en ti, te ayudamos cuando lo necesitaste, prácticamente nos criamos juntos". El me interrumpió: "Junior disculpa hermano, estos hijos de puta habían secuestrado a mi hermana, sino participaba la mataban. Ellos confiaban en mi habilidad con las cartas y porque Roberto sabía que al verme confiarías en su estrategia. Hermano disculpa, estoy que me suicido de lo mal que me siento".

No confiaba en nada de lo que salía de la boca de Juan, pero algo me decía que era verdad, nada era increíble con respecto a Roberto. "¿Dónde está Roberto?", le pregunté. "Ellos se fueron hace rato, me tienen en el Triple As, obligándome a quedarme para sacar las últimas cosas porque están desmantelándolo todo". Me contó que Roberto contaba con el dinero que le daría el diputado, pero este lo traicionó desapareciendo con las ganancias; de eso dependía la capacidad financiera para cubrir algunas de sus deudas, y una muy puntual con Federico Bocanegra, su guardaespaldas; me dijo que se había dado un enfrentamiento entre ambos y el cubano se llevó su camioneta con todas las armas que tenían.

Él también quería venganza por el susto que le habían hecho pasar a su hermanita y su familia. Aproveché el momento y le pregunté: "¿sabes algo de Claudia?", a lo que respondió: "hermano, me dijeron cuando llegue al Triple As que acá la tenían y que luego de una discusión con Roberto salió con los ojos llenos de lágrimas, pero me dijeron que no le hicieron nada". Duré unos segundos reflexionando sobre lo que me dijo Juan, luego proseguí pidiéndole el número de Fede, porque estaba seguro que podía ser un aliado para el plan que empezaba a configurarse en mi mente. Además le pedí que dejara todo eso y se fuera a su casa: "olvídate de todo esto, cuida de los tuyos y no nos contactes nunca más, para ti no existimos a partir de hoy".

Al trancar la llamada, sin darle tiempo que respondiera, llamé inmediatamente a Fede. Al escucharme la voz su respuesta fue espontanea: "Carajo, estás vivo", y soltó una carcajada larga, era una risa genuina. "El maricón de Roberto se va a cagar de arrechera", fue lo siguiente que dijo. Noté que había hablado mal de Roberto y que la lengua le pesaba un poco, como si estuviera borracho. "Ese marica las va a pagar todas tigrito", a lo que respondí: "Jodiste a Chavo". No respondió nada.

Fede era poco expresivo en el día a día, pero Chavo ya me había advertido que después de la primera botella de ron se ponía hablador. Había soltado mucha información. Me confirmó lo que Juan ya me había adelantado, que Roberto le debía 10.000 dólares y que le acababa de decir que no pensaba pagarle hasta después del torneo de Max; entonces él se llevó la camioneta como garantía de pago y se la regresaría el día del torneo. Agregó que ahora era un agente libre, que no trabajaría más para Roberto que lo acompañaría al torneo pero que hasta ahí llegaba todo. "Si tú estás vivo, quiere decir que Don Vito ya sabe que el maricón ese fue quien le hizo la jugada. Va a comer cocos en la playa con el diablo", decía mientras soltaba otra carcajada.

Todo lo que me había dicho Juan era verdad, así que pensé rápidamente en cómo utilizar esta situación a nuestro favor, lo primero que debía conseguir es que Fede no fuera al torneo de Max a escoltar a Roberto, había que eliminar a la reina para poder hacerle jaque al rey, por lo que fui adelante con esa idea y le dije a Fede que iba a participar en el torneo de Max "Alpha" Rodríguez, que estaba seguro que ganaría, porque mi vida dependía de ello; después, le hice una propuesta: que apostara por mí, es decir, que trabajara conmigo en los próximos días, si ganaba y sobrevivía le pagaría no los diez mil que le debía Roberto sino le daría veinte mil dólares.

Además haría lo posible por conseguirle luego trabajo con Vito, estaba en *bluf* en todos los sentidos, pero tenía que jugármela, convencer al cubano para que dejara solo a Roberto. Pasaron unos largos segundos donde ambos guardamos silencio, luego el cubano dijo: "Roberto está jodido y está más loco que nunca. ¿Qué me garantiza que todo lo que me dices será así?". Mi respuesta fue inmediata: "Fede, es esto o es quedarte con la camioneta robada de Roberto porque no te va a pagar, tú y yo sabemos que ese hombre está quebrado, la entrada del torneo seguro la sacará diciéndole a Max que se la pagará luego; Vito nunca pasará lo que sucedió, creo que por lo que has hecho este es el mejor camino para ti, debes decidir, pero ya".

Mientras volvíamos al silencio recordé el antiguo proverbio árabe que dice: el enemigo de tu enemigo es tu amigo. Finalmente respondió levemente emocionado: "¿Cuáles son los próximos pasos?". Antes de trancar la llamada Fede me reveló más información sobre Roberto, los detalles de la trampa con el diputado, las deudas grandes que tenía de más de trescientos mil dólares, el cubano me tenía como su psicólogo por teléfono. Por eso necesitaba los cien mil de Vito y los doscientos cincuenta mil del primer lugar del torneo. Al perder la plata del diputado, decidió dejar fuera de los pagos a Fede y a sus hombres, por eso estaban desmantelando la oficina en estos momentos.

Le conté toda esa información al viejo Vito al día siguiente, cuando me citó para entregarme el sobre con la invitación al torneo. Le expuse mi plan, me puso algunos peros con respecto al cubano pero terminó aceptando, diciendo con voz burlona que con Héctor y con Fede sería intocable. Llegamos a la conclusión de que no solo estaba obligado a entrar en cobros para pagarle el dinero que debía, sino que seríamos grandes y buenos amigos si lograba dejar a Roberto fuera de los cobros del torneo: "ese miserable me debe algo desde hace casi veinte años y me la quiero cobrar, si lo dejas fuera de cobros lo dejas sin nada". Pero fue muy contundente con la deuda, y de su mano firme en hacer cumplir lo que le debía: "esa deuda es tuya no de Roberto, espero que me entiendas bien, a pesar de todo quien estaba sentado en esa silla eras tú".

Con el detalle y la explicación de esos acontecimientos entiendes ahora mis objetivos en el torneo, había que entrar en cobros pero a su vez evitar que Roberto cobrara algo; volvamos al torneo. Iba a comenzar la mesa final y mi ansiedad estaba al máximo, la adrenalina corría por mis venas como si de una droga se tratase. Justo antes de arrancar cerré los ojos y pude visualizar claramente mis motivos para ganar: Chavo, Claudia, Kathy y Daniel; todo lo hacía por ellos, debía ganar. El *dealer* repartió las primeras cartas, todos miraron de reojo sus naipes, acababa de dar inicio mi última batalla.

Roberto mantuvo su estilo extremadamente agresivo; Rosa Chan perdió su puesto en la primera mano, ante un *all-in* de ella desde el botón con un 2♣ 2♥, que consiguió el inmediato pago de Roberto desde la ciega grande con un A♣ 10♦ *off suite*, quien recibió su pareja de A♠ en el *turn*.

Con ese primer ejemplo, decidí dejar a Roberto hacer el papel de chico malo de la mesa, mientras aprovechaba para estudiarlo, porque anteriormente no lo había visto jugar ni me había obligado analizarlo, solo conocía lo que Chavo me había dicho en algún momento, pero en mis planes jamás estuvo jugar en la misma mesa que ese tipo.

Mi estrategia era cazarlo, acecharlo, estar al cuido de sus errores y de sus *tells*, y aplastarlo de alguna manera. A simple vista no presentaba ninguna debilidad en su juego, tenía mucho control emocional cuando estaba en la mesa, mantenía su papel de agresor y actuaba a la perfección, no se parecía en nada al tipo neurótico del *Triple As*. El *size* de sus apuestas era perfecto en cualquier momento, *3beteaba* y *4beteaba* casi a la perfección. Estuve todas las manos del primer y segundo nivel de mesa final estudiándolo, pero saqué muy poco, mientras tanto me defendía muy bien de los demás.

Había llegado al nivel 25 del torneo, ya habíamos estado jugando por un poco más de 13 horas, el sol entraba por cada rincón de los ventanales de la inmensa casa, los *blinds* estaban en 40.000-80.000 con apuesta *ante* de 4.000, cuando la varianza tocó a mi puerta. En esa mano Amir abrió con una OR de 160.00 estando en UTG. Recibió *call* de Elvis y Daniel, los demás *foldearon*. En esa mano yo estaba en *botón* con Q♦ Q♣. Busque determinar el rango de manos de los jugadores, Amir haciendo OR desde UTG tenía algo fuerte antes abrir el *flop*, muy probable el As con un kicker alto o hasta mejor, un par de Ases; un par de K, cualquiera de esas combinaciones estaba en su rango, además, ya lo había hecho anteriormente en el torneo en que nos cruzamos en su casa. Sobre la mesa había dos buenos *call* de jugadores de buen nivel. Pienso que para ganar esa mano debía aislarme con Amir, así que hago un 3BET, bastante largo, teniendo en conciencia que ante un 4BET o *all-in* de su parte era mejor soltar la mano y *fold*ear, por lo que aplico mi movimiento. Este piensa, se toma un tiempo en decidir, finalmente paga. Para mi sorpresa, Elvis y Daniel también pagan. Las cosas no salieron como yo quería, hay un pozo gigantesco, y poco *stack* detrás de nosotros. Sin duda esta mano sería decisiva, vuelvo a entrar en presión, pero no puedo demostrarlo, tengo que mantener mi *mentalgame* intacto sobre todo ante la mirada incisiva de Roberto hacia mí.

El *flop* nos muestra Q♠-J♣-3♥ *rainbow*. Amir no duda en pasar, Elvis también; Daniel piensa un instante, pero también pasa. Siendo el último en hablar y ante el pase de mis adversarios analizo como jugar, con un pozo como ese podría despegar y tener un arma fuerte para enfrentarme al hombre del *bluf*. Con el respaldo del trio de Q hago un *raise* de 1/3 del bote. Amir *fold*ea, eso no lo esperaba, pensaba que de los tres contrincantes él era el quien batallaría ese *Board*. Elvis no piensa mucho y manda *all-in*; Daniel, quien tiene aún menos fichas, también hace *all-in*.

Sé que tengo la *nuts*, así que pago con confianza los *all-in*. Amir en *fold*, Elvis con un J♥ J♠ y Daniel mostrando K♦10♦. Muestro mi trio de Q, para que todo esté en su sitio y el *dealer* pueda liberar las cartas del *turn* y del *river*: 2♠ y 5♣. Recibí el pozo y en la misma jugada eliminé a dos grandes jugadores y debilité al máximo a Amir, provocando el comienzo de la segunda burbuja y con ello acelerando el objetivo de mi estrategia. Erwing era el jugador más short de la mesa por lo que no podía permitir que saliera antes que Roberto. Con solo seis jugadores en la mesa, con un buen *stack*, tenía todo dispuesto para atacar al hombre del *bluf*.

Empezamos una danza de ataques fuertes, porque cada uno sabía que si lograba eliminar al otro, ocasionaría una tragedia en su vida más allá de las paredes de esa sala de juego. Roberto comienza el ataque estando en UTG, mientras yo estoy de *small*. En mi mano A♠ 7♠, por lo que decido hacer 3BET, el *big fold*ea, y Roberto hace un 4BET largo poniéndome a dudar si estaba *blufeando* o protegiendo; decidí *fold*ear. En la siguiente mano, estando de *big*, recibo Q♥ 10♥; entonces pago el Open *Raise* de Roberto. El *flop* muestra K♥-10♣-3♦, como yo hablaba primero decido pasar. Roberto hace un *C-BET* que respondo con un *instant call*. La lucha es solo entre nosotros dos.

El *turn* abre un 2♠, yo paso, él se levanta de su silla y me hace *all-in*. Veo mis cartas, él tiene un *stack* un poco más bajo que el mío pero no vale la pena el riesgo con el segundo par del *Board*, así que *foldeo*. Esas dos manos casi que nos igualan en fichas. La mesa se convirtió en un cuadrilátero, y nosotros éramos púgiles diestros con los demás jugadores de espectadores. Max se reía, Ernesto se mantenía serio, Erwing cuidaba sus fichas y Amir ligaba que Roberto pudiera eliminarme.

La batalla duró alrededor de una media hora, con muy pocas intervenciones de los demás, salvo en una oportunidad que Erwing mando *all in* y ante el *fold* de todos vi un par de K que me obligó a *fold*ear para no sacarlo y arruinar mi objetivo con Roberto. Unas manos las ganaba El Hombre del *Bluf* y otras las ganaba yo, pero no llegábamos al *showdown*, casi todo moría en *pre-flop* o en el *flop*. Se sentía la tensión entre nosotros, los chistes no eran bien vistos, y Roberto comenzaba a exasperarse.

De tanto ir y venir pude detectar algo en un *turn*, un patrón que podría servir para ganarle. Era un gesto que hacía cuando cantaba *all-in*, parecía que había descubierto un gran e importante *tell* que hacía al *blufear*. Ante los *check* del *turn* de sus adversarios decidía *stackear* con posición o mandar *all in* dado que veía debilidad y buscaba explotarla al máximo, pero cuando era en robo o en *bluf* Roberto se paraba de la mesa, y me percaté porque en una mano contra Max, en donde siguió ese patrón al terminar la mano, lanzó las cartas donde el *dealer* golpeando su mano levantándose levemente, entonces logré ver un 7/3 off que no hacía nada con el *Board*. Solo yo lo había visto y Roberto no se percató de ello.

Lo analicé, veía que se paraba en algunos *all-in* en el *turn* y en otros permanecía sentado; dudé de ese *tell*, me parecía demasiado obvio, quizá estaba sacando una conclusión errada de mi mente, ya estaba cansado por tantas horas de juego; pero de pronto recordé la historia del Argentino que me había contado Chavo, esa historia de terror donde Roberto desbanco al jugador del cono sur empujando sus fichas al centro en *Bluf* justo en la *calle* del *turn* levantándose de su silla ante el *check*. Todo hacía clic, todo concordaba, todo tenía sentido; ahí estaba el *tell* de Roberto, increíble pero cierto, estando en posición contra sus adversarios y ante el *check* si se paraba y mandaba *all-in* era en *bluf*, y si lo hacía sentado estaba en jugada de valor.

A la media hora veo que Roberto comenzó a desesperarse ante no poder sacarme nada de mí *stack*, con la inmovilidad casi absoluta de Erwing y la nula participación de los demás jugadores; entonces empezó a usar su psicología para producir algún desgaste, primero contra Erwing, pero cuando salí en su defensa decidió llevar su batería de ataques contra mí, comenzó con insultos y ofensas personales.

Casi logró sacarme de las casillas durante una mano: "Ay, Junior, Junior, si tú supieras todo lo que yo sé te pararías llorando e irías a buscar a tu noviecito Chavo en el clínico. No vales nada ni tú ni tu familia. Por lo menos la madre de Chavo se metió a puta para mantener a su hijo, pero ¿qué coño ha hecho tu madre? Solo sabe parir muchachos mongólicos como tú y tu hermano, y andar enterrando ludópatas como tu padre".

No podía caer en su juego, si bien me estaba volviendo loco por dentro sabía que estaba buscando que reaccionara para buscar mi posible eliminación del torneo, Max interrumpió a Roberto pidiéndole respeto a los jugadores de manera seria, mientras llamaba al director del torneo. Max dio la espalda para hablar con el director del torneo sobre la situación y en ese momento Roberto aprovecho para decirme en voz baja: "Tu padre no valía nada, vendía hasta a su madre por jugarse un caballito, ese hombre era un zombi, yo me cansé de verlo en las peñas hípicas de los cerros empeñando hasta el culo para jugarle a un caballo que iba a perder".

Me mantuve inmóvil, recordé todo lo que Chavo me había enseñado sobre el *mental game* en nuestras sesiones de estudio después del torneo de Amir, tenía que respirar y no permitirle que me afectara a pesar que el comentario sobre mi viejo me golpeó fuertemente pero no podía darle el gusto de saber que había hecho mella en ello, quería matarlo pero por fuera actuaba como si nada estuviese pasando, logré contenerme y canalicé mi rabia al decirle *all-in* porque me tocaba a mí hablar en la mano que estábamos jugando. *Foldeó*, porque estaba *blufeando*.

Max detuvo el juego junto al director del torneo por la situación de tensión que habíamos vivido, y nos advirtió que no aceptaría conductas marginales en su mesa, que si teníamos algún problema personal lo solucionáramos al terminar el torneo, pero el juego psicológico estaba hecho, estoy seguro que le había hecho daño en su mente al no reaccionar ante su ataque, estaba seguro que lo había hecho entrar en *tilt* pero él también me había golpeado y fuerte, no sé quién salió vencedor de ese mano a mano psicológico pero sin duda había sido una especie de empate técnico.

Dejé de jugar algunas manos, para recuperar mi *mental game*, pero no podía darle oportunidad de entrar a cobros, así que reinicié mi ataque con más decisión. Iba a aprovechar el indicio de *tell* que tenía, el *all in* ante el *check* del *turn* sin posición y pararse ante el hecho. Debía llegar con una mano fuerte y jugarle inteligentemente   cuando viera su gesto, su *tell*. Por suerte la oportunidad llegó antes que terminaran de eliminar a Erwing.

Estaba yo en *big*, con A♠ 10♠ en mis manos. Roberto estaba en MP, venía nuevamente por mi ciega, así que hizo un modesto OR de 2BB. Decidí solo pagar para seguir la línea de manos anteriores y dejarle la agresividad a él, pero vi que el *call* de mi parte lo incómodo. El *flop* nos mostró: 9♥, 7♣ y 3♣. Me tocaba hablar primero decidí pasar. El hizo un BET de 2/3 de pozo, me pareció fuerte ese *size* a esas alturas del torneo pero tras unos segundos decidí pagar. El *turn* abrió un 2♥, ante el cual volví a pasar, Roberto me observó por unos pocos segundos, estaba esperando su *all-in* y que se levantara pero en vez de ello acudió a un BET del *turn* de 2/3 del pozo, nuevamente ese *size* que no me gustaba, eso me preocupó pero no iba a soltar la mano, ese *Board* también me indicaba que era poco probable que hubiese conectado algo, sencillamente no estaba en su rango porque a pesar de todo el hombre sabía lo que hacía en la mesa.

Si bien estaba la posibilidad de tener un par en mano ya estaba inmerso en la implementación de mi estrategia por lo que hice *call*. Nunca habíamos llegado a la *calle* del *river* ni yo ni ninguno de los adversarios ante él en esa mesa final, y su *tell* era en el *turn*, ¿lo haría en el *river*? El *dealer* abrió un 5♦, entonces repetí la acción, "*check*". Allí brilló para mí, más claro que nunca, su *tell*. Se levantó de la mesa con prepotencia y arrogancia, me miró a los ojos y me dijo *all-in*. Era claro, estaba *blufeando*, siempre había estado *blufeando*, cada vez que mandaba *all-in* de pie era la manera de hacer su *bluf*, ¿cómo nadie se había percatado de ello antes?. ¿Cuántos años tendría engañando al mundo con ese truco de hombre valiente que solo escondía un ser miserable, triste, envidioso, ambicioso, inmoral y criminal?

Era el ego su gran enemigo, querer simular ser alguien que no era, y cuando más se esforzaba en actuar, allí, se filtraba brevemente su verdadero rostro tras la máscara, lo había atrapado. "Pago", dije empujando todas mis fichas. Yo solo tenía mi As como carta alta, ni siquiera un par, pero tenía algo más, la certeza de que ese malnacido estaba *blufeando*, yo estaba seguro que él no tenía nada. Muestren, dice el *dealer*, si bien me tocaba a mi abrir primero me retrasé a propósito, solo para ver su gesto frio, de miedo; mirar cómo se despegaba su rostro falso, ver si tenía los cojones de mostrarse tal como era. El siguiente fue Max, en tono burlón: "¿Ajá, y ahora no van a mostrar las cartas?". Todos se unieron a la petición. En la psiquis del gran *bluf*eador seguro un trauma infantil se habría hecho presente en ese preciso momento, los niños del liceo haciendo bullying cuando alguna de sus mentiras no funcionaba; el coro de los niños del 23 enero burlándose de él por no tener mamá, la voz autoritaria de su padre gritándole que le dijera la verdad y golpeándolo salvajemente. En sus ojos había mucha presión, estaba a punto de perder y él lo sabía. La burbuja de los cobros iba a reventarse y el estallido lo lanzaría muy lejos, sin dinero, sin futuro, sin mentiras que contar. Yo solo sonreía levemente al verlo ante su desesperación.

El *dealer* volvió a pedir que abrieran las cartas. "Bueno, Junior, muestra", dijo Amir. Me levanté de la silla, lo miré fijamente, para disfrutar de su gesto, para retarlo, para descubrirlo. Puse mis dedos índice y medio sobre la parte inferior de las cartas y con el pulgar volteé las cartas mientras decía: "perdiste, gran mentiroso". Nadie podía entender como un A♠ 10♠

que no tenía conexiones con el *Board* podía darme tal seguridad, pero en fracciones de segundos el propio Roberto les dio la respuesta.

El muy cobarde no mostró las cartas, sino que empezó a escupir insultos, pateando las cosas alrededor, maldiciendo. Su descontrol, su histeria, no la había esperado. Perdió la razón: levantó su silla y la lanzó sobre la mesa mientras me decía cualquier insulto incomprensible por las respiraciones agitadas que tenía. Al escuchar el alboroto el personal de seguridad de Max entró de inmediato. "Coño, llévense a ese loco", dijo el dueño de la casa. Mientras lo sacaban a empujones, completamente fuera de sí, con las puertas abiertas y ante los ojos del salón repleto me gritaba: "Te vas a morir maldito muchacho, se van morir tú y amiguito, voy a matar a tu mamá, voy a matar a la perra de tu noviecita, los voy a matar a todos". Era un espectáculo bochornoso, pero ideal para mis planes.

No había abandonado aún el salón grande, cuando Max mandó al *dealer* a recoger las cartas: Roberto lo perdió todo apostando *all-in* con J♥ 10♦. "Tomemos un *break* mientras ordenamos la sala señores, que vergüenza", dijo Max; luego se acercó a mí, me dio un espaldarazo diciendo: "muy bien jugado. No te preocupes por él, le debe mucho dinero a unos amigos e incluso a mí me debe dinero, no se atreverá a tocarte, yo mañana haré unas llamadas". Le sonreí y agradecí por el gesto. Pero Max no sabía el destino que le esperaba a Roberto y que todo esto había sido parte de un plan muy riesgoso pero muy bien planificado hasta el final.

Roberto estaba abordando su automóvil tratando de escapar como diera lugar del sitio, pero ya Héctor y yo estábamos al habla en nuestros respectivos teléfonos. "Don Vito, allí va el hombre". "Carlos y Luis, ya salió el invitado, va solo en un Toyota Corola". Carlos y Luis estaban una cuadra arriba en la *calle* donde estaba la mansión en un Chevete amarillo y destartalado que conducía Wilfredo, esperando mi llamada. La sed de venganza de los hermanos de crianza de Chavo estaba en su punto más alto. Prendieron el carrito y avanzaron un poco, hasta que salió el Corola donde iba, iracundo, Roberto, hablando a gritos por teléfono. Lo siguieron muy de cerca, por las *calles* intrincadas. Yo, antes de entrar a la mansión, había llamado para hacer el reporte de la ruta, de las *calles* sin alumbrado público, de cuáles eran las más angostas. Don Vito lo esperaría por delante para trancarle el paso y los muchachos de La Pastora lo trancarían por detrás.

Así fue, cuando cruzó en una *calle* angosta, que daba a la parte trasera de dos mansiones, un par de camionetas negras *blind*adas, le trancaron el paso. Él iba gritando por teléfono, al ver el obstáculo, tocó corneta y empezó a maldecir sacando medio cuerpo por la ventana del carro. Como no se quitaban se bajó del carro a gritarles y golpearles los vidrios, pero apenas puso los pies fuera del automóvil, vio las luces altas del Chevete que llegaba detrás de él. Luis y Carlos se bajaron del carro haciendo alguna finta de desenfundar sus pistolas de la cintura tapadas por sus franelas.

"¿Que mierda es esta?", dijo mirando con pánico a los tipos que se acercaban poco a poco con una mirada perdida de odio en ambos. "Una vendetta" escuchó a su espalda, de la voz del propio Vito Panzuto que se había bajado de una de las camionetas y se dirigía hacia él con cuatro gorilas siendo uno de ellos el mismísimo Federico Bocanegra.

Me contaron que Roberto al ver a Fede no pronunció una sola palabra más y quedó ahí inmóvil, atrapado, sabiendo que había llegado su final y debía responder por sus pecados y todo el mal que había hecho. No sé qué pasó con Roberto desde ese momento, y jamás quise preguntar. Wilfredo me dijo una vez que no lo habían matado, pero que donde estuviera, seguro preferiría estar muerto.

El *break* fue solo de diez minutos. La silla que Roberto había lanzado, rayó la mesa nueva de Max, a quién se le notaba el disgusto. Héctor se acercó a mí y me dio el ticket del carro diciendo: "yo sé que aún tienes que ganar para pagarle al jefe, pero confío en ti". Era como un certificado de libertad, como si después de una mano muy larga con la vida, por fin me tocara cambiar de posición, dejar de estar en UTG, jugar con el destino desde una posición más cómoda, creo que había pasado a estar *Over de Gun*.

Los cinco que nos sentamos a jugar, éramos otros sin la presencia de Roberto. Empezaron las risas en los demás y poco a poco el ambiente de juego era mucho más ameno para ellos sobre todo por la alegría de estar en cobros, pero para mí seguía aún la presión de ahora conseguir el torneo en todos los sentidos. Sin embargo algo más grave me estaba sucediendo en ese momento, había pasado algo dentro de mí, de tantas horas de estar con la adrenalina subida y el juego de emociones me descompensé completamente. El cuerpo humano no está acostumbrado a estar tantas horas de tensión y emoción como las que pasé esa noche y los días anteriores. El cuerpo me estaba pasando factura; comenzó con un fuerte dolor de cabeza, que me fue nublando la vista, empecé a ver borroso la mesa, las fichas, los jugadores y lo más peligroso, las cartas. No podía decir nada pero estaba realmente mal.

El primero en ser eliminado fue Erwing, había aguantado demasiado, Ernesto lo obligó a hacer un *all-in* para defender su *blind*. Erwing llevaba un par 6 y chocó contra un par 10 de Ernesto; eso le garantizó los 25.000 dólares del quinto lugar. A los 30 minutos lo acompañó Amir, llevándose 50.000 dólares del cuarto lugar, al perder un trio de 3 contra un trio de 8 de Max. Al retirarse de la mesa volvió con su mismo gesto con la cabeza a lo que esta vez respondí, "excelente torneo Amir", a lo que respondió: "eres el mejor hermano, disculpa siempre lo malo".

El anfitrión no era el mismo desde que comenzamos de nuevo la mesa final, quedó un poco afectado después de que la mesa de póker fuese dañada físicamente y su torneo se viese manchado por toda la situación con Roberto. Se podía ver en su rostro la incomodidad y eso se convirtió en un *tell* vistoso que pude aprovechar para sacarlo del juego en un mano a mano, donde jugó J♥ 10♥ quedando bilateral para *escalera* mientras yo tenía un par de K. El dueño de la casa, consiguió rescatar 70.000 dólares.

El *heads-up* final con Ernesto Suárez duró una hora, ya eran casi las 10 y 30 de la mañana, realmente no podía más, el cansancio en mí hacía mella y él me planteaba una batalla sin cuartel. Yo estaba libre de presiones porque con los 125.000 dólares del segundo puesto garantizaban mi deuda con Vito Panzuto y tenía 15.000 dólares que ofrecerle al cubano y los otros cinco mil podría dárselos luego.

A pesar de todo con la poca energía y capacidad que podía estaba buscando ese primer lugar. No podía más y Ernesto lo sabía, no había posibilidad de *deal* entre los jugadores, Max lo había expuesto entre las normas del torneo así que había que buscar pelear como se pudiera, por ese primer lugar.

Ya cuando el agotamiento era realmente preocupante en mí llegamos a la mano final: un glorioso A♥ K♥ de Ernesto contra un A♣ Q♣ que estaba en mis manos. Jugamos *all-in* desde el *pre-flop*. En el *turn* se abrió una K♦ que le dio la victoria a Ernesto quien se levantó feliz saltando como loco de la emoción y no era para menos. Los que estaban presentes aplaudían y lo felicitaban, pero muchos llegaron a felicitar al zombi en que me había convertido, postrado en la silla, sin fuerzas para levantarme. Vi desde mi silla como Ernesto recibía el trofeo del triunfo y su merecido brazalete, sin duda un excelente y gran jugador.

En ese momento Max se acercó a felicitarme, dándome un sobre que contenía el cheque con mi premio, lucía su firma: Max "Alpha" Rodríguez. Me levanté como pude de la silla y se lo entregué a Héctor, le pedí que se lo diera a Don Vito y que le explicara que los 15.000 restantes se lo diera a Fede. En ese momento para mi sorpresa Héctor me dio un abrazo diciendo: "nadie aquí sabe por lo que pasaste Junior, nadie aquí está consciente que no estabas jugando póker por el torneo, sino por tu vida. Si, perdiste el primer premio y el brazalete, pero créeme que aquí nadie recordara al tal Ernesto, quedará es tu nombre en el recuerdo de todos, el que *foldeo* un full de ases, el que logró recuperarse a pesar de estar de último en esa tabla, el que venció a Roberto. Eres mi héroe chamo, que dios te bendiga".

Las palabras de Héctor dieron justo en la diana y me desmoroné, las lágrimas me salían mientras trataba de limpiar mi rostro para que nadie me viera así. Solo pude responderle: "Gracias Héctor de corazón".

Cuando vi la hora ya eran las once de la mañana, me dirigí a la camioneta con una soltura mística en el cuerpo que disfrazaba la destrucción total que había en mí; al sentarme en el puesto del piloto respire para llevar a cabo lo que me había prometido; metí mí mano en la guantera de la camioneta y saqué la carta de Claudia, ahora estaba preparado para leer su contenido y entender que había pasado con ella esa noche, ya no había riesgo de que sus palabras destruyeran mi *mental game* y mi equilibrio, era el momento de saber su verdad.

"Mi Aeternum,

Creo que nunca lograré entender el porqué de mis actos y mis acciones ante quienes me aman sinceramente, nunca entenderé por qué me freno en abrir mi corazón con quienes merecen recibirlo. Puede ser que mi primer amor creó en mí una fobia en eso de poder amar con pasión y verdad, puede ser que creó en mí un acto de rebeldía infantil empujado por el dolor que produce el amar y no ser bien correspondido, dejando cicatrices que aún no se han podido borrar.

Llegaste en un momento muy turbio y extraño de mi vida, pero sin duda llegaste para darle orden y paz. Tu inocencia, tu forma en ver la vida, tu lucha constante por los tuyos, fueron un ejemplo de cómo enfrentar y llevar mi vida.

Dicen que los ojos son el espejo del alma y cada vez que te veo logro mirar a ese ser especial que hay en ti, pero al mismo tiempo me da vergüenza el mirarte fijamente por el temor que también puedas ver mi alma negra y marchita por los golpes recibidos. Pero al final no fue así, te concentraste en lo bueno y en lo poco digno que quedaba en mí, me enseñaste que soy más de lo que creía ser y me devolviste vida, paz y tranquilidad.

Nunca logré decirte lo que sentía por ti por cobardía, pero creo que al final los actos hablan más que las palabras; tu corazón y tu alma saben muy bien que con cada beso, con cada caricia y con cada acto de entrega y lujuria, había amor puro y sincero de mi hacía ti.

Te conocí en medio de un acto vil y sin sentido de mi parte. Siempre me arrepentiré por ello y espero que algún día llegues a perdonarme. Solo pensar que mis acciones pudieron dañarte de alguna manera me destroza internamente porque no lo mereces. Para enmendar mis acciones y demostrarte con actos mi verdadero amor, logré negociar con Roberto tu vida y la de José Gregorio. Me comprometí con él a buscar los 150.000 dólares que me deben los rusos para pagar la deuda que ustedes tienen con él.

Me prometió que no les haría nada si cumplía, así que lo más seguro es que cuando recibas esta carta estaré camino a encarar mi pasado y mi destino por ti.

Nada de lo que sucedió está loca noche es tu culpa, por favor no te sientas mal por ello, esto es culpa sencillamente de un mal perdedor que no supo tolerar el éxito de alguien tan especial como tú y como de tu hermano Chavo. Me siento muy orgullosa de ti y de todo lo que has logrado junto a los tuyos. Créeme que si tuviese que vivir esta locura nuevamente lo haría sin arrepentimiento con tal de poder conocerte nuevamente.

Espero poder verte lo más pronto posible. Diego, mi Junior, con el corazón en la mano te escribo y le grito a los cuatro vientos que 'Te Amo, Aeternum'"

VEINTICINCO.- ¿NOS RENDIMOS O SEGUIMOS?

Muchos se preguntarán por qué no abandonamos el póker después de todo lo vivido, la respuesta es muy compleja, teniendo cada jugador su verdad sobre ello: ¿por qué un jugador no deja el juego luego de ser derrotado en una mano donde solo puede perder ante un 2% del adversario? ¿por qué un jugador de póker no deja de jugar cuando son más veces las que se pierde que las que se gana? El efecto emocional y psicológico es muy poderoso e incluso muchas veces traumático, pero de ser así ¿por qué no abandonamos el póker?

Unos pueden responder que hay un principio velado de ludopatía, pero otros como yo podemos decirte que no es así; yo no apuesto en nada, no juego caballos, ni bingo, ni dados, nada en donde no sienta que con estrategia puedo controlar parte del juego. Ese poder no es un mito, es un objetivo alcanzable; si existe alguna adicción es al poder que nos da conocer el juego.

El póker es una pasión, un estilo de vida, un encuentro de grandes mentes en una mesa para tener una batalla intelectual cuyo efecto es el dinero, pero acompañado de una mayor satisfacción, el triunfo de tu mente sobre otras y la victoria ante la varianza, la cual siempre se presenta en la mesa así como en la vida. No se puede controlar pero si adaptarnos a ella, teniéndola presente en cada mano, haciendo cada momento completamente distinto, lleno de adrenalina.

Los jugadores de póker somos adictos a la adrenalina y a las emociones, nos atrapa estar ahí por horas, aprendiendo de cada mano, para luego extrapolarlo todo a la realidad, ya que todo aprendizaje en la mesa podemos aplicarlo también en la vida. El póker te enseña paciencia, equilibrio e inteligencia emocional; te enseña la responsabilidad del correcto cálculo de tus finanzas al llevar tu *Bankroll*; te enseña lo que es tener un espíritu y actitud deportista ante tus adversarios; aprendes a ser estratégico y táctico con la vida; también te enseña a perder y con ello a aprender el respeto ante el triunfo cuando se logra.

El póker te enseña a entender a las personas, a ser competitivo contigo mismo y siempre buscar tu evolución ante todas las cosas; si lo haces con disciplina cada día serás mejor jugador, un ser humano social, involucrado con el otro. Un gran jugador me dijo una vez: "así como juegas al póker sé cómo llevas tu vida", y no le faltaba razón.

No quiero decir que todo en el póker sea bueno, o que todas las personas puedan aguantar su ritmo, muchos se retiran y lo abandonan porque también hay mucha frustración. De cada diez torneos que juegas, capaz llegues a ganar, como mucho, dos o uno, incluso entrar en cobros es difícil. Además hay periodos de *bad swing*, en los cuales no logras conectar nada. Muchos jugadores que inician su andanza terminan sintiendo cansancio al no ver resultados, pero la vida no es color de rosa y para triunfar debes preferir los retos ante lo fácil. El póker siempre nos desafiará para ser mejores jugadores, nunca será suficiente todo lo que aprendas, la competencia es un estímulo constante para ser mejores en el juego y también en la vida.

Nosotros vivimos una experiencia muy fuerte pero entendimos que no fue producto del mal actuar por nuestra parte, sino por personas que no supieron lidiar con la derrota. Nos costó mucho entender cuál debía ser el camino correcto, pensamos en abandonarlo y hacer otra cosa, pero amamos el juego y es muy complicado dejarlo una vez llegas a entenderlo como lo hicimos Chavo y yo.

Al recuperarse Chavo en su totalidad, decidimos que si íbamos a continuar debíamos hacerlo con todos los aprendizajes vividos, ya que era imposible ser los mismos después de esos acontecimientos; comenzamos a ver el póker con más madurez, debíamos seguir conociéndolo más mediante el estudio y la práctica, debíamos evaluar nuestro entorno con más astucia, respetar los principios y la ética del juego ante todas las cosas, también elegir bien a los jugadores de la mesa y con quien sentarnos a batallar. Debíamos sentirnos orgullosos y defender nuestro estilo de vida, porque al final ¿Qué somos? Somos matemáticos, psicólogos, estrategas, estadistas, profesores, inventores y artistas, todo al mismo tiempo.

Chavo volvió a ser el mismo de siempre, aunque nos tocó empezar de cero, ya que no teníamos nada, salvo algunos dólares que formaban nuestro *Bankroll* inicial para volver a hacer lo mejor que sabíamos: jugar póker. Nos costó mucho, más que al principio, tardamos más de un año en levantar un capital que nos permitiese refundar el club, aun con el apoyo incondicional del combo y de muchos; las nuevas instalaciones del Yin Yang Póker Club no fueron tan grandes como las primeras.

Comenzamos solo con siete posiciones de póker online y dos mesas para el póker en vivo. Chavo y yo regresamos a la universidad para terminar nuestra carrera, impulsados por el tener un título que nos permitiese pedir créditos y presentarnos como profesionales, no solo decir que éramos jugadores de póker porque lamentándolo mucho nuestro estilo de vida no era así considerado por el estatus quo de la sociedad.

Mi relación con Kathy mejoró como nunca, no solo como una relación de madre e hijo, se volvió mi amiga y confidente. La nueva etapa privada de la escuela para niños especiales de Daniel le hizo mucho bien, su evolución ha sido increíble, ha desarrollado una capacidad comunicativa sorprendente y ahora exterioriza mucho más sus ideas; tanto era así que Kathy me llamó un día para decirme que Daniel estaba enseñándole a jugar póker a los otros niños de su clase; aunque la habían contactado para llamarle la atención sobre el hecho, nos dio mucha alegría y gracia porque demostraba que poco a poco Daniel estaba saliendo de lo más oscuro de su condición.

Max "Alpha" Rodríguez decidió irse del país a buscar nuevos horizontes; ya la situación política estaba poniéndose demasiado turbia, y prefirió venderle la empresa de sus padres a un gobernador chavista que estaba detrás de él desde hacía muchos años, con una instancia desquiciante. Se enteró de primera mano sobre el cáncer de Chávez, y decidió vender, porque una vez que muriera Hugo, nadie podría evitar que los lobos salvajes que quedarían en el poder le arrebataran todo lo que sus padres y él construyeron. El tiempo confirmó sus sospechas. Con Max fuera del país, también se fueron mis anhelos de poder conseguir el brazalete de su torneo.

Don Vito continúo con su club, pero dio un salto cuántico, porque al retirarse del país Max "Alpha", su sala se convirtió nuevamente en la única disponible para magnates y adinerados. Nos volvimos amigos, hasta un punto; porque sin duda era un tipo turbio y peligroso.

Mi relación con Jesús y toda la familia Gómez se estrechó mucho; tenía abierta una invitación para visitarlo en su casa en Los Ángeles e incluso me dijo que me llegara con Chavo, de quien siempre le hablaba; aún estamos reuniendo para visitarlo y llevar un *Bankroll* que nos permita jugar algunas manos en los casinos norteamericanos, además, con la esperanza de conseguir mi tan ansiada revancha ante Jesús.

Los días siguientes al torneo fui a visitar la casa de Claudia, pero conseguí todas las puertas cerradas. Los vecinos me dijeron que la señora se había ido sin decirle nada a nadie; esto trancó la última ventana que tenía para conocer del destino de la mujer que era una escalera real de corazón. No supe más de ella.

Desde entonces no he podido dejar de pensarla, ¿qué habrá sido de su vida? ¿Por qué nunca me escribió o llamó? ¿Dónde quedó el amor que me juró en su carta? En mi desesperación terminé contratando a Federico Bocanegra para que desarrollara una investigación a través de la oficina de la inteligencia cubana, pero todos mis esfuerzos fueron inútiles, parecía que se la había tragado la tierra; y que el único lugar donde estaría siempre presente era en mi memoria, y aunque suene muy cursi, en mí corazón.

Los meses pasaron y decidí seguir con mi vida jugando al póker con el destino, pero en otra posición ¿me entiendes? Cuando mi papá y yo aprendimos juntos y vivía en la fiebre del estudio estaba en la posición de small, mi apuesta era pequeña, y el riesgo era casi nulo; cuando murió mi papá entré en el big, me tocó pagar la ciega grande, la apuesta grande que no vi venir. Luego comencé a jugar en UTG cuando me aventuré aceptando la invitación de Chavo para conseguir el dinero que necesitaba mi familia para no naufragar; ese fue el preflop de mi mano en Under the Gun. Aposté en un flop que me sonreía cuando acepté trabajar en el Triple As y adentrarme en el mundo del póker; cuando me tocó apostar en el turn de la vida conocí a Claudia, mi primer amor, que me mantendría ciego casi hasta el final. En el *river* me fui *all-in* con la intuición, cuando le dije que sí a Chavo con respecto al Yin Yang Poker Club, sin pensar que existían hombres en el mundo como Roberto.

¿Saben qué creo? Salí vivo de toda esta mano porque la varianza estuvo de mi lado, tuve suerte; pero si no hubiese aprendido a jugar GTO y combinarlo con el juego EXPLOTABLE de Chavo, a leer los *tells*, determinar y polarizar manos, y aplicar todos los conocimientos, no solo en el juego sino en la vida, ni siquiera la suerte nos hubiese salvado.

Toda mano de póker es una fotografía, dividida en fragmentos que al juntarse muestran la maravilla del juego: no gané el torneo, pero le gané la mano a la vida estando en esa posición tan delicada como es el UTG, no logré tener a mi lado a mi primer y gran amor pero al final logré vivirlo con pasión ¿cuántos han tenido la dicha de conseguir el amor verdadero en este mundo?

No pude superar nunca la ausencia de Claudia. Lo intenté, batallé con ese vacío interno que incluso se volvió parte de mí, pero la necesidad de conocer la verdad me carcomía día a día. Cuando sentí que ya estaba todo en orden, le dije a Chavo: "renacimos de las cenizas, está todo en orden hermano, pero ahora me toca a mí alcanzar la paz, necesito buscar a Claudia." Chavo se sorprendió, durante ese año nunca habíamos hablado de ella. Chavo sabía mi lucha interna y por respeto nunca tocaba el tema, pero en esta oportunidad me dijo: "Junior, tú mejor que nadie sabe que le debo mucho a esa pana, por ella no me lanzaron al Guaire, sino que me dejaron respirando en el clínico, pero como tu hermano te digo que debes dejar eso atrás; ella siguió con su vida y tú también desde hacer lo mismo". Respondí de inmediato: "tienes razón, pero no puedo seguir con esta ansiedad, con este vacío, solo necesito saber la verdad, qué fue lo que sucedió, que paso con esos 150.000 Dólares, necesito saber que está bien y que...". Chavo me interrumpió: "y saber si aún te ama". "Si hermano, saber si aún me ama", le respondí con una sonrisa. "Junior, eres un genio con los números y con el juego pero malo, malo, con el tema de las mujeres, en verdad es una lástima. Ve hermano, búscala y sacia tus dudas, aquí estaremos todos esperándote para seguir adelante y continuar luchando. Solo te digo hermano, el que busca siempre debe tener cuidado con lo que encuentra". Le di un abrazo de agradecimiento, por la confianza y la hermandad infinita.

Sin perder tiempo compré un pasaje a Madrid, definí que desde ahí comenzaría mi búsqueda. Tenía nombres y sitios de cuando Claudia me contaba su historia, tenía un plan y con él mi alma se iba llenando nuevamente de esperanza por buscarla y conseguirla. La adrenalina de una nueva aventura se apoderaba de mí, como quien se está sentando en su silla en un nuevo e importante torneo.

Cuando ya estaba listo para salir, llegó Fede, quien traía mi pasaporte con la visa, ya que le había pedido que me ayudara con eso; pero había un *tell* en la mirada de Federico Bocanegra, quien venía trajeado elegantemente, como todos los guardaespaldas de Vito Panzuto. "Epa Junior" dijo mientras me veía con cierta preocupación teniendo mi pasaporte en sus manos. "Tigrito aquí esta lo tuyo, pero mientras hacia tu diligencia e investigaba un poco toda esta vuelta que te vas a lanzar por Europa, y me enteré de varias cosas importantes y claves para ti". "¿De qué hablas?", respondí de inmediato.

Tras una larga pausa, en al cual solo se dedicó a mirarme, pronunció las palabras que volvería a ponerme en UTG: "¿tú quieres saber la verdad de cómo y por qué murió tu papá?"

Continuará

Glosario

3-BET: Una *3-BET* es un *reraise* después de una apuesta y un *raise*. Es la tercera subida en una ronda. Por ejemplo: 'Jugador 1' hace un BET (apuesta), el 'Jugador 2' hace un *Raise* (sube) y el 'Jugador 3' hace un *3-BET* (resube).

4-BET: Es una cuarta apuesta, una *resubida* hecha tras una apuesta y dos subidas posteriores. Es la cuarta apuesta de la ronda. Por ejemplo: 'Jugador 1' hace un BET (apuesta), el 'Jugador 2' hace un *Raise* (sube), el 'Jugador 3' hace un *3-BET* (resube) y el 'Jugador 4' hace una nueva subida que conocemos como *4-BET*

Add-on: En torneos de recompras, un add-on es una recompra, normalmente se permite una por jugador y puede ser comprada sin importar el tamaño del *stack*. El add-on suele ofrecerse al final de la fase de recompras.

All-in: Ir *all-in* es apostar todas las fichas que se tienen sobre la mesa. Una vez que un jugador está *all-in* no puede hacer más apuestas (*raise* o *call*), no puede hacer *fold* y el resto de los jugadores que permanezcan activos hasta el final deban obligados a hacer *showdown*. Los jugadores en la partida pueden seguir jugando la ronda de manera normal.

Ante: Es una forma de apuesta obligatoria que debe ser pagada por todos los jugadores antes de que las cartas sean repartidas. Se pagan en cada mano y no cuentan como apuestas hechas, sino que son una especie de entrada para jugar la mano.

Average Stack: El *Average Stack* (*Stack* medio) es el resultado de dividir todas las fichas en juego en una mesa o en un torneo por el número de jugadores que tienen esas fichas. Es una medida por la cual se puede saber la posición de un jugador en un torneo.

Backdoor: Un *Backdoor draw* (proyecto por la puerta de atrás) es aquél que precisa dos cartas en lugar de una para completarse. Si un jugador tiene 3 corazones, por ejemplo, entonces tiene un proyecto de color *Backdoor* a corazones. Necesita dos corazones más para el color.

Bankroll: se llama *Bankroll* a todo el dinero que se tiene para jugar al póquer, la cantidad de fondos que un jugador habitual ha designado para el juego. En el póquer online, denomina también al dinero que un jugador tiene en su cuenta.

BET: Es la palabra inglesa para decir *Apuesta*. Es una de las posibles acciones que un jugador puede escoger si no hay apuestas ya realizadas. Hace BET es hacer una apuesta. Se denomina BET si nadie más ha apostado antes, si ya hay una apuesta en la mesa, entonces se debe igualar esa apuesta haciendo *call* o subiendo haciendo *raise*.

Big Blind: La mayor de las dos apuestas obligatorias en un juego con apuestas ciegas (*blind*). La más pequeña de las dos se denomina *Small Blind*. Las *blind* se pagan antes de que las cartas se repartan, siempre por jugadores diferentes cada ronda. El jugador a la izquierda del repartidor paga la ciega pequeña; el siguiente a él paga la ciega grande.

Blind: son un tipo de apuesta obligatoria. Son apuestas que se deben pagar antes de repartirse las cartas. En cada ronda dos jugadores están obligados a realizarla, cambiando de posición al terminar cada mano. En Texas Hold'em existen una *Big Blind* (ciega grande) y una *Small Blind* (ciega pequeña), que usualmente es la mitad de la primera. La posición de la ficha del *dealer* o *botón*, determina quién paga las *blinds*, ya que los dos jugadores inmediatamente a la izquierda del botón deben pagarlas; estas cuentan como BET, por ello los que quieran seguir en la mesa deben igualar o subir el valor de las *blinds*.

Bluf: Es un movimiento en el que se intenta convencer a los contrarios de que la mano es más fuerte (o más débil) de lo que es en realidad. El *bluf* es un intenta que los rivales abandonen sus manos por creer que tienes una mano mejor o que pierdan más dinero frente a una mano fuerte porque no creyeron que lo fuera.

Board: En juegos con cartas comunes, la mesa (*Board*) son todas las cartas comunitarias, en Texas Hold'em el *Board* está compuesto por el *flop*, *turn* y *river*.

Botón: El botón (button) o ficha del repartidor (*dealer button*) es una ficha que muestra quién es el *dealer* en esa mano o quien es el último en jugar. La posición en la que se sienta el repartidor también se llama botón.

Buy In: El *Buy-In* (en español: entrada) es la cantidad que un jugador debe pagar para entrar en una partida. En partidas *cash* es la cantidad que debe incorporar a la mesa para entrar.

Call: Es una acción que un jugador puede realizar cuando se enfrenta a una apuesta de otro jugador. Quiere decir que él se juega exactamente la cantidad de la apuesta enfrentada, que paga la apuesta realizada por el rival.

Calling-station: Un *calling station*, o *station* de forma abreviada, es un jugador extremadamente pasivo que juega demasiadas manos, y avanza demasiado lejos con ellas. Hace *call* ante cualquier apuesta incluso con manos marginales y no es capaz de intuir cuándo está superado. También juega buenas manos de manera pasiva, lo que significa que raramente hace apuestas para hacer crecer el bote o para proteger una mano vulnerable. Se les llama *calling* stations porque ver es su movimiento preferido. De ahí que no sean buenos candidatos para farolearles.

Cash: *Cashgames* o partidas por dinero en español es donde los participantes juegan por y hacen sus apuestas con dinero real. Las partidas sin límite y con límite de bote se llaman a menudo *cashgames* ya que los jugadores apuestan lo que quieren, en contraposición a las variantes con límite fijo en las que las apuestas están restringidas a cantidades prefijadas. Las variantes de límite fijo no son vistas como póquer "real" en este sentido.

C-BET: Apuesta de continuación o *C-BET*, es cuando un jugador apuesta en una ronda anterior y después apuesta de nuevo, eso es denominado apuesta de continuación, ya que continúa con la agresión de la ronda anterior. Una apuesta típica de continuación se da cuando un jugador sube en la primera ronda, es visto por otro jugador y después apuesta tras el *flop*; es un movimiento que utiliza mucho quien hace *bluf*.

Check: Hace *Check* o *Pasar* en español, es una de las acciones posibles de un jugador cuando no se enfrenta a ninguna apuesta del rival. *Check* significa ceder el *turno* al siguiente jugador sin realizar una apuesta.

Check-raise: Un *check-raise* (pasar-subir) es una combinación de movimientos consistente en que un jugador primero pasa y después sube si una apuesta es realizada tras él. Por ejemplo: 'Jugador 1' hace *check*, luego el 'Jugador 2' apuesta, entonces el 'Jugador 1' hace una apuesta *re-raise*. Un *check raise* puede ser para intentar tender una trampa al rival o también es una demostración de fuerza.

Coinflip: Un *Coinflip* o en español, lanzamiento de una moneda, se refiere a una situación en la que dos jugadores tienen prácticamente las mismas posibilidades de ganar. Como está muy cerca de ser 50:50, la mano podría decidirse también lanzando una moneda.

Cooler: Es cuando pierdes una mano no por un error sino por cómo salieron las cartas; un jugador con una mano fuerte pierde frente a otro con una mano más fuerte. Normalmente, el jugador pierde mucho dinero y no había forma de evitarlo jugando correctamente.

Cutoff: En partidas con ficha de repartidor, el *cutoff* es la posición inmediatamente a la derecha del botón.

Deal: El *Deal* o trato de mesa final, es un final prematuro a un torneo largo que se da cuando los jugadores que permanecen activos acuerdan dividir el dinero del premio de alguna forma. Normalmente, la distribución se realiza según el número de fichas.

Dealer: Aquél que reparte las cartas. No tiene por qué ser el que reparta realmente las cartas, pero es el que debería hacerlo según las reglas; el orden de las acciones se decide como si estuviera repartiendo. De ahí que, en Texas Hold'em, cada jugador es el repartidor un *turno* por ronda, aunque el que realmente reparta las cartas sea un trabajador del casino o un programa de software. El jugador asignado como repartidor cambia cada mano en el sentido de las agujas del reloj. El repartidor en cada mano se identifica por una pequeña ficha, llamada la ficha del repartido (*dealer button* en inglés), que también se mueve alrededor de la mesa conforme lo hace el repartidor.

Donkbet: El término inglés *donkbet* proviene de la combinación de donkey (burro) y bet (apuesta). Tal apuesta es inesperada o arriesgada y es realizada por un jugador que no fue el agresor en la ronda previa, a menudo contra el jugador que fue el agresor. Una situación típica para una donkbet se da cuando un jugador ve una subida en la primera ronda y después apuesta al subidor en la siguiente ronda.

Expected Value (EV): El valor esperado o esperanza, abreviado como EV, de un movimiento es la ganancia o pérdida media resultante de una situación teniendo en cuenta todos los resultados posibles y sus probabilidades.

Explotable: el estilo explotable se refiere al proceso de identificar los errores de tus oponentes para sacar provecho de ellos.

Fish: Un pez (*fish* en inglés) puede ser un insulto o significar que estamos frente a un mal jugador contra el que es rentable jugar. Se les puede identificar por su falta de estrategia y por sus movimientos con EV negativa. Juegan manos fuera de rango y apuestan demasiado.

Flop: En variantes de póquer con cartas comunitarias como Hold'em y Omaha, el *flop* son las tres primeras cartas de la mesa que se reparten.

Fold: Un jugador que tira las cartas, se retira o *foldea*, deja caer sus cartas retirándose de la mano. Las apuestas que haya hecho permanecerán en el bote y él se podrá reincorporar a la partida en la próxima mano.

Fold equity: tomando en cuenta que se puede ganar si todos sus rivales se retiran, las probabilidades de ganar dependen también de la tendencia de sus rivales a retirarse. El porcentaje del bote que le corresponde a cada jugador en base a la fuerza de sus cartas es denominado *pot equity*, el porcentaje que le pertenece en base a la inclinación de sus adversarios a *fold*ear se denomina *fold* equity. Cuando se calcula el EV uno podría contar con ganar X con una probabilidad de digamos el 10%.

FreezeOut: Un *freezeout* es una modalidad de torneo donde el jugador o bien queda eliminado cuando no le quedan más fichas o bien el dinero recaudado para los premios se le entrega sólo al ganador.

Free Roll: Un *freeroll* es un torneo de póker en el que no tenemos que pagar para disputarlo, es decir el *Buy-In* es de 0.00$. En cambio, se queda en las primeras posiciones podría conseguirse un premio en metálico.

Grindear: se refiere a jugar un número elevado de mesas al mismo tiempo en el póker virtual.

Headsup: Pozo que se disputa entre dos jugadores únicamente

Highroller: Un *highroller* es un jugador que participa en los límites altos; el término no se refiere a ningún límite en particular, se basa en la percepción particular de lo que para alguien es un límite alto.

Hijack: El Hijack es la posición anterior al cut-off.

Hole cards: Las cartas de inicio (*hole cards* en inglés) son las cartas boca abajo de un jugador que solo él puede ver, por ejemplo, las dos cartas iniciales en el Texas Hold'em.

In the money (ITM): Un jugador en un torneo estará "in the money" (ITM) si se eliminan suficientes jugadores del torneo de tal manera que tiene garantizado ganar algún premio.

Independent Chip Model (ICM): El modelo independiente de fichas (Independent Chip Model) o ICM es un modelo matemático para jugar en las últimas fases de un torneo con *stacks* relativamente pequeños. Está basado en la idea de que cada ficha representa una oportunidad de llegar a los premios y, por tanto, de obtener beneficios. Cada ficha adicional mejora la posición de un jugador en el torneo y también su beneficio obtenido. Las fichas de un *stack* de 10.000 tienen mayor valor que si estuvieran en un *stack* de 100, con las que un jugador estaría *all-in* automáticamente si simplemente hubiera que pagar una ciega de ese tamaño.

Kickers: son cartas no pertenecientes a las cinco que completan una mano de póquer. No pertenecen a ninguna combinación de cartas pero determinan el rango de mano con combinaciones equivalentes. Consecuentemente, sólo hay kickers en manos con combinaciones de menos de cinco cartas, por ejemplo, póker, trío, parejas y carta alta. Los kickers deciden cuándo dos jugadores tienen manos que son de otra manera idénticas en rango. Definiciones más constreñidas especifican sólo un kicker; el que decide la mano cuando dos jugadores tienen manos similares. Si los jugadores tienen exactamente la misma mano, entonces el kicker es la mayor de las cartas que no se han combinado y deciden el reparto del bote.

Limp: un jugador *limpea* si iguala al *Big Blind* en su primer movimiento, pero no sube.

Loose: Un jugador loose juega muchas manos, de forma contraria a un jugador *tight* que sólo juega unas pocas.

Loose-agresivo: El jugador loose-pasivo va a muchas manos *pre-flop* y hace mucho *call* post-*flop*. Tiene una tremenda necesidad de participar en el máximo número de manos posible, y a menudo aguanta hasta el final sin tener la más mínima posibilidad de ganar.

Mental Game: El juego mental es una parte fundamental del entrenamiento de los jugadores póker, donde afinan sus emociones, capacidad de concentración, para que no afecte su juego.

Nuts: La *nuts* es la mejor mano posible en una situación dada. Un jugador lleva la nuts si tiene la mejor mano posible con las manos repartidas hasta ese momento.

Odds: Para un número dado de *outs*, por ejemplo, cartas que podrían completar una mano de proyecto, hay una probabilidad de que esa carta sea repartida después. Esta probabilidad es frecuentemente expresada como odds u odds en contra; la probabilidad de que el proyecto no ligue.

Odds implícitas o pot odds implícitas: son pot odds modificadas que se usan cuando se juega un proyecto. Tienen en cuenta el hecho de que se podrá extraer más dinero de los rivales si el proyecto se consigue. Incluyen las apuestas que los adversarios harán y no sólo lo que ya está en el bote.

Open Raise (OR): Si una mano se abre con una subida en la primera ronda de apuestas, es denominada Open *Raise*.

Outs: Se define como proyecto (draw) a aquellas manos sin completar que no ganarán tal como se encuentran en ese momento, pero que pueden desarrollarse hasta una mano muy potente si se reparten las cartas adecuadas. Esas cartas que completarían el proyecto se denominan *outs*.

Overlimp: es la acción o movimiento que realiza un jugador cuando uno o varios adversarios han entrado haciendo limp antes que él; en respuesta el jugador hace *overlimp* (continua la acción haciendo limp) para no perder control del pozo ante un rango medio que se tenga en mano.

Posición: Un jugador se dice que tiene posición o que está en posición sobre un jugador si éste tiene que hablar antes de él en las rondas de apuestas. Tiene la ventaja de conocer qué han hecho ya esos jugadores.

Pot-odds: Las probabilidades en relación al bote (*pot odds* en inglés) son el ratio entre las posibles ganancias y el coste de tener la oportunidad de conseguir esas ganancias. Por tanto, son la inversa del ratio coste/beneficio para una apuesta dada.

Rainbow: *Flop* que contiene tres palos diferentes, por

lo que no se puede formar color en el *turn*. También significa una mesa completa de cinco cartas con no más de dos del mismo palo, por lo que resulta imposible ligar color.

Raise: Una subida es una acción que un jugador puede hacer cuando se enfrenta a la apuesta de otro jugador. Subir significa apostar por encima de la cantidad apostada por tu rival. El número y tamaño de las apuestas por ronda pueden estar limitados por las normas de la sala. Normalmente, 3 o 4 (o incluso 5, aunque menos frecuentemente) subidas se permiten por ronda de apuestas. Una subida seguida por otra subida de un rival se denomina resubida (re*raise*).

Raise Over Limpers (ROL): es un movimiento de Open *Raise* que se aplica contra uno o varios jugadores que han hecho limp previamente. El *size* del *raise* dependerá de la cantidad de jugadores que hayan entrado en limp; en torneo se recomienda sumar un *Big Blind* (BB) más a su *size* natural por cada jugador que haya entrado en limp; y en mesas *cash* 1,5 o 2BB por cada jugador en limp en la jugada.

Re-raise: Una resubida (*reraise* en inglés) es aquella subida que sucede a la subida de otro jugador. Si un jugador apuesta y es subido por un segundo jugador que finalmente es subido por un tercero, entonces el tercer jugador ha hecho una resubida.

Rebuy (recompra): En contraste con un torneo *freezeout*, en el que el jugador es eliminado irrevocablemente cuando pierde todas sus fichas, en un torneo con re-buy, se permite a los jugadores elimi-nados o cortos de *stack* comprar más fichas. Gene-ralmente este procedimiento de recompra es tal que tan pronto como el *stack* del jugador está por deba-jo de la cantidad inicial, puedes pagar el *Buy-In* ini-cial y recibir la cantidad de fichas iniciales de nuevo. Esto es únicamente posible al principio del torneo. Después de la fase de rebuy, luego es freezeout.

River: Quinta y última carta comunitaria, puesta boca arriba. Las metáforas sobre el *river* son algunos de los clichés del póker más apreciados. En inglés se suele utilizar el juego de palabras «murió ahogado en el *river* (=río)».

Shortstack: Un *stack* (caja) es corto si es pequeño comparado con el *stack* de los adversarios, con el máximo *Buy-In*, o con el *ante*. Un jugador que tenga ese tamaño de *stack* también se denomina shorts-*tack*

Showdown: El showdown es la parte final de la mano, en la que los jugadores que quedan, muestran sus cartas y las comparan para ver quién tiene la mejor mano y por tanto gana el bote. El showdown tiene lugar después de la última ronda de apuestas.

Size: tamaño de la apuesta.

Squeeze: Un squeeze, hacer squeeze a alguien o ju-gar squeeze, conlleva hacer una gran resubida des-pués de que haya habido una subida y al menos otro jugador la haya visto. Mientras que lo ideal sería que el primer jugador tire su mano, puesto que ha sido atrapado entre dos o más adversarios y no sabe qué harán los jugadores detrás de él, el segundo jugador y todos aquellos que van después de él a menudo no tienen manos suficientemente fuertes para ver una resubida, así que se tirarán.

Suite conectors: son cartas consecutivas que además son del mismo palo. Podrían ser también conectores de un hueco como 5-3 u 8-6, o conectores con dos huecos como 5-2, 9-6. La fuerza de los conectores radica en que pueden convertirse en proyectos de escalera fácilmente. Cuantas más cartas haya consecutivas, más proyecto de color existe.

Tell: Un *tell* es una característica del comportamiento de un jugador que descubre su juego. Se diferencia entre los *tell* conscientes y los inadvertidos; algunos son involuntarios para los jugadores y otros son realizados de forma malintencionadas porque el jugador cree que lo están observando. La manera en la que un jugador acaricia sus fichas durante la jugada puede ser un *tell*. A los principiantes se les informa acertadamente sobre el *tell*: "débil significa fuerte", que ocurre cuando un jugador tiende a jugar sus mejores manos de manera suave y a farolear con sus manos más flojas. Algunos jugadores siempre miran a la izquierda después de un farol en el "*All-in*". Otro *tell* es el llamado de timming, según el cual, el tiempo que pasan decidiendo una acción puede ser el *tell*. Hay *tells* que tienen que ver con el aspecto, el tipo de ropa y la manera de hablar. La variedad es asombrosa.

Tight: se refiere al estilo de juego en el que se seleccionan para jugar sólo unas pocas manos. El opuesto a *tight* es loose.

Tight agresivo (TAG): TAG significa *tight* agresive (selectivo y agresivo) y describe un estilo de juego en el que se seleccionan cuidadosamente las manos y se juegan agresivamente. En general y particularmente en límites bajos, el estilo TAG es muy rentable.

Tight pasivo: es un jugador conservador que sólo juega unas pocas manos muy fuertes. Su estrategia es jugar sólo las top cards, pero las juega agresivamente y raramente *foldea*, incluso si hay indicios de que ha sido superado por los adversarios.

Tilt: Jugar de forma violenta o temeraria. Se dice que un jugador está tilt si no está jugando bien, juega demasiadas manos, intenta hacer faroles sin mucho sentido, sube con malas manos, etc.

Tricky: El juego *Tricky* describe la integración de ciertos movimientos en tu juego para extraer más valor de tu mano. Cuando juegas *Tricky*, a menudo te desviarás de tu juego estándar con apuestas por valor sencillas e intentarás confundir un poco a tu oponente.

Turn: la cuarta carta comunitaria se denomina el *turn*, que se coloca después del *flop*.

Under the Gun (UTG): se refiere a la posición justo a la izquierda del *Big Blind*, siendo siempre el primero en hablar y por tanto, es una posición de enorme desventaja.

Varianza: La varianza de una variable cualquiera es

una medida de cuán lejos el valor de esa variable se desviará, en el corto plazo, del esperado en el largo plazo. En el póker se refiere a la desviación de la ganancia esperada de un jugador.

¿Cómo usar las Odds y las Outs en el Póker?

Odds, es un término inglés que no tiene traducción al español y que a menudo no es bien entendido, incluso por quienes hablan inglés, que suelen confundirlo con el término "probabilidades". Las *odds* son las "posibilidades en contra" de que un hecho ocurra, es decir, es el *ratio* entre la probabilidad de ganar y la de perder. Pongamos un ejemplo sencillo: cuando tiramos una moneda al aire las probabilidades de que salga cara son del 50%, así tenemos, una posibilidad entre dos de que salga cara. En este caso, las *odds* de que la moneda salga cara son de 1 a 1; una posibilidad de que salga cara frente a una posibilidad de que no. Ahora busquemos un elemento más complejo: tiremos un dado.

Las *odds* de que salga un 6 son de 5 a 1 (suele expresarse 5:1). Hay cinco maneras de que no salga un 6, que son que salga un 5, que salga un 4, un 3, un 2 y un 1. Y hay una forma que salga un 6, que es, lógicamente, que salga el 6. Así, si alguien nos ofreciera una apuesta en la que nos pagarán sesenta dólares por cada vez que saliera un 6 al tirar un dado y nosotros le pagáramos diez dólares por cada vez que no, deberíamos aceptar de inmediato. Hagamos la cuenta: de promedio, por cada seis veces que tirásemos el dado, una saldría un 6 y nuestro apostante nos pagaría sesenta dólares. Las otras cinco veces no saldría el 6, y nosotros le pagaríamos en total cincuenta dólares. Como se ve, cada seis veces que tirásemos el dado ganaríamos de promedio diez dólares. Con unas *odds* tan favorables, es un negocio buen negocio.

En el póker, el cálculo de *odds* es parte esencial, solo así podemos saber cuándo es rentable continuar en una mano porque nuestra jugada tiene una expectativa positiva. En una mano de Texas Hold'em tenemos J-Q. En el *flop* ha salido 10-K-3. Puede que hagamos escalera en la siguiente carta, pero no tenemos ninguna jugada en ese momento. Uno de nuestros oponentes apuesta y nosotros deducimos que debe de tener pareja de K, que sería el *Top Pair*. Si fuese así, estaríamos perdiendo, pero si sacáramos la escalera ganaríamos la mano, así que para completarla debemos recibir un As o un 9; entre las cartas que faltan por salir hay ocho que nos vienen bien de entre las cartas que quedan en el mazo.

Para calcular las *odds* se divide el número total de cartas que faltan por verse, cuarenta y siete, por el número de esas cartas que nos van bien para completar nuestra jugada, ocho, y, dejando los decimales a parte, el resultado es seis (47/8=6), lo que quiere decir que en la presente situación por cada vez que nos salga escalera, cinco veces no nos saldrá. Las *odds*, por lo tanto, son de 5 a 1.

Ahora debemos usar esa información para saber si apostar o no. Supongamos que existe el jugador que tiene pareja de K y este ha apostado, ¿debemos ir? Para saber la respuesta a esta pregunta deberemos comparar el tamaño de la apuesta que debemos poner, con el dinero que hay en el bote. Si la relación del dinero en el bote y de nuestra apuesta es beneficiosa para nosotros, debemos hacerlo. La situación es la misma que con el ejemplo del dado. Si tenemos que apostar $10 y en el bote hay $60, nos conviene ir, porque las *odds* de ligar escalera son de 5:1 y el bote está a 6:1. Esta jugada tendría para nosotros una expectativa positiva a largo plazo. Si la jugásemos cien veces, ganaríamos dinero casi con toda seguridad. Ahora bien, si en el bote sólo hubiera $30, nos estaría ofreciendo unas *odds* de 3:1 y no nos saldría a cuenta ir, por lo que deberíamos retirarnos de la mano.

Otro concepto interesante que traté en mi ensayo fue el de las "*outs*", que son las cartas que nos van bien para completar una jugada. Estas son las jugadas más habituales y el número de *outs* que tiene cada una de ellas:

• Escalera abierta + una carta para color = 15 *outs*
• Trío para convertirse en póker o full = 10
• Una carta para color = 9
• Escalera abierta o bilateral = 8
• Dos cartas altas para conseguir pareja = 6
• Escalera interna o hueco escalera = 4
• Doble pareja para convertirse en full = 4
• Pareja de mano para convertirse en trío = 2

El concepto de "*outs*" es importante para entender la tabla de *odds*, que resume las estadísticas complejas y nos da una herramienta que podemos memorizar y usar con rapidez a la hora de analizar una mano. En la columna de la izquierda, bajo el encabezamiento *Outs*, se expresa el número de cartas que nos van bien para mejorar o completar nuestra jugada. Para hacer el cálculo de *odds* debemos consultar las *odds* que tenemos según el número de cartas que nos sirven, y multiplicarlo por la cantidad de la apuesta que debemos realizar. Si el resultado es inferior a la cantidad de dinero que hay en el bote, incluyendo las apuestas que se hayan realizado en el actual *turno* de apuestas, tenemos *odds* positivas y debemos ir a la mano.

Ejemplo práctico: En el bote hay 14 dólares y si queremos ver la cuarta carta debemos poner dos. Como tenemos una escalera abierta, son ocho las cartas que nos van bien: 8 *outs*. Vemos en la tabla que las *odds* son de 4,9:1. Multiplicamos 4,9 x $2 y nos da 9.8 dólares. Como en el bote hay 14 dólares, cantidad que es superior a 9.8, debemos ir.

Outs	ODDS
16	1,9
15	2,1
14	2,4
13	2,6
12	2,9
11	3,3
10	3,7
9	4,2
8	4,9
7	5,7

6	6,8
5	8,4
4	10,7
3	14,6
2	22,5

Estás en medio de una mano de Texas Hold'em sin límite en la que se han visto las primeras tres cartas (el *flop*). Hay dinero en el bote y tu rival mete el resto de sus fichas. No tienes nada... excepto un proyecto de color. ¿Vas a la jugada o te retiras? Con la información que he dado no puedes tomar una decisión. Para poder tomar la decisión correcta necesitas saber qué cantidad de dinero hay en el bote, cuánto debes pagar para ver terminar la mano y cuáles son las probabilidades de completar tu jugada.

Supongamos que si completas tu color, ganarás la mano; en tal caso necesitas que en el bote haya 1,87 veces la cantidad que debes poner. De haber dicha cantidad, es correcto hacer *call*. Eso es porque hay 9 cartas que te sirven para completar el color (ésas son tus *outs*), en las dos últimas cartas que faltan por verse (el *turn* y el *river*). Y como se muestra en la tabla que he puesto en esta página, tienes un 35% de que te salga una de tus 9 *outs*, o lo que es lo mismo, unas *odds* de 1,86 a 1. Así pues necesitas que el bote te ofrezca unas *odds* superiores a 1,86:1.

Lo que esta tabla te muestra son las *odds* y probabilidades de completar tu jugada dependiendo de las cartas que te vienen bien. Todo jugador que aspire a ganar al póker necesita aprenderse al dedillo esta tabla.

En la columna izquierda, bajo el encabezamiento *Outs*, están el número de cartas que nos sirven para completar nuestra jugada. A continuación tenemos las ODDS y el porcentaje de probabilidades de completar la jugada cuando faltan por salir las dos últimas cartas, y en las dos columnas de la derecha cuando sólo falta por verse la quinta carta.

Ten en cuenta que las *odds* deben calcularse carta por carta y sólo es correcto utilizar en nuestros cálculos las *odds* conjuntas de la cuarta y la quinta cartas cuando nos encontremos en situación de *all-in*. Esto es porque si no hay *all-in* puede que no completemos nuestra jugada en la cuarta carta y tengamos que añadir más dinero para poder ver la quinta.

	4ª y 5ª cartas por verse		5ª carta por verse	
Outs	**ODDS**	**%**	**ODDS**	**%**
20	0,48:1	67,5	1,30:1	43,5
19	0,54:1	65	1,42:1	41,3
18	0,60:1	62,4	1,56:1	39,1
17	0,67:1	59,8	1,71:1	37
16	0,75:1	57	1,88:1	34,8
15	0,85:1	54,1	2,07:1	32,6
14	0,95:1	51,2	2,29:1	30,4
13	1,08:1	48,1	2,54:1	28,3
12	1,22:1	45	2,83:1	26,1
11	1,40:1	41,7	3,18:1	23,9
10	1,60:1	38,4	3,60:1	21,7
9	1,86:1	35	4,11:1	19,6
8	2,17:1	31,5	4,75:1	17,4
7	2,60:1	27,8	5,57:1	15,2

6	3,15:1	24,1	6,67:1	13
5	3,90:1	20,3	8,20:1	10,9
4	5,06:1	16,5	10,50:1	8,7
3	7:1	12,5	14,33:1	6,5
2	10,90:1	8,4	22:1	4,3
1	22,26:1	4,3	45:1	2,2

Luego, me dedique en el ensayo hablar de ciertas probabilidades porcentuales curiosas en el póker, por ejemplo, destaqué los siguientes números:

• recibir una pareja de mano: 1 de 17 - 5,9%
• recibir AA: 1 de 221 - 0,45%
• AK (del mismo o distinto palo): 1 de 83 - 1,2%
• que salga un As en el *flop* cuando tenemos KK: 1 de 4.4 - 22,6%
• que una de las cinco cartas comunitarias sea un As cuando tenemos KK: 1 de 2,8 - 35,3%
• que con QQ salga una carta más alta en el *flop*: 1 de 2,4 - 41,4%
• ligar trío en el *flop* teniendo una pareja de mano: 1 de 8,5 - 11,8%
• ligar trío con las cinco cartas comunitarias teniendo pareja de mano: 1 de 5,2 - 19,2%
• ligar al menos una pareja con las cinco cartas comunitarias teniendo dos cartas distintas: 1 de 2,1 - 48,7%
• pareja en el *flop* con dos cartas cualquiera: 1 de 3,1 - 32,4%
• con dos cartas de distinto valor, hacer doble pareja en el *flop*: 1 de 49 - 2%
• que en el *flop* salgan dos cartas del mismo palo: 1 de 1,8 - 55%

- que en el *flop* salgan tres cartas del mismo palo: 1 de 20 - 5%
- completar color con dos cartas del mismo palo: 1 de 16,6 - 6%
- terminar con full cuando se tiene trío en el *flop*: 1 de 3 - 33%

También destaqué las probabilidades de ganar cuando vamos *All-in* en el *pre-flop*, que sin duda es raro en las mesas *cash*, pero sucede con regularidad en los torneos. Para eso existe este cálculo de manos Premium contra buenas manas, y el porcentaje de rivalidades de que suceda

XX	gana a	YY	%
AA	gana a	KK	82,64
AA	gana a	AKs	87,86
AA	gana a	AK	92,57
AA	gana a	QQ	80,86
AK	gana a	AQ	74,02
KK	gana a	AQ	71,61
KK	gana a	K2	94,03
77	gana a	AK	54,58
88	gana a	77	81,13
77	gana a	98s	50,9
AKs	gana a	22	50,08
22	gana a	AK	52,65
AK	gana a	98	63,54
AK	gana a	96s	59,98
A5	gana a	KQ	58
A5s	gana a	KQ	60,6
A5	gana a	KQs	54,22

| A8 | gana a | J3 | 63,78 |
| JJ | gana a | A5 | 70,02 |

Así mismo existe el cálculo probabilístico de recibir un As y que nuestros contrincantes lo tengan, dependiendo de que nosotros tengamos un As o no, y del número de jugadores que haya en la partida. Muchos jugadores inexpertos juegan cualquier As que caiga en sus manos, y cuando consiguen pareja de Ases se ven superados por un mejor kicker. Las probabilidades de que en una mano te llegue un As son del 14,93%.

Número jugadores	Probabilidad alguien tiene un As	Probabilidad si tienes un As, otro jugador tenga un As	Probabilidad si no tienes un As, otro jugador tenga un As
2	28,13	11,76	15,51
3	39,72	22,55	29,14
4	49,86	32,43	41,05
5	58,66	41,43	51,40
6	66,24	49,59	61,32
7	72,73	56,96	67,95
8	78,24	63,57	74,42
9	82,87	69,47	79,86
10	86,72	74,69	84,39

¿Cómo usar el SPR en tu juego?

Otro concepto importante en el uso de la estadística con el póker es el del uso del SPR El término de SPR fue acuñado por *Flynn, Mehta y Miller* en el libro Profesional No-Limit Hold'em, volumen 1. El SPR describe la relación existente entre nuestro *stack*, es decir, nuestra cantidad de fichas disponibles para jugar, y el dinero que hay en el bote. Calcular el SPR es útil para **jugar al póker** e intentar sacar rentabilidad al bote en el que estamos jugando.

Como ejemplo típico para ilustrar el SPR, piensa que estamos jugando *heads-up*, con una *stack* de unas 100 fichas, frente a un rival tiene 200 fichas. En el *pre-flop* abrimos con el equivalente a tres ciegas grandes y el rival nos hace *call*. En el *flop*, el bote es de 6 ciegas grandes y nuestro *stack* restante es de 97 ciegas grandes. Así que para calcular el SPR dividimos nuestro *stack* por el tamaño del bote, dando como resultado 16,166. Esto nos dice que el SPR es muy elevado en este bote. Si el oponente nos hubiera hecho un *re-raise* en el *pre-flop* a 10 ciegas grandes, y hubiéramos hecho *call*, el bote habría sido 20 ciegas grandes en el *flop*, y nuestro *stack* restante de 90, el bote de 20 y el SPR formado seria de 4,5.

- Un SPR inferior a 1 es conocido como valor ínfimo
- Entre 1 y 4, se considera un SPR bajo
- Entre el 4 y el 13 se considera un SPR intermedio
- Por encima de 13, estamos en zona alta de SPR

Cuanto mayor sea el SPR, más fuertes deben ser las manos que debemos jugar para sacarle valor a la jugada. Para entender por qué, vamos a considerar dos situaciones. En la primera, el SPR en el *flop* es 1 y donde nuestro oponente apuesta *all-in*. Con un SPR tan bajo, las manos que puede tener nuestro rival, suponiendo que sepa jugar al póker decentemente, son muchas y caben faroles de todo tipo, ya que el riesgo es mucho menor al haber tanto dinero en el bote. Contraste este caso con una situación en la que la SPR es 10. En ese caso, cuando el oponente está dispuesto a apostarlo todo, se puede esperar que su rango de valores sea muy fuerte, ya que no tiene tanto que ganar en comparación con el dinero en el bote.

CONTENIDO

Este libro se diseñó y exportó para su publicación en Amazon el día 27 de septiembre de 2020, en el Taller Editorial del poeta Luis Perozo Cervantes, ubicado en la ciudad de Maracaibo, en el estado federal del Zulia, al norte de Suramérica, en el continente descubierto por Cristobal Colón, dentro del Planeta Tierra.

www.sultanadellago.com

Made in the USA
Columbia, SC
30 January 2021